KB054523

중화유기
근대 한국인의 첫 중국 여행기

중화유기 근대 한국인의 첫 중국 여행기

초판 1쇄 발행 2023년 6월 19일

지은이 | 진암 이병헌
옮긴이 | 김태희 · 박천홍 · 조운찬 · 최병규 · 한재기

펴낸이 | 박유상
펴낸곳 | 빈빈책방(주)
편　집 | 배혜진
디자인 | 박주란

등　록 | 제2021-000186호
주　소 | 경기도 고양시 덕양구 중앙로 439 서정프라자 401호
전　화 | 031-8073-9773
팩　스 | 031-8073-9774

이메일 | binbinbooks@daum.net
페이스북 | /binbinbooks
네이버블로그 | /binbinbooks
인스타그램 | @binbinbooks

ISBN 979-11-90105-56-9 (03810)

중화유기

근대 한국인의 첫 중국 여행기

지은이 이병헌

옮긴이 김태희 · 박천홍 · 조운찬 · 최병규 · 한재기

차례

이병헌의 1, 2차 중국 여행 경로

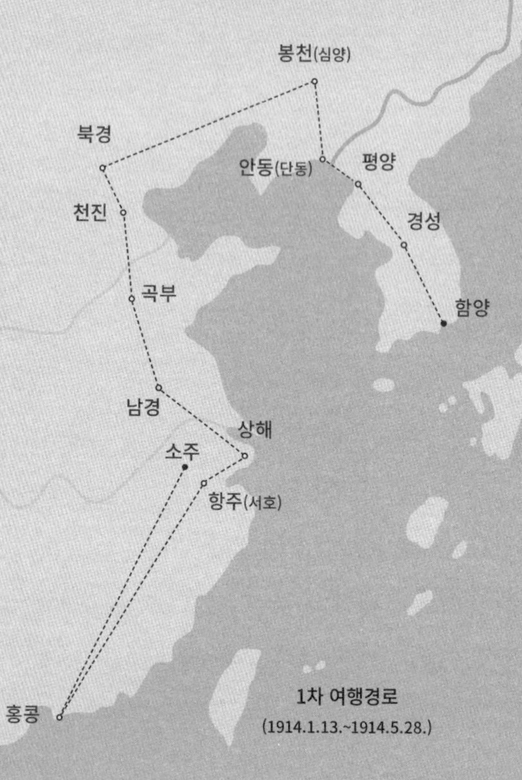

개혁유학자, 중국에 길을 묻다

1914년 정월 대보름을 이틀 앞둔 13일, 경남 함양의 선비 이병헌은 집을 나섰다. 닷새 뒤 서울에 도착한 그는 근 한 달을 머무른 뒤 다시 북쪽으로 향했다. 평양, 의주를 거쳐 압록강 철교를 건넌 그는 2월 16일 본격적인 중국 여행에 들어갔다. 이후 그는 5월 하순까지 안동(단동), 봉천(심양), 북경, 곡부, 남경, 상해, 항주, 홍콩, 소주 등을 여행했다. 이병헌의 여행은 시간적으로는 100일에 달하고, 공간적으로는 중국 동북지방에서 남쪽의 홍콩에까지 길게 이어졌다. 중국대륙을 연해지역을 따라 오르내렸던 그의 여행은 그야말로 '그랜드 투어'였다. 조선 개국 이후 20세기 초까지 600여 년간 조선 사람 가운데 이병헌만큼 중국 지역을 넓게, 그리고 오랫동안 여행한 사례를 찾아보기 힘들다.

중요한 사실은 이병헌의 중국 여행이 한 번으로 끝나지 않았다는 점이다. 그는 이후에도 1916, 1920, 1923, 1925년 네 차례 더 중국을 여행했다. 지역은 1차 여행 코스에 크게 벗어나지 않았지만, 기간은 짧게는

2개월, 길게는 6개월까지 소요됐다. 조선의 지리산 자락에서 나고 자란 선비 이병헌은 왜 그토록 중국 땅을 여행하고자 했을까?

유교개혁사상가 이병헌

이병헌(李炳憲, 1870~1940)은 경남 함양에서 태어났다. 자는 자명(子明)이고, 호는 진암(眞菴)이다. 지리산 북쪽 자락에 있는 함양은 거창, 산청 등과 함께 퇴계 이황, 남명 조식의 학맥이 면면히 이어져 온 유학의 고장이다. 이병헌은 10대에 고향의 서숙에 나가 한문을 익혔다. 논어, 대학, 맹자 등 사서를 마치고 서경, 주역까지 읽으며 지방 과거인 향시에 응시했으나 낙방했다. 20세 이후에는 고향을 벗어나 활동 범위를 넓혀갔다. 서울에 올라가 과거시험에 응시하고 함경도, 전라도를 유람하며 유학자들과 교제를 넓혀 갔다. 영남 유림으로 명망이 높은 한주 이진상의 제자인 곽종석의 문하에 들어가 이승희, 장복추 등과 함께 한주학파의 일원이 되었다. 또 당대의 유명한 유학자였던 최익현, 기우만 등을 찾아가는 등 기호유림들과의 교류도 이어갔다. 당시는 일제의 침략이 가속화되는 시기로, 유학자들은 의병을 일으켜 저항하거나 깊이 숨어들어 유교 전통을 지키려는 쪽으로 크게 나뉘었다. 이때 이병헌은 유학자들과 두루 교제를 이어가고 있었으나 의병보다는 독서를 통한 수양과 학문 연구 쪽으로 방향을 잡았다. 이병헌은 『성리대전』, 『주자대전』, 『이정전서』, 『주자어류』와 같은 성리학 서적을 구입해 유학을 깊이 연구했다. 그는 과거에는 급제하지 못했지만, 재야의 성리학자로서 자부심이 강해 장차 이진상-곽종석을 잇는 영남의 정통 유림을 꿈꾸었던 것으로 보인다.

그러나 전통유교의 가치를 지키겠다는 이병헌의 꿈은 이내 흔들렸다. 1903년 서울에 올라간 그는 그곳에서 전차와 전선, 철도 등 근대 개화문물을 목격하고 큰 충격에 빠진다. 또 서점에서 강유위의 『청국무술변법기』라는 책을 구입해 읽으면서 '위정척사' 노선의 전통 유학으로는 새로운 시대에 대응하는 데 한계가 있다는 것을 깨달았다. 이를 계기로 이병헌은 전통도학자에서 개혁적인 유교사상가로 바뀌기 시작했다. 영어를 익히고, 칸트, 루소 등 서양 계몽철학자의 서적을 읽은 것도 이 무렵이었다.

한일합병을 계기로 이병헌은 교육사업에 전념하였다. 망국의 현실에서 살아갈 길은 교육밖에 없다며 고향에 민립학교 설립을 추진하는 한편 학생 모집에 나섰다. 그러나 이마저 총독부가 '사립학교령'을 내세워 막는 바람에 실패하고 만다. 실의에 빠진 이병헌은 서울, 수원, 개성, 평양 등 국내 여행에 나서 울적한 마음을 달랬다. 서울에 머무를 때 백암 박은식, 천도교 교주 손병희 등을 만났다. 박은식은 그에게 중국 망명의 뜻을 내비쳤다. "나는 어디로 돌아가야 할까?" 1914년 시작된 이병헌의 중국 여행은 암울한 시기에 자신과 조국의 길을 찾아가는 여정이었다.

나와 조국의 길을 찾는 중국 여행

유학을 공부하고 유교의 가치를 체화하려 했던 조선의 선비들에게 유교 종주국 중국은 일생에 한 번쯤 여행하고 싶은 나라였다. 그러나 최부처럼 표류를 통해 중국 땅을 밟은 몇몇 사례를 제외하고, 조선시대의 중국 방문은 정기적인 사신 왕래에 국한됐다. 사실상 자유로운 출입은 물론 여행도 금지되었다. 조선시대 공식적인 사절단의 방문은 명나라 때에는

1000회가 넘고 청나라가 들어선 뒤에도 약 500회에 달했다. 한 회에 수백 명의 사절이 한양과 북경을 오고 갔지만, 일정은 물론 노정까지 정해져 있어 그들의 견문과 사고는 제한적일 수밖에 없었다. 그래서 현재 수백 편의 조천록(명나라 사절단 기록)과 연행록(청나라 사절단 기록)이 남았지만, 자율적이고 자발적인 여행의 기록과는 차이가 있다.

폐쇄적이었던 중국 대륙을 열어제친 것은 동아시아 나라들의 개항이었다. 일본, 중국에 이어 조선이 항구를 열고 서양인들을 받아들이면서 동아시아 국가들 사이에서도 자유로운 여행이 가능해졌다. 일본 제국의 침탈이 본격화된 20세기에 들어 조선 사람들은 생계, 독립운동, 망명, 유학 등 여러 가지 이유로 중국으로 건너갔다. 이들의 중국행 역시 휴식과 놀이, 위로라는 오늘날 여행의 목적과는 크게 달랐다.

1914년 이병헌의 중국행은 식민지 조국으로부터의 탈출이라는 점에서는 망명, 유학, 독립운동을 위해 떠났던 동시대 지식인들과 유사하다. 그러나 그는 '여행'이라는 분명한 목적을 지녔다는 점에서는 차이를 보인다. 이병헌은 『중화유기』 서문에서 "집에 있으면 근심만 깊어지니 어떻게 하면 마음을 가눌 수 있을까 생각했다"며 식민지 조국에서의 답답함을 떨쳐내기 위해서 떠난다고 밝혔다. 당시 이병헌은 전통 유학자에서 벗어나 유교개혁을 위해 동분서주하고 있었다. 조선이 국권을 잃은 것은 백성의 수준이 낮기 때문이고, 백성들을 계몽하고 개화시키는 방법은 개혁 유교를 통한 교육밖에 없다고 생각했다. 그러나 그가 추진하던 학교 설립이 일제에 의해 좌절되자 중국으로 건너가 유교를 더 배우고 강유위(康有爲)도 만나 가르침을 받고자 했다. 이처럼 이병헌의 중국행은 암울한 시기에 여행을 통해 새로운 길을 찾고자 한 몸부림이라고 할 수 있다.

이병헌의 중국 노정과 견문

이병헌은 44세 때인 1914년부터 55세가 되던 1925년까지 모두 5차례 중국을 여행했다. 40대 중반에서 50대 중초반에 이르는 10년은 이병헌에게 여행을 통해 활로를 찾아나간 시기라고 해도 과언이 아니다. 그는 1, 2. 3차 때의 여행기를 육필로 남겼고 1, 2차 기록은 중국 남통(南通)에 망명중이던 김택영(金澤榮)에 의해 1916년 한묵림서국 출판사에서 『중화유기(中華遊記)』로 간행됐다. 이번 번역은 한묵림서국의 간행본을 대본으로 삼았다. 이병헌의 중국 여행기록은 모두 『이병헌 전집』(아세아문화사, 1989)에 실려 있다.

이병헌이 중국 여행을 시작한 1914년은 신해혁명으로 청나라 왕정이 끝나고 공화제가 시행된 지 얼마 되지 않은 때였다. 혁명 성공 직후 공화주의자인 손문(孫文)이 원세개(袁世凱)에게 총통 자리를 내주었지만, 새로운 국가와 사회 건설을 위한 모색은 활발히 진행되고 있었다. 어디로 갈지 모를 중국 대륙의 향방은 이병헌에게는 좋은 관찰의 대상이었다. 무엇보다 변혁의 시기에 공자 사상에 입각한 입헌군주제를 주창해온 강유위는 개혁유학자인 그가 꼭 만나보고 싶은 '사상의 은사'였다. 그의 중국행은 새로운 문명과 제도를 배우는 유교지식인의 '수학여행'이었던 셈이다.

1차 여행은 안동, 봉천, 북경을 거쳐 곡부, 남경, 상해, 항주, 홍콩으로 진행되었다. 안동~북경은 예전 연행사들이 갔던 길이고, 곡부~홍콩은 이병헌이 새롭게 밟은 코스이다. 이병헌이 중국의 문물제도를 관찰하고, 강유위를 만날 목적이었다면 연행사들이 갔던 길을 그대로 밟을 필요가 없었을 것이다. 그런데도 청나라 발상지인 봉천과 중화의 수도였던 북경을 들른 것은 조선 민족, 한족, 만주족을 아우르는 공교(孔教, 공자를 신앙의 대상으로 삼는 종교)의 가능성을 타진하고, 조선시대 연행사절단의 발자취를 확인하고 싶었기 때문이었을 것이다.

중국 땅에 들어선 이병헌은 이국의 풍물을 놓치지 않고 기록했다. 압록강 건너 안동에 도착해서는 중국의 산과 들, 집, 무덤, 농가 풍습 등을 세세하게 전했다. 심지어 가축으로는 어떤 동물을 기르는지, 산에는 어떤 나무들이 자라는지를 이름을 하나하나 들어 소개하면서 조선과 무엇이 같고 다른지를 확인했다. 봉천의 심양성을 둘러볼 때는 전각, 누각, 문루, 편액 등을 하나하나 소개했다. 그는 단동에서 봉천으로, 다시 봉천에서 북경으로 이동할 때 열차를 이용했다. 분명 말이나 도보에 의지해야 했던 조선시대 연행사들과는 이동 속도도 다르고, 견문에서도 큰 차이가 있을 수밖에 없다. 그러나 이 구간의 여행기를 읽다 보면 마치 연행록을 보는 것과 같은 느낌을 받게 된다. 오룡배, 탕산성, 봉황성, 유가하, 연산관, 십삼산, 금주, 연산, 영원주, 산해관, 북대하, 창려, 난주, 수양산, 개평, 풍대 등 연행록에 등장했던 지명과 현지의 풍속, 고사들을 열거하고 있기 때문이다. 급기야 난하의 수양산 옆을 통과할 때에는 연암 박지원을 호출해 『열하일기』 속의 수양산 대목을 인용하기도 했다. 이처럼 『중화유기』의 안동~북경 노정에는 연행록, 특히 『열하일기』의 그림자가 짙게 드리워져 있다.

이병헌은 명, 청의 수도이자 신생 중화민국의 중심지였던 북경에서 24일간 머물렀다. 그는 그곳에서 조선의 동포, 중국인들을 만나는 한편 북경 시내의 명소인 유리창, 북해, 중해, 남해, 황금대, 고루와 종루 등을 둘러보았다. 그러나 이병헌의 눈길을 사로잡은 것은 이러한 명승고적보다는 불야성을 이루는 북경의 현대식 시장과 거리에 늘어서 있는 신문 게시판이었다. 거리에서 신문을 읽은 이병헌은 신해혁명 이후 중국의 신문이 수백 종으로 늘었지만, 그래도 서구 열강에 비하면 적은 숫자라고 적었다.

이병헌은 중국 여행 기간에 거의 하루도 빠짐없이 일기를 썼다. 5~6개월의 장기 여행에서, 때로는 하루 1천 리를 이동해야 하는 고된 여정에서 하루하루를 기록으로 남긴다는 것은 쉽지 않았을 것이다. 더구나 먹물을 찍어 붓으로 써야 했던 100여 년 전의 현실을 생각하면 더욱 그렇다. 그럼에도 이병헌은 자신의 견문을 상세히 기록했다. 이병헌의 촘촘한 기록 정신은 공자의 고향 곡부의 여행에서 빛을 발한다.

이병헌이 곡부에서 머문 시간은 2박 3일에 지나지 않는다. 스무날이 넘은 북경 체류 시간에 비하면 10분의 1 정도다. 그러나 곡부의 공자 성지에 대한 여행기록은 북경의 두 배에 달한다. 이병헌의 공부(孔府, 공자의 마을), 공묘(孔廟, 공자의 사당), 공림(孔林, 공자의 묘역)에 대한 기록은 마치 현지 가이드의 해설처럼 친절하고 자세하다. 예컨대 공묘에 관한 내용을 보면, 참배 동선을 따라가며 대성전의 기둥, 주련, 편액은 물론 공자의 소상의 모습, 공자 신위, 배향된 제자들의 소상과 신위의 위치까지 기록하고 있다. 공자에 관한 유적이라면 하나라도 놓쳐서는 안 되겠다는 조바심이 묻어날 정도다. 평생을 유학 공부에 몰두해온 이병헌에게 곡부는 여행지가 아니라 참배와 순례의 성지였다. 평생 공자를 알현하기를 소망했던 그는 감정이 북받쳐 성지를 돌아볼 때마다 한시를 읊었는데, 공자의 성지를 돌아보며 지은 한시만 13수나 된다. 이병헌은 이렇게 하고도 성에 안 찼는지, 두 번째 중국여행에서도 곡부를 찾아 공자의 신위 앞에서 기도문을 바치고, 석전제를 참배하기도 했다. 또 『중화유기』에 석전제 의식과 제사 물품, 예기 및 악기 명칭, 제사 관원의 규정을 부록으로 실었다.

이후 이병헌의 발길은 장강 남쪽으로 향한다. 강남행의 목적은 강유위를 만나는 것이었지만, 강남의 수려한 풍광을 보고 싶은 뜻도 있었을 것이다. 이병헌은 1차 여행에서 남경, 상해, 항주, 홍콩, 소주의 명소를 찾았는데, 그가 가장 애착을 보인 곳은 항주의 서호(西湖)였다.

『중화유기』에서 서호에 대한 다양한 기록은 곡부만큼이나 분량이 많고 내용도 풍부하다. 서호 여행기를 따로 떼어내어 작은 책자로 묶을 수 있을 정도다. 그 많은 서호에는 호수 말고도 고산(孤山), 악비 사당, 뇌봉탑, 보숙탑, 임포의 집터, 포박자 연단처 등 유적지가 많을 뿐 아니라 백거이, 소동파, 추근 등 많은 역사 인물의 이야기를 담고 있다. 서호는 1차뿐만 아니라 2, 3, 4, 5차 중국 여행을 할 때마다 찾았던 명소이다. 이병헌에게 서호는 "경치로서 중국에서 첫손가락에 꼽히고, 잘 발전시켜 나간다면 지구상 최고의 공원이 될 곳"이었다. 산동성의 곡부와 절강성의 서호는 1차 여행지의 두 봉우리였다. 이병헌이 처음 1차 기행문의 제목을 『노월일기(魯越日記)』로 붙인 것은 그 때문이었다.

'중화유기'에 나타난 근대 유학자의 시선

『중화유기』는 이름 그대로 중국 여행의 기록이다. 이병헌은 여행의 견문을 하나도 빠트리지 않는다는 자세로 여정을 시간의 흐름에 따라 충실하게 기록했다. 그러나 『중화유기』는 일기 형식으로 쓴 단순한 여행기가 아니다. 그는 여행 중에 군데군데 자기 생각을 글로 담아냈다. 그것은 일제 강점기 한국인의 자의식이기도 하고, 개혁유학자의 세계관으로 표출되기도 했다. 때로는 시(詩)의 형식을 빌려 쓰기도 했고, 때로는 산문이나 논설의 형태로 적기도 했다. 이는 박지원이 『열하일기』에서 일기체 여행기와 별도로 자신의 주장을 논설 형식을 빌려 기록했던 방식과 유사하다.

이병헌은 청나라의 발상지인 요동과 심양성을 돌아본 뒤 존왕양이를 내세워 명을 숭상하고 청을 배척했던 조선의 중화사상을 강하게 비판한다. 그러면서 임진왜란 때 명이 도와준 은의(恩義) 못지않게 병자호란 때 청이 베푼 관용 덕분에 조선이 보존될 수 있었다며 우리 민족이 한족, 만주족과 연대해야 한다고 주장한다. 그는 세 민족의 연대 주장에서 만주족의 터전인 요동이 단군의 강토였으며, 한족의 기자가 조선 반도에 내려와 다스렸다는 일각의 학설을 인용하고 있다. 이병헌의 이러한 주장은 역사적 사실 여부를 떠나 공자를 내세워 동아시아 국가를 통합시키고자 하는 공교(孔教)의 가르침과 일맥 상통하다는 점에서 주목할 필요가 있다.

북경에서 '공교회잡지'를 보다가 쓴 '종교철학합일론'은 이병헌의 종교 개념을 엿볼 수 있는 짧은 논문이라 할 수 있다. 이는 공교가 종교가 아니고, 공자가 종교인이 아니라는 주장에 대한 반론으로 읽힌다. 이병헌은 "서양의 종교는 철학과 둘로 나뉘지만, 동양의 종교는 철학과 하나로 합치된다"라며 "그 차이를 파고 들어가면 진지(眞知)와 미신(迷信)의 구분이 있을 뿐이다"라고 말한다. 서양 종교는 진지를 추구하는 철학과 미신을 포함하는 종교가 분별될 수밖에 없지만, 동양의 종교인 유교는 미신을 벗어난 것이어서 철학과 종교가 하나라는 것이다. 그러면서 공자가 여러 철학을 통합한 종교인이기 때문에 공교야말로 전 세계적인 대동교(大同教)가 될 것이라고 주장한다.

이병헌이 곡부의 공림을 보고 난 뒤 쓴 단상은 '조선 풍수설'에 대한 비판을 담고 있어 흥미롭다. 그는 "조선에서는 산 사람의 화복이 전적으로 죽은 사람의 묘지 때문에 결판이 난다"라며 조선의 풍수설이야말로 세상의 가장 큰 병통이라고 꼬집는다. 그는 더 나아가 조선에서도 풍수설과 상관없이 조성된 공씨 가족의 세장(世葬) 제도를 본받을 것을 권하고 있다.

이처럼 『중화유기』 곳곳에는 이병헌의 생각과 가치관이 드러나 있다. 이병헌이 걸었던 장소를 따라가며 근대 유학자인 그의 시선에 주목하는 것도 이 책을 읽는 또 하나의 재미일 수 있다. 그러나 식민지 조선의 갈 길을 중국의 전통에서 찾고, 근대 종교로서 유교를 추구했던 이병헌의 큰 그림을 이 여행기만으로는 가늠할 수 없다. 이병헌의 전체 사상을 알려면, 그의 유학 공부, 역사인식, 개혁사상 등을 두루 파악해야 하는데, 아직 『이병헌 전집』에 실린 글의 대부분이 번역되지 않은 상태에서 쉽지 않다. 그나마 최근 학계에서 이병헌에 관한 연구가 축적되고 있어 도움을 받을 수 있다. 이병헌의 생애와 유학사상, 『중화유기』에 대해 깊게 알고 싶다면, 금장태 교수의 저서 『유교개혁사상과 이병헌』(예문서원, 2003)과 노관범 교수의 논문 '1910년대 한국 유교지식인의 중국 인식'(민족문화 제40집, 2012)을 읽어볼 것을 권한다.

2023년 5월 조운찬

중화유기

제1권

서문

함양 사람인 이병헌은 망해버린 대한제국의 백성으로 스스로 지은 호가 진암자(眞菴子)이다. 그가 중국 회남(淮南)에 있는 나의 거처로 찾아와 자신이 지은 『중화유기(中華遊記)』를 보여주었다.

그는 젊은 날 유학 경전을 읽었고, 중년이 되어서는 세상일에 뜻을 두었다. 그러나 자기 뜻을 이룰 만한 지위에 이르지 못했기 때문에 쇠망한 나라를 구원할 경륜을 펼칠 수 없었다. 종묘사직이 무너지자 "나는 어디로 돌아가야 하는가? 우리 공자님께 돌아가리라!"라고 탄식했다.

그는 북쪽으로 중국에 가서 공자의 묘지를 알현하고 다시 남쪽 지방에 이르러 공교회(孔教會)의 회장 남해(南海) 강유위(康有爲)를 만나고 돌아왔다. 그러나 그의 뜻은 여기에서 그치지 않았고, 더 바라는 게 있었다. 그렇지만 기대한 바가 대부분 뜻대로 되지 않아 크게 통곡하였다. 그 뒤 이병헌은 다시 중국으로 길을 나섰다. 궐리(闕里, 산동성 곡부의 공부)에서 석전제를 참관했다. 마침내 태산의 일관봉(日觀峰)에 올라 발해를 굽어 보았다.

아, 이병헌 같은 사람을 어찌 지조와 절개가 높은 선비라고 말하지 않을 수 있겠는가! 나는 늙고 힘이 없어 말채찍을 잡고 그를 따라 유람할 수 없는 게 한스러울 뿐이다. 그러나 공자께서 [엮으신 『시경』에서] 노래하지 않았던가. "넉넉하고 한가로이 노닐면서, 다만 이 세상을 마치리라."[1]라고 했으니 바로 이것을 노래하신 것이다.

공자는 노나라에서 쫓겨나시고도 한가로이 노닌다고 하셨는데, 그런 고난 속에서 도리어 즐거움이 있다고 하신 것은 무슨 까닭인가. 아마도 천도(天道)를 즐기셨기 때문일 것이다. 이 세상에서 망한 나라가 한 세대에만 있었던 게 아니었는데도, 천도는 단 한 번도 없어진 적이 없었다. 공자의 도 역시 세상에서 사라지지 않았다. 이병헌 군은 이미 공자의 도에 기꺼이 귀의했다. 그도 지금은 잠깐 소매를 끌어 망국의 백성으로서 눈물을 닦고 있지만, 공자의 도가 사라지지 않을 것이므로 나를 얼음과 숯의 관계로 여기지 말아다오.

대한제국 융희 기원후 10년이 되는 병진년(1916)에 회남의 신민 화개 김택영이 서문을 쓰다.

◇◇◇◇◇◇◇◇◇◇◇◇◇◇◇

1 『춘추좌전』 양공(襄公) 21년에 "숙향이 말했다. (…) 시경에 '넉넉하고 한가로이 세상을 노닐면서 다만 세상을 마치리라'고 했으니 지혜롭다."(叔向曰 (…) 詩曰 優哉游哉, 聊以卒歲, 知也.)라고 했다.

권 1

합천 이씨 자명子明 이병헌이 쓰다

아, 나는 풍파 속에서 살아온 사람이다. 집에 있으면 근심만 깊어지니 어떻게 하면 마음을 가눌 수 있을까 생각했다. 하루아침에 몸을 떨치고 일어나 중국으로 유람을 떠났다. 다녀온 여정이 수만 리에 이른다. 『시경』에는 "말에 멍에 씌우고 길을 떠나 나의 근심 풀어보리라"[2]라는 시가 있다. 이 시를 지은 사람에게 유람이란 고작 집을 나서 교외에 가는 정도였다. 그런데도 쌓인 근심은 교외에 이르면 다 털어낼 수 있었다. 그러나 나의 근심은 집을 떠나는 것만으로는 해결되지 않았다. 내 나라를 벗어나 다른 나라에 갈 정도는 되어야 했으니, 『시경』의 시인과 비교해도 고생이 덜하지는 않았을 것이다. 그래서 여행의 견문을 기록해 『중화유기』라고 이름 붙였다.

◇◇◇◇◇◇◇◇◇◇◇◇◇◇◇

2 『시경』「패풍邶風」'천수泉水'.「모시서毛詩序」에서는 "천수는 위나라로 시집온 여인이 친정에 돌아가고 싶어 하는 마음을 읊은 것이다. 그 여인은 제후에게 시집갔는데, 친정 부모가 이미 죽었으므로 집으로 돌아가 안부를 묻고 싶었지만 그럴 수가 없었다. 그러므로 이 시를 지어 자신의 슬픔을 나타냈다(泉水, 衛女思歸也. 嫁於諸侯, 父母終, 思歸寧而不得. 故作是詩以自見也)고 이 시를 풀이했다.

길을 떠나다 啓輸錄

1914년

1월 13일. 북쪽으로 중국 유람을 떠나기 위해 몸을 일으켜 여행을 시작했다. 17일 이리역(지금의 익산역)에 이르러 열차를 타고 밤에 경성역에 도착했다. 5일 동안의 여정은 모두 7백 리다.

26일. 조선광문회[3]로 석농(石儂) 유근(柳瑾)[4]을 찾아갔다. 이 분의 이름을 들은 지는 오래되었지만, 만나서 이야기를 나눈 것은 처음이었다. 그가 글자 교정하는 일에 애쓰고 있는 것을 볼 수 있었다. 우리나라의 고서 발간은 이 분의 노력에 크게 힘입었다. 저녁에 유근이 내가 머무는 여관까지 따라와서 이야기를 나누다 돌아갔다.

◇◇◇◇◇◇◇◇◇◇◇◇◇◇◇◇

3 1910년에 최남선, 현채, 박은식 등이 조직한 문화 운동 단체. 민족고전의 간행과 귀중 문서의 수집·편찬·개간을 통한 보존·전파를 목적으로 했다. 고전 발간 사업의 주요 실무자는 장지연, 유근, 이인승, 김교헌 등이었다. 유근 등은 『신자전(新字典)』을 간행했다.

4 유근(1861~1921)은 대한제국 시대에 『황성신문』을 창간하고 만민공동회 간부를 지낸 언론인이자 애국계몽 운동가이다. 박은식, 김교헌 등과 함께 최남선이 주도하는 조선광문회에 참여해 국학 관계 고문헌의 출판 사업에 힘썼다.

29일. 경암(敬菴) 이관(李瓘), 이정(彛庭) 변정(卞鼎)과 함께 손암(遜菴) 오혁(吳赫)[5]의 집을 찾았다. 오혁의 집에서 어느덧 술에 취해 마음을 터놓고 이야기를 나누었다. 오혁은 대종교 사람이고 이관은 천도교 사람이어서 두 사람은 종교 문제로 서로 맞섰다.

2월 6일. 탑동공원에 가서 산책했다. 날씨가 아직 쌀쌀해 이곳을 찾은 서울 사람들은 드물었다. 홀로 이리저리 거닐다가 비석의 귀부에 올라가 비석을 만져보았다. 글자는 이미 떨어져 나가 읽을 수 없었다.

공원은 고려시대 원각사의 옛터이다. 조선왕조는 도성 안에 사찰을 건립하고 승려를 양성하는 것을 금지했기 때문에 마침내 민가에서 차지하게 되었다. 지난 광무(光武) 초기에 농상공부대신 이채연 등이 임금에게 건의를 올려 그 땅을 다시 조사한 뒤 공원으로 만들었다. 공원은 넓지 않았지만 바닥은 매우 깨끗했다.

공원 가운데에는 옛 탑 하나가 있었는데, 고려 공민왕 때 건립한 것이다. 세상에 전해오는 말에 따르면, 원나라 공주가 소원을 빌던 탑이라고 한다. 탑 전체는 대리석을 사용했다. 사방으로 처마, 기둥, 기와, 서까래를 둘렀는데, 단아하고 정갈했다. 마치 하나의 돌로 빚어서 만든 것 같았다. 사면에는 불상을 새겼다. 이루 헤아릴 수 없을 만큼 귀중한 보물이다.

8일. 날씨가 무척 따뜻했다. 창덕궁에 가서 동물원을 두루 관람했다. 코끼리의 거대하고 기이함은 볼수록 놀라웠다. 하마가 입을 벌리거나 몸

◇◇◇◇◇◇◇◇◇◇◇◇◇◇◇

5 오기호(吳基鎬, 1865~1916)는 전남 강진(康津) 출생으로, 호는 손암(巽庵), 교명은 오혁(吳赫)이다. 일제강점기에 나인영과 함께 대종교를 창도해 민족독립운동에 헌신했다.

을 굽히는 광경은 정말 처음 보는 것이었다. 또 공작이 날개를 펴고 관람객을 향해 꼬리를 치켜세워 거꾸로 선 것을 보았는데, 공작의 기분이 좋아서 그런 것 같았다. 공작의 색깔이 눈길을 사로잡았다. 공작의 날개에 동전이 고루 박혀 있는 것처럼 눈부시게 아름다워서 감상할 만했다. 그 밖에 하늘을 나는 것, 땅을 걷는 것들 가운데 이름을 알 수 없는 동물들은 말과 글로 다 표현하기 어려웠다.

위쪽에는 새로 세운 누대가 있었다. 붉은 기와를 얹은 양쪽 모서리에는 각 한 쌍의 큰 철제 봉황을 올렸다. 이것이 속칭 '봉황각'이다. 계단을 따라 올라가 누대의 끝에 이르자 한양 도성 동쪽의 풍물이 한눈에 들어왔다. 누대 안에 진열된 것은 신라와 고려의 도자기, 고대의 종과 솥, 서화 등이었다. 그 안에 안치한 불상도 수십 좌나 되었다.

또 '역사추(力士椎)'와 '장군검(將軍劍)', '계림옥적(雞林玉笛)' 등이 옛 물건 더미에 섞여 있었다. 그래서 '역사추'에 대해 시 한 수를 읊었다.

선생이 창해의 깊숙한 곳 찾아 은거할 때	夫子索居滄海深
한나라 사람은 어찌 고달프게도 멀리서 찾아왔던가	韓人何苦遠來尋
뉘 알았으랴, 그날 박랑사의 쇠몽둥이가 될 줄을	誰知當日沙中鐵
떨쳐 일어난 영웅들, 마음만은 아직 죽지 않았다네	倡起群雄未死心

진나라 때 예(濊) 땅에 창해군(滄海君)이 있었다. 그는 한(韓)나라 사람이었다. 장량(張良)의 아버지와 할아버지는 한나라의 다섯 임금을 도왔다. 한나라가 망하자 장량이 그 원수를 갚으려 할 때 창해에 힘센 역사(力士)들이 많다는 소문을 들었다. 그는 동쪽으로 가서 창해군을 만나 그들을

찾았다. 그 가운데 여도령(黎道令)은 120근이나 나가는 철퇴를 마음대로 쓸 수 있었다. 장량은 그와 함께 돌아와 박랑사(博浪沙)에서 진시황을 저격했다.[6] '역사추'란 바로 이것을 말한다.

다음으로는 '장군검'에 대해 읊었다.

장군의 몸은 죽었으나 칼은 여전히 서늘한데	將軍身死劍猶寒
칼날에 서린 쌍무지개가 북두칠성을 비춘다	化作雙虹射斗間
동해에서의 전쟁은 꿈결처럼 어지러우니	東瀛劫火迷如夢
기억하는가, 칼날 끝에 서린 핏빛 흔적을	記否鋒頭血色斑

충무공 이순신은 조선 선조 때에 거북선을 만들어 일본군을 무찔렀다. 이후 영국 해군의 기록에서는 조선의 철갑선을 칭송해 마지않았고, 일본의 해군 잡지는 "도요토미 히데요시의 지혜와 가토 기요마사의 용맹으로 쉽게 중원을 얻을 수 있었는데, 불행히도 이순신을 만나 중도에 좌절되었다"라고 기록했다. 우리나라 사람들은 명나라가 우리나라를 구원한 은혜만 알 뿐, 장군의 능력이 명나라를 존립하게 했음을 알지 못하니 어찌 이상하지 않으랴.

◇◇◇◇◇◇◇◇◇◇◇◇◇◇◇

6 『사기』 권54 「유후세가」에 "유후(留侯) 장량(張良)은 그 선조가 한(韓)나라 사람이다. (…) 진나라가 한나라를 멸망시켰다. (…) 한나라가 망하자 (…) 장량은 집안의 재산으로 자객을 구해서 진왕을 죽여서 한나라의 원수를 갚으려 했다. (…) 그는 동쪽으로 와서 창해군을 만났다. 역사(力士)를 얻어 무게가 120근이나 나가는 철퇴를 만들었다. 진나라 황제가 동쪽으로 순시할 때, 장량은 자객과 함께 박랑사에서 진황제를 저격했으나, 잘못해서 부관의 수레를 맞췄다."(留侯張良者, 其先韓人也. (…) 秦滅韓, (…) 韓破, (…) 悉以家財求客刺秦王, 為韓報仇. (…) 東見倉海君, 得力士, 為鐵椎重百二十斤. 秦皇帝東游, 良與客狙擊秦皇帝博浪沙中, 誤中副車)라고 기록되어 있다.

이번에는 '옥적(玉笛)'을 노래했다.

대나무 자른 듯한 마디에 구슬만한 구멍들	節如竹削孔如球
부는 사람 없어 소리 멎은 지 오래구나	操弄無人響久休
묻노니, 언제쯤 피리의 혼 다시 돌아오려나	問爾何時魂更返
신라가 망한 지 어느덧 천년이라네	鷄林黃葉[7]已千秋

계림 곧 신라에는 오래전부터 백옥(白玉) 피리와 벽옥(碧玉) 피리 한 쌍이 있었다. 백옥 피리는 불에 타 사라졌다. 벽옥 피리는 지금부터 223년 전에 이승학(李承鶴)이 땅을 파다가 발견했다. 그가 사사로이 간직해 오다가 가운데가 부러졌다. 경주 부윤 이인징(李麟徵)이 밀랍으로 붙이고 은으로 단장했다. 피리의 마디는 세 개이고 구멍은 아홉 개였다.

12일. 밤에 남대문 역에서 기차에 올랐다.

13일. 새벽에 평양에 도착했다. 아직 날은 밝지 않았다. 기자릉을 바라보니 울창한 푸른 솔밭에 엷은 안개가 장막처럼 펼쳐졌다. 일백 세대나 되는 오랜 역사가 떠올라 울적했다. 지난해에 기자릉을 보았던 터라 더욱 더 슬픔을 가눌 수 없었다. 시 한 수를 읊었다.

◇◇◇◇◇◇◇◇◇◇◇◇◇◇

7 신라 말엽에 최치원이 신라의 쇠망과 고려의 흥기를 암시한 참언에 "푸른 소나무와 누런 이파리, 곡령과 계림에서 탄식한다."(『고운집孤雲集』「고운선생사적孤雲先生事蹟」'청학동비靑鶴洞碑')는 말이 있다. 곡령은 고려, 계림은 신라를 가리킨다. 고려는 푸른 소나무처럼 국운이 날로 일어나고, 신라는 누런 이파리처럼 시들어갈 것이라고 예언한 것이다.

맥수가[8]를 마치자 백마는 동쪽으로 달려가고	麥穗歌終白馬東
푸른 산속에는 옷과 신발만 남았네	空留衣舃碧山中
오늘은 참배 못하고 멀리서 바라만 보지만	昔時瞻拜今晨望
광명을 기다리던 기자의 풍모가 더욱 우러러보이네	益仰明夷[9]百世風

이날 용만(지금의 의주)의 양책관(良策館)에서 잠을 잤다. 지금까지 지나온 거리는 모두 천 리다.

14일. 동산리(東山里)로 가서 사판(司判) 이노수(李魯洙)를 찾았다. 이노수는 중국어를 잘해서 갑오년 이전에 원세개[10]와 당소의[11]가 우리나라에 주둔할 때, 십여 년 동안 통역의 일을 맡았다. 중국의 사정을 이야기하는 데는 매우 노련했지만, 이제는 나이가 들고 몸이 약해져서 침상 신세를

◇◇◇◇◇◇◇◇◇◇◇◇◇◇◇

8 맥수가(麥穗歌)는 기자(箕子)가 고국 은(殷)나라가 망한 뒤 황폐해진 궁궐에 보리와 기장만 무성한 것을 보고 한탄하며 불렀다는 노래로, 나라가 망함을 한탄한 노래를 뜻한다. "보리 이삭은 점점 자라고, 벼와 기장 기름지기도 해라. 저 교활한 아이는 나와 사이가 좋지 않네(麥秀漸漸兮, 禾黍油油兮, 彼狡童兮, 不與我好兮)"라고 했다. 시 속의 교동(狡童)은 은나라의 폭군 주(紂)를 가리키는 것으로, 그의 포학한 정치로 은나라가 결국 망하게 되었음을 풍유한 것이다. 은나라의 백성이 이 노래를 듣고서 모두 눈물을 흘렸다고 전한다. 후대에 이르러 '맥수지탄(麥秀之歎)'은 고국의 멸망을 한탄하는 의미로 쓰이게 되었다.

9 '명이(明夷)'는 『주역』 64괘 중 36번째에 있는 괘의 이름으로, '암흑 속에서 광명을 기다린다'는 뜻이다. 이 괘는 기자처럼 밝은 빛이 스러지고 어둠이 지배하는 시기에 군자가 처신해야 할 방도를 알려준다. 기자는 은나라 말기, 폭군 주(紂)가 지배하는 암흑의 시기에 거짓으로 미친 척하고 남의 노예가 되어 화를 면한 뒤에 무왕에게 홍범구주를 전수해 주었다고 한다.

10 원세개(袁世凱)(1859~1916). 중국 근대의 저명한 정치가, 군사가, 북양군벌의 영수. 자는 위정(慰亭, 또는 慰廷), 호는 용암(容庵), 세심정주인(洗心亭主人). 하남(河南) 항성(项城) 사람이라 '원항성(袁项城)'이라고 불렸다.

11 당소의(唐紹儀, 1862~1938) 청말~민국 초의 정치가, 외교가. 자는 소천(少川)이다. 1862년 광동(廣東) 향산현(香山縣)에서 태어났다. 청나라 정부에서 총리총판(總理總辦), 산동대학 초대 교장을 역임했고, 중화민국 내각총리, 북양대학(北洋大學) 교장을 맡았다.

져야 할 처지이다. 슬하에 시중드는 아이 한 명도 없어서 마음이 아팠다.

15일. 이른 아침에 보니 책상 위에 책 한 권이 있었다. 『강유위전(康有爲傳)』이라고 제목을 단 책이었다. 들어서 한 편을 읽어보았다. 그 글은 오로지 강유위와 양계초를 추악하다고 꾸짖는 것을 주요 내용으로 삼고 있었다. 첫 장에 따르면, 하늘의 별 이십팔수(二十八宿) 가운데 심성(心星)[12]과 허성(虛星)[13]의 두 별이 인간 세상으로 도망쳐 내려왔는데, 강유위는 허일서(虛日鼠)[14]가 되고, 양계초는 심월호(心月狐)[15]가 되었다고 했다. 끝없이 억측을 지어내고 남을 억지로 죄에 빠뜨렸다.

이 책에 따르면 무술년에 강유위가 정사를 돕고, 광서 황제가 유신에 힘쓸 때, 강유위가 몰래 황제에게 환약을 바치고 사술(邪術)로 광서 황제의 마음을 홀려서 어지럽혔다고 했다. 원세개는 정무 처리가 치밀하지 못해 황제를 갇히게 했고, 여섯 열사(六烈士)[16]를 체포당하게 함으로써 중국을 흥망의 기로에 놓이게 한 장본인이었다. 그런데 그 책에서는 도리어 원세개가 했던 일을 명신의 탁월한 식견이라고 여기고, 그가 간악한 일들을 뿌리 뽑았다고 썼다. 이는 시비를 전도시키고, 선악을 뒤바꾸는 것으로 저자가 양심을 저버렸으니 탄식할 만했다.

◇◇◇◇◇◇◇◇◇◇◇◇◇◇◇

12 이십팔수 가운데 다섯째 별자리의 이름.

13 이십팔수 가운데 열셋째 별자리의 이름.

14 이십팔수 가운데 하나로, 북방의 현무(玄武) 칠성 가운데 네 번째 별. 가을의 대표적인 별자리다.

15 이십팔수 가운데 하나로, 동방의 칠성 가운데 다섯 번째 별. 여름 첫 번째 달의 별자리다.

16 청나라 광서24년(1898) 무술정변 때, 자희태후(慈禧太后)가 참수한 여섯 명의 변법파 인사로, 담사동譚嗣同, 임욱林旭, 양예楊銳, 양심수楊深秀, 유광제劉光第, 강광인康廣仁 등을 가리킨다.

양책(良策)으로 돌아왔다. 그날 바로 압록강을 건너려 했지만, 생각에 잠겨 머뭇거리다 보니 건너가지 못했다. 느릿느릿 거닐다가 길가에서 소주 몇 잔을 마셨는데, 남쪽 지방의 술보다 무척 독했다. 술기운에 거나하게 일어나는 바람에 강을 건너려는 일도 머릿속에서 사라져 버렸다.

요동에서 보고 듣다 遼塞見聞錄

2월 16일. 양책역에서 기차를 타고 압록강 철교를 지나다 시 한 편을 지었다.

천연 요새가 동서로 이 강에 맞닿으니	天塹東西限此江
천 길이나 되는 철교는 화륜선보다 낫네	千尋架鐵勝輪艭
특별히 번화한 이곳엔 3만 호나 산다는데	特地繁華三萬戶
나그네는 남만주 땅을 처음 밟아보누나	行人初躡滿南邦

안동역에 이르니 이날 60리를 지나왔다.

19일. 여관에서 북경 사람 두방역(杜芳域)과 필담을 나누었다. 중국의 최근 형편을 물어보니 그가 말했다. "오늘날 중국은 군주의 위엄이 서지 않고, 정치의 기강이 어지럽다. 화폐가 통일되지 않아서 상인들의 손해와 여행자들의 불편이 이만저만이 아니다. 일본과 서양의 화폐는 각 성에서 유통되지만, 우리나라의 화폐는 이 성의 돈이 저 성에서는 유통되지 못하니 이보다 더 부끄러운 일은 없다. 당국에서는 마땅히 재정 정비를 급선무로 삼고, 널리 화폐를 주조해서 통일된 효과를 거두어야 한다. 그러면 꼭 열강에 차관을 빌릴 필요는 없다."

나는 "나라의 국고가 이미 비었고 금본위제가 확립되지 않았으니, 어찌 화폐를 주조한다고 해서 나라를 구할 수 있겠는가?"라고 대답했다. 두방역과 나는 서로 바라보면서 크게 낙담했다.

20일 . 교리 안효제(安孝濟) 어른이 이곳의 옆에 있는 이수리(梨樹里)에 살고 있다는 말을 듣고서 가서 뵈었다. 가는 길 주위에는 산과 들을 개척하고 부두와 항구를 만들었다. 지난 50년 간 철도 부근의 땅이 모두 일본의 관리 하에 들어갔고, 그 나머지 산과 들의 민가는 중국의 도대(道台)[17]와 지현(知縣)의 관할이 되었다. 땅은 넓고 세금은 가벼워서 가난한 백성들 가운데 귀의해온 자들이 많았다. 조선인도 가끔 그곳에 들어가 산다고 한다.

무덤들이 들판에 이어져 있는데, 아래는 둥글고 위는 뾰족해서 마치 갈삿갓(雨笠) 같았다. 또 관이 드러나 있는데도 덮지 않은 것이 많았다. 집은 벽돌을 쌓고 기와를 덮어서 만들었다. 앞에는 문병(門屛)[18]을 세워 놓은 곳이 많았다. 초가는 갈대로 덮었는데, 이상할 만큼 튼튼하고 촘촘해서 30,

◇◇◇◇◇◇◇◇◇◇◇◇◇◇◇

17 청나라 관직명. 성(省)과 부(府) 사이의 지방 장관을 가리킨다.

18 밖에서 집안을 들여다보지 못하도록 대문(大門)이나 중문(中門) 안쪽에 가로막아 놓은 담이나 널빤지.

40년을 지탱할 수 있다. 밭은 모두 곡식을 심었는데, 그 이랑이 무척 넓었지만 묵힌 땅은 없었다. 산은 모두 바위가 없는 흙산이였다. 숲에는 떡갈나무를 울창하게 심어 누에 치는 데 쓴다.

농부들은 신에게 굿을 한다. 어떤 곳은 돌을 세우고 벽돌을 쌓아서 삼면을 둘렀다. 앞은 탁 트였고 안은 텅 비게 해서 신좌(神座)[19]를 안치했다. 양쪽 돌에는 "시절이 조화로워 해마다 풍년이 들고, 비는 넉넉히 내리고 바람은 고르다(時和年豊 雨順風調)"는 따위의 글을 새겨놓았다.

곡식은 각 종류가 모두 갖추어 있는데, 옥수수가 가장 많았다. 옥수수는 식량으로 쓰일 뿐만 아니라, 가을과 겨울에는 줄기를 자르고 뿌리를 캐서 땔감으로 쓴다.

가축으로는 노새와 당나귀가 많았다. 어떤 경우는 예닐곱 마리를 매어서 농사짓는 수레를 나르는 데 쓴다. 닭, 오리, 개, 돼지는 우리나라에서 나는 종류와 거의 같은데, 오직 소가 가장 귀하다.

나무는 느릅나무, 버드나무, 상수리나무, 떡갈나무가 가장 많고 소나무는 귀하다.

이 지역이 수도에서 멀리 떨어져 있고, 새로 개척된 곳으로 거칠고 초라했다. 학문이 발전하지 못해 세상에 이름난 사람이 없었다. 강도나 절도하는 무리가 곳곳에 있어서 걱정거리지만, 경찰은 무척 적어 그것들을 막지 못했다.

얼마 뒤에 도착해 안 어른을 뵈었다. 안 어른은 생활이 어려워 우리나라 사람인 박씨 성의 집에 들어가 살고 있었다. 우리나라 사람으로서 그 마을에 사는 집이 삼사십 호가 되는데, 농토는 무척 넓고, 세금은 무척 가벼

◇◇◇◇◇◇◇◇◇◇◇◇◇◇◇

19 신위판(神位版)을 놓는 자리.

웠다. 농가가 처음 이곳에 오면 밭을 빌려서 경작한다. 1년에 거두어들이는 것이 대략 우리나라의 한 마지기 기준으로 세금은 두 말이다. 이것은 경찰이 민간에 출장을 나와 도둑질하는 것을 막는 데 쓰는 비용이다. 그러나 이것은 오히려 현지 주민에게 속아서 그런 것이다. 현지 주민 같으면, 한 마지기 땅에 세금 한 말을 바칠 뿐이다. 우리나라 사람이 장차 두 말을 기준으로 세금을 낸다면 토착인 이외에는 한 사람도 세금을 납부할 수 없을 것이다. 가난한 집들이 사방에서 모여들다 보니 거처는 보잘것없고 우리나라의 궁벽한 곳보다 훨씬 더 인정이 사나웠다.

이날 30리를 지나왔다.

21일. 안효제 어른과 함께 현으로 돌아왔다. 멀리 압록강을 바라보니 기차가 다리를 지나고 있었다. 그 사이에 철로 만든 아치형 다리 두 개가 중간에서 회전하여 부채처럼 열려 증기선이 지나는데 아무런 문제가 없었다. 철교는 폭이 넓어 중간에 기차가 통과하고, 양옆 길로 행인이 여러 명 지나다닐 수 있을 정도였다. 두 철교의 거리는 반걸음에 지나지 않았다. 그 얼마나 장대하고 굳센가. 그 기계를 다루는 솜씨가 신령스럽고 빨라서 마치 손부채를 휘두르는 것 같았다. 20세기 물질문명이 발달한 일면을 여기에서 볼 수 있었다.

안 어른은 도중에 만주 지방에서 방울 단 말들을 타고 다니며 도둑질하는 비적들이 얼마나 험악했는지 자세히 이야기하면서 “우리가 북만주를 떠나서 남쪽으로 내려온 것은 이 때문이다”라고 말했다. 숙소로 돌아와 그와 헤어졌다.

22일 . 이른 아침에 기차를 타고 합마당(蛤蟆塘), 오룡배(五龍背), 탕산성(湯山城)을 지나니 고려문이 있었다. 이곳은 곧 옛날 사신 행렬이 오가던 큰길이다. 북쪽으로 수십 리를 나아가서 기차가 멈추니 봉황성(鳳凰城)이었다. 골짜기와 산이 둘러 있고, 시가지가 가지런하니 하나의 큰 도시를 이루었다. 어떤 사람은 이곳이 '안시성(安市城)'이라 하고, 어떤 사람은 '왕검성(王儉城)'이라 하고, 어떤 사람은 '평양'이었다고 한다.

방향을 돌려 계관(溪冠)을 거쳐 유가하(劉家河), 연산관(連山關), 남분(南墳) 등의 역을 지났다. 진상둔(陳相屯)을 넘으니, 들판이 아득하게 펼쳐져 있어서 하늘이 끝이 없었다. 무안(撫安)을 지나 봉천(奉天)에 이르니 밤은 이미 절반쯤 지나 있었다.

기차에서 내려 역을 나서니 바깥의 역 건물이 웅장하고 화려했다. 상점 빌딩들이 서로 마주하고 수만 개의 등이 별처럼 반짝였고, 바쁘게 내달리는 전차들이 자못 시선을 끌었다.

우리나라 김씨의 가게에 묵었다. 김씨는 "일단 산해관(山海關)에 들어가면 우리나라 사람의 숙소가 없을 것이다"라고 말했다.

이날 지나온 길이 대략 700여 리이다.

23일 . 앞서 외가의 형인 침랑(寢郎) 김창현(金昌鉉)씨가 이곳 서탑(西塔)에 살고 있다는 이야기를 듣고 가서 뵈었다. 그 아들인 사언(士彥)과 함께 호국사(護國寺)를 보았는데 정전(正殿)은 이미 닫혀 있었다. 그 만듦새가 우리나라의 사찰과 거의 같았다. 뜰에는 두 그루의 고송이 있었는데, 어둡고 찬 기운이 엄습해왔다. 뜰의 남쪽에는 탑이 높이 솟아 있었다. 기와와 벽돌로 쌓아 높고 컸지만 그다지 뛰어나거나 아름답지는 않았다. 그 옆에 두 개의 비석이 있는데, 비각을 만들어 덮어 놓았다. 앞면에는 몽골 글자를 새겼고 뒷면에는 한자를 새겼다. 자세히 볼 겨를이 없어서 대충 보고 나왔다. 북쪽으로 멀리 바라보니 소나무 숲이 울창하고 산봉우리와 산기슭이 그늘져 있었다. 이곳은 개운산(開運山)으로, 청나라 태종의 영릉(永陵)이 있다.

술 몇 잔을 사 마시고 추위를 피했다. 성으로 향하는 길에 공원으로 들어갔다. 공원 안에는 연못을 파서 다리를 놓았다. 그 가운데 노대(露臺)를 쌓았는데, 정자가 날아가는 듯했다. 그 위에서 걸으며 내려다보니 연못 속 얼음이 단단해 보였다. 중간중간 얼음이 녹은 곳이 있었는데, 크고 작은 물고기들이 헤아릴 수 없이 많이 얼어 죽어 있었다. 때로는 한 자나 되는 물고기가 얼음바닥에 가라앉아 있었는데, 아마도 북방지역의 극심한 추위 때문인 듯하다. 좋은 대책을 써서 살리지 못한 것이 안타까웠다.

길을 돌아서 남비정(攬轡亭)에 이르렀다. 마루 기둥 사이에 의자가 줄지어 놓여있었다. 날씨가 너무 추워서 놀러 나온 사람들이 한 명도 없었다. 편액과 양쪽의 대련은 모두 동해(東海) 서세창(徐世昌)[20]의 글씨였다. 그 필세가 힘차고 굳세며, 문장의 기품을 높이 드날렸으니 명인의 필적에 손색이 없었다.

소서문(小西門)으로 들어가 잠시 성루에 올라 사방을 둘러보았다. 성의 주위는 수십 리인데, 모두 벽돌로 쌓았다. 여덟 개의 문루가 있는데, 누대는 모두 3층으로 지어져 있었고 옹성으로 누대를 보호하고 있었다. 좌우에도 마주 보는 문이 있어 길이 사방으로 통했다. 거리는 번화하고 시장의 가게는 도로를 끼고 있었다. 조각한 난간과 채색한 누각들이 양쪽으로

◇◇◇◇◇◇◇◇◇◇◇◇◇◇◇

20 청나라 말기, 중화민국 초기의 정치가. 자(字)는 국인(菊人). 천진(天津) 사람이다.

벌여 있었고, 그 속에 금은보화들이 가득 차 있었다. 철도의 작은 선로가 정거장에서 성문에까지 이어져 있었다. 이것은 마차가 다니는 것이고, 전차를 위해 설치한 것은 아니었다.

전봇대에 걸린 줄은 거미줄처럼 촘촘했다. 성의 안팎에서 전기를 쓰는 사람들이 날로 많아졌다. 집들은 즐비했고 거리는 시끌벅적했다. 삭풍이 거세게 불어와 먼지와 모래가 해를 가렸다.

성을 따라 내려와서 무공방(武功坊)으로 들어갔다. 북쪽으로 이어진 것은 청태조의 옛날 궁전이다. 궁전의 정문을 대청문(大清門)이라고 하는데, 문은 이미 닫혀 있었다. 그 안에 숭정전(崇政殿)이 있었고 좌우에는 비룡각(飛龍閣)과 상봉각(翔鳳閣) 등의 전각이 있었다. 뒤에는 3층의 높은 누각이 있었는데, 봉황루(鳳凰樓)라고 했다. 또 금란전(金鑾殿)이라고 부르는 전각이 있는데, 정확히 어느 전각을 말하는지 모르겠다. 멀리 바라보니, 모두 황색 유리 기와로 덮여 있었다. 사언(士彥)이 이번 기회에 표를 사 들어가서 두루 구경하자고 했다. 내가 "멀리서 봐도 충분한데 꼭 가까이 가서 봐야 하는가?"라고 말하고는 돌사자를 한번 쓰다듬고 그냥 나왔다.

성경도독부(盛京都督府)를 둘러보고 도서관에 갔다. 표를 사서 바로 들어가 계단을 잡고 누각으로 올라갔다. 누각의 화려하고 웅장함은 처음 보는 것이었다. 서가에 꽂혀 있는 책들은 몇 십만 권인지 알 수가 없었다. 탁자 위에 놓인 신문과 잡지들은 무려 수십 종이나 되었다. 마음은 바쁘고 눈이 어지러워 대충 훑어보고 나왔다. 날이 어두워져서 외가의 형의 숙소로 돌아왔다.

심양은 곧 청나라의 발상지이니, 궁궐과 도시가 웅장하고 번화한 것도 당연치 않겠는가. 지금은 철로가 삼면에서 도시를 둘러싸고 있다. 경봉선

(京奉線)[21]은 중국의 북경과 통한다. 안봉선(安奉線)[22]과 길장선(吉長線)[23]은 일본 철도인데, 갑오년과 갑진년의 큰 전쟁에서 획득한 것이다. 돌아보건대, 최근 20년은 손을 뒤집어 구름을 만들고 손을 엎어 비를 뿌리며 용이 솟구치고 호랑이가 뛰는 듯했다. 이 성은 남만주의 유일한 요충지로서 아득한 요동평야에 창과 대포소리가 끊이지 않았을 것이다. 회고해 보면, 260년간 애신각라씨(愛新覺羅氏)[24]는 광대한 영토와 수많은 인구로 지구상에서 전무후무한 군주인데, 이곳에서 일어난 발자취는 지금 과연 어디에 있는가.

또 생각해보니 홍익한, 오달제, 윤집 삼학사(三學士)[25]의 외로운 혼이 황천에서 쓸쓸하게 떠돌아, 술 한 잔 올릴 곳도 없었다. 그저 망한 나라의 백성에게 시대가 달라서 서로 만나보지 못하는 슬픔을 더할 뿐이었다. 이에 시 네 수를 지었다. 그 첫 번째는 다음과 같다.

심양은 드넓은 요동평야에 있는데	瀋陽正在大遼原
큰 정자와 높은 누각 화려하고 번성하네	傑榭層樓盛且繁
북쪽 산기슭의 남은 추위로 눈과 얼음 여전한데	北麓餘寒舍凍雪
서쪽 교외 지는 해는 황혼으로 들어가네	西郊斜照入黃昏

◇◇◇◇◇◇◇◇◇◇◇◇◇◇◇

21 북경에서 심양까지 연결된 철도.

22 현재 중국의 단동에서 심양까지 연결된 철도. 한국에서 남만주 철도로 연결되는 지선이다. 일본이 만주를 침략했을 때, 한반도의 물자를 만주로 나르던 보급로 역할을 했다.

23 지린(吉林)에서 창춘(長春)까지 연결된 철도. 1910년대에 안봉선(安奉線), 길장선(吉長線), 사도선(四洮線)이 건설되었다.

24 본디 만주족의 부족 가운데 하나였는데, 뒤에는 중국 청나라 황실의 성을 가리킨다.

25 조선 시대에 병자호란이 일어났을 때 중국 청나라에게 항복하는 것을 반대하다가 끝내 살해당한 세 사람을 이른다.

먼지 속에 금란전은 이미 닫혔고 塵中已鎖金鑾殿
삼학사의 혼은 어디에 있는가 泉下難招學士魂
만주성의 여러 어른들께 말 전하노니 寄語滿城諸父老
대동 민족은 모두가 근원이 하나라네 大東民族摠同源

여기에서 한마디 말을 하지 않을 수 없다. 옛날 명나라 만력(萬曆) 연간에 신종황제(神宗皇帝)가 천하의 군사를 파견해서 우리나라를 구원했다. 그 뒤 만주족 청나라가 심양에서 일어나 군사를 이끌고 동쪽에 이르니, 남한산성에서 항복하는 치욕이 있었고 마침내 평화조약이 맺어졌다. 그러나 당시 사대부들은 청나라를 배척하고 명나라를 돕자면서 척화를 주장하는 소리가 더욱 심해졌다. 청나라 조정에서는 몹시 다급하게 척화를 주장하는 사람들을 찾았다. 이에 삼학사들은 분개해 스스로 심양의 청나라 조정으로 나아가 의리를 주장하고 절개를 지켜 죽었다. 이로부터 우리나라 사람들이 명나라를 기린 것이 그 이래로 260여 년이 되었다.

그러나 세상에 의리를 바꾸는 데에는 근본이 되는 경법(經法)과 때에 따라 처리하는 권도(權道)가 있다. 명나라가 조선을 구원해 준 의리는 비록 잊을 수 없지만, 청나라가 우리나라를 우대해 준 것이 과연 명나라에 미치지 못한 것인가? 더구나 지난날 명나라를 숭상하고 청나라를 배척한 사람들은 오만하게도 존화양이(尊華攘夷)를 구실로 삼아 거만하게 도포를 휘날리고 상투를 틀고서 "천하에 나 같은 사람이 아니면 모두가 금수다" 라고 말했다. 가령 도포를 입고 상투를 튼 것이 백성들의 삶을 위한 가장 큰 의리라고 하더라도 우리의 복식을 보존하고 우리의 상투를 지켜왔던 것은 청나라가 그것을 관용해서 그런 것이지, 우리가 스스로 보존하고 지켜온 것은 아니었다.

남한산성에서 항복하던 날에 청나라가 우리나라 사람들에게 변발을 강요하고 복식을 바꾸게 하려고 했다면 손바닥 뒤집는 것처럼 쉬운 일이었다. 청나라가 중국 민족에게는 그렇게 할 수 있었고 우리나라에는 그렇게 할 수 없었겠는가.

어떤 사람이 "그러면 우리나라 사람들이 청나라 황실을 칭송하는 것이 옛날에 명나라를 잊지 못한 것과 같은가?"라고 의심한다면, 나는 다음과 같이 말하겠다.

"성인도 때에 맞춰서 알맞게 할 뿐이다. 명나라와 청나라에 우리나라가 배신할 수 없는 은의(恩義)가 있다고 하더라도 지금 세상의 형국은 이미 변했다. 나에게는 종사(宗社)에 관여할 책임은 없지만, 종족의 의리는 그것이 귀하다고 말하지 않을 수는 없다. 국시(國是)라는 것은 한 나라의 경계까지 아우르는 것으로서 한번 정해지면 바꿀 수 없는 목표를 세우는 것이다. 지금에 이르러 명나라와 청나라의 후손은 말할 것도 없이 모두가 우리의 동족이다. 모두 손을 잡고 협력하는 것이 옳다. 그 까닭은 무엇인가?

요양과 심양은 바로 단군이 다스렸던 옛 강토이고 조선은 기자의 옛 지역이다. 그래서 우리나라의 씨족(氏族)을 살펴보면, 부여씨가 요 · 순 시기에 일어나 4천 년을 이어온 신성한 종족이 되었다. 은나라와 주나라 시대에 기씨(箕氏)가 5천 명을 이끌고 귀순했다. 백이와 같은 현자도 이곳에서 살았고, 공자와 같은 성인도 이곳에서 살고 싶어 했다. 우리 동방은 군자의 나라로 천하에 칭찬 받은 지가 오래다. 그래서 중국의 역대 사대부 중에 우리 동방으로 흘러들어와 살게 된 사실이 역사서에 끊임없이 기록되었다.

신라부터 고려와 조선왕조에 이르기까지 중국의 문화를 부러워해 중화를 받들고 오랑캐를 배척하는 헛된 인습에 빠졌다. 이것은 사대주의에 의존하는 마음에서 나왔을 뿐만 아니라, 참으로 여러 종족이 모두 중국 문화에 동화되어야 한다는 데서 비롯된 것이다.

얼마 전부터 우리나라의 땅이 날로 좁아지고, 인구가 날로 많아져서 살아갈 일이 더욱 어려워졌다. 의지할 데 없는 사람들은 날마다 만주 땅으로 가서 떠돌았다. 넘어지고 넘어지는 곤란한 상태는 비록 피할 수 없지만, 집을 벗어나려는 우리나라 사람들이 이곳 외엔 갈만한 데가 달리 없으니, 이는 어쩌면 운명인지도 모르겠다.

그러나 떠돌아다니는 사람들 가운데 조금 식견이 있는 자들은 스스로 신구 두 파로 나뉘었다. 옛것에 얽매인 사람들은 대세에 어두워 중화를 받들고 오랑캐를 배척하는 헛된 인습에 힘쓰고 있었다. 새로운 것을 말하는 사람들은 자립할 줄은 알면서도 자신들의 좁은 견해만을 고수한다.

우리 민족에게 바라는 것은 고루한 인습을 버리고 좁은 견해를 깨뜨리는 것이다. 오늘날 우리가 해야 할 것은 단군 · 기자를 국조로 삼고, 한족 · 만주족과 연대하고, 성현의 교화를 밝히고, 공자의 가르침을 배우는 것보다 더 좋은 게 없다. 북풍의 눈보라를 뚫고 서로 손을 잡고 함께 돌아가야 할 따름이다. 우리 민족 가운데 만주에 흩어져 사는 사람들도 스스로 돌아보고 살펴봐야 하지 않겠는가."

누군가는 이렇게 말할지도 모른다. "그렇다면 그대는 단군 · 기자를 국조로 삼고 한족 · 만주족과 손을 잡고 완전히 하나가 되자고 생각하는 것이니, 그 뜻이 가상하다. 그러나 이는 양쪽에 다 문제가 있어 일치된 결론을 내릴 수 없고, 향기와 악취, 얼음과 숯을 한 그릇에 담아 모두 억지로 아름다워지는 효과를 내려는 것이 아닌가? 우물쭈물하면서 미봉책을 써 종족과 계통을 혼란스럽게 하는 것보다는 차라리 깨끗하게 홀로 서서 순수하게 우리 단군 할아버지 혈통만 받드는 것이 더 나을 것이다.'

그렇다면 나는 이렇게 말할 것이다.

"과연 그럴까? 천하의 이치는 마땅히 실제에서 진리를 찾아야 하니, 이것이 중도에 맞는 길이다. 그러나 이것을 잘할 수 있는 사람들이 드문 지가 오래되었다. 자막(子莫)[26]은 양주(楊朱)와 묵적(墨翟)의 폐단을 살핀 뒤에 그 중간을 잡았지만, 그 역시 한쪽만을 고집했다. 호광(胡廣)[27]은 중용(中庸)의 도를 잘 활용했지만, 구차하게 남의 비위를 맞추는 데로 빠졌다. 내가 바라는 것은 중도(中道)에 합치되는 길을 찾는 것이다. 그런데 중도가 일의 실질을 버린다면, 이는 어찌할 길이 없다.

우리 민족의 계통과 역사의 연원을 살펴서 논의해 보겠다. 우리 민족이 일어난 것은 사실 단군으로부터 시작되었지만, 기자가 우리나라에 오고 난 뒤에야 중국의 문명에 동화되었다. 이때부터 우리의 부여족과 중국의 한족은 형체와 기상이 서로 이어지고, 물과 젖처럼 서로 흘러들었다. 문자를 같이 쓰고, 가르침도 같았다. 신라 · 고려 때는 이미 중국식 사고방식이 성행했다. 시간이 흘러 조선이 융성할 때에는 한민족의 중화를 받들고 만주족의 오랑캐를 배척하는 인습이 중국보다 더 심할 정도였다. 마음

◇◇◇◇◇◇◇◇◇◇◇◇◇◇◇

26 자막(子莫)은 노나라 사람으로, 양주와 묵적 두 사람의 학설이 모두 그른 것을 알고 두 사람의 중간을 옳다고 여겨 실행했다. 그러나 형편에 따라 변할 줄을 모르고 일정한 중도만을 고집했다. 그 때문에 맹자는 "하나만을 고집해 백 가지를 폐지하는 결과를 가져 오는 것"이라고 비판했다.(『맹자』「진심(盡心)」)

27 호광(胡廣)은 후한(後漢) 사람으로, 여섯 임금을 섬기며 두터운 예우를 받았다. 그러나 임기응변에만 능하고 직언을 하지 않아서 세상에서 '천하의 중용(中庸)을 지녔다'고 놀림을 받았다고 한다.

속으로는 옳지 않다고 생각하면서도 당시의 여론에 떠밀려 끝내는 이견을 꺼낼 여지가 없었다.

모든 일은 극단에 이르면 처음으로 되돌아가는 법이다. 동족을 비난하는 것이 의로운 행위가 아니고, 큰 나라에 의지하는 것도 열등한 성향이라는 것을 뜻있는 선비들은 점차 깨닫기 시작했다. 그러면서 시원으로 거슬러 올라가 단군을 하늘로 받들어 사천 년을 이어온 국가의 특성으로 삼았으니, 그 뜻은 거칠고, 그 생각은 원대하다고 말할 수 있을 것이다.

그러나 단군을 소중히 모시면서 기자를 멀리하고, 만주족과 연합하면서 한족을 멀리 한다면 아마도 과거에 중화를 받들고 오랑캐를 배척했던 것처럼 그것이 원인이 되어 잘못을 바로잡으려다 오히려 일을 그르치게 될 것이다. 이것은 병은 같지 않더라도 중도를 놓친다는 점에서는 같다.

이제 우리나라 각 성씨의 족보를 살펴보면, 원주민은 열 명 가운데 예닐곱 명을 차지하고, 한족은 서너 명을 차지한다. 그리고 원주민 가운데 수천 년 동안 계통이 분명하지 않은 자가 또 태반이 될 것이다. 그렇다면 그 가운데 한족이 대다수를 차지하지 않는다는 것을 어떻게 알 수 있겠는가? 더구나 교화와 문자, 윤리와 관습도 중국에서 들어와서 백세토록 전해 내려오다 보니 이미 우리 민족의 특성이 되었다. 이제와 신체의 절반을 잘라내어 완전한 사람이 되고 싶겠지만, 그것은 도무지 생각할 수 없는 일이다.

아, 슬프다! 과거에 중화를 받들고 오랑캐를 배척했던 사람들은 그 태반이 단군의 유족(遺族)이다. 오늘날 만주족과 연합하고 한족을 멀리하기를 바라는 사람들은 반드시 기자의 후예(後裔)로부터 비롯된 것이다. 이것이 비록 나의 지나친 염려에서 나왔지만, 우리 민족이 이런 지경에 이르지 않기를 바라는 마음이 무척 크다. 그리고 우리 동포가 온 천하에서 살고 있다는 것을 우리는 잘 알아야 하지 않겠는가?"

또 살펴보건대, 심양은 본래 조선 땅이었는데, 한나라가 4군을 설치해 낙랑의 행정구역이 되었다. 원래 중국의 위나라, 수나라, 당나라 때는 고구려에 속했고, 지금은 성경봉천부(盛京奉天府)가 되었는데, 개운산(開運山) 남쪽과 혼하(渾河) 북쪽에 자리 잡고 있다. 혼하는 일명 아리강(阿利江)이라고도 불리며 장백산, 곧 조선의 백두산에서 발원해서 사하(沙河)에서 합쳐지고, 봉천부의 성 동남쪽을 휘감아 돌아 태자하(太子河)와 만난다. 옛날 연나라 태자 단이 도망쳐왔을 때 이곳에서 붙잡혔기 때문에 태자하로 부른다고 전해온다.

24일. 아침 일찍 이종 형에게 작별인사를 하고 봉천역으로 왔다. 이 역에서는 중국인이 일본인과 함께 합동으로 관리하면서 열차표를 팔았다. 경봉선(京奉線) 열차를 타고 산해관을 향해 출발했다. 남만로(南滿路)를 지나고 요양하(饒陽河)를 건넜다. 강은 그렇게 크지는 않았으며 강물은 누렇고 탁했다. 대호산(大虎山)과 구방자(溝幇子)를 지나 서쪽으로 가니, 요동벌이 더욱 평평하고 넓게 확 트여 끝이 보이지 않았다. 철로 가에는 논밭을 개간해 한 조각 빈 땅도 없었다.

하늘이 넓은 들판과 만나는 곳을 멀리 바라보니, 천리가 아득하고 나무는 짙은 그늘을 드리워서 마치 하늘에 비단을 깔아놓고 은빛이 바다가 된 것 같았다. 강과 호수의 물빛이 텅 비고 투명하다고 말하면, 그것을 제대로 묘사하지 못한 듯하다. 옥방울과 구슬 가루가 찬란히 주위를 비춘다고 이야기한다면, 그것과 비슷하다고 말하기 어려울 듯하다. 앞으로 나아가면 갈수록 더욱 더 뚜렷해져서 사람들에게 기이하다고 감탄하게 했다. 나도 모르게 정신이 아득하고 마음이 깨끗해졌다. 이것이 이른바 연경 8경 가운데 하나인 '계문연수'(薊門煙樹)[28]였다.

일찍이 듣건대, 요동 들판 천리에는 이런 광학 현상이 있는데, 겨울철에 날씨가 맑을 때마다 항상 볼 수 있지만, 봄이나 여름에 날씨가 음산할 때는 계문에 이르러도 그것이 나타나지 않는다고 한다. 그런데 지금 봄기운은 아직 일러서 겨울 날씨 같은데, 천리가 눈앞에 보이니 기이하지 않은가.

열차는 쉬지 않고 빨리 달려 석산역(石山站)에 도착했다. 동쪽을 바라보니 바위가 높이 솟아 마치 작은 산이 된 것 같았다. 그것이 바로 이른바 '십삼산(十三山)'이니 또 하나의 기이한 경치다. 대릉하(大陵河)와 쌍양점(雙羊店)을 지나 금주(錦州)에 도착했다. 역 안에는 육교가 높이 솟아있고 역 밖에는 성곽이 들쭉날쭉했다. 탑 하나가 하늘로 우뚝 서 있어서 눈여겨볼 만했다. 연산(連山)을 지나 영원주(寧遠州)에 이르렀다. 성의 규모와 인구로 볼 때 큰 도시라고 부를 만했다. 성 밖 길가에 십여 길이나 되는 높은 봉우리가 있었는데, 그 이름이 구혈대(嘔血臺)였다. 세상에 전하기를, 청나라 태종이 이 봉우리에 올라 영원성을 내려다보았고, 명나라 순무(巡

◇◇◇◇◇◇◇◇◇◇◇◇◇◇◇◇◇

28 연경 근처 길가의 나무에 안개가 서려 신기루처럼 보이는 자연 현상을 말한다. 연경8경(燕京八景) 가운데 하나로 꼽힌다. 계문(薊門)은 북경(北京) 덕승문(德勝門)의 서북(西北)에 있다. 도곡(陶谷) 이의현의 연행록인 『경자연행잡지(庚子燕行雜識)』에는 "송가성(宋家城) 별산점(鼈山店)을 지나서 서남쪽 사이를 바라다보니, 연기와 안개 속에 한 줄기 기나긴 숲이 수백 리 밖에 은은히 비쳐 보인다. 이것이 곧 이른바 '계문연수(薊門煙樹)'이다. 멀리서 바라보면 뚜렷이 구름과 나무 같다가 바싹 가서 살펴보면 아무것도 보이지 않아 마치 신기루가 일어났다가 공중에서 없어지는 것과 같으니, 참으로 기이한 광경이다. 이것이 연도팔경(燕都八景) 가운데 하나이다."(『도곡집(陶谷集)』)라고 기록되어 있다.

撫) 원숭환(袁崇煥)[29]에게 패해 피를 쏟으며 죽었기 때문에 '구혈대'로 불리게 되었다고 한다.

드디어 산해관(山海關)에 이르렀다. 아! 이 몸이 벌써 만리장성에 들어왔구나. 열차 안에서 여러 관문을 빠르게 지나쳤다. 기억나는 것은 3번째 관문의 편액인 '천하제일관(天下第一關)' 다섯 글자뿐이다. 이곳이야말로 동아시아에서 가장 오래된 유적이며 가장 큰 전쟁의 현장이었다. 귀가 따갑도록 들은 역사의 현장을 오늘 직접 목격하니 어찌 옛일에 대한 감회가 없을 수 있겠는가. 열차에서 내려 육교를 따라 역 밖으로 나가니, 역의 배치와 건물들의 위용이 봉천역과 비슷했다. 천태여관에 들어가 머물렀다. 이날 이동한 거리는 약 7,8백 리다.

◇◇◇◇◇◇◇◇◇◇◇◇◇◇◇◇◇

29 원숭환(袁崇煥, 1584~1630)은 명나라 말기의 무장이다. 뛰어난 전략으로 요동(遼東)과 요서(遼西)에서 후금(後金) 군에게 승리했다. 그러나 명나라 왕조 내부의 알력 다툼으로 처형되고 말았다.

북경에 머물다 駐燕錄

갑인년(1914) 2월 25일. 아침 일찍 산해관 천태여관에서 난간에 기대어 바라보니, 흐린 하늘에 빗방울이 떨어졌다. 수많은 행인과 차량이 끊임없이 기차역으로 향하고 있었다. 여관 동쪽 건물에서 통행허가증과 차표를 발급받아 오니, 일이 매우 편리했다. 여관에서 요구한 숙식비가 너무 비싸서 지니고 있던 일본 돈과 대양태환(大洋兌換)[30]으로는 더 이상 묵을 수가 없었다. 하룻밤 비용을 계산하니 3, 4원이 넘었다.

기차를 타고 북경을 향해 출발했다. 관문을 지나 북으로 향하니 큰 들판은 더욱 평탄하고 넓었다. 북대하(北戴河)를 지나 창려현(昌黎縣)에 이르니, 산세는 널찍하고 아름다웠다. 기차역과 성도 매우 웅장했다. 창려현은 큰 도시였다. 성안에는 문공 한유(韓愈)와 한상(韓湘)[31]의 사당이 있었다. 송나라 원풍(元豐) 연간에 한유를 창려백으로 봉했다. 원나라 지정(至

◇◇◇◇◇◇◇◇◇◇◇◇◇◇◇◇

30 원세개의 얼굴이 새겨진 민국 시기의 은화 화폐.

31 한상은 한유의 조카 손자이다.

正) 연간에는 처음 이곳에 사당을 세워 문공의 소상을 모셨다. 마음 편히 달려가 참배하고 싶었다. 내가 기차 안에 있어서 갈 수 없었지만, 사모하는 마음은 어쩔 수 없었다.

안산석문(安山石門)을 지나 난주(灤州)에 도착했다. 성도 있고 육교도 있는 큰 도시였다. 산해관 안팎의 강물은 모두 누렇고 흐린데, 오직 난주의 강물만은 맑다고 언젠가 들었다. 난하(灤河)는 만리장성 북쪽에서 흘러나오는데, 개평(開平)에서 동남쪽으로 영평부(永平府) 남쪽까지 10여 리를 흐른다.

물가에 작은 언덕이 있는데, 수양산(首陽山)이라고 한다. 산의 북쪽에 작은 성곽이 있는데, 고죽성(孤竹城)이라고 한다. 또 고죽사(孤竹祠)가 있어 그곳에서 백이숙제를 제사지낸다. 명나라 헌종 순황제는 백이에게 소의청혜공(昭義清惠公), 숙제에게 숭양인혜공(崇讓仁惠公)이란 시호를 내려주었다.

연암 박지원은 말했다. "중국에서 수양산이라고 부르는 곳이 다섯 군데가 있다. 어떤 사람은 하동(河東)의 포판(蒲坂)과 하곡(河曲) 사이에 있다고 말하고, 어떤 사람은 농서(隴西)에 있다고 말하며, 어떤 사람은 낙양(洛陽) 동북쪽에 있다고 말하고, 어떤 사람은 요양(遼陽)에 있다고 말한다. 지금 전하는 기록은 이처럼 뒤섞여 있다. 그러나 맹자(孟子)는 '백이가 주왕(紂王)을 피해 북해(北海)의 물가에 살았다'고 말했다. 우리나라 해주(海州)에 수양산이 있어서 백이숙제를 제사지내지만, 세상 사람들은 알지 못한다. 어떤 사람은 '기자가 동으로 조선에 온 것은 주나라 오복(五服, 중국 고대의 지역 구분법) 안에 살고 싶지 않았기 때문이니, 백이숙제도 그를 따라서 왔을 것이다'라고 말한다."

성호 이익은 "백이가 주왕을 피해 북해 가에서 산 것은 봉토를 받은 게 아니라 단군시대에 잠시 거주했을 뿐이다. 그들은 단군이 바닷가에 나라를 세워 어진 풍속이 대를 이어 지속되고 있다는 소문을 듣고 스스로 찾아간 것이다"라고 말했다. 지금 역사기록을 살펴보면, 단군이 세운 나라가 북해 가에 있었다는 것은 참으로 이치에 맞다.

또 어떤 사람은 "대련(大連) · 소련(少連)도 해주(海州) 사람이다"라고 말한다. 해주 오씨는 소련을 시조로 삼는다. 그런데 공자가 소련을 먼저 언급한 것은 소련을 형으로 생각했기 때문이다. 근래 의견이 분분해 아직 확정되지 않았다. 이상은 비록 한때 여행하는 사람이 자세히 살필 수 있는 게 아니지만 여기에 임시로 덧붙여 둔다. 바라건대 옛날에 관심이 많은 중국과 조선의 선비들에게 참고자료가 된다면 다행이겠다.

개평(開平)에 이르니 기차역의 시설이 매우 정교하고 아름다웠다. 당고(塘沽)와 신하(新河)의 집들은 흙으로 지붕을 덮었다. 길가의 들판에는 여기저기 무덤들이 늘어져 있어 썩 보기가 좋지 않았다. 군량성(軍粮城)을 지나 천진(天津)에 이르니, 압록강 건넌 이후로 처음 보는 참으로 큰 도시였다. 풍대(豊臺)에 이르니 기차역이 웅장하고 화려했지만, 날이 저물어 그곳을 자세히 살필 수 없었다.

마침내 북경의 영정문(永定門)으로 들어가 정양문(正陽門) 밖에서 하차했다. 역 밖으로 나오니 수레와 마차가 줄을 잇고, 등불이 휘황찬란하고, 빠르게 움직이고 행인들이 서로 어깨를 부딪치는 바람에 도무지 정신을 차릴 수가 없었다. 깃발 든 자의 안내를 받고 여가후통(余家胡同)에 있는 금화여관에 투숙했다. 침상이 매우 차가웠다. 계절은 벌써 춘분인데 북방 날씨가 마치 엄동대한의 날씨와 같았다. 이날 이동한 거리는 대략 800리였다.

26일. 강재(剛齋) 이승희(李承熙) 어른이 이제 막 공교(孔教) 지회의 승인을 요청할 일로 성안에 머문다는 소식을 듣고 그분을 찾아뵈려고 했다. 선무문을 향해서 가는데, 길이 경한철도(京漢鐵道)[32]가 오가는 길목에 있었다. 막 기차가 출발하려 했는데, 철책은 아직 열리지 않았다. 다니는 길도 막히고, 말과 수레가 멈추어 있고, 사람이 구름처럼 모여 있고, 바늘귀가 들어갈 틈조차 없었다. 이윽고 기차가 지나가고 철책이 열리자 사람이 마치 물결처럼 밀리고 말이 밀물이 나아가는 것과 같았다. 문을 따라 들어가니, 옹성이 좌우로 철통처럼 둘러쌌다. 오가는 사람들로 길이 막히면 피해서 돌아갔다. 조금이라도 마음을 놓으면 수레가 옆구리를 파고들고 말이 코를 스치고 지나갈 지경이었다.

겨우 길을 뚫고 지나 태복시(太僕寺) 거리에 이르러, 연성공부(衍聖公府)[33]의 공교회 안에서 공자상을 찾아뵈었다. 이승희 어른의 소식을 물으니 지금 순치문(順治門) 밖의 대비선원(大悲禪院)에 있다고 해서 뒤로 물러 나왔다.

길에는 회오리바람이 해를 가리고 티끌과 먼지가 일어나서 앞을 똑바로 바라볼 수 없었다. 길 좌우에 붉은 칠을 한 난간과 그림을 그린 누각과 금칠을 한 벽이 아름답게 이어져 있어 눈과 마음을 현란하게 했다. 선원에 이르니 우리나라 사람으로는 최영구(崔榮玖)군만이 있었다. 그는 강재 어른이 며칠 전에 산동 곡부(曲阜)로 갔다고 말했다.

돌아서 영정문(永定門)을 통과해 동쪽으로 가니 헤아릴 수 없을 만큼 많은 무덤과 수많은 비석이 상점가와 어수선하게 뒤섞여 있었다. 어떤 것

◇◇◇◇◇◇◇◇◇◇◇◇◇◇◇

32 북경과 한구(漢口), 지금의 무한을 오가는 철도이다.

33 공자의 적손(嫡孫)이 대대로 세습했던 작위.

은 무덤의 봉우리가 허물어져 평평하게 된 것도 있고, 어떤 것은 돌이 옮겨져서 자리가 바뀐 것도 있었다. 옹기처럼 엎어진 것도 있었고, 삿갓처럼 둥근 것도 있었는데, 모두가 다닥다닥 붙어 있었다. 도시 사이에 사람들이 시끄럽게 떠들고 귀신이 곡하는 소리가 서로 가까이서 들리는 듯했다. 우리나라 사람들이라면 아무리 생각해도 그 까닭을 전혀 알 수 없을 것이다.

다시 정양문(正陽門)을 따라 들어와 중화문(中華門)을 지나 천안문(天安門) 앞에 이르렀다. 이 문에는 출입문이 다섯 개가 있는데, 중문은 이미 닫혔고, 파수병과 문지기가 사람들이 드나드는 것을 막았다. 문 밖에는 돌계단이 다섯 길로 통했다. 계단 양쪽에는 돌에 무늬를 새겨서 난간을 만들었다. 난간머리에는 모두 용의 새끼를 나열해 놓았는데, 장엄하고 가지런했다. 좌우에는 각각 돌기둥 하나를 세웠는데, 교룡의 모습을 새겨 놓았다. 둘레는 3,4아름이나 되고, 높이는 4,5길이나 되었다. 위에는 돌사자 하나를 두었고, 그 옆에는 또 각각 큰 돌사자 한 마리가 놓여있었다.

27일 . 우리나라 사람 가운데 북경에 흩어져 사는 사람이 3백여 명이 넘는다고 한다. 그러나 방도 없고 집도 없어서 아침에 일하러 와서 저녁에 돌아가며, 일정하게 살아갈 희망이 전혀 없고, 재산이 궁핍하고 일정한 거처도 없이 떠돌아다닌다고 하니 슬픈 일이다. 방 한 칸과 초라한 집 한 채라도 이처럼 세 들어 살기 어렵다. 또 우리나라 사람들이 입는 옷은 양복이 아니면 중국 복식이어서, 비록 날마다 서로 마주쳐도 우리 동포인지 서로 알 수 없었다.

저녁때 서하(西河) 근처의 삼원루(三源樓) 여관에서 숙식하기로 정했다.

삼원루 위의 여관방은 전망이 좋았지만 침상은 무척 조잡하고 차가웠다. 담요와 솜털이불을 사서 침상 위에 깔았지만, 손에 입김을 불어가며 추위를 달래야 했다.

28일. 날씨가 무척 추웠고 눈이 자욱하게 내렸다. 창을 통해 멀리 바라보니 경치가 무척 아름다웠지만, 손이 얼 정도로 추워 방안에 틀어박혀 있으니, 외롭고 쓸쓸했다. 천리 타향에 고국 사람은 볼 수 없고 여관에는 이해하기 어려운 중국어만 들리니, 나도 모르게 서글퍼졌다.

저녁에 거리로 나가보았다. 봄눈이 땅에 닿자마자 곧바로 녹았고, 땅에는 검은 먼지가 가득했다. 음산한 추위는 아직 누그러지지 않았고, 쓸쓸하고 외로운 그림자가 스스로 돌아보고 스스로 웃을 뿐이었다. 사람들이 많이 있는데, 서로 말을 나눌 수 있는 사람은 아무도 없었다. 살아서 이런 경우를 맞아 바깥의 사물로 나 자신을 돌아보고 나 자신으로 바깥 사물을 살펴보니 한적하게 세속을 벗어난 정취가 있었다. 게시판 위의 신문을 두루 읽어보고 돌아왔다.

30일. 다시 성안으로 들어갔다. 금오문(金鰲門)에서 몇 걸음 지나 호수를 가로질러 놓인 다리를 넘어갔다. 다리 동서쪽으로 2백여 보를 걸으니 백옥석으로 만든 난간이 있었고, 난간머리에는 산예(狻猊)[34] 수백 좌를 안치했다. 그 크기는 같아도 형태는 각각 달랐다. 다리의 동서에는 방(坊)을 두 개를 세웠는데, 각각 문루가 있었다. 서는 금오(金鰲)이고 동은 옥동(玉蝀)이었다. 호수는 태액지(太液池)인데, 옥천산(玉泉山)에서 솟아나서 물이

◇◇◇◇◇◇◇◇◇◇◇◇◇◇◇

34 중국의 전설에 나오는 동물로 사자와 비슷하게 생겼다.

고여 호수가 되었다고 한다. 옛날에는 서해자(西海子)라고 했지만, 지금은 영대(瀛臺)라고 부른다.

삼해(三海) 안에는 옛날 청나라 광서제가 유폐된 궁이 있는데, 지금은 대총통부가 되었다. 다리 위에는 난간을 두 겹으로 했고, 평탄한 길이 깨끗했다. 다리 아래 호수에는 구름의 그림자가 비칠 정도로 맑았다. 더구나 음력 2월의 날씨에 많은 오리가 물결 따라 헤엄치고 있어서, 한가로운 경치에 빠져 집에 돌아갈 생각을 하지 못했다.

호수를 둘러싸고 누각과 전각이 즐비했다. 누런 기와와 붉은 용마루가 숲속에 가려 있다. 북쪽으로는 오룡정(五龍亭)이 바라보이고, 서쪽으로는 자금성이 있다. 궁전의 담장은 여러 겹으로 포개지고, 연못에는 정자가 둘러싸고 있다. 호수 가운데는 경화(瓊華)라는 섬이 있는데, 요나라 태후가 화장하고 머리 빗던 장소대(粧梳臺)라고 전해온다.

섬을 지나니 흰 돌을 깎아 만든 다리가 있었다. 멀리 바라보면 마치 무지개가 드리운 것 같은데 그 생김새가 금오방(坊)과 같았다. 어떤 사람은 이것이 금해교(金海橋)라고 말한다. 남북으로 방(坊)이 각각 있고 패루(牌樓)도 있는데, 적취(積翠)라고도 하고 퇴운(堆雲)이라고도 한다.

호수를 따라 올라가면 자광각(紫光閣)이 있다. 그 아래에는 말 달리고 활 쏘는 곳이 있는데, 옛날에는 평대(平臺)라고 불렀다. 명나라 숭정(崇禎) 경진년에 계무(薊撫) 원숭환이 황제를 구원하러 들어왔다가 명나라 신하들의 음모에 휘말려 붙잡히자, 황제가 평대에 와서 원숭환에게 책형(磔刑)[35]을 내렸다고 하는데, 아, 여기가 그곳인가.

나는 의종이 스스로 만리장성을 파괴하고 오랑캐를 이끌어 나라에 들

◇◇◇◇◇◇◇◇◇◇◇◇◇◇◇

35 책형(磔刑): 기둥에 묶어세우고 창으로 찔러 죽이던 형벌.

어오게 해서 명나라 사직이 마침내 멸망하고, 매산(煤山)에서 스스로 목매어 죽은 것은 미생(尾生)처럼 대의보다는 작은 절개를 지키려고 하는 데 지나지 않음을 일찍이 한스럽게 여겼다.

그러나 우리나라 사람들은 신종황제가 우리나라를 구원해준 의리에 감격해서 명나라 황실을 찬양하고 지금도 그 마음을 바꾸지 않는다. 금석문자에 근거해 보면, 연월일 위에 아직도 숭정기원 등의 글자를 새기니 지나치다고 할 만하다. 또한 당시 졸렬한 역사가의 말에 혹해서, 원숭환이 주화론으로 나라를 그르쳤고, 의종은 만세의 훌륭한 군주라고 해도 괜찮다고 하니, 아, 이 무슨 말인가.

지금 살펴보건대, 남한산성에서 청나라를 물리치고 진실로 평소의 의리를 온전하게 했다고 할지라도 대대로 명나라를 존중하는 것은 거짓이 독처럼 퍼지는 것이라는 사실을 벗어나지 못할 것이다. 원숭환 장수의 죽음은 하늘의 뜻이다. 그렇지 않다면, 명나라가 왜 망했고, 청나라는 왜 흥했겠는가.

3월 1일. 가끔 거리에 가서 북경일보(北京日報), 대자유보(大自由報), 황종보(黃鍾報), 국권보(國權報), 일지신문(日知新聞), 순천시보(順天時報) 등 게시판에 걸린 신문을 읽었다. 게시판은 가까운 길가에 있어서 길을 따라 훑어보면 두루 읽을 수 있다. 중국의 신문은 수십 종에 지나지 않았으나, 신해혁명 이후로 늘어나서 수백여 종에 이르렀다. 그러나 여러 문명 열강에 비하면 척박하고 미미했다.

모든 일이 처음 시작될 때는 마땅히 점진적으로 나아가야 하는데, 파괴만을 말하고 건설을 일삼지 않은 자는 이 지경에 이르렀는데도 어찌 반성하지 않는가. 천천히 원기(元氣)를 보충해서 훌륭하고 맑은 바탕을 기름으로써 국민성을 한데 모으고, 통일의 공을 거둠으로써 병이 없는 사람들은 긁어 부스럼 만들지 않게 하고, 병을 숨기는 자는 의사를 꺼리지 않도록 한다면, 중국은 거의 구원받을 수 있게 될 것이다.

근래 들으니 동해(東海) 서세창(徐世昌)이 명령을 받들어 이곳에 올 것이라고 한다. 각 신문에서는 모두 환영하고 있었다. 이 이후로 중국은 굳세고 흔들리지 않는 하나의 내각을 이룰 수 있게 되지 않겠는가.

2일. 이른 아침에 강재 이승희 선생이 곡부에서 돌아와 동하(東河) 가의 덕화여관(德華旅館)에서 묵고 있다는 소식을 듣고 가서 뵈었다. 17년 동안이나 헤어져 만나지 못한 뜻을 이야기했다. 다만 이 어른의 의관을 보니 옛날에 비해 더욱 훌륭하고 수염과 머리카락은 더욱 하얘졌다. 몸의 정기는 깨끗하고 왕성해서 늙어갈수록 기상이 더욱더 굳세졌다.

안부 인사를 전하고 회포를 푸는 사이에 나는 대총통에게 바치는 글 한 편을 선생에게 꺼내 보여주었다. 그 대의는 첫째로는 경제 발전의 방침을 서술하고, 둘째로는 진리로 나아가는 큰 계책을 권하는 것이었다. 돌이켜 보건대 중국의 정세와 오늘날 세상 형편에 대해서는 잘 알지는 못하지만, 유학자들의 속된 견해에 얽매인다면 어찌할 수 없다.

돌아오는 길에 성의 여장(女牆)을 따라 서쪽으로 오다가 갑자기 한매(寒梅) 한 그루가 담장에 기대어 서 있는 것을 보았다. 그 높이는 거의 몇 길이고, 수많은 꽃송이가 아름다움을 다투고 있었다. 그 순수함이 눈이 쌓이고 옥이 부서진 것과 같아서 그윽하게 감탄했다. 문득 세월은 흘러가는 물과 같다고 느꼈다. 나의 구사재(九思齋)[36]에 있는 매화가 봄의 정취를 이길 수 없어서 꽃이 피었는지 알지 못하겠구나.

4일. 시가지를 거닐며 놀다가 제일권업장(第一勸業場)에 들어갔다. 권업장 건물은 두 개의 골목을 가로질러 덮고 있었는데, 모두 5층으로 된 누각이었다. 1천 칸은 됨직한 건물은 북쪽에서 남쪽으로 이어져 들어가고 있었는데, 권업장을 지나가는 것이 마치 큰 시장을 돌아보는 것 같았다. 금은보화와 상아, 물소 뿔, 옥돌 등이 안에 가득 차 사방으로 진열되어 있었다. 가게의 장막과 탁자들은 깨끗했고 가로와 골목은 반듯반듯했다. 위를 바라보니 위층의 난간과 내실이 별들처럼 늘어서 있었다.

점포를 열어 물건을 내어놓은 사람도 있고, 의자에 앉아 차를 마시는 사람도 있으며, 곱게 단장한 옷을 입고 끊임없이 오가는 사람도 있고, 긴 가죽신을 신고 칼을 찬 채 이리저리 배회하는 사람도 있었다. 누각의 위는 큰 유리로 덮어 비바람을 가리고, 중간 높이에서 점점 크기를 줄이면서 하늘이 보이게 했다. 권업장 안의 길은 미로가 아니어서 방향을 구별할 수 있었다. 누각의 중간과 아래는 객실이 빼곡했는데, 햇빛을 받아들이기는 어려운 구조였다. 그 때문에 전등 1천여 개가 상하로 설치되어 있어 건물 안은 항상 불야성을 이루었다. 그렇게 하지 않으면 사시사철 어두워서 영업할 수가 없을 것 같았다.

7일. 공도회관(孔道會館)으로 갔다. 공도회는 공교회(孔教會)와 같은 성격이었으나 조직 체계는 같지 않았다. 설정청(薛正淸) 군이 공도회를 발기

◇◇◇◇◇◇◇◇◇◇◇◇◇◇◇◇

36 구사재: 함양에 있던 이병헌의 서재.

하고 풍국장(馮國璋)과 탕화룡(湯化龍) 등이 서로 힘을 모았다고 한다. 그곳에서 우연히 고반(顧潘)과 사육인(謝育仁)을 만나서 붓을 들어 필담을 나누었다.

내가 물었다. "한나라 이후로 중국의 학파는 누구를 종사로 삼을 수 있을까요?"

고반이 답했다."공자 이후로 동중서, 사마천, 한유가 가장 크게 유학에 영향을 끼쳤는데, 근세에는 요강(姚江)[37] 왕양명 같은 사람도 있습니다. 그분들이라면 종사로 삼을 수 있지 않을까요?"

그가 또 말했다. "오늘날 중국에는 유학을 대성할 만한 세력이 없습니다."

사육인이 말했다. "중국은 아마 반드시 귀국의 전철을 따라갈 것입니다."

만나는 유학자마다 매번 이처럼 아무 생각도 없고, 도무지 깨우쳐 줄 수도 없다.

8일. 유리창(琉璃廠)에 갔다. 유리창은 성 남쪽의 정양문 밖에 있는데, 서남쪽으로 몇 걸음 바깥으로 가면 곧 연수사(延壽寺)의 옛터이다. 북송의 휘종(徽宗)이 북쪽 지방에서 사냥할 때에 정후(鄭后) 왕비와 이 절에 같이 묵었다고 한다. 뒷날에는 공장을 세워 여러 색깔의 유리기와나 벽돌을 만들었다. 유리창 밖의 골목 양쪽은 모두 전포(廛鋪)인데, 재화와 보물로 가득했고, 옛날 고서와 명인들의 서화가 무척 많았다. 시간 가는 줄 모르고

◇◇◇◇◇◇◇◇◇◇◇◇◇◇◇

37 요강(姚江)은 절강성(浙江省) 여요현(餘姚縣)의 남쪽에 있는 강. 왕양명이 여요현 사람이므로 양명학파를 요강학파라고 부른다.

둘러보다가 잡지 몇 종을 샀다.

9일. 요사이 각 신문을 대충 훑어보니 중국의 재정은 유지할 길이 전혀 없어 거의 하루도 지탱하지 못할 정도로 형세가 다급했다. 문제점을 논하는 것은 비록 자세하지만 병폐를 고치려는 논의는 들어보지 못했다. 병폐를 떠벌리는 말들은 많지만 증상을 치료하는 약은 여태 볼 수 없었다. 순천시보(順天時報)에 실린 것으로, 각부 총장들이 마련한 환율과 주식 문제의 수습책을 대총통(大總統)[38]이 모아서 영국인 로버트 하트[39]에게 제출했다는 기사가 문득 생각났다. [각 총장들이] 조사했던 내용은 "이 안(案)을 반드시 실시한 뒤에야 중국의 재정이 다스려질 수 있다. 중국은 땅이 넓고 백성들은 많지만 정규 세금을 내는 비율이 세계 여러 나라 중에서 가장 낮으므로 우선 이 안에 따라 징수하면 세금을 4억 원까지 거둘 수 있다"라고 했다.

10일. 우리나라에 있을 때 김모군이 북경일보사에서 일한다는 소식을 신문에서 본 게 생각났다. 그를 방문하려고 동성(東城)의 진강후통(鎮江胡同)에 있는 신문사를 찾았지만 김군은 회사에 없었다. 그의 집이 동단패루(東單牌樓) 근처에 있다고 했다. 북쪽으로 가다가 길에서 돌로 세운 패방 하나가 나타났다. 기둥을 이어서 만든 패방이 하늘 높이 솟아 있었다. 그

◇◇◇◇◇◇◇◇◇◇◇◇◇◇◇◇

38 중화민국 원년인 1912년부터 1925년까지 13년 동안 중국 원수를 부르던 말. 원세개(袁世凱)를 가리킴.

39 청나라 해관총세무사(海關總稅務司)인 영국인 로버트 하트(Robert Hart)를 이름. 임오군란 이후 민씨 일파가 청병을 끌어들인 후 이홍장의 추천으로 영국인 하트에게 관세업무를 담당하게 했다.

것은 독일공사였던 고(故) 극림덕(克林德, Klinkrade)을 기리는 비였다. 극림덕은 청나라 광서(光緖) 연간 경자년(1900)에 비적 의화단의 난이 일어났을 때 재난을 당했다. 난이 평정된 뒤 제국주의 열강은 청나라 조정에 책임을 물었고, 청나라 조정에서는 거금을 들여 극림덕 기념비를 세우고 사죄해야 했다.

비는 오로지 흰 돌만으로 만들었다. 아래에는 삼문(三門)을 세웠는데, 기둥만 있을 뿐 대문은 두지 않았다. 위층에는 용마루를 7층으로 만들었는데, 중간에서 점점 줄어들게 했다. 수초 문양의 동자기둥과 이무기를 새긴 두공(枓栱)은 무척 아름다운 돌로 만들었다. 중간 문미(門楣) 위에 비석 하나를 놓았는데, 광서황제의 명에 따른 것이었다. 비석의 양옆에는 모두 서양 문자를 돌에 새겼다. 이 패방은 참으로 희대의 걸작이라 할 만했다. 날이 이미 저물어 김군을 만나지 못하고 돌아왔다.

11일. 이강재 어른이 운남성 사람인 의원(議員) 이문치(李文治)의 요청에 따라 그가 사는 곳으로 거처를 옮겼는데, 그가 공교회(孔教會)의 동료이기 때문이었다. 홀로 있기에 무료한데다 절기가 마침 한식이어서 동성(東城)으로 갔다. 높은 곳에 올라 멀리 바라보기도 하고, 버들과 꽃을 찾아 다니면서 봄 경치를 즐겼다. 시 한 편을 읊었다.

지팡이 짚고 서쪽으로 와 세월도 오래되었는데	杖策西來歲月深
북경 시내 다녀도 나를 아는 이 없구나	徊徨燕市少知音
동성의 매화와 살구나무는 비단 같은 봄을 펼치니	東城梅杏春如錦
좋은 날 잡아서 봄날 실컷 즐기리라	趁着佳辰盡意尋

성을 따라서 돌아오니 숭문문(崇文門) 좌우에는 옛날의 수비대처럼 여전히 중국군이 순찰을 돌고 있었다. 정양문(正陽門) 양쪽에 있는 수비대는 모두 독일 병사들이었다. 이처럼 외세가 사납고 거침없으니 어찌할 것인가.

여관으로 돌아와서 누운 채 '공교회잡지'를 뒤적거렸다. 지금 일부 중국 사람들은 "공교는 종교가 아니다. 공자는 종교가가 아니다"라고들 말하는데, 잡지의 발간이 이어지면서 시비와 논박이 더욱 분분해져가고 있었다. 그러나 논쟁은 '신 신고 발바닥 긁기'에 그쳐 핵심을 짚지는 못한 것 같았다. 그래서 「종교철학합일론(宗教哲學合一論)」의 초고를 집필했는데, 그 내용은 다음과 같다.

"서구에서 말하는 종교는 철학과 둘로 나뉘지만, 동양에서 말하는 종교는 철학과 하나로 합치된다. 그 차이를 파고 들어가면 진지(眞知)와 미신(迷信)의 구분이 있을 뿐이다.

그러므로 편리한 수단에 따라 '천당'과 '지옥'이라는 이름을 내세운다면 미신이 되고, 하늘의 섭리에 근거해 백성의 도리와 사물의 법칙이라는 이미 증명된 명제를 따르면 진지가 된다. 그러나 천하 사람들 가운데 진리를 아는 자는 늘 적고 진리를 모르는 자는 항상 많다. 한때 지향하는 목표로 삼은 것이 평범한 사람들을 위한 권선징악이고 대부분은 미신을 따르고 오로지 귀신으로 설교하니, 이것이 지난날에 서양에서 종교가 흥한 까닭이다.

이 때문에 서구의 종교가는 어떤 세력을 막론하고 종교의 범위로 삼는 것은 정치, 법률, 공예, 과학을 제외하면 겨우 권선징악이라는 하나의 법만 내세우고 오로지 신의 권능에 복종하고 단순히 흠모하는 마음만 드러낼 뿐이다. 이것이 오늘날 서양 종교가들의 참모습이다.

서양 세력이 동쪽으로 몰려온 뒤로 동양 선비들은 서양의 설교를 자주 듣고 그들의 습속에 현혹되어 점차 종교의 본래 모습이 그와 같을 것으로 생각했다. 그런데 공자의 도에 대해서는 그것이 장엄 찬란하고 모든 것을 다 갖추고 있어서 공자를 철학자로 여기는 사람이 있는가 하면, 정치가로 생각하는 사람도 있었다. 그래서 공교(孔教)는 종교가 아니라는 이야기가 자주 보통 사람들의 입에 오르내렸고, 이교도의 무리와 외세에 아첨하는 사람들은 정말로 공교는 종교가 되기에는 부족하다고 생각했다.

아, 마침내 종교가 세상에서 분열되었구나. 저 예수교와 불교는 세상에 치우쳐 있고 신의 권능에 미혹되고도 지금은 종교라는 명성을 누리고 있지만, 우리 공자님은 참으로 안과 밖을 구분하지 않고 그 도가 하늘과 인간 세상을 다 아우르고서도 도리어 종교가가 되지 못하고 있다. 한번 물어보자, 종교라는 말은 오로지 서양인들만 독점할 수 있고, 동방의 나라들은 수천 년 동안 영원히 종교가 없는 국가여야 한다는 말인가.

이렇게 된 데에는 반드시 그럴듯한 학설이 있다는 것을 나는 안다. 그 하나는 서양 종교가들은 신의 권능만을 외치고 인간 세상은 전혀 돌아보지 않는데, 공교(孔教)가 사물의 이치를 밝히고 인륜을 살피기 때문에 그것이 정치와 철학이라고 이름 붙일 수는 있을지언정 세상사를 초월하는 종교라고 주장하는 것은 부당하다고 보는 시각이다. 다른 하나는 서양의 정치 · 법률과 과학의 발전상을 보고 깜짝 놀라서 그것이 구세주의 신통력에 나왔다고 여기고 동방의 부패한 나라에서 나온 옛 가르침은 종교로 떠받들기에는 부당하다고 보려는 시각이다.

전자의 학설은 종교를 반신불수 같은 미신의 영역에 한정시키므로 유가에서 마땅히 설명해야 하는 것은 아니다. 후자의 학설은 예수를 만유만능의 주재자로 떠받들고 있으므로 유가에서 언급할 만한 것은 아니다. 두 가지 학설은 서로 다르지만, 하나는 종교라는 이름을 폄훼하고, 다른 하나는 공자의 범위를 축소시키고 있어 천하 후세에 모범이 될 수 없다는 점에서는 마찬가지다.

'교(教)'라는 한 글자는 순임금이 설에게 내려준 『서경』의 기록에서 시작되었다.[40] 그리고 우리 공자님은 여러 성인의 일을 집대성해 억만 대에 이르는 교화의 주장으로 삼고, 천하의 모든 일을 살피고 교화와 생육을 도우면서 지구상의 유일무이한 가르침을 세울 수 있었다.

각국이 떠받들고 있는 가르침과 마찬가지로 공교(孔教)를 종교로 삼아도 이상할 것은 없다. 다만 치우쳐 온전하지 못하고 미혹되어 참되지 못한 다른 종교들과는 다르다. 만약 이 때문에 공자가 종교가가 될 수 없다고 의심한다면, 이는 달항마을 사람이 공자는 위대하지만 이름을 얻지 못한 게 안타깝다고 말한 것과 무엇이 다르겠는가.[41]

또 서구의 탁월한 이론은 철학자의 그것보다 더 뛰어난 것은 없지만, 오묘한 철학의 이치로 여러 철학자의 학설을 비교 검토해 그 실상을 깊이 탐구하고 그 득실을 살펴야 한다. 이 때문에 기독교가 전 지구에 퍼졌

◇◇◇◇◇◇◇◇◇◇◇◇◇◇◇

40 『서경(書經)』「우서(虞書)」'순전(舜典)'에 "설(契)아, 백성들은 서로 친하게 지내지 않으며, 오품(五品)을 따르지 않는다. 그대에게 사도(司徒)의 직을 맡기니, 삼가 오교(五教)를 펴되 너그러이 하라(契, 百姓不親, 五品不遜. 汝作司徒, 敬敷五教, 在寬)"고 기록되었다.

41 『논어』「자한(子罕)」에 "달항당(達巷黨) 사람이 말했다. '위대하구나, 공자(孔子)여! 널리 배웠으나 한 가지도 이름을 이룬 것이 없구나.' 공자께서 이 말을 들으시고 문하의 제자들에게 말씀하셨다. '내 무슨 일을 전업(專業)으로 해야 하겠는가? 말 모는 일을 해야 하겠는가? 활 쏘는 일을 해야 하겠는가? 나는 말 모는 일을 해야겠다.'"(達巷黨人, 曰 "大哉孔子! 博學而無所成名." 子聞之, 謂門弟子, 曰 "吾何執? 執御乎? 執射乎? 吾執御矣.")라고 했다.

고 마르틴 루터는 그 면모를 새롭게 했다. 칸트와 다윈은 한 국가에 필적할 만한 이론을 제시했다. 그러므로 이렇게 말할 수 있을 것이다. '20세기 이후 철리(哲理)는 날로 밝아지고 미신은 날로 쇠약해지고 있다. 각국의 종교가들은 점점 자신의 견고한 보루를 상실하고 있다. 그래서 종교와 철학은 필연코 하나로 합쳐질 것이다. 그렇게 된다면 공자는 지구상에 유일무이한 종교가가 되고 공교는 전 세계의 대동교(大同敎)가 될 것이다. 그 이유는 무엇인가. 공자는 여러 철학을 하나로 통합한 종교가이기 때문이다.'"

12일 . 다시 동성(東城)으로 가서 시내를 유람했다. 이어 조양문(朝陽門)으로 나가 해자를 따라 남쪽으로 백여 걸음을 가니 몇 길 되는 민둥 언덕이 나타났다. 이곳이 옛날 황금대(黃金臺)라고 부르는 곳이다. 연나라 소왕이 이곳에 누대를 짓고 그 위에 황금 천금을 두고 천하의 선비들을 초빙해 강대한 제나라에 복수하고 옛날 선비들을 위로하려 했다고 한다. 이곳에 이르니 슬픈 노래가 마음속을 맴돌아 방황하며 떠날 수 없었다.

나는 해외를 떠도는 초라한 신세지만, 황금대 이야기가 담긴 책을 읽고 그 고사를 들은 지가 오래였다. 오늘 홀연히 그 언덕에 올라 이천 수 백 년 전의 옛 자취를 돌아보니 어찌 쓸쓸히 슬픈 감회가 없겠는가.

발길을 돌려 숭문문 안으로 들어가 독일 병사들의 훈련모습을 지켜보았다. 병사들은 대오가 반듯하고 체구가 헌걸차 용감한 기개가 있었으니 참으로 강대국의 군대였다.

13일 . 난정(蘭亭) 김자순(金子順)이 찾아왔다. 김군은 어려서 조선을 떠나 일본 히로시마 등을 떠돈 지가 십수 년이나 되고 북경에 들어온 지도 13년이 되었지만 조선 사람과 연락 없이 살다 보니 말이 통하지 않았다. 그에게 익숙한 언어는 일어와 한문이어서 붓으로 필담을 나누니 대화가 매우 번거롭고 답답했다.

그는 집안에 가까운 일가친척이 없고, 슬하에 한 점 피붙이도 없었다. 중국 국적을 취득하고 첩을 얻었는데, 최근 신병이 있어 북경일보 주필직을 놓고 경서왕(京西王) 태감묘(太監廟)에 거처한다고 한다.

17일. 조용훈(趙鏞薰) 군이 찾아와 공도회의 청첩장을 전하면서 오늘 개회식과 강연이 있다고 했다. 길을 나서다가 마침 문제가 생겨 제시간에 도착하지 못하고 날이 저물었다. 직접 가서 축하했는데, 모임은 끝나가고 사진 촬영도 마쳐 자리를 파하려는 참이었다. 내빈 가운데 위서금(衛西琴)[42]은 벌써 떠났고 강재 이승희 어른과 조군은 아직 자리를 뜨지 않고 여담을 나누고 있었다. 그래서 조군과 함께 숙소로 돌아왔다. 김익환(金翼煥)군의 말에 따르면, 조선 사람이 숙소에 와서 서로 이야기를 나누고 회포를 풀며 한참을 머물다 돌아갔다고 한다. 김군은 중국 국적을 얻은 지 10여 년 됐는데, 지금은 통신원(通信院) 주사로 일한다.

18일. 일전에 금오(金鰲)와 옥동(玉蝀) 사이에서 놀았는데, 거기에 마음을 빼앗기고 기분이 좋아서 떠날 수 없었다. 그래서 성안에 들어가 다시 금오교(金鰲橋)를 지나갔는데, 갑자기 한 사람이 서양 고관을 뒤따라서

◇◇◇◇◇◇◇◇◇◇◇◇◇◇◇

42 위서금(衛西琴): 알프레드 웨스트하프, 독일은행 총재의 아들로, 원래는 독일인이었지만 나중에 미국 국적을 취득했다. 독일의 군국주의에 대해 비판적이었고, 동양 고대문명에 심취해서 인도와 일본을 거쳐 중국에 왔다.

말을 타고 왔다. 처음에는 얼굴이 검어서 석탄을 파는 사람인가 생각했는데, 자세히 보니 소매에 금장을 두른 그도 관원이었다. 얼굴 모습이 온통 먹을 바른 듯해, 비록 인도인이 검다고 해도 이 사람과 비교하면 오히려 분을 바른 것 같았다. 또한 인도인처럼 덩치가 크지 않았다. 초병에게 물어보니 그도 어느 나라 사람인지 몰라 서로 바라보며 괴이하게 생각할 따름이었다.

담장을 둘러서 북쪽으로 가니 좁은 길에 버드나무가 늘어져 있어 문득 봄이 지나가고 있음을 깨달았다. 집현루(集賢樓)에 들어가 잠깐 거닐었는데, 누각은 크고 사치스러웠다. 물품이 진열된 것이 대략 제일권업장과 같았다. 기념품으로 수첩을 하나 샀다.

북으로 가니 종루(鐘樓)와 고루(鼓樓) 두 누각이 우뚝 솟아 있었다. 문지기에게 문을 열게 해 층계를 따라 올라갔다. 고루의 층계는 백 척이 넘어 마치 낭떠러지에 오른 것처럼 두려웠다. 가운데 층에 이르니 깜깜해서 보이는 게 없었다. 층계를 다 올라 고루 위에 이르니 천지가 탁 트이고 밝았다.

높은 데서 사방을 바라보니 높고 큰 건물과 빽빽한 인가들이 끝없이 펼쳐졌다. 다만 서쪽 산의 한 자락이 구름 밖에 어렴풋이 보였다. 산에 백탑(白塔)이 하늘에 우뚝 서 있고, 샘물이 돌구멍에서 솟는데, 이것이 옥천(玉泉)으로 맛이 천하제일이라고 들었다.

이후 고루를 내려와 다시 덕승문(德勝門)으로 갔다. 문루는 장엄하지만 기와가 퇴락해 보기에 무척 안타까웠다. 이것이 곧 원나라 때의 건덕문(建德門)이다. 명나라 홍무제 원년에 대장군 서달(徐達)이 지금의 이름으로 고쳤다. 정통(正統) 14년(1499)에 마선(乜先)[43]이 문밖의 토성에 올라 수도

◇◇◇◇◇◇◇◇◇◇◇◇◇◇◇

43 야선(乜先)이라고도 한다. 마선은 몽고(蒙古) 와랄부(瓦剌部)의 승상 탈환(脫懽)의 아들로,

를 내려다보았다. 병부상서 우겸(于謙)과 석형(石亨) 등이 매복의 계략을 써서 패라(孛羅)[44]를 활로 쏘아 죽였다. 5일을 서로 버티다 마선이 마침내 상황(영종)을 붙잡아 갔다고 한다. 해가 이미 저물어 차를 타고 돌아왔다.

내가 연경에 머문 지 24일이 되었다. 그동안 성 전체를 목격한 것이 솥 안의 고기 한 점을 맛보는 격에 지나지 않지만 그 대강을 약술한다.

궁궐의 제도는 모두 흙과 나무를 사용한 것이 대략 우리나라와 같았다. 하지만 중첩된 성과 담장 사이에 민가가 섞여 있어 성곽 한 겹을 지나면 또 한 겹이 있었다. 정양문, 선무문과 각 문의 제도는 모두 기와와 벽돌을 쌓아 둥근 문미처럼 만들었고 거기에 몽골글자를 새겼다. 한양의 동대문, 남대문보다 훨씬 우뚝 솟아 있었다. 그러나 순전히 석재만 써서 쌓은 것보다는 못했다.

또한 중국 순경과 초병은 줄곧 온순했다. 인민을 보호할 때는 비록 법을 어기는 경우가 있더라도 조용히 지도했는데, 이는 존경할 만했다. 하지만 규칙을 준수할 때는 엄격함이 부족하기도 했다. 각각 장단점이 있었다.

가옥은 주로 황금색과 푸른색으로 칠했다. 방과 뜰은 모두 얇은 벽돌을 깔았다. 침대는 방 가운데에 놓았다. 온돌은 거의 없었는데, 어쩌다 온돌이 있는 것은 만주의 남은 풍속이었다. 심지어 누각의 대청에도 얇은 벽돌을 깔았다. 실내 장식품은 모두 서화로 족자나 두루마리를 만들어 늘어뜨렸다. 사당은 곳곳에 설치되어 있었다. 도관(道觀)이나 선원(禪院), 공자

◇◇◇◇◇◇◇◇◇◇◇◇◇◇◇

아버지의 뒤를 이어 승상이 되어 태사(太師)라 칭하고 국정을 전횡해 자주 명나라의 변경을 침범했다. 명나라 영종(英宗) 정통(正統) 14년(1449)에 대거 침입해 정벌하러 나온 영종을 토목보(土木堡)에서 사로잡아 몽고로 데려가고, 그 기세를 몰아 경사(京師)를 함락했지만 영종의 아들 경종(景宗)에게 패배했다. 뒤에 명나라에 화친을 청해 영종을 돌려보냈다.

44 마선의 동생.

묘 같은 것은 자주 보았지만, 한 번도 들어가지 않았다. 사람이 사는 집에는 이따금 종이로 만든 족자에 신상(神像)을 그려 벽에 걸어두고, 양옆에 향과 촛불을 놓고 제사를 지냈다. 만약 사대부 집안이라면 이런 풍습은 없었을 것이다.

여자의 풍속 가운데 옷 모양이 남자 옷과 같이 생긴 것도 있었다. 치마는 주름을 잡아 폭을 만들지만, 앞과 뒤의 양 폭이 크고 넓었다. 만주 여인의 묶은 머리는 머리카락을 말아서 위로 세우고 비녀로 묶어서 마치 오사모(烏紗帽)의 두 뿔과 같다. 한족 여인은 머리카락을 모아 상투를 틀어 머리 뒤에 두어서 대략 우리나라 부녀의 쪽찐머리와 같았다. 가늘게 따서 묶은 사람, 유럽풍에 도취해 서양식으로 머리를 올린 사람, 망으로 가린 사람 등 형형색색으로 무척 달랐다. 또 양 볼에 붉게 칠한 사람과 전족을 한 사람이 있었는데, 최근 들어 점점 잘못을 뉘우치고 고치는 추세다.

상여를 나를 때는 징을 울리고 꽹과리를 쳐서 음악으로 길을 이끌었다. 그런데 부잣집은 운아삽(雲亞翣)[45]이 비록 휘황찬란해도 명정(銘旌)이 있는 것은 아직 보지 못했고, 혼백상자가 있는 것도 보지 못했다. 또는 조그만 종이에 성명과 이름을 쓴 위패를 여럿이 들고 갈 뿐이다. 또는 관을 드러내고 함께 마주 들고 갔다. 관은 판자를 붙여 만들었는데, 아주 두껍고 컸다. 어떤 것은 조각으로 장식하고, 어떤 것은 채색으로 가장자리를 꾸미기도 했다.

상을 당한 사람은 무명이나 삼베로 두루마기를 만들어 검은색 옷 위에 입었다. 또 무명이나 삼베로 두건을 만들어 골각(骨角, 단추)으로 묶었

◇◇◇◇◇◇◇◇◇◇◇◇◇◇◇

45 운아삽(雲亞翣) : 상여의 앞뒤, 영구의 앞뒤에 세우고 가는 불삽(黻翣)과 운삽(雲翣)을 아울러 이르는 말이다.

다. 가까운 친척은 각자 마차와 자동차를 타고 흰옷을 입고 뒤따랐다. 대부분 밭 가운데 구덩이를 파고 매장했다. 풍수는 따지지 않는 것 같았다.

세속에서는 최근까지도 과거(科擧)를 중시해서 여전히 말을 타고 3일 동안 유세하는 영광을 좋아했다. 한 소년이 4인이 메는 가마를 타고 가는 것을 보니, 오색으로 장식을 드리우고 북을 치는 사람이 행렬을 이끌었다. 그것을 바라보니 전면에 '장원급제' 네 글자가 쓰여 있었다. 졸업생으로 급제한 사람인가, 아니면 새로운 지사(知事)에 합격한 사람인가? 요즘 지사 시험이 막 치러지기 때문에 각 성의 학생이 많이 올라왔다. 장가나 시집갈 때도 비단 가마를 타고 북치는 악대가 이를 이끌었다.

시장의 제도를 살펴보면, 가게가 백여 칸이고 어류, 가축, 육류, 채소류 등이 그 가운데 진열되어 있어 물건을 달라고 하면 바로 내주었다. 그 나머지 곡식, 비단, 용기, 진기한 상품 등은 각자 상점이 있었다. 그러나 제일권업장과 집현루 등이 단연 최고였다. 성안은 온통 석탄을 사용하는데, 땔나무를 사고파는 것을 보지 못했다.

밥 짓는 쌀은 가늘고 거칠어서 우리나라의 찐쌀과 비슷했다. 양념은 기름을 많이 사용하여 담백하지만 맑지는 않았다. 차는 마시지 않은 때가 없고, 물만 마시는 예는 없다. 이는 물이 좋지 않기 때문이다. 채소는 배추가 가장 좋았는데, 봄을 지나 여름에 이르기까지 늘 쓴다. 잎은 신선한데, 물에 담가서 요리를 만들지 않고, 잘라서 고기에 섞어 먹는다. 우리나라처럼 화롯가에 둘러앉아 먹는 것과 같았다. 과일은 곶감이 많았고, 물고기는 없는 종류가 없는데, 오직 우리나라의 북어와 문어만은 볼 수 없었다.

문을 나서면 승용차와 마차가 쇠로 된 통처럼 촘촘한 것이 마치 붕어 떼처럼 많았다. 가는 곳마다 사람들에게 타라고 요청했다. 한번 걸어갈 때마다 차를 타라고 해서 그때마다 거절했는데, 응대하는 것이 너무 번거로웠다.

구걸하는 사람들은 남의 집 대문에서 밥을 요청하지 않고, 반드시 길에서 돈을 요구한다. 앞사람이 돈을 얻은 것을 보면 뒤따르는 사람은 때를 틈타서 요구하는데 너무 번거로웠다. 일찍이 집현루 안에서 한 여자를 보았는데, 나이는 무척 어렸고 못생기지는 않았지만, 내가 오는 것을 보고 두 번 절하면서 1전을 요구했다. 그 모습이 무척 슬퍼서 견디기 어려웠다. 구걸하는 사람들이 그 뒤를 떼 지어 있어서 그들을 떨치고 돌아왔다.

인민은 최근 혼란을 겪은 뒤에 어지러워져서 질서가 없고, 경솔하게 자유를 말하며, 비록 총통 같은 존귀한 사람이나 원로처럼 중요한 사람이라도 성명을 함부로 부르고, 입에서 나오는 대로 함부로 말하면서 두려움이 없었다. 서양에서 이름 부르는 것을 꺼리지 않는 것은 그 이름을 기념하려는 것인데, 우러르고 두려워하는 뜻이 저절로 말속에 숨어 있다. 동아시아에서 예부터 전해온 오래된 관습에서는 한번 손윗사람의 이름을 함부로 부르면 존중하고 두려워하는 참된 정신이 사라져버리고 만다. 사람 사귀는 일에 대해서 말한다면, 선비와 군자와 함께 살 때에 정이 은근하고 예의가 지극해서 그 동족의 정을 가장 잘 느낄 수 있다.

기차는 밤낮으로 한구와 봉천을 오간다. 가금(家禽)으로는 검은색 새가 가장 많고, 식물은 버드나무가 가장 많았다. 낙타는 몸이 컸지만 무거운 짐을 지지 못하는 것들은 무리를 지어 대열을 만들었는데, 어떤 경우는 십여 마리에 이르렀다. 흰 양들 가운데 길들여져 번거롭게 채찍질 하지 않아도 되는 것들은 사람을 따라 꼴을 먹여 키우는 것이 매번 백여 마리에 이르렀다. 송아지와 당나귀 같은 것들은 항상 생풀을 먹이고 솥에 끓인 여물은 주지 않는다.

토질은 찰지고 검으며 모래가 없다. 석탄 수요가 날마다 늘어나고 또 석탄 가루가 거리에 흩날려 한번 거리에 나가면 검은 탄가루가 하늘을 가리고 옷과 얼굴이 더러워져서 눈을 뜰 수가 없다. 비가 내려서 축축해지는 경우는 질척거리고 미끄러워서 진흙을 먹물로 버무린 것 같다.

공원은 아직 두루 설치되지 못했다. 비록 만성공원이 있지만, 사거리 밖에 사는 사람들은 날마다 공원에 갈 수 없어서 노닐면서 산책하기는 힘들다. 내가 한스럽게 생각하는 것은 태학의 극문(戟門) 안에 주 선왕의 석고(石鼓)가 있는데 아직 그것을 보지 못한 점이고, 만수산을 한 번도 올라보지 못한 점이며, 또 나를 알아주는 친구를 만나 큰 술잔을 가득 채워 잡고서 황금대 아래에서 곤드레만드레 취해보지 못한 점이다.

19일. 이른 아침에 곡부로 가기 위해 나왔다. 정양문역에서 기차를 타고 남쪽을 바라보며 갔다. 날씨는 따뜻하고 바람은 부드러웠으며, 봄날은 느리게 저물어갔다. 꽃은 마치 비단결 같았고, 버드나무는 연기처럼 푸르렀다. 천 리에 이르는 모래벌판이 동풍이 불어오자 날려서 누런 먼지가 하늘을 가렸다. 풍대(豐臺)를 지나 남으로 가니 머나먼 들판의 밭에 보리가 푸르게 이어져 있는 것이 마치 하늘과 바다가 서로 잠겨 있는 듯했다.

잠깐 짬이 나서 만두 몇 개를 먹었다. 정오에 천진 중앙역에서 내려서 곧바로 연승여관에 들어갔다. 술을 몇 잔 마신 뒤에 거리를 산책했다. 거리는 동쪽으로 이어져 있었고 함벽헌(涵碧軒)에 올라 난간에 걸터앉았다. 마침 소년 몇 명이 다리 위에서 낚싯대를 드리우고 있었고, 몇몇은 물결에 발을 씻고 있었다. 그곳의 경치가 아름답고 시절이 좋으며 한적하고 여유로운 모습에 감탄했다.

또 몸을 돌려서 서쪽으로 가서 곧바로 공원에 들어갔다. 그 문 안에 돌을 쌓아 인공 산을 만들었고, 연못을 파고 물을 끌어와서 분수를 만들었다. 언덕 위에 날아 갈 듯한 건물이 있었는데 취미정(翠微亭)이라고 불렀다. 마치 사방의 경치를 끌어당기는 듯했다. 동쪽에는 직례행정서(直隸行政署)가 있었고, 남쪽에는 법정학교가 있었으며, 서북쪽에는 상무새회소(商務賽會所)와 도서관이 있었다.

공원은 중앙에 초목이 무성했고, 돌을 쌓아서 깨끗했다. 길을 돌아서 멀리 꺾어드니 정자와 기둥이 마주보게 세웠는데, 정(井)자처럼 질서가 있고 세속을 벗어난 것 같았다. 마침 정원을 보살피는 사람 수십 명이 분수기(噴水機)를 끌어서 꽃밭에 물을 주고 있었다. 의자에 초탈한 듯 앉아 있는데, 어떤 사람이 누대에서 휘파람을 불면서 울적한 생각을 풀어내고 있었다. 그래서 「미훈부(微醺賦)」 한 수를 지었다.

오롯이 부두의 번화함이 이 정자에 모였들었는데	全埠繁華萃此亭
얼마나 많은 호걸들이 이곳에 머물렀는가	幾多豪客已過停
네 면의 누대 용마루가 서로 인사한듯 하고	四面樓甍環拱揖
노을빛 푸르게 맺히니 눈이 막 환해지는구나	流霞凝翠眼初醒

다시 백하(白河)에 도착했다. 강에는 다리가 있고, 강 가운데에는 수많은 배들이 구름처럼 모이고 화물이 쌓여 있었다. 언덕 위에는 굴뚝이 숲처럼 서 있고 공장은 번성했다. 원래 천진은 수도에 가까운 지역으로 중

국을 대표하는 항구였다. 선박이 서쪽에서 동쪽으로 모여든 이래 더욱 요해처가 되었다. 중국의 국가 재정이 끝내 넉넉하지 못하고, 외국인이 조계(租界)에서 하는 업무가 이미 중국의 국가 업무를 점령해버린 지 오래되었으니 중국의 위신이 서지 못했다. 어두워지자 여관으로 돌아왔다.

곡부에서 공자를 추모하다 聖地追感錄

갑인년(1914) 3월 20일.

이른 아침에 곡부(曲阜)에 가려고 천진 연승여관에서 중앙역으로 왔다. 기차를 타고 서역(西驛)을 지나면서 천진부두의 번성한 모습을 바라보았다. 양류청(楊柳靑)을 거쳐 양왕장(良王莊)에 이르니, 한 철로가 남쪽에서 와서 이곳에서 서로 합쳐졌다. 독류진(獨流鎭)을 지나서 정해현(靜海縣)에 이르니, 서남쪽 허공에 한줄기 광채가 구름 사이로 흩어지는데, 하늘인지 바다인지 알 수 없었다.

밭가는 기구는 어떤 것은 두 바퀴에 걸어 흙을 파는 것이 있고, 어떤 것은 마치 사다리 모양처럼 한 것이 있었다. 소든 말이든 대부분 두 마리를 사용해 멍에를 씌웠다. 가옥은 흙으로 지었는데, 멀리서 바라보니 빽빽하게 늘어선 촌락이 마치 언덕이 줄지어 있는 것 같았다. 풀이 무성하지 않아 들판은 푸르지 않았고, 더욱 평평하고 탁 트여 끝없이 넓게 보였다. 집의 기와는 모두 황색이었고 순전히 수키와만 사용했다. 도처의 정거장도 모두 그랬다. 차내에서는 서양인이 이따금 표를 검사했다.

덕주(德州)에 이르니 비록 도시가 정돈되었지만, 성(城)도 흙으로 만든 것이고 집도 흙으로 지었다. 다만 사방 문루의 기와와 용마루는 높이 솟아 우뚝했다. 마침 병사 수백 명이 훈련하고 있었다. 차량이 왕래하기도 했는데, 대부분 군인을 실었고 창문을 굳게 닫은 채로 운행하고 있었다. 비적 무리가 사방에서 일어나 군사 작전이 많았는데, 사람들이 놀랄까봐 몰래 군대를 이동하는 것이었다.

평원(平原)에 이르니, 꽃과 버드나무가 무성했다. 바로 옛날 공자(公子) 조승(趙勝)[46]의 채읍(采邑)이었다. 안성(晏城)의 상재점(桑梓店)을 지나니 서쪽 가에 우뚝한 바위산이 있었다. 아주 크고 높지는 않았지만 천 리나 남쪽으로 뻗어 있어 처음 보는 광경이었다. 그 지방의 사람에게 이름을 물어보니 '월산(月山)'이라고 했다.

이윽고 황하를 건넜다. 물은 그다지 많지 않았지만, 우리나라의 압록강이나 한강에는 비교할 수 없었으니 어디에 그토록 천하의 큰 강이 있겠는가. 그러나 이 강이 수천 리를 흘러 역대로 우환이 가장 심해서 역사책에 끊임없이 기록되었다.

이번에 다리를 놓을 때, 강바닥이 모두 사토이기 때문에 쌓는 대로 무너졌다. 그래서 땅을 깊게 파서 지질이 견고한 곳까지 도달해야 했다. 종종 수십 장(丈)까지 미친 뒤에야 비로소 교각을 안정되게 세울 수 있었다. 따라서 황하 철교는 가장 많은 물력을 들여서 세워졌다. 그렇지만 물이 흘러가는 곳은 강폭의 10분의 2에 미치지 못했다.

◇◇◇◇◇◇◇◇◇◇◇◇◇◇◇

46 전국시대의 유명한 네 공자 가운데 한 명인 평원군의 이름. 조나라 무령왕의 아들로 천하의 인재들을 예로써 대우해 빈객이 수천 명에 이르렀다고 한다.

제남부(濟南府)에 도착했는데, 바로 전국시대의 제나라 땅인 임치(臨淄)이다. 인구는 30만이며 비단과 보석 등이 생산된다. 산동철도처럼 남쪽 지방에서 북경에 이르는 큰 철로는 청도를 기점으로 교주(膠州)의 유현(濰縣)과 청주(青州)의 치천(淄川)을 지나 이곳 제남부에 이르러 두 개의 철로로 나뉜다. 한 선로는 덕주(德州)에 이르고, 한 선로는 제령주(濟寧州)에 이른다. 이들 모든 철로와 진포철도(津浦鐵道)[47]를 합하면 길이가 총 2,750리이다. 그 대부분은 이미 개통되었고 독일인들이 독점해서 관리하고 있다. 이 제남부는 도로의 요충지이며 내외의 물산이 모이는 곳이다. 부근의 각 현에서는 누에고치와 면사를 많이 생산한다고 한다.

시간이 지나 이미 어두워져서 전등이 휘황찬란했다. 기차역이 웅장하고 구름다리가 크고 사치스러웠으며 모든 배치가 질서정연했다. 서양인들의 간섭이 많아져서 점차 중국의 본래 모습을 회복할 수 없게 되었다. 동서양의 관계를 곰곰이 생각해보고 고금의 역사를 서글피 돌아보게 되었다. 또 한나라 선비 복생(伏生)[48]의 옛 집터는 어디에 있는지, 명나라 이우린(李于鱗)의 백설루(白雪樓)[49]는 지금도 별 탈이 없는지 모르겠다.

기차가 오래 정차했다 다시 달려 태안부(泰安府)에 이르렀다. 기적소리가 또 정차한다고 알려 창문을 열고 동쪽으로 태산을 바라보았다. 눈앞에 보인 태산의 높이가 심히 깎아질러 보이지는 않았다, 그러나 역대 제왕들

◇◇◇◇◇◇◇◇◇◇◇◇◇◇

47 천진에서 강소성 포구에 이르는 철도로 길이는 1,017km이다. 중국의 남북 종관(縱貫) 철도의 하나로, 독일、영국의 차관에 의해 1912년에 개통되었다.

48 복승(伏勝)은 진나라에서 한나라 초의 학자로, 제남군 사람이다. 『사기』에는 복생(伏生)으로 나온다. 진시황의 분서 때 『상서』를 숨겼고, 뒷날에 『상서』를 제자들에게 가르쳤다.

49 명나라 만력제 때 제남의 유명한 문학자 이반룡(李攀龍, 1514~1570)이 살던 곳이다. 이반룡의 자가 우린이다.

이 제사를 지낸 곳이어서 풍경이 매우 아름답고 옛 유적이 아주 많았다. 밤이 깊고 열차가 빠르게 지나가니, 태산을 한번 올라가 보고자 하는 바람을 이루지 못한 것이 한스러웠다. 시를 한 편 지었다.

공자님은 언제 저 태산에 올랐던가.	魯叟何時陟彼山
우뚝한 천년의 저 산을 누가 다시 오를 것인가	巖巖千世更誰攀
그때의 천하는 오늘날 성(省) 하나 크기였으니	當年天下猶全省
한번 바라보면 손바닥 들여다보듯 훤했겠구나	一望還如指掌間

요촌(姚村) 정거장에 도착하니 밤이 이미 깊었다. 차에서 내려 성에 들어가려고 했는데, 성이 18리 밖에 있었다. 그래서 근처 역무원실에 들어가 잠깐 눈을 붙였는데, 하늘이 이미 밝았다. 지금까지 지나온 길이 대략 천여 리나 되었다.

21일. 이른 아침에 작은 차를 타고 곡부성을 바라보며 출발하니 아침 해가 막 솟아올랐다. 상서로운 구름이 온통 붉었고, 보리밭에는 푸른 물결이 일렁거렸으며, 크고 작은 촌락이 길을 따라 즐비했다. 닭 우는 소리와 개 짖는 소리가 흡사 우리나라에 있을 때와 같았다. 다만 사방의 산이 아득해 더욱 평평하고 넓어보였다.

안가하(顔家河)에 도착하니 이 하(河)는 곧 사수(泗水)를 가리킨다. 모래가 매우 곱고 물이 매우 맑다. 비록 큰 내는 아니지만 이름이 천하에 알려진 지는 오래되었다. 내가 본 대로 말하면, 요하(遼河)를 건넌 이래로 맑고 잔잔하게 흐르는 강은 이 물뿐이었다. 이곳의 느낌을 시 한 편에 담았다.

노나라 성 서북으로 시내가 흐르는데	魯城西北有溪橫
길 물어서 그 이름이 사수(泗水)임을 알았네	問路方知泗水名
북쪽에서 내려올 때 물이 탁해서 괴롭더니	北來正苦黃流濁
강물의 진짜 발원지가 맑아 기쁘구나	却喜眞源一泒淸

곡부성 북문으로 들어가 골목길의 순흥점(順興店)에 숙소를 정했다. 동쪽으로 안회(顔回)의 복성묘(復聖廟)와 서로 마주 보고 있었다. 동성(東城)으로 가서 태사(太史)인 소점(少霑) 공상림(孔祥霖) 선생을 뵙기를 청하고, 아울러 성묘(聖廟)를 알현하고 성림(聖林)을 찾아뵈려는 뜻을 전했다. 공 선생이 곧 안내원 이정신(李靖臣)과 심부름꾼 곡성(曲姓)에게 우리를 안내하게 하고, 한편으로는 자신의 종질인 연성공(衍聖公) 영이(令貽)에게 알리게 했다. 내가 말했다. "제 평생소원은 성묘(聖廟)와 성림(聖林)을 참배하는 것이었습니다. 압록강을 건넌 뒤로 몸에는 중국옷을 입고 머리에는 서양 모자를 쓰고서 이처럼 배알하려니 두렵고 죽을죄를 지은 것 같습니다." 공 선생이 말했다. "본래 편한 대로 하셔도 좋습니다."

이정신 군을 따라서 육수문(毓粹門) 밖에 이르렀다. 문 위에 글이 쓰여 있었는데, 성묘(聖廟)는 중요한 곳이라 연성공에게 통지하지 않으면 함부로 들어갈 수 없다는 뜻이었다.

조금 기다리니 이군이 성공부(聖公府)에서 나와서 나를 안내해 문으로 들어갔다. 곳곳에 비정(碑亭)이 세워져 있고, 문과 정자도 여러 개였다. 대성문을 들어가니 돌을 쌓아서 복도를 만들었다. 북쪽으로 나아가니 대성전의 한복판이었다. 층계를 지나서 전폐(殿陛, 섬돌)로 올라가니 전(殿)의 기둥은 순전히 백옥석(白玉石)을 사용했다. 앞줄 10개의 기둥은 높이가 모두 4,5장(丈) 정도이고, 둘레가 3,4아름쯤 되었다. 그 중 여덟 기둥은 용의 형상을 새겨놓았는데, 꿈틀꿈틀 움직여 날아가는 모양이 마치 살아있는 것 같았다. 옆과 뒤에 있는 18개의 기둥은 세밀하게 그림을 새겼는데, 은은한 모습이 맑고 속되지 않았다.

전(殿)의 문이 매우 높고 컸으며, 정문은 여닫을 때 음악연주 소리가 났다. 동쪽으로 전 안으로 들어가서 선성(先聖, 공자) 및 선현(先賢)의 위패에 재배하고, 차례대로 살펴보았다.

한가운데에는 선성(先聖)의 소상이 안치되어 있는데, 면류관을 쓰고 곤복을 입고서 의젓하게 용탁(龍桌) 위에 있었다. 면모가 훤칠하고 붉었으며 앞의 치아 두 개가 약간 드러나 있었다. 신비로운 색채와 특이한 모습이 과연 공자와 비슷한지는 모르겠지만, 태어나 처음으로 만세 소왕(素王)[50]의 초상화를 우러러보니 기념할 만한 일이었다. 전면의 목패(木牌) 위에는 '지성선사공자신위(至聖先師孔子神位)' 여덟 자가 쓰여 있었고, 그 아래에는 향로(香爐), 향탁(香桌)과 예기(禮器)가 약간 놓여있었다. 진한시대 이전의 고기(古器)는 특별히 성공부(聖公府)에게 수장되어 있어서 사중월(四仲月)의 정제(丁祭)[51] 때를 기다려서 진설하고, 탁자 면에는 그 형상을 그대로 본떠서 만들어 놓았을 뿐이다.

동남쪽에는 복성공(復聖公) 안자와 술성공(述聖公) 자사자(子思子)의 소상과 신위를 안치했으며 향로, 향탁을 놓아두었다. 서남쪽에는 종성공(宗聖公) 증자와 아성공(亞聖公) 맹자의 소상과 신위를 안치했으며, 향로와 향

◇◇◇◇◇◇◇◇◇◇◇◇◇◇◇

50 왕의 지위는 없지만 임금으로서의 덕을 갖춘 사람으로, 공자를 가리킨다.

51 음력 2, 6, 8, 12월의 첫 정일(丁日)에 공자에게 지내는 제사.

탁을 놓아두었다.

다시 동쪽으로 민자건[閔子], 염구[冉子], 자공[端木子], 중유[仲子], 복상[卜子], 자유[有子]의 소상과 신위가 있고, 다시 서쪽으로는 백우[冉子], 자아[宰子], 염유[冉子], 자유[言子], 자장[顓孫子], 주자의 소상과 신위가 있으며, 각 신위에는 향로와 향탁이 놓여 있었다. 오직 맹자와 자로는 얼굴에 붉은색을 띠고 있었다. 주자의 소상은 청나라 강희연간에 대성전에 배향했다. 이는 청 왕조가 2백 년 동안 오직 주자를 떠받들었고, 오늘날 학계에 끼친 영향이 매우 크기 때문이다.

대성전 위에는 황금빛으로 '만세사표(萬世師表)' 네 자를 새겼는데, 청나라 건륭제의 친필이다. 양옆의 주련 역시 금빛 글자를 새겼다. 동쪽 기둥 글귀는 "기운은 사시사철을 다 갖췄으니, 천지귀신일월과 함께 그 덕을 합했네"이고, 서쪽 기둥은 "만세에 가르침 드리웠으니, 요순우탕문무를 계승해 스승이 되었네"이다. 두 번 절하고 나와 건물의 구조를 살펴보았다. 높다란 황금 전각은 만세의 왕을 위한 전각에 어울렸다. 느끼는 바가 있어 절구 한수를 지었다.

전각 높고 장엄하니 곤룡포가 새롭고	殿宇崇嚴袞黻新
태평스런 기운은 만년토록 봄날이어라	太和元氣萬年春
옷 여며 두 번 절하고 소상을 올려다보니	摳衣再拜瞻遺像
이제껏 경모하던 모습과 얼마나 같은가	何似從前景慕辰

대성전 계단 아래에는 정자가 있고, 당회영(黨懷英)[52]이 전서로 쓴 큰 비

◇◇◇◇◇◇◇◇◇◇◇◇◇◇◇

52 당회영((1134~1211)은 금나라 시대의 문학가이자 서예가로, 자는 세걸(世杰), 호는 죽계(竹

석이 우뚝 세워져 있었으니, 바로 '행단(杏壇)'이다. 이것이 바로 공자님이 지팡이 짚고 산책하던 곳이자 칠십 제자들과 어려운 문제에 관해 묻고 대답하던 장소이다.

옷깃을 여미고 행단에 오르니 공자께서 '의란조(猗蘭操)'[53]를 연주하던 거문고 소리와 증자께서 비파 타던 소리가 귓가에 쟁쟁했다. 행단을 바라보며 떠날 줄 몰랐는데, 마치 백세 뒤에서 스승의 가르침을 받드는 것처럼 숙연해졌다. 시 한 수를 지었다.

행단 주변 측백나무 그늘 무성한데	杏樹壇邊柏樹陰
깊숙이 건물 하나 우뚝 들어섰네	巋然惟有一堂深
발걸음이 마치 제자들의 뒤를 따르는 듯한데	躡足宛隨諸子後
공자님의 남기신 말씀 뜰에 가득하여라	滿堂風韻有遺音

대성문의 동쪽 모퉁이에 공자님이 손수 심은 회화나무 한 그루가 있었다. 이 나무는 진, 수, 당, 송, 금, 원, 명, 청을 겪으면서 번성했다가 시들고, 시들었다가 다시 싹을 틔운 것을 이미 몇 차례나 거듭했다.

오늘날 그 가지와 줄기가 무성해 하늘로 치솟았으니, 청나라 강희제 이후 이미 그러했다. 그사이 꽃피고 시드는 운명은 언제나 시대의 흥망성쇠에 맡겨졌지만, 옛 성인이 심은 뿌리만큼은 지금까지 아무 탈이 없으니, 마치 한줄기 햇빛이 엄동설한에 남아있는 것과 같았다. 미약한 한 그루의

◇◇◇◇◇◇◇◇◇◇◇◇◇◇◇

溪)이다.

53 공자는 일찍이 위(衛) 나라에 갔다가 노(魯) 나라로 돌아와서는 때를 만나지 못해 도(道)를 행할 수 없음을 슬퍼했다. 그래서 뛰어난 향기를 지닌 난초가 평범한 풀들과 함께 섞여 있는 데에 가탁해 금조(琴操)인 의란조(猗蘭操)를 지어 스스로 거문고를 타며 노래를 불렀다.

나무가 그 지극한 정성에 감동되어 천지의 어려운 시절을 겪어온 것이었다. 2400년 전 공자님께서 손수 만지시던 것을 어루만지니, 그 우러나는 감동을 어찌하겠는가. 이 때문에 절구 한 수를 지었다.

거룩한 스승님 그때 손수 심은 나무	聖師當日手培根
줄기 하늘로 솟고 이파리 무성하도다	幹聳亭亭葉鬱蟠
시대의 부침과 함께 꽃피고 시드니	榮枯付與升沉運
천지의 바른 기운 이 한 그루에 남았구나	正氣乾坤一樹存

그 나무의 사방으로는 석축을 둘러 바라볼 수는 있지만 다가갈 수 없었으니, 나무를 보호하는 방법이 지극하다고 하겠다. 옆에는 회화나무를 기리는 비석 하나가 있으니, 바로 송나라 남궁 미불(米芾)[54]의 글씨다. 돌이 깎이고 떨어져나가 글자꼴이 온전한 게 거의 없었다. 그러나 글자의 획과 삐침 하나하나가 빼어나게 아름답고 힘이 넘쳐 늠름한 기운이 어려 있었다.

이 회화나무의 역사를 간략히 살펴보자. 옛 성인께서 손수 심은 이후로 진 회제 영가(永嘉) 3년(309)에 이르러 시들었다. 그로부터 309년이 지난 수 공제 의령(義寧) 원년(617)에 다시 살아났다. 51년 뒤인 당 고종 건봉(乾封) 2년(667)에 또다시 말랐다. 다시 374년이 흐른 송 인종 강정(康定) 원년(1040)에 다시 잎이 살아났으나 금 선종 정우(貞祐) 2년(1214)에 병란을 당해 흔적을 남기지 않았다.

◇◇◇◇◇◇◇◇◇◇◇◇◇◇◇◇◇

54 북송의 서예가이자 화가. 이름은 처음엔 불(黻)자를 쓰고, 41세 이후에 불(芾)을 썼다. 자는 원장(元章), 호는 녹문거사(鹿門居士), 양양만사(襄陽漫士), 또는 사는 곳에 따라 해악(海岳), 관(官)에 의해 남궁(南宮)이라 부른다.

어떤 사람은 다음과 같이 말했다.

"성인께서 심은 회화나무는 세 그루였고, 그 크기가 소를 가릴 만했다. 여진이 남침했을 때, 세 그루 회화나무에 재앙이 이르러 더 이상 살아나지 못했다. 그래서 그것을 재목으로 삼아 장인에게 성인의 얼굴과 현인들의 초상을 똑 닮게 조각하게 했다. 그 뒤 81년이 흐른 원 세조 31년(1291), 옛 뿌리가 다시 살아났다. 그로부터 96년 뒤인 명나라 홍무 22년 기사해(1389)에는 높이가 3길 남짓이었고 둘레는 거의 4척이었다. 홍치 12년(1499) 대성전과 대성문이 화재를 당했다. 이 나무는 전각과 문의 사이에 있어 가지와 잎이 다 떨어지고 줄기만 남았다. 청 강희 연간에 이르기까지 200여 년 동안 더 이상 마르지도 않고 잎을 피우지도 않았다. 그 견고함이 철과 같다고 해서 사람들은 '철수(鐵樹)'라고 불렀다. 강희황제가 손으로 어루만지며 신기한 나무라고 부르고 '고회부(古檜賦)'를 지었다."

이정신에게 들으니, 이 나무는 홍무 연간 뒤에 울창했다가 원 · 명 연간에 살아났던 줄기가 화마의 재액을 입었으나, 강희 연간 이후로 천명을 얻어 다시 피어났다고 한다. 아, 이 어찌 신묘하고 기이하지 않은가.

동쪽과 서쪽의 행랑으로 들어가 72 제자와 역대 선현 130여 위를 받들어 살폈다. 대성전 뒤는 침전이다. 돌을 깎아 세운 열주(列柱)는 대성전 사당과 같았는데, 단지 크기를 대폭 줄였을 뿐이다. 안에는 공자님의 부인 올관씨(兀官氏)의 신위를 모셨다. 그 뒤는 성적전(聖蹟殿)이다. 돌을 쌓아 벽을 세우고, 돌에는 그림을 새겨 공자님의 평생 자취를 나열했으며, 각국의 명화를 다 모았다. 몇 년 전에는 목판으로 새겼고 오늘날에는 책으로 만들었으니, 조선의 성적도(聖蹟圖)는 여기에서 나왔다. 앞에는 옛 성인 다섯 분의 돌조각상이 있는데, 모두 오도자(吳道子)[55]가 그린 그림을 토대로 한 것이다. 양 옆에는 건륭제의 어제비가 각각 하나씩 있고, 동서 수십 걸음 바깥으로는 신포(神庖)[56]와 매백소(埋帛所)[57]가 있다. 대성전의 서쪽에는 계성묘(啓聖廟)가 있는데, 이 역시 돌기둥을 사용했다. 안에는 공자 아버지 숙량대부(叔梁大夫)의 소조상과 신위가 있는데, 얼굴은 붉은색을 띠었고, 빼어난 기상이 있었다.

그 뒤로도 침전이 있었는데, 숙량공의 부인 안씨의 신위를 모셨다. 대성전의 동쪽에는 종성사(宗聖祠)를 두고 계성왕, 이성왕, 조성왕, 유성왕, 창성왕의 신위를 모셨다. 그 옆으로 공씨, 맹피, 맹손씨, 증씨, 안씨와 송나라 정씨, 주씨의 신위를 두었다. 사당 앞에는 진한 연간에 세운 오래된 비가 있었는데, 공씨의 세계도(世系圖)를 새겼다. 남쪽에는 '옛 성인을 본받고 선현을 칭송한다'(則古稱先)는 편액이 걸린 시례당(詩禮堂)이 있다. 여기는 공자 아들 백어가 뜰을 지나면서 배움을 얻었던 곳으로, 기념비가 서 있는 게 보였다. 시례당의 북쪽은 공자님의 거처이다. 이리저리 거닐며 공자님을 흠모해 절구 한 수를 지었다.

시는 마음속 뜻을 말하고, 예는 몸가짐을 바르게 하는 것	詩能言志禮持身
자식 가르치는데 애당초 특별한 사람은 없다네	敎子元非有異人
시험 삼아 오늘부터 시례당 앞을 지난다면	試從今日堂前過
남아있는 시경 삼백 편이 바로 참됨을 알리라	三百遺篇便是眞

◇◇◇◇◇◇◇◇◇◇◇◇◇◇

55 중국 당나라 때의 화가 오도현(吳道玄). 도자(道子)는 자(字)임. 현종(玄宗) 때 사람으로, 당대(唐代) 최고의 화가였으며 특히 불화에 뛰어났다.

56 제사 물건을 보관하는 곳.

57 혼백을 묻는 곳.

길을 돌아서 남쪽으로 가니 공씨 집안의 옛 우물이 있었는데, 무척 깊었다. 정신이 시중드는 사람을 불러 두레박줄을 내려서 작은 주발로 떠서 마시기를 청했다. 물맛이 맑았는데 소금기를 띠고 있었다. 백세의 뒤에 이르러, 팔 베어 눕고 표주박으로 물 떠 마시던 성현의 소박한 삶을 우러러 생각하며 공경히 걸으니, 때맞춰 내리는 비의 감화에 흠뻑 젖는 것 같았다. 느끼는 바가 있어서 시 한 편을 지었다.

옛 우물 남아있어 공자님의 느낌 전해지니	古井猶存口澤傳
분출하는 샘의 물맛까지 맑고 아름답구나	清鹹佳味異奔泉
여러 군자 물 길어 올려 잔에 따르니	多君汲引來添酌
엄숙한 터에서 물 마시던 해를 기억할까	記否莊壇飮水年

우물곁에 오래된 돌 한 조각이 있어 정신이 나에게 그것을 보여주었는데, 바로 노벽(魯壁)이었다. 춘추시대에 돌을 쌓아 벽을 만든 것이었으니, 오늘날 벽돌 쌓는 방식과 같았다. 이것이 과연 『시경』과 『서경』을 감추어 둔 벽의 자취로구나. 옛 유적에 마음이 울적하니 감상이 없을 수 있겠는가. 시를 한 편 지었다.

진나라 화롯불 맹렬하니 남은 경전이 위태롭구나	秦爐火烈急遺經
『시경』과 『서경』을 의지할 수 없으니 역사에 맡기네	無賴詩書付汗青
조각돌을 어루만지니 참으로 말을 하는 듯	摩挲片石眞堪語
선왕의 옛 모범이 이렇게 남아 있구나	留得先王舊典型

시례당의 남쪽에는 홰나무와 은행나무가 있는데, 두 나무 모두 무척 오래되었다. 정신에게 물어보니, "홰나무는 당나라 때 사람이 심은 것이고, 은행나무는 송나라 때 심은 것이다"라고 했다. 생각건대 천년의 세월을 겪은 오래된 나무를 어찌 쉽게 얻을 수 있겠는가. 당나라 때 심은 홰나무 가지 하나를 꺾어서 기념으로 삼고 아울러 시 두 구를 지었다.

홰나무가 사당에 있으니 우연이 아니리라	槐在廟中不偶然
천년의 세월에도 오히려 천수를 누리네	千秋猶得保千年
언덕 위의 자두나무 잎을 돌아보고 웃노니	回笑隴頭仙李葉
짧은 봄날을 어느 때에 붙이랴	片時春色付何天

행단 옆 은행나무는 담장 하나를 사이에 두었는데	杏在壇邊隔一墻
송나라 쇠퇴하자 유학이 더 이상 진전되지 못했네	倘緣衰宋未升堂
그해 다행히 하남의 촛불에 의지해서	當年幸賴河南燭
선니전[58]의 옆을 찾았노라	尋得宣尼殿宇傍

다시 대성문을 향해 남쪽으로 나가니 역대의 비정(碑亭)이 이루 헤아릴 수 없이 많았는데, 청나라 어제비(御製碑)가 가장 많았다. 돌과 나무에 새긴 것은 모두 교룡(螭龍)의 모습이었으니, 대부분 청나라 때 세운 것들이리라.

남쪽으로 가니 규문각(奎文閣)이 하늘에 우뚝 솟아 있었다. 계단을 따라

◇◇◇◇◇◇◇◇◇◇◇◇◇◇

58 공자님 사당. 선니(宣尼)는 공자의 별칭으로, 한나라 평제(平帝) 원시(元始) 원년에 공자를 '포성선니공(褒成宣尼公)'이라고 추시(追謚)했다.

올라가니 아주 크고 빼어난 건물이었다. 왕자(王者)가 책을 읽고 학문을 연마하는 장소로 어울릴 만했다. 전각 위에 남아있는 게 하나도 없었는데, 어째서 그런지는 알지 못하겠다. 뒤에 효정(曉汀) 오개원(吳愷元)을 상해에서 만났을 때, 이 일을 이야기하였다. 나는 성공부(聖公府)의 옛 그릇과 옛 책을 모두 이 전각에 수장하고, 그밖에 천하도서 가운데 이곳에 보관하기를 바라는 것을 모두 허락해 시행한다면 이 각은 앞으로 아시아에서 가장 크고 하나밖에 없는 박물관이 될 것이라고 말했다. 또 사람을 파견해 굳게 지켜서 천하 만세에 그것을 전한다면 매우 아름다운 일이 될 것이라고 했다. 오개원 역시 이런 취지에 크게 공감했는데, 일찍이 연성공에게 권한 적이 있다고 했다. 동쪽에는 예기고(禮器庫)가 있고, 서쪽에는 악기고가 있다. 문은 서쪽이 관덕문(觀德門)이고, 동쪽은 육수문(毓粹門)이다.

규문각의 남쪽에는 동문문(同文門)이 있었다. 문 안에는 한나라 때의 예악비(禮樂碑)와 여러 군리(郡吏) 공겸비(孔謙碑), 졸사비(卒史碑), 사신사묘비(史晨祀廟碑), 한래수묘비(韓勑守墓碑), 공주(孔宙), 공표(孔彪), 공포(孔褒) 등의 비가 있었다. 예스러운 아취가 넘쳐흘렀고 엄숙하고 공경하는 뜻을 불러일으켰다. 또 위비(魏碑), 당비(唐碑), 송·금·원·명 때의 비가 있었다. 다시 그 남쪽에는 대중문(大中門), 홍도문(弘道門), 태화원기문(太和元氣門), 옥진금성문(玉振金聲門) 등이 있었다. 다시 그 남쪽은 영성문(欞星門)인데, 아무때나 출입할 수 없었다.

나무가 뜰에 가득했다. 모두 측백나무였는데, 우리나라의 오래된 향나무 같았다. 그러나 중국에서 말하는 백(柏)이란 곧 측백(側柏)이고 우리나라에서처럼 해송을 백(柏)이라고 하지 않은 것은 분명하다. 모두 곧게 우뚝 솟고 울창해서 하늘을 찌를 듯이 높아 해를 가릴 기세였다.

돌아서 육수문에 이르니 문지기가 성묘도와 성림도 각 한 권씩을 주었다. 공태사가 정신을 대신해서 곡씨 성의 사람에게 그 일을 맡겨 성림을 배알하게 하려고 했다. 차를 불러서 노성북문(魯城北門)을 따라서 나가라고 말했다.

평교(平橋)를 지나 공씨충효지려(孔氏忠孝之閭)를 바라보며 문진교(文津橋)를 따라 북쪽으로 가니 석방(石坊)이 바로 앞에 있었다. 차에서 내려 살펴보니 문이 세 개가 있었는데, 기둥만 있고 문짝은 없었다. 무지개 모양의 문 위에 '만고장춘(萬古長春)' 네 글자를 새겼으니 곧 신도비임을 알았다. 북경에 있을 때 본 극림덕비와 대략 같았는데, 오로지 석재만을 썼다. 크기는 극림덕비에 조금 미치지 못하지만, 새기는 솜씨와 섬세한 구조는 그것을 뛰어넘었다. 독일 사람이 산동지방을 개척하기 위해 이곳을 오가며 보고 모방해서 청나라 정부를 징계하기 위해 극림덕비를 세운 것이다. 하찮은 공사 한 사람이 대대로 이어져온 공자의 위의를 함부로 흉내 냈으니 하늘은 반드시 그를 미워할 것이다. 그 양 옆에는 각각 전각 1좌를 세우고 신도비를 안치했다. 이것은 명나라 만력 연간에 지은 것이다.

대로를 따라서 올라가니 양쪽의 측백나무가 하늘 높이 솟아 있어 저절로 엄숙하고 공경하는 마음이 떠올랐다. 지성림방(至聖林坊)을 지나 정문으로 들어갔다. 양쪽에는 담장을 둘렀고 담장 안에는 측백나무가 빽빽이 늘어서 있었다. 가운데로 길 하나가 통하는데, 조금 걸어가니 양쪽 옆 돌계단 위에 각각 돌사자 하나를 앉혔다. 앞의 문패에는 '지성림'이라고 했다. 이곳을 지나 들어가니 동쪽은 곧 역대 제왕들이 거동하던 길이었다. 서쪽으로 가서 수수방(洙水坊)에 이르러 차에서 내렸다. 수수교를 지나는데 다리 아래에는 한 바가지의 물도 없었다. 그러나 수수의 이름이 천하에 알려져있어 눈으로 상상하고 마음으로 그리워하는 것을 금치 못하게 했다. 이는 공자의 성대한 덕이 천세에 걸쳐 향기를 전하기 때문이다.

발걸음을 따라 묘문을 지나 묘전(墓殿)에 이르렀다. 양쪽에 각각 석상(石像)한 개를 세웠고, 가운데에는 향탁을 한 개 놓았다. 전을 따라 들어가니 내림(內林)이라고 부르는데, 곧 '삼세동림(三世同林)'의 지역이다.

종종걸음으로 바로 앞으로 가서 공자님의 묘에 재배했다. 비 위에는 "지성선사문선왕묘(至聖先師文宣王墓)"라고 새겨져 있었다. 무덤 위에는 오래된 나무가 우거졌는데 어떤 것은 늙어 넘어져서 썩고 있었다. 묘 앞에는 상석(床石)이 있고 그 아래에는 석탁(石卓)을 두었는데, 화로 한 개와 넓적한 그릇 두 개가 있었다. 양쪽 옆에는 각각 석상을 세웠다.

보잘것없는 나는 백세 뒤에 태어나 멀리 떨어진 나라에서 살면서 평생토록 공자님의 책을 알고 읽으면서 끊임없이 흠모해 왔다. 오늘 비로소 성림에서 배알할 수 있었으니 그 감동을 무엇에 비교할 수 있을까. 또한 우리나라의 학설이 모두 공자님을 근본으로 삼고 있지만, 여전히 종파주의의 견해에서 벗어나지 못하고 있고, 공자님의 정당한 혈통을 알지 못하고 있으니, 앞으로 공자의 적통임을 무엇으로 증명할 수 있겠는가. 이에 시 한 편을 지었다.

사당에 절하고 돌아와 성림을 뵈었으니	拜廟歸來謁聖林
천년 세월에 누가 공자님 마음을 증명하랴	千秋誰證九原心
가르침 전해오지만 끝내 의지할 바 없으니	滔滔口耳終無賴
어찌 중국에 기대어 유학의 피폐함을 구제하겠는가	那望神州救陸沉

이어서 사수후(泗水侯)[59]의 묘를 참배하고 다시 기수후(沂水侯)[60]의 묘를 배례했다. 그 의위(儀衛)가 진열된 것이 대략 앞의 것과 같았다. [자사가 지은] 『중용』 한 부는 천년을 넘어 전해져 오는 정신이니, 우러러 생각건대 그 뜻이 영원토록 빛나게 보존될 것이다.

서쪽으로 가니 4세손의 묘가 있었다. 무덤을 만든 지 무척 오래되어 식별할 수가 없었다. 성묘 오른쪽에는 단목자(端木子)[61]가 시묘살이한 거처가 있는데, 집이 수 칸이고 표식이 되어 있었다. 그 후손들이 대대로 박사로서 제사를 지내오고 있다. 청나라 강희제가 성림에 참배하러 왔을 때는 단목겸(端木謙)[62]과 의논했다.

사수후(泗水侯)의 묘 동쪽에 송나라 진종(眞宗)과 청나라 성조(聖祖)의 가마가 머문 곳이 있었는데, 모두 비(碑)와 정자가 있었다.

묘전(墓殿)의 동쪽 모퉁이에는 벌거벗은 나무가 가지도 없이 서 있었다. 높이가 여러 길이고 자공이 손수 심은 해목(楷木)이었다. 그 나무의 옹이는 표주박으로 만들 수 있고, 그 잎은 채소로 먹을 수가 있으며, 그 열매는 기름을 짜서 등불 기름으로 쓸 수 있겠지만, 지금은 말라 죽은 지 오래되었다. 나무 옆에 비와 비각을 세워 그 자취를 알려주고, 나무 주위를 돌로 쌓아 보호하고 있었다. 비록 성의를 다했지만, 그 위에 지붕을 얹어 비바람을 막아주지 못한 것이 한스러웠다. 공자의 무덤을 지키며 어진 사람들의 손때가 묻었으니 그 해목을 공경하지 않을 수 있겠는가! 이에 시 한 수

◇◇◇◇◇◇◇◇◇◇◇◇◇◇

59 공자의 아들 공리(孔鯉). 자는 백어(伯魚).

60 공자의 손자 공급(孔伋). 자는 자사(子思). 기수후, 기국공, 기국술성공에 봉해졌고, 술성자사자로 불렸다.

61 공자의 제자인 자공. 성은 단목, 이름은 사(賜), 자는 자공이다.

62 자공의 70대손.

를 읊었다.

닳고 벗겨져도 몇 길이나 우뚝하고	骨磨皮剝數尋强
선현의 손때로 윤기 난 지 오래구나	猶帶先賢手澤長
이 나무 심고 길러온 내력을 알고자 했더니	欲知此樹栽培蹟
6년 시묘살이에 눈물이 다 말랐구나	淚盡居廬六載霜

담장 밖 외림(外林)에는 공씨의 허묘(虛墓)와 한묘(漢墓)가 있었다. 옛날부터 지금까지 명인(名人)의 묘와 종자(宗子)의 묘 등이 겹겹이 서 있어 무덤들이 서로 마주 보고 있는데, 실로 집안 대대로 묘소를 이룬 곳이었다. 외림은 모두 18경(頃)이고 그 밖은 모두가 백성들이 사용하는 것이다. 2천여 년 동안 종족들이 날로 번성하고 장례가 날로 많아지니 무덤이 쌓이고 겹치는 것을 피할 수 없었다. 강희제가 공상임(孔尙任)[63]의 주청에 따라 넓히라고 특별히 명을 내렸지만, 지금까지 옛날 그대로다.

내가 여기에서 가만히 느끼는 바가 있다. 조선의 풍수설이 비록 중국에서 왔다고 하지만, 한번 연(燕) · 조(趙) · 제(齊) · 노(魯)의 땅을 지나다 보면 광막하고 산이 없어 밭 가운데 있는 무덤이 잇달아 나타나니 풍수에서 말하는 용혈(龍穴)이나 향배(向背)와 같은 설명을 기다릴 것이 없다. 오직 공씨 집안의 세장지(世葬地)는 곧 깨끗하고 청결하게 하나의 임야에 모여 있으니, 밭 가운데 있는 무덤들이 잇따른 것과는 같지 않다. 그래서 살아서는 쉽게 묘를 살필 수 있고, 죽어서는 돌아갈 곳을 알 수 있으니, 음양풍수의 설에 미혹되지 않는 것을 알 수 있다. 우리 조선에서는 죽은 자를 위

◇◇◇◇◇◇◇◇◇◇◇◇◇◇◇

63 공자의 64대손(1648~1718)으로 시인이자 희곡가이다.

해 묘지를 고르는 것이 번거롭고 살펴보는 땅이 넓어 온갖 수단을 다 쓴다. 그것이 극단에 이르면 유해를 지고 길바닥에 나앉거나 집안을 거덜 내며 집안에서 소송을 한다. 살아있는 사람의 화복이 전적으로 죽은 사람의 묘지 때문에 결판난다고 말한다. 그래서 망령되이 분수 아닌 것을 구하고 이익을 바라고 좋아하는 것을 얻으려고 하는 것이 갖가지 고질적 습관을 이루어 세상에 둘도 없는 큰 병통이 되었으니, 어찌 이를 보고 반성할 줄 모르는가? 사물은 극도에 이르면 반드시 되돌아오기 마련이니, 공동묘제가 머지않아 실시될 것이다. 만약 공씨 가족의 세장(世葬) 제도를 천하에 반포한다면 어찌 좋지 않겠는가.

묘문(墓門)으로 나가서 사당(思堂)에 올랐다. 사당은 공자의 후예들이 봄 가을로 제사하고 성묘하며 종족들의 잔치를 하는 장소이다. 서쪽 벽에는 송나라와 원나라 사람이 제명(題名)을 비에 새긴 것이 있고, 가운데에는 명나라 신하 필무강(畢懋康)[64]이 성림을 알현할 때 쓴 시가 있었다. 차를 다 마신 후 문지기가 시초(蓍草) 50본을 가지고 왔는데, 이것은 성묘에서 난 것이고 일종의 신령스럽고 특이한 물건이라고 한다. 공태사에게 들으니 이것은 비록 진품은 아니지만 역시 평범한 것은 아니라고 한다.

22일. 안자 사당에 참배했다. 사당은 누항(陋巷)에 있었다. 곡성(曲姓)이 와서 또 사당에 참배하기를 청해 서문으로 들어갔다. 이날이 마침 시장이 열리는 날이라, 사람들이 끊임없이 왕래해 문 안이 가득 찼다. 좌우에 비정(碑亭)들이 줄지어 서 있었다. 공자 사당과 거의 같았지만 규모는 그에 미치지 못했다. 문 안에는 누항정(陋巷井)이 있었다. 돌을 쌓아서 경

◇◇◇◇◇◇◇◇◇◇◇◇◇◇

64 명나라의 관원이자 무기 전문가. 생몰년은 1571~1644년이다.

건하게 보호해 지붕을 만들어 덮었는데, 마치 공택(孔宅)의 구정(舊井)과 같았다. 우물은 깊고 맛은 시원했다. 갑자기 한 가닥 맑은 바람이 오래된 소나무와 측백나무의 사이에서 불어오는 것을 느꼈다. 그래서 시 한 수를 읊었다.

우물이여, 거리의 백성들에게 가깝구나	井兮環逼巷民居
그 옛날 안연이 이 물을 마셨다네	伊昔顏淵舊飮餘
사당 앞 나무에 부는 바람 여전한데	遺風不絶堂前樹
단사표음 생각하며 물을 맛본다네	想像簞瓢一味噓

우물 아래에 석남(石楠)이 있는데, 안회가 손수 심은 것이라고 전해진다. 극기문(克己門)을 따라서 들어가니 곧 퇴성당(退省堂)이었다. 안에 퇴성도(退省圖)를 돌에 새겼는데, 당나라 사람이 남긴 오래된 유적이고 진귀한 보물이 되었다. 뜰에 오래된 측백나무가 있는데, 잎이 뾰족했다. 곡씨에게 물어보니, 그 나무가 오백 년 전에 심어진 것이라고 말했다. 동쪽으로 들어가니 복성전 앞에 여덟 개의 돌기둥이 펼쳐져 있었다. 용이 새겨져 있었고 위에는 푸른 유리 기와로 덮여 있었다. 구조가 웅장해서 대성전에 버금간다고 해도 손색이 없었다.

복성전 안에 들어가서 소상을 알현했다. 면류관 · 곤룡포와 옷에 놓은 수를 보니 최초의 군자가 된 것을 상상해볼 수 있었다. 얼굴은 젊어 보이고 머리는 검고 윤기가 있어서 나이가 서른 살 안팎으로 보였다. 목패(木牌) 위에 '복성공안자(復聖公顔子)'라고 쓰여 있었다. 신위함이 열려 있어서 향을 살랐다. 향은 곧 소단향(蘇檀香)이었다. 우리나라에서는 언제부터 자단향(紫檀香)만 썼는지 모르겠다. 위쪽에 황금으로 '수연체성(粹然體聖)'[65] 네 글자를 새긴 현판이 있었다. 양옆 기둥에 주련이 있는데, 동쪽 기둥에는 '음기가 사라지고 양기가 새로 일어나니 천하에 봄이 돌아오고, 주나라의 예복과 순임금의 음악은 오백 제왕의 무궁한 전통으로 전해온다네'라고 쓰여 있고, 서쪽 기둥에는 '석 달이나 인을 떠나지 않았으니 고금에 두루 미치고, 아름다운 무늬와 예의바른 행실은 씨줄과 날줄로 맺어져서 만년 천 년 동안 제사로 모셔지니, 단사표음의 삶에 마땅하도다'라고 했다. 옷을 여미고 우러러 배알하니 삼가 감흥이 일어나 시 한 수를 지었다.

공자의 가르침 처음 열고 스승을 보좌하는 재능은	草創山河王佐才
삼천 명의 문하 제자 가운데 가장 뛰어났구나	三千門下最優裁
탁월하게 공을 세웠지만 수명은 짧았으니	成功卓爾天年早
사당에서 뵌 모습 백세토록 슬프구나	廟貌惟供百世哀

전의 동쪽 회랑에는 또 안자의 소상과 신위가 있었고 그 아래에는 안자 시종의 신위, 수나라의 황문시랑(黃門侍郎)과 북제의 어사중승(御史中丞)과 당나라의 상산(常山) 태수 형제의 신위가 있었다. 서쪽 회랑에는 선현 안쾌(顔噲), 안하(顔何), 안신(顔辛)과 당나라의 숭문관(崇文館) 학사, 명나라의 하간(河間) 태수의 신위가 있었다. 먼지와 때가 가득 쌓여 있었지만 쓸지 않았다. 뜰 가운데에는 측백나무가 빽빽하게 늘어서 있었고, 삼나무가 바람에 움직이고 있었다. 서쪽에는 기국공(杞國公)의 사당이 있었고,

◇◇◇◇◇◇◇◇◇◇◇◇◇◇◇

65 '순수하게 성인의 모습을 구현한다'는 뜻이다.

소상과 신위가 안치되어 있었다. 기국공은 금관을 쓰고 조복(朝服)을 입고 있었다. 얼굴은 붉었고 머리는 희었다. 세속을 벗어난 듯한 기품이 있었다. 뒤에는 안자 부인의 사당이 있었고, 신위가 안치되어 있었다. 패에는 성씨가 적혀 있지 않았다. 사방을 둘러보고 다시 작은 문으로 나왔다.

동쪽에는 가묘(家廟)가 있었고, 정숙자(程叔子)[66]의 신위가 안치되어 있었다. 밤나무로 만든 신위는 분을 바른 면에 '선조복성공안자신위'라고 썼고, 감실이나 함이 없이 탁자 위에 안치했다. 시골 여인 몇 명이 막 동전을 탁자 위에 놓았는데, 복을 빌기 위한 것 같았다. 참으로 놀랍고 탄식할 만한 일이다.

다시 극기문(克己門)으로 나오니, 전의 정남쪽에 복성문(復聖門)이 있었다. 또 남쪽에는 문 위에 복성묘(復聖廟)라는 현판이 있었고, 그 바깥 양쪽에는 또 석방이 있었다. 동쪽에는 '탁관현과(桌冠賢科, 어진 부류 가운데 뛰어나다)', 서쪽에는 '우입성역(優入聖域, 성인의 경지에 들어가다)'이라고 쓰여 있었다. 또 그 바깥은 여항거리이고, 남쪽에는 누항문(陋巷門)이 있었다. 그 봉사손이 오경박사를 세습하고, 사당 동쪽에 거처가 있었다.

다시 동성의 동례문(東禮門)에서 나와 주공묘(周公廟)로 향했다. 영성문(欞星門)으로 들어가니 양 옆에 역시 석방이 있는데, 동쪽엔 '경천위지(經天緯地, 온 세상을 다스리다)' 서쪽엔 '제례작악(制禮作樂, 예법을 제정하고 음악을 만들다)'이라고 적혀 있었다. 북쪽으로 가서 달효문(達孝門)에 이르니, 양쪽에는 측백나무가 열을 이루고 있어 숙연한 느낌이 들었다. 문으로 들어가 묘전 안에 이르러서 재배하고 참배했다. 한 가운데에 원성(元聖, 주공)의 소상이 안치되어 있었는데, 목패 위에 '원성문헌왕신위(元聖文憲王神

◇◇◇◇◇◇◇◇◇◇◇◇◇◇◇◇

66 북송의 학자 정이(程頤, 1033년~1107년). 자는 정숙(正叔)이고 이천(伊川) 선생으로 불린다.

位)'라고 쓰여 있었다. 얼굴은 붉고 머리카락은 희고 눈은 옆으로 퍼졌고 뺨이 조금 드러났다. 면류관을 쓰고 곤룡포를 입고 황금도끼를 들고 붉은 신을 신었다. 천세 뒤에도 당시의 위의를 상상할 수 있었다. 원성 이래로 중국에는 도를 행한 성현이 없었다. 이것이 바로 천지를 크게 교화시킨 핵심이었다. 보잘것없는 나는 하늘을 우러러보고 아래를 내려다보면서 두렵기만 할 뿐 무엇이라고 표현할 수 없어 시 한 편을 지었다.

도는 어디에나 있는데 그 누가 드높이지 않는가	道在空間孰不尊
주공께서 도를 펼친 뒤로 따르는 이 없구나	自公行後盡空言
사당에 남겨진 모습만이 천년 뒤에 전하네	空留廟貌傳千世
치란의 갈림길에서 도의 근원을 찾노라	治亂關頭溯厥源

정면 동쪽에는 노공(魯公)의 소상이 있고, 서쪽에는 한 사람이 상투를 틀고 걸상 위에 서 있었다. 관(冠)이 없는 것으로 보아 상고시대의 제도가 아마 이와 같았을 것이다. 소상의 등에는 금인명(金人銘)[67]을 수놓았다. 이것은 성주(成周, 춘추시대의 동주)의 태묘에 보관되어 있었는데, 주나라의 예법이 동쪽으로 간 뒤에 노나라로 옮겨진 것인가? 새겨진 글자는 헐어 읽을 수 없었다. 전의 위쪽에는 황금으로 '명덕근시(明德勤施, 밝은 덕을 힘써 베푼다)' 네 자를 새겼다. 양 기둥에는 주련이 걸려 있는데, 동쪽에는 '관례의 꿈이 이루어지고 천하가 떠받드는 나라의 향기 영원히 전한다(官禮功成 宗

◇◇◇◇◇◇◇◇◇◇◇◇◇◇◇

67 동상으로 만든 사람의 등에 새긴 글. 『가어(家語)』 관주(觀周)에 "공자가 주(周) 나라에 가서 태조(太祖) 후직(后稷)의 종묘(宗廟)에 들어가니, 오른쪽 뜰 앞에 금으로 만든 사람이 있는데, 그 입을 세 군데나 꿰매었고 등에 명(銘)을 새겼는데 '옛날에 말조심하던 사람이다…' 했다."라고 보인다.

國馨香 傳永世)', 서쪽에는 '하도낙서[68]의 상징과 공자님의 계통은 앞선 시대의 모범을 근본으로 삼는다(圖書象演 尼山統緒 本先型)'라고 쓰여 있었다. 그 전의 규모는 안자의 사당보다 뒤떨어졌다.

노나라 태묘의 제도는 당시 군주가 만든 것이어서 제후의 국왕은 이처럼 하는 것이 마땅하다. 공자와 안자의 사당은 후세에 떠받들어져서 역대 제왕이 증수했으니 그 규모가 마땅히 크고 웅장했다. 전의 아래로 내려오면 동쪽에 세실(世室)이 있는데, 그곳에는 효공 이하 탁공까지 17세(世) 신위가 안치되어 있고, 서쪽 세실에는 경공 이하 위공까지 17세 신위가 안치되어 있었다. 또 재계패(齋戒牌)가 있었는데, 먼지가 쌓여 있고 제때에 청소하지 않았다.

전의 서쪽 모퉁이에는 봉황이 깃들인다고 하는 소철나무가 있었는데, 잎이 푸르렀다. 주민들이 그 땅은 황제가 내려와 살던 곳이라고 했다. 또 느티나무와 비슷한 나무가 있었는데, 잎은 작고 길었고 모해수(牡楷樹)라고 불렀다. 옛날부터 전하는 말에 따르면, 공림에는 해나무가 있었고, 노나라 사당에는 모나무(模)가 있었다고 한다. 모(模)와 모(牡)가 발음이 같아서 조금 바뀐 것이다.

그 봉사손인 동야씨(東野氏)가 오경박사를 세습했다. 노공의 막내아들은 이름이 어(魚)로 채읍(采邑)이 동야(東野)여서 이를 성씨로 삼았으니 동야씨는 주공의 후손이 아니다. 그런데 무슨 까닭으로 세습되는 봉사손으로 봉해졌는지 모르겠다.

◇◇◇◇◇◇◇◇◇◇◇◇◇◇◇

68 하도낙서는 『주역』의 팔괘(八卦)와 『상서(尙書)』의 홍범구주(洪範九疇)가 나오는 과정을 담은 전설이다. 복희씨는 황하에서 나온 용마의 등에 그려진 무늬를 보고 팔괘를 만들었고, 우임금은 홍수를 다스릴 때 낙수(洛水)에서 나온 거북의 등에 박힌 무늬를 보고 구주를 기록했다고 한다.

길을 돌려 제례작악문에서 나와 동례문(東禮門)으로 올라갔다. 성에 기대어 멀리 바라보았다. 날이 맑고 따뜻하고, 늦은 봄날의 꽃과 버들이 마음을 어지럽혀서 기수(沂水)에서 목욕하고 싶은 생각이 일어났다.[69] 무우(舞雩)로 가니, 들과 산의 색깔이 탁 트이고 그윽했다. 단의 양쪽에 각각 돌기둥이 있는데, 북쪽은 '무우단(舞雩壇, 노나라에서 기우제를 지내던 제단)', 남쪽은 '봉상천인(鳳翔千仞, 봉황이 천 길을 날다)'이라고 쓰여 있었다. 왼쪽에는 또 돌기둥 하나가 세워져 있는데, '성현악취(聖賢樂趣, 성현의 음악과 멋)'라고 쓰여 있었다. 모두 지난 명나라 때 새긴 것이다. 늙은 측백나무 네댓 그루가 단 위로 그림자를 드리우고 있었는데, 백대나 오래된 옛날 생각을 불러일으켰다.

기수는 남쪽을 따라 수십 보 밖에 있는데, 물이 맑고 잔잔하여 얼굴이 비칠 정도였다. 사수와 합해서 운하로 들어간다. 니구(尼邱)의 동산(東山)은 30리 밖에 있는데, 곡성이 무척 자세히 가리켜주어서 한번 보고도 훤히 알 수 있었다.

곡부는 『서경』 「우공」 편에 나오는 연주(兗州) 지역에 있다. 성은 7리에 불과하고 인구는 겨우 우리나라 영(營)과 부(府)에 비할 수 있었다. 그러나 풍속이 개화하고 백성이 발전한 것은 멀리 문명의 초기부터였다. 옛날 현의 행정소재지 동쪽엔 '대정씨(大庭氏)[70]의 곳간'이 있는데, 이것은 일명 '주안씨(朱顏氏)의 곳간', 일명 '관(舘)'이다. 『선통기(禪通記)』[71]에서 이른바

◇◇◇◇◇◇◇◇◇◇◇◇◇◇◇

69 공자가 제자들에게 장차 세상에서 어떻게 쓰이겠는가 하고 물었다. 증점은 "늦봄에 봄옷이 다 만들어지면 그것을 입고 여러 사람들과 함께 기수(沂水)에서 목욕하고 무우단(舞雩壇)에서 바람 쐬고 한 곡조 읊고서 돌아오겠다."라고 대답했다.(『논어』 「선진(先進)」편)

70 중국의 신화와 전설에 나오는 씨족의 수장이다.

71 명나라 때 곽지기(郭之奇, 1607~1662)가 쓴 책으로, 중국의 신화와 전설에 나오는 인물들의

"황제가 대정관(大庭之館)에 오르다"는 것이 바로 이것이다. 『춘추좌전』에서 "노나라 사관 재신(梓愼)이 대정씨의 창고에 올라 불난 곳을 바라봤다."[72]는 기록이 바로 이것이다.

역사책을 살펴보면, 염제 신농씨가 진(陳)에서 곡부로 도읍을 옮겼고, 현의 동북에 수구(壽邱)가 있어 높이가 세 길이었다고 했다. 『산해경』에서는 "공상(空桑)의 북쪽에 헌원산이 있다"라고 했는데, 헌원산이 바로 수구이다. 『제왕세기』에서는 황제가 수구에서 태어났다고 전했다. 송나라 대중상부(大中祥符) 연간에 이곳에 경령궁과 태극관을 건립했다. 금나라 때 이르러 공자의 이름 '구'를 피해 '수릉'으로 바꿨다. 역사책에서 "순이 수릉에서 온갖 가구를 만들었다"라고 기록했으니, 이곳이 바로 그 땅이다.

현의 북쪽에는 궁상성(窮桑城)이 있는데, 공상로(空桑路)라고 부르기도 한다. 『노사(路史)』[73]에서는 "공상씨가 그곳을 공상이라고 불렀으니, 곧 연로(兗鹵) 지방을 말한다. 지역이 넓고 아득했다"라고 했는데, 여기는 고양씨(高陽氏)가 평소에 거처하던 곳이다. 또 "소호(少昊)의 옛터"라고 말한다. 소호릉은 구현의 동쪽에 있다.

염제 이래 이곳에 나라를 건설하고 도읍을 정한 것이 이렇게나 많다. 주공의 옛 봉지와 공자의 고택도 이곳에 있다. 그렇다면 곡부라는 지역은 천지의 바른 기운을 받고 산천의 맑은 기운을 모아 두 2황(신농 · 황제)과 3제(고양 · 소호 · 우순), 5성(주공 · 공자 · 안자 · 증자 · 자사)의 업적이 이곳에서 특별한 빛을 뿜어내고, 그것이 온 세계에 미치고, 예부터 지금까지 이어

◇◇◇◇◇◇◇◇◇◇◇◇◇◇◇

계보를 정리했다.

72 『좌전』 소공 18년 5월의 기록에 보인다.

73 송나라 나필(羅泌)이 편찬한 역사서.

지고 있느니, 아, 참으로 지극하고 너무나 크고 아득해서 무어라고 이름 붙일 수조차 없도다.

날이 저물어 걸어서 여관으로 돌아왔다. 공 태사가 앞서 여관에 왔다가 명함만 놓고 돌아갔다. 그래서 그 집으로 가보니 공 어른이 남해 강유위 선생에게서 소식이 왔는데 산동에 오실 것 같다고 전했다. 그러면서 저녁을 함께 먹으면서 유학의 도리에 관해 이야기를 나누자고 청했다.

내가 물었다. "남해 선생이 상해와 곡부를 거쳐 북경으로 가신다는 소식을 들으니 무척 위안이 됩니다. 제가 평소 바라는 것이 있습니다. 종교의 길을 꾸준히 이어간다는 것은 국정을 다스리는 것과 다름없는 일입니다. 그런데 나라가 나라답지 못한다면, 누가 종교를 지켜 나가겠습니까?"

공 어른이 말씀하셨다. "하늘과 땅이 닫혀버리고 현자들이 숨어버리니, 건설한다는 소식은 들리지 않고 파괴하려는 생각만 많습니다. 그러니 언제 전기가 마련될지 점칠 수 없습니다. 게다가 원세개와 강유위의 생각이 여전히 합치되지 않고 있으니 안타까울 뿐입니다."

저녁 무렵이 되자 공씨의 일가들이 하나둘 모이기 시작했다. 설교중사당(說教中事堂)에는 이미 탁자를 놓고 탁자 사방 주위에 의자들을 배치했다. 태사 어른은 나에게 손님과 주인으로 나누어 앉기를 청했다. 아, 나는 태사 어른이 연세도 많고 덕망도 높다고 여겨서 굳이 사양했지만, 어쩔 수 없이 부끄러움을 무릅쓰고 자리에 앉았다. 탁자 위에는 접시 여덟아홉 개가 놓였는데, 호박씨, 땅콩 등의 과일과 말린 새우, 돼지고기구이 등의 고기가 있었다. 일을 거드는 이가 각 자리에 작은 찻잔을 놓고 돌아가며 뜨거운 차를 따라주었다.

차를 다 마신 뒤에 다시 앞에 작은 술잔을 놓고 불수로(佛手露)라는 술을 따라주었다. 탁자 중앙에는 다시 큰 그릇 두 개를 놓았다. 하나에는 찐 생선을 담았는데, 그릇에 꽉 찼다. 다른 하나에는 찐 고기를 담았는데, 깊은 풍미가 느껴졌다. 술이 한 순배 돌자 큰 그릇 두 개가 바뀌었다. 올라온 물고기는 쏘가리 같기도 하고 도미 같기도 했는데, 정확히 무엇인지 알지 못했다. 올라온 고기들은 양, 돼, 닭, 오리 등이었는데, 물품이 각각 달랐다. 누구는 술 마시는 대신 이야기를 하고, 누구는 술을 절반만 마시다가 그만두기도 했다. 중국인들은 인사불성이 되도록 술 마시는 것을 좋아하지 않는다고 하는데, 주량은 한국 사람만 못한 것 같았다. 이처럼 10여 순배가 돌고 나서 밥과 죽이 올라왔다. 식사가 끝나 돌아올 때에는 밤이 이슥했다. 누군가가 등불을 들고 나를 안내해 여관으로 돌아왔다.

23일 . 봄날은 점점 따뜻해졌다. 성을 나가서 북쪽으로 가니 거리에서 아이들이 막 뽕을 따고 농부들이 밭에 물을 주고 있었다. 교외 밖을 두루 돌아보니, 비석이 세워져 있었는데, '후토지신(后土之神)' 네 글자를 새겨 놓았다. 대부분 중국 동북지방에서 농사신에게 제사하는 것과 비슷했는데, 따로 신위를 두지는 않았다. 또 많은 무덤이 길을 따라 어지럽게 이어지고 있었다. 한 묘지에는 '용문파(龍門派) 어느 법사의 무덤'이라고 쓰여 있었는데, 우인(羽人)[74]의 무리 가운데 한 사람의 것이었다. 중국의 도가에서 서로 전해오는 계통이 있음을 알 수 있었다.

구불구불 길을 가서 망부대(望父臺)에 올랐다. 대는 본래 노공 백금(伯禽)[75]이 쌓은 것으로, 주공이 주나라 조정에 임금을 뵈러 갔다가 돌아오지

◇◇◇◇◇◇◇◇◇◇◇◇◇◇◇

74 고대 중국의 신화에 나오는 신선으로, 다른 신선과 달리 날개가 있다고 한다.

75 주나라 주공 단(周公旦)의 장자로, 주나라 제후국의 하나였던 노나라의 첫 번째 군주다. 기

않아서 왕경을 바라보았기 때문에 만들어진 것이다. 숙소로 돌아와 공 어른의 두터운 뜻을 보답할 길이 없다고 생각하고 내가 지은 「종교철학 합일론」 한 편을 잘 베껴서 싸서 어른께 바쳤다. 공 어른은 이 글이 아직 간행되지는 않았지만 정론(定論)이 될 것이라고 인정해 주셨고, 또 유럽과 아시아의 학자들이 모두 마땅히 몸과 마음을 다해 받들어야 할 것이라고 격려해 주셨다. 아울러 자신이 간행한 책 5권으로 나에게 보답했다.

24일 . 다시 동성으로 가서 공 태사를 뵙고 여쭈었다. "주공 사당과 안자 사당의 간수가 부지런히 일하지 않아서 그런지 먼지와 때가 책상에 가득합니다. 만약 공교회에서 근무하는 사람에게 청소하는 데 힘쓰게 하면 좋을 것 같은데 어떨까요?"

공 태사가 말씀하셨다. "이것은 동야한박부(東野翰博府)의 지한박(知翰博)에게 관리하게 하겠습니다."

"증자묘는 어디에 있습니까?"

"가상(嘉祥)에 있습니다."

"주공묘는 어디에 있습니까?"

"섬서(陝西)에 있습니다."

"제가 오늘 물러나서 상해로 떠납니다."

"남방의 땅은 정찰이 몹시 엄격해서 그 성가심을 감당하기 어려울 것입니다. 먼 나라에서 혼자 몸으로 오셔서 매우 걱정스럽습니다."

"중국어를 잘하지 못해서 가는 곳마다 이루 말할 수 없을 만큼 어려울 것입니다. 그러나 제가 평생 바라던 것은 공자님 사당에 인사드리고, 남

◇◇◇◇◇◇◇◇◇◇◇◇◇◇◇

원전 1068~기원전 998년.

해 강유위 선생을 뵙는 일입니다. 바라건대 선생님의 편지 한 장을 얻어 서 몸을 지키는 증명서로 삼으면서 소개장으로도 쓰고자 합니다."

"남해의 편지에는 어제 막 출발한다고 했습니다. 오늘 편지를 써서 상해 공교회 잡지사에 건네준다면, 반드시 그곳 사람이 각하를 접대할 뿐만 아니라 남해의 소식도 알아낼 수 있을 것입니다."

"삼가 말씀을 받들겠습니다. 천진-남경포구 간 기차는 반드시 밤에 출발하니 여기에서 짐을 가지고 돌아가겠습니다. 언제 편지를 써주시겠습니까?"

"즉시 편지를 써서 안부를 묻겠습니다. 또 각하를 임시로 우리 공교회의 교제원으로 삼아서 문서를 발급해 주어 남해를 대신 맞이하도록 부탁드리겠습니다. 만약 남해가 상해에 도착할 기약이 없다면 돌아와서 편히 지내십시오."

"상해에 도착한 뒤에 또 생각해보겠습니다."

말을 마치고 공손히 인사하고 물러 나왔다.

공 태사는 중문(重門) 밖으로 나와 전송해주었다. 내가 노나라 땅에 머문 지 며칠 지나지 않아서 증자의 고택과 안자의 무덤을 배알하지 못해 유감이 없을 수 없었다. 그러나 증자의 초상을 성묘 안에서 뵈었으니 섭섭한 마음을 조금은 덜 수 있었다. 이제 살펴보니 공자님의 상은 본래 나무로 새겼는데, 오직 가르침을 전하는 공자님의 상만이 가장 진실한 것이었다. 전해오는 말에 따르면, 단목자 자공이 손으로 직접 그렸는데, 진나라 고개지가 다시 베껴 그린 것이라고 한다. 72제자의 초상만은 이용면(李龍眠)과 이사훈(李思訓)이 그린 것이라고 한다. 동위(東魏) 흥화(興和) 2년 연주자사(兗州刺史) 이정(李珽)이 공자님의 상을 흙으로 빚기 시작했는데, 그 뒤로 그 제도를 이어받아서 지금은 세상에 두루 퍼졌다. 사당에 모신 상 역시 모두 진흙으로 빚어 놓았다. 또 공자와 안자의 사당은 모두 연성부 집의 서쪽에 있었다. 죽음의 영역에서는 서쪽을 윗자리로 삼고 동쪽은 또한 생명을 받는 곳이기 때문에 자손의 집들은 모두 그 동쪽에 모여 있다. 우리나라에서 선현과 사대부의 사당은 모두 집 본채의 동쪽에 있다. 이것은 『주자가례』 첫 번째 장의 뜻만을 독실하게 믿어서 그런 것이지, 올바른 예절은 아니다.

[부] 공자 제사 의례의 대략 附丁祭儀略

곡부 궐리의 석전제는 사계절 가운데 달의 첫 번째 정일(丁日)에 지낸다. 식이 거행되기 20일 전에 음양학(陰陽學) 훈술(訓術)이 연성공부에 문서를 갖추어 바쳐서 다음 달 초 며칠 정일에 예에 따라 마땅히 석전의 예를 지내야 한다고 알린다. 연성공부는 곧 가정에 문건을 보낸다. 사씨학(四氏學), 전적(典籍), 사악(司樂), 관구(管句), 백호(百戶) 등 각 관원은 각각 마땅히 규정에 따라서 힘써 행하게 한다.

제사일 15일 전에 희생을 씻고(매일 한 차례 씻는다), 나물을 고르고, 안내문을 내서 알린다. 제사일 10일 전에 제기를 닦고, 시례당에서 예를 연습하고, 금사당에서는 음악을 연습하고, 쓸고 닦으며 문서를 보낸다. 제사일 5일 전에 연성공은 동문문에 패를 내걸고 각 관에 알려서 문서를 맡아 처리하게 한다. 조책부(造册府) 장서(掌書)는 누런색 종이를 잘 마련해서 축판의 양식과 같이 축문을 공경히 베낀다. 축문은 3폭이고 각 단에 나누어주고 축문을 베낀 것을 축판에 붙인다.

축문은 다음과 같다.

“모년 모월 모일 칠십몇 대손인 연성공은 시조 지성 선성 공자님께 감히 아뢰니다. 조상님의 덕은 천지와 짝하고, 도는 고금을 관통하시며, 육경을 가다듬고 지으셨으며, 만세에 법을 내려주셨습니다. 이에 중월을 맞이해 삼가 향과 비단과 희생과 술과 곡식 등 모든 물품으로써 옛날의 법도를 받들어 공경히 진설하고 밝게 바칩니다. 복성, 종성, 술성, 아성께서는 각각 전방(塡榜 · 3장), 진향(進香 · 蘇檀), 진백(進帛 · 29단)을 흠향하소서.”

제사일 3일 전 인시에 방을 펼치고, 진시에 축을 받들고, 오시에 삼가 맹세하고, 신시에 목욕재계한다. 제사일 2일 전 오전에 예를 살피고, 오후에는 음악을 듣는다. 제사일 1일 전 인시에는 희생을 맞이하고, 진시에는 제수용 기장과 피를 맞이하고, 오시에는 제사의식을 연습하고, 신시에는 희생을 살펴보고, 술시에는 희생 고기를 살피고, 촛불을 내어 진설하고, 제사를 점검하며, 방(榜)을 검사한다.

제삿날에는 행단루에서 북치는 사람이 타고(鼉鼓)를 세 번 울리고, 음양관이 보고한다.

자시에 정헌관, 분헌관, 배제관, 공사관이 재복(齋服)을 갖추어 입고 재숙소에서 나와 순서에 따라 앞으로 가서 시례당에 들어간다. 당 위에서 북을 울리면 찬상(贊相, 보좌하는 사람)이 “옷을 갈아입으시오”라고 외치면 각 관은 제복(祭服)을 갈아입고 당에 올라 여러 작명과 소목(일가의 사람들과 십대의 사람들이 세대에 따라 패를 세운다)의 순서에 따라서 차례로 서서 자신의 위(정헌관 이하는 모두 대성문 안에 선다)에 서서 예를 행한다.

곡이 연주되면 명찬이 “제사에 쓰는 짐승의 털과 피를 묻으시오”라고 외친다. 찬상은 "신을 맞이하시오"라고 외친다. 휘생(麾生, 기를 맡은 사람)이 기를 들고 "음악"이라고 외치면, 축을 치고 춤이 없이 소평장(昭平章)을 연주한다.

"위대하십니다, 공자님이시어
먼저 깨달으시고 먼저 아셨습니다.
천지와 함께 나란히 하셨으며 만세의 스승이 되셨습니다.
상서로운 조짐이 기린과 사슴 끈에 나타났으며
운에 맞추어 금실에 화답하셨습니다.
해와 달이 이미 걸렸으니 하늘과 땅이 밝고 온화합니다.
태사와 태축이 하늘에 제사지내고 강신제를 올립니다.
신을 양에서 구하고, 신을 음에서 구합니다."

집사생(執事生)은 신고(神庫)를 향해서 신주를 청하고, 수레에 올라 의상을 받들고, 종기를 받든다. 예악생이 인도해서 규문각에서 대성문 가운데 계단을 거쳐 사당에 들어간다. 정헌관 이하는 모두 길에서 무릎을 꿇고 맞이한다. 좌집사생은 신주를 받들어 전에 들어가 신위를 안치하고, 왼쪽에 종기를 진열하고, 오른쪽에 상의(裳衣)를 설치한다. 각 집사생은 각각 신위를 받들어 안치한다. 정헌관 이하는 모두 나아가 신위에 절하고, 세 번 꿇고 아홉 번 머리를 조아리고 일어나 비단을 바치고 초헌례를 행한다. 휘생이 기를 들고 "음악"이라고 외치면 축을 울리고 춤을 추면서 선평장(宣平章)을 연주한다.

"영원토록 밝은 덕을 품었으니
옥이 울리고 쇠가 소리를 냅니다.
지금까지 그 어떤 사람도 공자님만큼 성스러운 덕은 없었으니
위대한 인품의 완성을 펼치셨습니다.
제사가 천고에 이어졌으니,
봄과 가을의 상정일에 제사를 올립니다.
맑은 술을 이미 올리자 그 향기가 피어오르기 시작합니다."

정헌관이 손을 씻고 난 후, 집작자는 잔을 들고, 상례생은 소표로 금뢰의 물을 떠서 차례로 잔을 씻는다. 일을 마치면 정헌관이 차례로 잔을 닦는다. 폐백을 담당한 자는 폐백을 받들고, 향을 담당한 자는 향을 받들고, 잔을 담당한 자는 잔을 받들고, 각자 신위 앞으로 나아간다. 상례생이 정헌관을 모시고 술통이 놓인 곳으로 나아간다. 사준생은 용표로 착준의 술을 세 번 따라서 네 분의 신위에 가지런하게 놓는다. 사준생은 또 보표로 착준의 술을 네 번 따라서 정위에 가지런하게 놓는다.

집작생은 전의 정문에서 네 분의 신위로 들어간다. 집작생은 또 전의 왼쪽 문으로 들어가서 정헌관을 모시고 시조 지성선사 신위의 향궤 앞에 나아가 향을 올린다. 도움 없이 스스로 꿇어 앉아 한번 머리를 조아리고 각 신위 앞에 선다. 사향생은 정에서 향을 사른다. 정헌관은 폐백을 향궤에 올린다. 도움 없이 스스로 꿇어 앉아 한번 머리를 조아리고 선다. 집작생 세 명은 함께 서쪽으로 향하여 꿇어앉아 잔을 올린다. 정헌관은 잔을 잡고 제사상의 한 가운데 그릇에 따른다.

도움 없이 또 한 번 행단 앞에 머리를 조아리고 선다. 분헌관과 배제관

은 모두 꿇어앉아 한번 조아리고 같이 일어나 선다. 정헌관은 복성공의 신위 앞에 서서 꿇어앉아 한번 조아리고 폐백을 향궤에 올리고 또 한 번 조아리고 선다. 집작생이 남쪽으로 향하여 꿇어앉아 잔을 바치면, 정헌관은 잔을 들고 제사상의 한 가운데 그릇에 따른다.

도움 없이 또 한 번 머리를 조아리고 종성공의 신위 앞에 차례로 나아가 선다. 의례는 전과 같다. 인찬은 후침전의 동철 · 서철 · 종성 · 계성의 신위로 분헌관을 모시고 간다. 후침에는 동무 · 서무가 있다. 각 분헌관은 손을 씻고 폐백을 드린다. 예에 맞게 잔을 올리고 다음에 술성공과 아성공의 신위 앞에 나아간다. 예는 안자에게 올리는 예와 같다. 정헌관은 축안의 앞과 행단 앞에 꿇어앉는다. 각 관은 모두 꿇어앉는다. 태축생은 축문을 낭독한다. 이를 마치면 머리를 조아리고 선다.

정헌관은 세 번 머리를 조아린다. 여러 관원들은 모두 세 번 머리를 조아린다. 일을 마치면 정헌관은 전의 왼쪽 문으로 나가서 계단을 내려가 행단 아래를 지나 다시 신위에 절한다. 그 후 분헌관이 모두 다시 신위에 절한다.

아헌례를 행한다. 예법은 초헌례와 같다. 축을 치고 춤을 추고, 질평장(秩平章)을 연주한다.

"예식은 실수가 없어야 하리. 당에 올라 두 번 잔을 올리네.
소리는 북과 종이 서로 화합하고, 술독과 시루는 참으로 아름답네.
엄숙하고 온화하게 훌륭한 선비 등용하시리라.
제례와 음악은 즐겁고 아름답구나. 서로 보살피며 선을 행하게 하네."

종헌례는 아헌례와 같다. 축을 치고 춤을 춘다. 서평장(敍平章)을 연주한다.

"옛날부터 선조들이 만드셨도다.
제복을 입고 석전제를 올리네.
아, 즐거움을 논하고 생각함이라.
오직 하늘만이 백성들을 교화할 수 있고,
오직 성인만이 때에 알맞도다.
인간의 도리를 펼치셨으니,
오늘에 이르러 목탁과 같구나."

철찬례를 행하고 축을 치되 춤은 추지 않고 의평장(懿平章)을 연주한다.

"공자님께서 말씀하셨네.
제사를 지내면 복을 받는다고.
세상이 배움터이니 누가 감히 엄숙하지 않으리오.
예를 마치고 철상을 알리니,
소홀히 함도 더럽힘도 없네.
즐거움이 저절로 생겨나니,
너른 들판에 곡식이 익어가네."

각 단에 진설을 맡은 사람들은 등형 · 보궤 · 변두 · 방조 · 준이 등의 제기를 모두 장막으로 덮고 조금 옮긴다. 인찬이 단에 오르라고 외치면 정헌관을 모시고 동쪽 계단으로 전 안에 오른다. 향궤 왼쪽의 복조안 앞에 이르러 행단 앞에 꿇어앉는다. 여러 관원이 모두 꿇어앉는다. 태사생이 신위 앞에 바친 술을 가져다가 한 잔에 합해 태축생에게 준다. 무릎을 꿇고 정헌관에게 나아가서 마신다.

일을 마치고서 재인이 미리 소 한 마리를 잘라놓는다. 태사가 그것을 큰 쟁반에 담는다. 태축이 무릎으로 나아가면 정헌관이 받는다. 일을 마치고서 여러 관원이 머리를 조아리고 선다. 정헌관이 서쪽 계단으로 나가서 다시 신위에 절하고 지방과 축을 불사른다. 정헌관 이하 모두는 일제히 꿇어앉아 세 번 머리를 조아리고 선다. 사찬관은 전 안으로 나아가 상 앞에 이르러 한번 머리를 조아리고 일어나 찬반을 들어 높이 받들고 전을 나간다.

네 분 성인과 12철인에게 진설한다. 제례 담당자들은 모두 꿇어앉아 머리를 조아린다. 본단의 찬반을 들고 차례대로 따라 나가 중앙계단으로 내려간다. 각 단에 진설한다. 제례 담당자가 또한 찬반을 받들어 뒤의 왼쪽 문으로 나가서 제사에 쓴 음식을 땅에 묻고 자리로 돌아가서 지방과 축을 불사른다. 정헌관 이하는 세 번 무릎을 꿇고 아홉 번 머리를 조아린다. 일을 마치고서 명찬관이 "송신(送神)"이라고 외친다. 축을 치고 춤은 추지 않는다. 덕평장(德平章)을 연주한다.

"공자님 고향은 우뚝하고,
공자님의 학문은 끝없이 넓구나.
큰길을 향해 나아가노라 성인의 은택은 끝이 없구나.

제사지내는 일을 밝히시니,

제사의 예가 크게 밝아지도다.

우리 백성들을 교화시키고

우리 후손들을 기르시네."

집사생이 신주를 받들어 전의 문으로 나간다. 수레에 올라 수레를 몰며, 등을 들고 기물을 들고 옷을 받든다. 예악생은 길을 이끌고 사축생이 절하라고 외치는 것은 예에 따라서 한다. 그 뒤에 정헌관 이하가 순서대로 다시 신위에 절한다. 풍악을 그치고 축문과 폐백을 태운다.(가을과 겨울에는 이런 예식을 예瘞 라고 한다)

거휘생이 "악(樂)"이라고 외친다(송신送神 의 예와 같다). 축과 폐백을 태우고 마친다. 정헌관 이하는 각각 자리로 돌아간다. 감제관이 전의 정문을 닫는다. 집산관이 일산을 거둔다. 정헌관 이하 모두는 자리로 돌아간다. 악무생은 자리를 말아 거둔다. 고공은 종을 울려 그 나아가고 머무는 일을 매듭짓는다. 악관이 반열에 맞게 궁현(宮懸)[76]을 배치한다. 위를 향해서 세 번 머리를 조아린다. 각 집사생은 행단 앞의 동쪽과 서쪽 계단에서 회합한다. 위를 향해서 세 번 머리를 조아리고 자리를 치우고 빈주(賓主)의 자리를 설치한다.

소목의 위를 펴고 연회를 열고 서로 인사한다. 녹명장(鹿鳴章)을 부르면서 나이와 지위에 따라 서로 술잔을 주고받는다. 주인이 자제에게 손님을 받들고 술을 따르게 한다. 어려장(魚麗章)을 연주한다. 손님은 엄숙히 두 손을 맞잡고 가어장(嘉魚章)을 노래하면서 시가를 주고받고 인사한다. 악

◇◇◇◇◇◇◇◇◇◇◇◇◇◇◇

76 예전의 악기 편성에서 천자인 경우에 악기를 베풀던 방법.

공이 남산장(南山章)과 주남장(周南章)을 노래하고 연주한다. 당 안에서 초자장(楚茨章)과 천보장(天保章)을 부른다. 어둑새벽 날이 밝으려 할 때 헤어진다. 이튿날 이른 시간에 분조례를 행한다.

제사 물품 祭品

태갱(太羹, 고깃국), 화갱(和羹, 간 맞춘 고깃국), 서반(黍飯), 직반(稷飯), 도반(稻飯), 양반(粱飯), 흑병(黑餠, 검은 떡), 백병(白餠, 흰 떡), 개암, 능(菱), 검(芡), 대추, 밤, 마른어물, 사슴 포, 형염(形鹽, 호랑이 형상의 소금덩어리), 미나리김치, 부추, 무김치, 죽순김치, 젓갈, 생선젓갈, 돈박(豚胉, 돼지 어깻죽지 살), 비간(脾肝), 술, 촛불(燭).

계성위(啓聖位, 공자의 아버지 숙량흘)의 제물은 선사(先師, 안자)의 신위의 제물에 견주어 보면, 태뢰와 태갱을 하나씩 줄였다.

사배위(四配位, 안자 · 증자 · 자사 · 맹자)의 제물은 12철[77] 제물에 견주어 보면, 돼지 머리 하나가 더 첨가되었다.

종사위(從祀位)[78]의 제물은 사성의 것과 같은데, 다만 돼지고기 하나를 줄였다.

예기 명칭 禮器名稱

뇌뇌준(雷雷尊), 상준(象尊, 코끼리 모양의 술그릇), 희준(犧尊, 소 모양의 술그

◇◇◇◇◇◇◇◇◇◇◇◇◇◇◇◇

77 십이철(十二哲) : 기존의 십철(十哲), 공자 제자 중 열 사람의 철인(哲人), 즉 민손(閔損) · 염경(冉耕) · 염옹(冉雍) · 재여(宰予) · 단목사(端木賜) · 염구(冉求) · 중유(仲由) · 언언(言偃) · 복상(卜商) · 전손사(顓孫師)에 유자와 주자를 추가하였다는 말이다.

78 주희가 1194년에 창주정사를 짓고, 그 사당에서 공자에게 석채례(釋菜禮)를 올렸다. 안자, 증자, 자사, 맹자를 배향(配享)하고, 주돈이, 정호, 정이, 소옹, 장재, 사마광, 이동(李侗)을 종사(從祀)했다.

릇), 태준(太尊, 구리로 만든 술그릇), 아준(壺尊, 고리 손잡이가 붙은 술그릇) · 착준(著尊, 돌출된 손잡이가 붙은 술그릇), 산준(山尊, 산과 구름이 그려진 술그릇), 보궤(簠簋), 변(籩, 실과 · 건육을 담는 죽기), 두(豆, 김치 · 젓갈을 담는 목기), 등(登), 형(鉶, 국그릇), 도마, 대광주리, 작(爵), 점(坫, 爵을 올려놓는 것), 정(鼎), 축판(祝版, 축문을 붙인 나무 널조각), 촛대, 모사지(띠 묶음과 모래), 술독, 세뢰(洗, 제관이 손 씻을 물을 담아 두는 그릇), 세숫대야(盥盆), 향을 넣는 작은 합, 용막(龍幕), 변건(籩巾, 제사음식을 덮는 보자기), 세건(帨巾, 희생고기를 덮는 보자기), 화로, 횃불, 패(牌), 필(畢), 추(鍬), 기(旂), 칼(刀).

청나라 강희 33년에 황제가 공자의 탄생지인 곡부에 행차해 사당을 참배하고 곡병황개(曲柄黃蓋)를 남겼다.

옹정(雍正) 7년에 황제가 홀을 하사하셨다. 10년에는 법랑과 구리그릇 여섯 가지 종류를 하사하셨는데, 모두 13개였다.

건륭(乾隆) 36년에는 주기(周器) 10개를 하사하셨다.

악기 명칭 樂器名稱

대종고, 부종고, 타고, 휘번, 축, 어, 분고, 영고, 현고, 응전고, 박부, 박종, 특경, 편종, 편경, 거문고, 비파, 봉소, 퉁소, 쌍관, 용적, 생황, 질나발, 피리, 정절, 피리, 적.

담당 관원을 세움 建官

원나라 무종(武宗) 지대(至大) 원년(1308년), 예부에서 집현원에 공문을 보냈다.

문묘(文廟)의 전적(典籍)은 국자감 전적을 참작해 세운다. 문묘의 사악(司樂)은 국자감 거정(擧正)을 참작해 세운다. 그 관리는 중서성中書省의 공문서를 받고 임무를 맡아 다스렸다. 이것이 전적과 사악이란 관직이 생겨난 시초이다.

명나라 홍무 원년에 각 관에서 연성공을 세습해 계승하도록 하고, 연성공부에는 관원을 두도록 하자고 상주했다. 그리하여 황제의 윤허를 받들어 전적 · 사악 두 명을 정식 관리로 삼았다. [전적 · 사악은] 연성공이 인원을 추천해서 성(省)에 올려 채용했다. 청나라 순치 원년에 산동성 순무사(巡撫使)가 상주해서 황제의 윤허를 받아 성묘에 예생(禮生) 200명, 악무생(樂舞生) 240명을 두었다.

역대 제도를 헤아려 보면, 인원에 추가는 있어도 감소는 없었다. 각 주현에서 일반 백성 가운데 준수한 자를 뽑아 보충했다. 그리고 녹봉으로 먹을 것을 주고 일체의 부역을 면제하는 특혜를 주었다.

관원의 규정 條規

- 전적 이하는 학장 2명, 반장 정부(正副)를 세우는데, 모두 8명이다.
  학장에 결원이 생기면 반장 가운데에서 뽑아 보충한다.
  반장에 결원이 생기면 예생 가운데에서 뽑아 보충한다.
- 학장은 본학(本學)을 통솔하고 모든 공무를 처리한다. 서적을 주관하고 내각학관원의 근태를 조사한다.

- 명찬 반장은 대찬을 교습시키고, 인찬 반장은 인례를 교습시킨다. 상례 반장은 찬양 · 인도 · 관세 · 방축(축문) · 선독 등을 교습시킨다. 진설 반장은 진설 · 수발 · 공안 등을 교습시킨다.
- 4반 이외에 또 성례 정부 2인을 세워서, 송신과 영신의 돌기와 서기, 읍하고 사양하는 동작, 나아가고 물러나기, 빠르고 느림을 음악과 서로 합치되도록 교습시킨다.
- 설공 2인은 오로지 명미 · 판수와 송신 · 영신만을 맡는다.
- 각생은 제사할 때 남색 웃옷과 모자를 잘 갖춰 입되, 편복으로 사당에 들어가는 것은 불허한다.
- 매월 그믐과 보름에는 날짜에 맞춰 일찍 본학에 모인다. 출석을 점검해 이끌고 사당에 들어가 배알한다. 차례차례 연성공부에 가서 참관하고 반 나누기를 마치면 시례당에서 연습하고 신시에 학원에서 해산한다.

석전제 직전 3일 동안 직책을 맡은 모든 사람에게 쌀 1휘와 면 1근을 나누어준다.
예생으로서 연로해 일을 도울 수 없는 사람은 의복과 모자를 나누어 주어 귀향하게 해준다.
마지막으로 응혁, 응책, 응벌이 있는데, 철저히 관례에 따른다.
악무생에게 음악을 연구하고 음성을 연습하게 하는 것은 따로 사악원에서 관장한다.

중화유기 권1 끝.

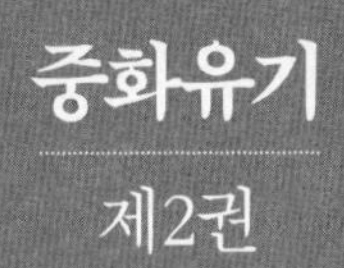
중화유기
제2권

강남의 산과 호수를 유람하다

갑인년(1914) 3월 25일.

자정에 곡부역에서 열차에 올랐다. 연주(兗州)를 지나서야 겨우 눈을 붙였는데, 임성(臨城)에 도착하니 동쪽이 이미 밝았다. 서남쪽에서 하늘과 물이 서로 맞닿아 보였는데, 강인지 바다인지 분명치 않았다. 한장(韓莊)을 지나니 아득한 들에 붉은 해가 동쪽 운무 가운데에서 솟아오르는 게 보였다. 마치 우리나라 남해 금봉(錦峰)에 있었을 때의 광경과 흡사해 나도 모르게 쾌재를 불렀다. 기차가 달려 이국(利國) 역을 통과하니 점차 산이 가물가물 보였다. 유천(柳泉)을 지나 서주(徐州)에 이르렀다. 도시가 서남쪽 모퉁이에 있었고 인가가 빽빽했다. 삼포(三舖)를 지나 조촌(曹村)에 도착하니, 마을 사이로 대나무들이 죽죽 솟아 있었다. 요동과 심양을 지나온 이후 4천 리를 지나서야 처음 대나무를 보았다. 절로 눈이 번쩍 뜨이고 기분이 좋아 타향에서 친구를 만난 느낌이었다.

고진(固鎮)을 지나 신교(新橋)에 다다랐다. 몇 리를 더 가서 회수(淮水)를 건넜다. 강물은 깊고 푸르러 결코 탁한 황톳물이 아니었는데, 처음 보는 이름난 강이었다. 옛날 동중서(董仲舒)가 이 강의 상류인 동백산(桐柏山) 아래에 숨어 지내면서 절의를 지킨 것을 생각하니 시간이 흐르고 세상은 바뀌었지만 강렬하게 마음이 끌렸다. 방부(蚌埠)와 문대자(門台子)를 지나 임회(臨淮)에 이르러 당나라 이임회(李臨淮)[79]의 옛 자취를 추억했다. 소계하(小溪河)를 건너 명광(明光)에 이르니 들판에는 파릇한 풀이 펼쳐져 있었다. 들판 언저리에 재갈을 씌우지 않은 소를 방목하고 있었다. 소들은 모두 회색이고 뿔은 검고 크면서 굽었는데, 중국과 해외의 상점에서 사들이는 검은 뿔은 이런 종의 뿔인 듯하다.

저주(滁州)에 이르니 도시 성곽은 철로 오른쪽으로 들쭉날쭉 이어지고 서쪽으로는 산봉우리들이 민가 밖으로 아득히 보였다. 이것이 바로 구양영숙(歐陽永叔)[80]이 '저주를 둘러쌌다'[81]고 말한 그 산일 것이다. 취옹의 풍류를 그리워하며 나도 모르게 산에 올라 물을 찾고 싶은 생각이 일어났다.

오의(烏衣)에 도착했다. 그런데 육진시대에 영화로웠던 왕사(王謝)[82]의 부귀와 영화는 과연 어디로 가버렸는가. 동갈(東葛)을 지나니 들판이 반듯하면서도 평평해 대부분 볍씨를 논에 뿌렸을 것이라는 생각이 들었다. 과연 간혹 이앙하고 못자리를 밟는 모습이 보였다.

화기영(花旗營)을 지나는데, 차장이 표를 거두어간 뒤 배 승선권을 주었

◇◇◇◇◇◇◇◇◇◇◇◇◇◇

79 안록산 난을 평정한 당나라 임회장군 이광필(708~764)을 말한다.

80 당송8대가인 구양수(1007~1072)를 가리킨다. 영숙은 자. 호는 육일거사(六一居士). 저주(滁州) 수령으로 자호를 '취옹'이라고 했고 「취옹정기」를 지었다.

81 구양수가 지은 「취옹정기」 첫 문장은 "環滁皆山也."이다.

82 육조(六朝) 시대의 명문가인 왕씨(王氏)와 사씨(謝氏)로, 이들은 오의항(烏衣巷)이란 거리에 살면서 부귀를 누렸다. 진(晉) 나라 이후 남조(南朝)에 이르기까지 두 집안이 대대로 높은 벼슬을 지낸 까닭에, 후대에는 명문세족을 뜻하는 말로 쓰였다.

다. 포구에 이르러 배를 타고 강을 건넜다. 양자강으로 아시아 최대의 강이다. 강은 서장(西藏, 티베트)에서 발원해 장장 1만 3천리를 흘러 오송(吳淞)에 이르러 황해로 흘러 들어가니 강물의 유장함을 어찌 다 말할 수 있겠는가. 그래서 예부터 장강(長江)이라고 불렀다. 넘실넘실 끝없이 흘러가는 강물이 넓고 깊어 하늘처럼 푸르렀다. 강의 남쪽은 곧 금릉(金陵, 남경)이다. 자금산(紫金山)은 어렴풋이 푸른빛을 둘렀는데, 앞쪽 왼편이 바로 수천 년 내려온 제왕의 집이다. 노닐면서 보다가 절구 한 수를 지었다.

강남과 강북이 장강을 경계로 해서	江南江北限長江
기차에서 내려 기선에 올랐네	跳下輪車着汽艘
물줄기 커 발원지가 먼 것을 알겠으니	流巨方知源更遠
강물이 모인 곳이 천고 제왕의 나라라네	滙為千古帝王邦

배가 부두에 도착했다. 남경성 밖에 이르니 관문이 이미 닫혀 있어 임강여관(臨江旅館)에서 묵었다.

26일. 여객선 길화호(吉和號)에 올라 상해를 향해 출발했다. 배 안에서는 스무 살 안팎으로 보이는 여자들이 삼삼오오 무리를 지어 돌아다니며 희희덕거렸다. 배의 창문 위에는 여인들의 사진을 걸어놓아 남자들이 고르도록 했다. 강남 여인들의 모습이 아름답고 사람들이 놀기 좋아한다는 것을 알 수 있었다. 배가 운항한 지 한참을 지나니 부두가 앞에 나타났다. 강에는 돛대와 노가 숲처럼 서 있고 강가에는 누각과 집들이 늘어서 있었다. 산봉우리들이 빙 둘러 있어 나무 그림자가 강물에 드리웠다. 그토록 아름다운 풍경을 한번 가서 둘러보지 못한 게 한스러웠다. 바라만 보다 그곳 지명을 물었더니, 신강(申江)이라고 한다. 신강은 호강(滬江)이라고 널리 일컫는데, 호강이 신강이라는 이름을 어떻게 독차지하게 되었는지는 모르겠다.

배의 객실에 누워 조용히 생각해보았다. 중국인 가운데 근기가 낮은 이들은 탐욕스럽고 의리가 없으며 남을 잘 속이고 신의가 없다. 이들은 열차나 선박 안에서도 규칙을 지키지 않는다. 게다가 화폐가 무척 문란하고 법률이 분명하지 않아서 상인들이 손해를 입고 여행객들이 폐를 입는 등 매우 어려움을 겪고 있다. 근기가 상등인 사람들이라 할지라도 파당심이 심해 적으로 서로 공격하니 국가라는 게 도대체 무얼 하는지 모르겠다. 오늘날 공화니, 자유니 하고 말하는 자들은 위대한 성인이 아니면 참으로 아주 어리석은 사람이다.

27일. 이른 아침부터 빗줄기가 뚝뚝 떨어졌다. 배가 부두에 정박하니 옆으로 수많은 작은 배들이 와서 에워쌌다. 구걸하는 사람들이 주머니를 장대에 매달아 밥을 달라고 외쳐댔다. 누런 얼굴에 따오기처럼 야윈 모습이 너무도 비참해 차마 볼 수 없었다.

상해에 도착했다. 비가 부슬부슬 내리며 그치지 않았다. 육지에 오르니 사람들이 떼로 몰려 철통처럼 에워쌌다. 간신히 발걸음을 옮겨 부두로 갔다. 서양 승용차를 타고 삼마로(三碼路)[83] 인화공(仁和公)을 향해 갔다. 6, 7층 건물들이 길가에 즐비하게 서로 마주보고 있었다. 40리 되는 항만은 비단으로 수놓은 듯 그림자가 드리웠고, 사방은 산과 언덕이 없어 들판과

◇◇◇◇◇◇◇◇◇◇◇◇◇◇◇

83 영국의 조계지에 있던 거리.

습지가 끝없이 펼쳐졌다. 열차, 전차, 마차, 서양 자동차들이 끊임없이 지나다녀서 큰길을 건널 때마다 간신히 차들을 피해야 했으니, 참으로 동아시아의 대도시였다. 여관에 들어가니 많은 동포들이 한 여관에 투숙해 있어서 만리타향이지만 마음이 놓였다.

28일. 해령로(海寧路)의 공교잡지사(孔教雜誌社)로 가서 주필 진욱장(陳郁章) 군을 만나 공 어른의 편지를 전달했다. 강유위 선생의 소식을 물으니 아직 상해에 올 기약이 없다고 한다. 다시 운남로(雲南路) 안강리(安康里)로 효정(曉汀) 오개원(吳愷元)을 방문했는데, 마침 무석(無錫)에 가서 아직 돌아오지 않았다. 대신 그의 이종 조카 오석경(吳錫庚) 군이 정성껏 맞아주었다.

29일. 시내 거리를 구경하러 나갔다. 황포탄(黃浦灘)공원에 이르렀는데, 게시판의 문자는 무슨 뜻인지 모르겠고, 공원 가득한 꽃과 나무의 이름도 모르기는 마찬가지였다. 다만 깨끗하고 가지런한 모습들은 볼만하였다. 간간이 인도 출신의 순찰병이 보였다. 그들은 붉은 수건을 이마에 매고 머리를 말아 올려 상투처럼 틀었고, 귀고리도 간혹 보였다. 체격은 백인에 비해 컸으며 얼굴은 검고 사나웠다. 곳곳에 초소를 둔 것으로 보아 영국 조계지가 우세를 차지하는 것을 알 수 있었다. 호강(滬江)은 실로 개항된 뒤 70년가량 지나서 번영했다. 1842년(청 도광 22년) 8월, 영국인들이 오송(吳淞)을 함락시키자 황제는 흠차 대신 기영(耆英)[84] 등을 보내

◇◇◇◇◇◇◇◇◇◇◇◇◇◇◇

84 기영(耆英, 1790~1858)은 청나라의 종실(宗室)로, 만주(滿洲) 정황기(正黃旗) 소속이다. 자는 개춘(介春)이다. 1842년 광주장군(廣州將軍)에 오르고, 항주장군(杭州將軍)으로 옮겼다. 그해 흠차대신으로 임명되어 남경에 와서 영국과 남경조약을 맺었다.

강화에 나섰다. 마침내 상해, 하문, 영파 등의 항구가 문을 열었고, 상해는 이들 항구의 요충지가 되었다. 오늘날에는 날로 번영하고 있지만, 이전에는 일개 상해 현(縣)에 지나지 않았다.

4월 1일 . 공교잡지사에 갔다가 돌아왔다. 오효정 군은 최근 무석에서 돌아와 나를 찾아 숙소에 왔다가 만나지 못하고 명함만 남기고 갔다.

2일 . 사례하는 뜻을 보이기 위해서 오군을 찾아갔다. 사실 처음으로 이야기한 것인데, 붓을 들어 이야기를 나누었다. 오군은 청나라에서 대대로 나라에서 녹을 받는 신하의 후손으로 나이는 47세였다. 어려서부터 형초(荊楚, 오늘날의 湖北省) 지역에서 악현(鄂縣)의 장관으로 벼슬살이를 했다. 지난 신해혁명 때 무창사변(武昌事變)[85]을 만나서 관직을 그만두고 상해에서 살았다. 곡부의 공태사 소점 공상림(孔祥霖) 선생과는 외가쪽의 종형제가 되고, 연성공 공령이(孔令貽)와는 외가쪽 조카이다. 그래서 조만간 산동성 곡부와 가까운 곳에 거처를 정하려고 한다.

공 어른이 오군에게 보낸 글에 따르면, 강유위 선생이 상해에 오면 반드시 알성묘를 경유하니 그대(오군)가 이군(이병헌)과 마중나가 함께 곡부로 가라고 했다고 한다. 차를 다 마시고 돌아오니, 조금 뒤에 오군이 나의 숙소로 와서 점심을 함께하자고 청했다. 북경주점으로 함께 가서 차를 끓이고 술을 권했다.

빗방울이 떨어지는 가운데, 우리 두 사람은 잔을 들고 필담을 나누었

◇◇◇◇◇◇◇◇◇◇◇◇◇◇

85 1911년 10월 10일 중국 호북성 무창에서 일어난 무장봉기로, 청나라를 무너뜨리고 중화민국을 세운 신해혁명의 시발점이 되었다.

다. 술을 마시면서 이야기하니 주흥이 돌면서 말이 길어졌다. 머나먼 곳을 여행하다가 고상한 선비를 만나니 운치가 가득하고 온화한 기운이 말에 흘러넘쳤다. 오군은 본디 술 마시는 것을 좋아하지 않아서 나에게는 화소(火紹)[86]를 권하고 자신은 황주(黃酒)를 따랐다. 잔을 한 번 기울일 때마다 반드시 고기 한 접시를 바꾸고 취한 뒤에야 각각 밥 한 그릇을 내와서 다 먹은 뒤에 돌아왔다. 정이 은근하고 예의가 도타워서 참으로 감격스러웠지만, 다만 사례할만한 것이 없었다.

저녁에 김탁(金鐸) 군의 소개로 환구중국회관(寰球中國會館)에서 신모 군을 만나서 잠깐 이야기하고 돌아왔다. 최영구(崔榮玖) 군도 짐을 가지고 와서 숙소에서 함께 머물렀다. 북경에서 서로 헤어진 뒤에 오늘 다시 만났으니 무척 기뻤다. 밤이 되자 비가 점점 더 많이 내렸는데, 마치 유리천장에 내려붓는 것 같아서 옥이 부서지는 소리가 들렸다.

4일 . 날씨가 맑아 오효정 군을 방문하고 돌아왔다. 그와 누외루(樓外樓)를 찾았는데, 누대 위에 오르기를 청했다. 철책 안에 앉았는데, 전기의 힘으로 그것을 감아 돌려서 위로 올렸다. 마치 몸이 붕 떠서 허공에 오르는 것 같았고, 잠깐 사이에 누대 위에 이르렀다.[87]

그곳으로 들어가니 안에는 마치 평지처럼 모래와 돌을 촘촘하게 깔았다. 사방을 철제 난간으로 둘러서 위험을 방지했다. 그 가운데는 무척 넓어서 연못과 누대와 정자가 아름다웠고, 꽃과 물고기와 새를 감상할 수 있었다. 전후좌우에 의자와 탁자를 나열했는데, 차를 마시는 사람, 과자

◇◇◇◇◇◇◇◇◇◇◇◇◇◇

86 화소(火燒)라고도 쓴다. 중국 화북 지역에서 주로 마시는 배갈을 말한다.

87 엘리베이터를 타고 누에 올라가는 모습을 설명한 것이다.

를 먹는 사람들이 마치 시장에 있는 것처럼 많았다. 비단 적삼을 입고 눈썹을 예쁘게 그린 사람이 있었는데, 마치 꾀꼬리처럼 날씬하고 맵시가 있었다. 붉은 입술을 붉게 칠하고 이가 하얀 사람들이 제비처럼 재잘거리고 있었다. 마치 공원에 앉아 있는 것 같았다.

멀리 내려다보니 푸르고 붉은 기와집들이 똬리를 뜬 것처럼 모여 있었는데 웅장하고 아름다웠다. 오고 가고 빠르게 달리는 것은 모두 화륜선과 기차였다. 상해의 가까운 지역에는 진산(鎮山)이 없는 것 같아 높은 곳에 올라가서 내려다보고 싶었는데, 이곳에 이르러 전 항구를 조망하니, 일거양득이 아닐 수 없었다. 시 한 편을 지었다.

상해는 유명한 도시로 동쪽의 큰 지역이라	滬上名高大地東
다섯 개 섬을 띠처럼 두르고 한 구역은 터져 있네	五洲衿帶一區通
세차게 달리고 전기로 이끄는 것은 뱃길과 철길이요	風馳電掣船車路
홀로 높은 누각에 오르니 눈과 귀가 웅장해지는구나	孤倚層樓耳目雄

서쪽에 이르자 합합정(哈哈亭)이 있었다. 사방에 거울을 놓았기 때문에 빛이 굴절되어서 사람이 거울에 모습을 비추면 얼굴이 비스듬히 길어지기도 하고, 옆으로 길어지기도 하고, 가늘어서 바늘 같이 되기도 하고, 키가 작아져서 납작한 감처럼 되기도 하고, 입을 벌리면 나뉘어서 세 개가 되기도 하고, 몸을 움직이면 어지러워서 볼 수 없기도 했다. 나이 어린 여자아이들이 떠들썩하게 구경하니 재잘대고 웃는 소리가 그치지 않았다.

동쪽에는 태평루(太平樓)가 있었다. 그 북쪽에 장막을 하나 설치해서 누각을 가렸다. 장막을 헤치고 들어가니 그 가운데에 분수가 있는 연못이 있고, 연못에는 붕어 수십 마리가 있었다. 몸 전체가 붉은 색으로 물들어서 연지분을 닮은 붕어들이 오가며 헤엄치고 있었다. 또 두 마리 큰 물고기가 바닥에 누워 있었다. 네 다리는 사람 같았다. 손바닥으로 건드려보니 조금 움직이는 것을 보고서 그것이 죽은 것이 아님을 알았다. 물고기가 무척 기이하고 괴상했다. 사각대어(四脚大魚)라 불린다고 한다. 다 보고 나서 전책(電柵)을 타고 돌아왔는데, 마치 높은 산봉우리에서 내려오는 것 같았다.

5일 . 항구 밖으로 나가서 절강성 영파부를 보았다. 장씨 아가씨는 이름이 계옥이고, 나이는 19살이다. 일찍이 아버지를 잃고 모녀 세 사람만이 남아있었다. 외롭고 의지할 곳이 없고 가난으로 고생이 심해서 그 숙부를 찾아 상해로 왔는데, 숙부도 만나지 못하고 형제가 서로를 잃어버렸다. 들으니 그 어머니의 병이 점점 더 심해져서 고향으로 돌아가려 했다. 그러나 숙소에 이미 9원이나 빚을 져서 숙소 동쪽으로 쫓겨날 처지였다. 또 배와 기차를 탈 돈도 없으니 돌아가려 해도 길이 없어 정처 없이 길 위를 떠돌아다닌다고 한다.

비록 몸을 팔아 돈을 벌어서 병든 어머니를 모시는 것이 그녀가 바라는 바이지만, 다만 잔심부름꾼은 되고 싶지 않고, 또 창녀나 하녀가 되고 싶지 않다고 하니 할 말이 없었다. 평생에 바라는 것은 충효와 절의로 몸을 세우는 것이라고 그녀는 말했다. 자신의 곡절을 백묵으로 땅에 자세히 쓰는 것이 물 흐르는 것 같았다.

수건으로 머리를 감싸서 얼굴을 볼 수 없었는데, 어떤 장난기 심한 소년이 일부러 수건을 벗겨서 내려다보니 처녀는 부끄러워하며 얼굴이 붉어졌다. 아름답고 우아했지만 처량한 모습이었다. 재색이 모두 뛰어나지만, 형편은 측은하다고 말할 만했다.

오늘날 우리 동포에게 가장 바라는 것은 곧 중국의 형제자매가 되는 일이다. 내가 비록 수만 리 머나먼 곳을 떠돌아다니는 처지이지만 마음속에서 불쌍한 마음이 일어나지 않을 수 있겠는가. 지갑을 열어보니 은 다섯 덩이뿐이었지만, 그것을 그녀에게 주고 떠났다. 그 뒤 이 항구에 장씨 소녀의 모습이 보이지 않았으니, 아마 그것 때문에 고향으로 돌아간 것일까.

이날 저녁 오효정 군이 사람을 보내 편지를 전하고, 곡부 능묘의 한나라 비석을 탁본한 것 전부와 심양에서 난 비단 한 필을 보내주었다. 이와 같은 도타운 우의는 오늘날 드문 일이니, 끝없이 공경하는 마음이 일어나게 했다.

6일. 진명원(陳明遠) 군을 찾아가서 남해 선생의 소식을 물었다. 지난번에 홍콩으로 편지를 보내 그의 동정을 알아보니 2주일 사이에 회신이 올 것이니, 회신을 기다렸다가 바다를 건너면 머나먼 남쪽 바다를 결코 헛되이 가게 되지는 않을 것이라고 진군이 말했다. 그래서 편지를 한 통 써서 명원 군에게 부쳐달라고 부탁했다.

10여 일 동안 한가한 틈을 타서 서호(西湖)를 둘러보고 싶었다. 효정 군에게 가서 두터운 의리에 감사하다고 말하고, 항주에 놀러갈 뜻을 전하고 돌아왔다. 빗줄기가 가늘게 내렸다. 지루하게 하는 일 없이 세월을 보내

다가 네 글자 운으로 된 시 한 편을 지어서 효정 군에게 주었다.

그대는 학문이 깊고 풍류가 있지만	使君儒雅且風流
실의한 채 강호에서 40여 년을 보내는구나	濩落江湖四十秋
은거해 사는 곳이 도연명의 집 같지는 않지만	三徑未謀元亮宅
가벼운 차림새 부끄러움 없고 수목만 무성하네	輕裝無愧鬱林再

지난날 밤 오 땅에서 달과 마주했는데	他宵應對吳州月
오늘은 상해의 누대에서 서로 만났도다	今日相逢滬上樓
만 리나 떨어져 있었지만 끝내 이별했으니	萬里雲泥終一判
마음 편안하게 그대와 함께 물 위를 떠다니련다	此心休付水同浮

9일. 이른 아침에 고창묘(高昌廟)에서 상해-항주간 철도역으로 가 표를 사서 기차를 타고 남쪽을 향해 출발했다. 여러 날 내리던 비가 막 걷히니 떠오르는 해가 새로웠다. 강남의 풍물을 음미할 수 있어서 마음이 매우 유쾌했다. 성의 남쪽은 묘지가 모두 기와나 전돌로 지어졌는데, 크기가 달랐고 지붕의 용마루처럼 서로 이어져 있었다.

매가항(梅家巷)을 지나서 명성교(明星橋)에 도착하니 가는 곳마다 역의 구름다리가 높이 솟아 있었다. 역의 광장이 정돈되어 있고, 경치가 아름다워서 양자강 이북과는 판이하게 달랐다. 시 한 수를 지었다.

강남의 경치는 끝없이 성대하구나	江南風物浩無邊
더욱이 날은 맑고 따뜻하니	況復晴和日暖天

향기로운 풀은 곱고 아름다워 빗물을 머금고	芳草嬋妍含宿雨
깊은 숲은 아득히 안개가 자욱하구나	遠林縹渺若浮烟
수레는 높다랗게 아름다운 꽃을 가득 싣고서	名花滿載車中桌
어선은 길목 앞 냇가로 새로 들어오네	漁舫新來路口川
고산정(孤山亭)을 향해 올라가서	且向孤山亭上去
서호의 밤에 뜬 달을 보고 신선을 꿈꾸네	西湖夜月夢梅仙

농촌 사람들은 밭에서 풀을 베기도 하고, 밭에서 씨 뿌리고 모내기하기도 했다. 논에 물을 대는 방법을 살펴보니, 모두가 논가에 수차를 설치해서 지붕을 만들어 덮었고, 소에 멍에를 매어 그 둘레를 도니 물이 아래로부터 솟아올라 밭에 물을 대고 있었다.

석호탕(石湖蕩)을 지나자 정원에 대나무를 많이 심었고, 밭에는 새싹이 올라오고 있었다. 길에 뽕나무 숲이 우거져 있었는데, 높이가 한 길 남짓이었다. 곳곳에 뽕나무가 서로 이어져 있어서 일찍부터 양잠업이 발달했다는 것을 알 수 있었다.

가흥(嘉興)에 이르니 성과 호수가 있었고 그 위에 날아갈 것 같은 누각이 있었다. 호수는 남북으로 두 구역에 걸쳐 있었는데, 바라보는 것만으로도 명승지임을 알 수 있었다. 그 지명을 물으니 호수는 남호(南湖)이고 누각은 연우루(烟雨樓)라고 답했다. 일찍이 청나라 건륭제가 이곳을 찾아왔다고 한다.

왕점(王店)을 지나자 길가의 나무들은 연녹색이고 꽃그늘이 물처럼 시원해 보였다. 협석(硤石)에 이르니 산의 풍경이 더없이 아름답고 탑의 그림자가 높이 솟았다. 임평(臨平)을 지나니 멀리 산이 보였는데, 마치 미인의 눈썹이 줄지어 늘어선 것처럼 서로 가리면서 어울려 돋보였다. 청태문(淸泰門)을 지나 항주역에 도착했다. 차에서 내려 금강사(金剛寺) 앞에 있는 항주여관에 묵었다. 여관에는 매화와 멀구슬나무(珠珠) 두 그루가 울창해서 보기 좋았다.

10일. 서호(西湖)를 그린 그림 한 폭을 들고 용금문(涌金門)으로 향했다. 가는 길은 모두 돌을 깔아서 만들었고 평탄하지는 않았다. 시가는 비좁고 사람들은 많이 모여 있어서 쉽게 빠져 나갈 수가 없었다. 성의 서쪽에 이르니 호수의 물을 끌어 성 안으로 통하게 했다. 군데군데 가로질러 돌다리를 세웠는데, 평지보다 훨씬 높았다.

층계를 따라 돌다리를 올라가니, 물은 골목을 지나가고 있었지만 큰 돌을 얹어서 물이 그 아래로 흘러가고 있었다. 용금문에서 나와 이아헌(二我軒)과 일기루(一寄樓)를 지나서 선악다원(仙樂茶園)에 도착했다. 다원 바깥에서 호숫물이 넘실거리고 있었는데, 얕은 곳은 맑고 깊은 곳은 녹색이었다. 수면이 마치 거울처럼 평평했으니 이곳이 바로 서호이다. 부두에 남녀가 모여 있었고 아름답게 장식한 놀잇배가 빽빽하게 늘어서 있었다.

대부분 고산(孤山)을 바라보며 건너는데, 지름길로 바로 건너는 것은 의미 없는 일이라고 여겼다. 그래서 호수를 따라 남쪽 가로 내려가서 전왕묘(錢王廟)의 서쪽으로 내려가니 아름다운 단풍과 녹색 버드나무와 꽃들이 마치 물 흐르는 것과 같았고 날짐승들이 화답하듯 울고 있었다. 돌 위에는 바로 '유랑문앵(柳浪聞鶯, 버드나무 가지는 바람에 흔들리고 꾀꼬리 소리 들리다)' 네 글자가 새겨져 있었는데, 곧 청나라 강희제가 쓴 글로 서호십경 가운데 하나이다. 돌아서 용금문으로 들어가 바로 적루(敵樓)에 올랐다. 기둥 위에는 긴 성가퀴가 푸른 파도와 맞닿아 있었고, 물과 하늘의 색이 같았다. 높은 누각은 번화가와 이어져 있었고, '연화만가(煙花萬家, 수많은 집들이 봄날처럼 아름답다)'라고 쓰인 편액의 글자가 이곳 경치와 잘 어울렸다.

성가퀴를 따라 남쪽으로 내려가니 때는 정오였다. 날씨는 따뜻하고 바람은 부드러웠다. 청파문(清波門)에서 나와 주원공사(周元公祠)에 오니 문은 이미 굳게 잠겨 있어서 배알할 수 없었다. 비 갠 뒤의 바람과 달처럼 주원공[88]의 훌륭한 인품은 천년의 세월이 더 지난다고 할지라도 상상하는 그대로 감동적일 것이다.

망호정(望湖亭)에 이르러 청병(青餠)을 사서 점심 대신으로 먹었다. 떡 모양이 우리나라의 송편과 비슷했다. 쑥과 쌀을 찧어서 빚고 그 가운데에 당분을 넣었는데, 무척 맛있었다. 떡을 먹고 나서 호숫가에서 발을 씻고 돌아서 긴 다리를 건너왔다. 뇌봉(雷峰)에 올라 백운암(白雲菴)과 석조사(夕照寺)를 굽어보았다. 그 북쪽에는 산꼭대기의 뇌봉탑이 호수에 비치고 있었다. 구름을 뚫고 우뚝 선 그 탑은 보숙탑(保俶塔)과 함께 남북으로 나란히 서 있는데, 호수 주변에서 가장 높은 탑이다. 오월왕[89]이 창건한 뇌봉탑은 처음에는 7층이었다. 뒷날 풍수가의 말에 따라 5층 높이만을 보존했는데, 높이는 수십 길에 달한다. 석양이 서쪽 탑을 비추면 그림자가 호수에 거꾸로 비치는데, 이때의 풍경이 가장 아름답다. 그래서 '뇌봉석양(雷峰夕照, 뇌봉에 비치는 석양)'은 서호십경 가운데 하나이다. 옛날에 이 고을

◇◇◇◇◇◇◇◇◇◇◇◇◇◇◇

88 주돈이(周敦頤, 1017~1073)는 중국 북송 때의 유교 사상가로 성리학의 기초를 세운 인물이다. 자는 무숙(茂叔), 호는 염계(濂溪), 시호는 원공(元公)이다.

89 오월(吳越, 907~978)은 5대 10국 시대에 10국 가운데 한 나라이다.

사람인 뇌룡(雷龍)이 이곳에 살았다 해서 '뇌봉'이라고 이름 붙였다.

탑을 세워 백사(白蛇)와 청어(青魚)의 요괴를 진압했다는 설화는 황당무계한 이야기로 세상에 전해오는 것이다. 탑 위에는 2층으로 된 지붕마루의 들보가 있었고, 창문이 영롱하게 빛났다고 하는데, 이미 불타 없어졌다. 지금은 탑 꼭대기에 나무와 잡초만 무성했다. 탑 옆에는 송나라가 남쪽으로 내려간 뒤의 수도였던 임안부(臨安府)의 사직단 옛터가 있었다. 그러나 지금은 모든 게 사라지고 잡초만이 무성했다.

남쪽으로 향해 멀리 가서 남병산(南屏山) 정자사(净慈寺)에 이르렀다. 이 절은 옛날의 유명한 승려인 제전(濟顚) 스님이 영험을 드러낸 곳으로, 남병에서 술에 취해 남긴 자취들이 세상에 전해져 한 때의 아름다운 이야기가 되었다. 절 앞은 만강지(萬江池)다. 연못가에는 '남병만종(南屏晚鐘, 남병산의 저녁 종소리)'이라고 황제가 쓴 글씨를 새긴 비정이 있는데, 이것도 서호십경 가운데 하나다.

다시 마가만(馬家灣)을 따라 서쪽으로 영파교(映波橋)를 지나니 남쪽에 날아갈 듯한 정자가 있었다. 옆에는 어제비 하나가 있었는데, '화항관어(花港觀魚, 아름다운 항구에서 물고기 구경하기)'라고 쓰여 있어서 서호십경 가운데 하나임을 알 수 있었다. 호수 위에 떠 있는 연잎은 동전 같고, 물속에서 노는 물고기의 지느러미는 부채와 같아 한참을 감상했다. 부용꽃이 만발할 때라면 더욱 아름다웠을 것이다.

호수 안의 제방은 문공(文公) 소식(蘇軾)이 쌓아서 남북을 연결한 것이다. 제방에는 여섯 개의 다리[90]를 만들어 호수를 자유롭게 왕래할 수 있게

◇◇◇◇◇◇◇◇◇◇◇◇◇◇◇

90 영파교(映波橋), 쇄란교(鎖瀾橋), 망산교(望山橋), 압제교(壓堤橋), 동포교(東浦橋), 과홍교(跨虹橋).

했다. 소식은 3년간 항주에 있었는데, 공적으로는 백성들을 다스렸고 사적으로는 호수를 유람했다. 제방을 쌓고 다리를 세운 그의 공적은 오래도록 항주 사람들에게 노래로 불리며 기억되고 있다. 이른바 '소제춘효(蘇堤春曉, 소제의 봄날 아침)'는 여섯 개의 다리 가운데에서 망산교(望山橋)와 압제교(壓提橋) 사이를 가리키는데, 이것도 서호십경 가운데 하나이다.

시 한 수를 읊었다.

호수 가운데 긴 둑이 가로지르고	湖畔長堤一道橫
여섯 다리에 드리운 버드나무는 바람에 살랑대네	六橋烟柳弄風輕
남쪽으로 내려온 소동파 선생	可是南來蘇玉局
재주와 업적으로 지금도 이름을 드날린다네	至今才蹟擅雄名

과홍교(跨虹橋)를 지나 양의루(兩宜樓)에 도착해 차를 마시며 잠깐 쉬었다. 삼열사묘(三烈士墓)와 정녀분(鄭女墳)을 지나 풍우정(風雨亭)에 이르러 추근(秋瑾)[91] 여사가 지은 추풍곡(秋風曲)의 가사를 읊었다. 정자의 이름을 '작야풍풍우우추(昨夜風風雨雨秋, 어젯밤에 바람 불고 비 내리는 가을)'라는 말에서 따온 것이 생각났기 때문이다. 정자 뒤에는 추근의 무덤이 있었다. 절강도독 주서(朱瑞)가 비를 세우고 그녀의 행적을 기록했다. 향기로우면서도 강렬했던 그녀의 영혼은 마땅히 서산(胥山)과 악호(岳湖) 사이를 배회하며 사라지지 않을 것이다.

발길을 돌려 소소소(蘇小小)의 무덤에 이르렀다. 무덤에는 누각을 설치

◇◇◇◇◇◇◇◇◇◇◇◇◇◇

91 추근(秋瑾, 1875~1907)은 중국 근대의 민주 혁명 지사이다. 절강 소흥에서 태어났고, 중국의 여권(女權)과 여자 교육 사상의 창도자로 유명하다.

했는데, 누각의 네 귀퉁이에는 모두 주련이 붙어 있었다. 아, 그녀는 남제(南齊)[92] 때 전당(錢塘)의 기녀였는데, 재주와 용모, 인정과 의리가 있었고 풍류와 쾌락은 당대에 독보적이었다. 방년 20세에 꽃이 지고 옥이 떨어지듯 숨을 거두었지만, 처음에는 슬퍼하는 사람조차 없었다. 자사(刺史)인 포인(鮑仁)은 가난할 때 그녀로부터 백금의 도움을 받았는데, 나중에 귀한 신분이 되어서 후하게 보답하려 했지만 그녀가 죽었다는 소식을 듣고서는 통곡하다 까무러쳤다고 한다. 그녀의 사람됨을 상상해 볼 수 있는 이야기였다.

서령교(西泠橋)를 지나 서령인사(西泠印社)[93]에 이르렀다. 그곳은 둥근 호수와 층층의 건물에 둘러싸여 있어 다섯 걸음만 떼어도 특이한 정취가 느껴지고, 열 걸음을 걸으면 독특한 건물이 드러나 찬탄하지 않을 수 없었다. 백당(柏堂)을 돌아 수봉각(數峯閣)에 이르고 보니 어느덧 고산(孤山)의 정상이었다. 의자에 기대어 앉아 있으니 심부름하는 사람이 향기 나는 차를 내왔다. 차를 마시고 좁을 길을 따라 내려왔다. 건물 뒤에는 매실이 막 푸르렀는데, 세상 물정 모르는 꼬마들이 막대기로 나무를 때리면서 매실을 따고 있었다. 이 때문에 고산처사(孤山處士)[94]의 풍류와 운치를 거의 느낄 수 없었다.

계속해서 걸어가니 공원이었다. 공원은 중화민국이 들어선 이후 다시 정비가 이루어졌다. 왼쪽에는 장서루, 문연각, 열사 사당이 있고, 오른쪽

◇◇◇◇◇◇◇◇◇◇◇◇◇◇◇

92 중국 남북조 시대에 소도성이 송(宋)나라를 이어 세운 나라로, 7대 23년 만에 양(梁)나라에 망했다.

93 1904년에 창립한 문예학술단체로, 금석전각(金石篆刻)을 전문으로 하는 인사들로 이루어졌다.

94 서령인사에서 활동했던 홍일대사(弘一大師) 이숙동(李叔同)을 가리킨다.

에는 도서관이 서령인사와 이웃해 있으며 공원은 이들 건물 중앙에 있다. 누정과 건물들은 서로 잇대어 하늘로 솟아 있고 연못 다리의 돌난간이 멀리 아스라이 보이는데, 고산(孤山)의 동쪽 절반을 차지하고 있다. 고산은 산 정상, 허리, 줄기, 기슭이 높은 지세에 따라 결구를 이루고, 움푹한 곳은 연못을 파서 바람이 불면 꽃향기가 코를 찌르고 따뜻한 날에는 나무 그늘이 산 전체를 드리운다.

또한 공원에는 선남선녀들이 운집해서 앞으로 나아가지도 뒤로 물러서지도 못할 정도여서 가다 쉬다를 거듭했다. 나도 종일 걸어 다니느라 무척 피곤해서 의자에 기대어 쉬었다. 심부름하는 이가 끓인 차를 가져다주어 마시니 향기가 그윽했다. 차를 마시며 멀리 바라보니 서쪽 해가 뉘엿뉘엿 지고 있었다. 눈앞의 호수가 햇빛에 반짝거렸는데, 정신은 맑아지고 마음은 편안해졌다. 내가 적지 않게 공원을 다녀보았는데, 이처럼 아름다운 경치는 본 적이 없었다.

오랫동안 초탈한 마음으로 호수를 바라보다가 그 자리에서 오언율시를 지었다.

고산에 빼어난 경치 많지만	孤山多絕勝
정원이 아름답다고 다투어 말하네	爭道一園嘉
호수는 천년의 거울이고	湖按千秋鏡
정원은 철마다 꽃을 피워 내네	庭供四序花
누대는 세워진 곳곳마다 기이하고	樓房隨地異
대나무 계수나무 길 따라 이어지네	篁桂挾途加
잔을 들어 향기로운 차 다 마시니	晩引香茶罷

숲속 나무 끝에 해가 뉘엿뉘엿 지는구나　林端日已斜

해가 저물어 뱃사공을 불러 작은 나룻배로 돌아오니 동쪽에는 달이 휘영청 솟아올랐다. 이때 호수 면에 1만 마리의 황금빛 뱀이 별안간 나타났다 사라지고 떠도는 것처럼 달빛이 비치니, 유쾌한 마음을 금할 수 없었다.

11일. 다시 용금문(湧金門)을 나와 3리를 가니 전당문(錢塘門) 밖이다. 서호의 본래 이름은 전당호(錢塘湖)인데, 지금 '전당'이라는 이름이 무슨 까닭으로 이곳에 붙게 되었는지는 모른다. 성가퀴는 이미 철거되었고, 지금은 그 성벽 돌로 제방을 쌓고 벽돌을 묻어 호수의 물을 끌어들여 수도를 준비하는 등 대대적인 공사를 하고 있다. 상상컨대 서호의 모습은 이 때문에 더욱 새롭게 될 것이다.

성당갑(聖堂閘)에 이르렀다. 갑문의 높이는 몇 길이고, 호수의 물을 가두어 갑문을 통해 흘려보내는데, 신하패(新河壩)에서 시작해 좌가교(左家橋)로 빠져나와 서쪽 계곡물을 모아 하당하(下塘河)로 들어간다. 서쪽에 또 두 개의 갑문이 있는데, 마찬가지로 호숫물을 끌어들여 송목장(松木場) 아래 하천으로 흘려보낸다. 이처럼 호수의 쓸모는 뱃놀이 유람에만 있는 게 아니다. 주민들에게는 먹는 물이 되고 농민들에게는 관개용수가 된다. 호수를 끼고 있는 10만여 가구는 서호가 없으면 살아갈 수 없다. 사람들에게 서호의 쓰임새는 매우 많다.

그러나 절강의 조수가 황해를 통해 거슬러 올라오면 항주 일대가 소금기 가득한 펄에서 벗어날 수 없고 더욱이 호숫물을 식수로 사용하는 것이 매우 시급한 문제였다. 이 때문에 백거이 선생이 제방을 쌓고 갑문을 세운 공은 만백성에게 은혜를 베푼 것이었고, 전왕(錢王)이 강물에 활을 쏴 성을 준공한 일[95]은 천고에 보기 드문 용감한 행위였다. 지금 전당을 경유해 백제(白堤)를 답사했지만, 시름없이 바라보며 마냥 즐길 수 없는 게 한스러웠다.

호숫가에서 발을 씻고 부두를 따라 걸었다. 호숫가 집들을 바라보니, 산장, 찻집, 여관이 자리잡은 게 가지런하여 매우 운치가 있었다.

발길 닿는 대로 걷다가 백사제(白沙堤)에 이르렀다. 다리 위로 다가가니 앞에 비정(碑亭)이 있는데, '단교잔설(斷橋殘雪, 단교에 남은 눈)' 네 글자가 새겨져 있었다. 역시 서호십경 가운데 하나다. 단교의 본래 이름은 보우교(寶佑橋)이다. 당나라 이래 단교라고 불렀다. 장우(張祐)의 시에 '단교황선합(斷橋荒蘚合, 단교에는 황량한 이끼만 가득 끼어 있다)'이라고 했는데, 그 단교가 바로 이것이다. 금대교(錦帶橋)를 지났다. 이곳은 가을이 되면 개구리밥꽃과 마름꽃이 많이 피는데, 지금은 볼 수 없었다. 부두에 이르면 청조육신사(清朝六臣祠)가 있는데, 좌종당 · 이홍장 · 증국번 등 여섯 분을 모시고 있었다.

평호(平湖)를 앞에 두고 돌을 쌓아 집을 지어 편액에 '호천일벽(湖天一碧, 호수와 하늘이 모두 푸르다)'이란 이름을 내걸었다. 또 그 앞에 있는 한 누각은 수면 위에 떠 있었다. 회랑과 굽은 뜰은 순전히 돌을 얹어서 만들었는데, 밟은 곳은 다리고 붙잡은 것은 난간이었다. 호수는 발아래에 있는

◇◇◇◇◇◇◇◇◇◇◇◇◇◇◇

95 절강성의 민간 전설에 따르면, 오월왕 전류(錢鏐)가 전당강의 물이 세차게 밀려오는 것을 보고 궁노수(弓弩手)들에게 활을 당겨 물을 쏘라고 명령했다. 이 때문에 사나운 강물이 물러났다고 한다. 전류의 용감한 행동으로 재난을 피한 것을 기리기 위해 민간에서는 그를 전왕이라고 불렀다.

데, 거울을 밟는 것 같았다. 옆에는 '평호추월(平湖秋月, 잔잔한 호수에 뜬 가을달)' 네 글자가 새겨진 비정이 있었는데, 서호십경의 하나임을 알 수 있었다. 호수의 아름다운 경치를 홀로 독점하다시피 하면서 거닐고 바라보느라 쉬 떠날 수가 없었다.

삼충사(三忠祠)와 좌종당(左宗棠), 장익풍(蔣益豐) 두 분의 사당을 지나 회암 주문공의 사당에 들어가 재배하고 바라보니 신위는 있는데 소상이 없었다. 위로 '정학천교(正學闡教, 배움을 바로하고 가르침을 널리 편다)' 네 글자가 내걸려 있었는데, 건륭제의 친필이었다. 양 기둥의 주련에는 '덕정교존 광천고성현전심지요 인소화부 중만년자손경수지기(德盛教尊, 廣千古聖賢傳心之要. 仁昭化溥, 重萬年子孫敬守之基, 덕이 성대하고 가르침이 높은 것은 천고 성현께서 마음으로 전한 요체를 넓히는 것이다. 인이 밝게 비추고 교화가 두루 미친다는 것은 억만 년 자손이 공경하고 지켜야 할 터전을 소중히 여기는 것이다)'라고 쓰여 있었다. 살피건대 문공 주희(朱熹)가 절동제거(浙東提擧)였을 때, 영지사(靈芝寺)에 머무르면서 고산(孤山)의 풍류와 운치를 사랑해 자주 거닐었다. 그래서 항주 사람들이 사당을 세워 배향했다.

호춘루(壺春樓)로 돌아가 의자에 앉아 잠시 쉬었다. 차를 다 마시고 소주 몇 잔을 마시고 나니 이미 취했다. 조담대(照膽臺)로 들어가 한수정후(漢壽亭侯) 관우(關羽)의 초상화에 참배했다. 당나라 선공(宣公) 육지(陸贄)의 사당으로 가니 신위는 있는데 소상은 없었다. 위에는 '내상경륜(內相經綸, 한림학사 신분으로 국정에 참여해 천하를 다스리다)'이란 네 글자가 내걸려 있었다. 그가 조정에 들어가 지킨 절개가 더욱 우러러 보였다. 북쪽으로 백거이(白居易) 사당으로 갔다.

아! 공이 쌓은 제방을 걷고 공의 신위를 우러러보니 어찌 가슴에 감동이 일어나지 않겠는가. 호수를 파고 방죽을 쌓은 것은 공으로부터 시작되었도다. 사계절이 아름다운 곳에 누대가 자리 잡았고, 도학과 절조를 기려 사당이 건립되었다. 도교 사원과 불교 선원을 공이 모두 창도했다고 말할 수는 없지만, 공으로부터 비롯되었다는 것은 그릇된 말이 아닐 것이다.

방죽 아래에는 1천여 이랑의 경작지가 옥토가 되어 백성들이 지금까지 그 혜택을 받고 있었다. 서쪽으로 서하령(棲霞嶺)에서 몇 리 떨어지지 않은 곳은 경치가 무척 아름다웠다. 오늘날 절 기둥의 주련에는 '환회고해몽중인(喚回苦海夢中人, 세상의 고뇌에 빠진 사람을 불러 깨운다)'이라는 불경의 문구가 쓰여 있었다. 당시의 풍류와 문화가 호수와 산에 빛난다고 말하더라도 부끄럽지는 않을 것이다.

소장공(蘇長公, 東坡)의 사당을 지나 중열사묘(衆烈士墓)를 지났다. 절강성 동쪽의 여러 장사들이 신해년 광복 초에 금릉에서 싸우다 죽었는데, 초혼제를 지내기도 하고, 시체를 수습해 호수 위쪽에 매장하기도 했다. 열사묘는 돌을 깔고 석회를 발라 가지런히 배열했지만, 신분의 높고 낮음을 식별할 수 없는 것이 많아 합장했다. 또한 문란각(文瀾閣) 왼편에 사당을 세워 배향하고 비석을 세워 표시하니 참으로 웅장했다.

며칠 전에 고산 동쪽 기슭의 여러 곳을 둘러보았는데, 그 서쪽으로 가니 송나라 임화정(林和靖)[96]의 옛 집터였다. 중열사묘의 담을 돌아 곧바로 고산을 향해 나아가서 화정처사의 무덤을 찾았다. 돌은 오래되었지만 봉분은 온전해서 어쩐지 보기 힘든 무덤처럼 느껴졌다. 무덤 입구의 양옆에

◇◇◇◇◇◇◇◇◇◇◇◇◇◇◇

96 임포(林逋, 967~1028)는 북송 때의 저명한 은일시인(隱逸詩人)으로, 후대인들은 그를 화정 선생, 임화정으로 불렀다. 항주 서호의 고산에 집을 짓고 은거했다. 평소 매화를 심고 학을 길러서 스스로 "매화로 아내를 삼고, 학으로 자식을 삼았다"고 말했다고 한다.

는 각각 돌기둥을 하나씩 세우고 시를 새겨 놓았다. 아! 처사는 매화를 처로 삼고 학을 자식으로 삼아 인간 세상과 인연을 끊었다. 호수와 산을 무척 사랑해서 매화 360그루를 심어 해마다 살림의 밑천으로 삼았다. 83세의 수를 누렸으나, 도시에는 발을 들여놓지 않고 담백하게 지냈다. 임포의 시에 "후일 무릉에 유서를 찾으러 오거든, 일찍이 봉선문 짓지 않은 게 오히려 기쁘구나(茂陵他日求遺稿, 猶喜曾無封禪書)"[97]라는 구절을 보면, 옛사람은 죽으면서 간언하는 풍습이 있었음을 알 수 있다. 송나라 인종이 그에게 시호를 내리고 상으로 칭찬한 것은 지극히 마땅한 일이었다.

그 아래에는 전당의 전사(典史)[98]였던 임소암(林小岩)의 무덤이 있었고, 남쪽에는 풍소청(馮小青)의 무덤이 있었다. 풍소청은 재주와 용모가 모두 뛰어났지만 일찍 죽어 마침내 매화섬에 한스러운 흔적을 남겼으니 역시 서호에 어린 아름다운 이야기가 되었다. 길을 돌아 내려와 매정(梅亭)에 이르렀다. 정자 아래 매화 숲이 울창했는데, 옛날부터 전해오던 그대로였다. 임포가 손수 심은 매화는 세월이 오래되어 남아있지 않고, 이곳의 매화는 후세인들이 심은 것이었다. 그러나 고산에서 처사의 집을 찾아가 그 매화를 보고 그 사람을 생각하니 지금의 매화가 옛날의 매화일 뿐 아니라, 지금의 나 역시 옛날의 임포가 다시 나타난 것이 아니라고 어찌 알 수 있겠는가?

◇◇◇◇◇◇◇◇◇◇◇◇◇◇◇

97 한나라 사마상여(司馬相如)가 일찍이 무제를 위해 「대인부(大人賦)」를 지어 바쳤다. 또 임종 직전에는 「봉선문(封禪文)」을 지어 놓고 천자의 사자가 오면 이것을 바치도록 하라고 유언까지 남겼다. 「대인부」는 무제가 신선을 좋아하는 것을 간한 것이고, 「봉선문」은 천자의 봉선(封禪)에 관한 일을 기록한 글이다. 뒤에 송나라의 처사 임포가 그의 임종시(臨終詩)에서 사마상여의 저서를 희롱하는 뜻으로, "후일 무릉에 유고를 구하러 오거든, 일찍이 봉선문 안 지은 게 오히려 기쁘구나"라고 했다. 무릉은 바로 사마상여의 고향이다.

98 지현(知縣)의 속관으로, 문서의 출납을 맡아보고 현승(縣丞)이나 주부(主簿)가 없으면 현승이나 주부의 직무를 나누어 맡아보았다.

소거각(巢居閣)을 지나 방학정(放鶴亭)에 올랐다. 이곳이 바로 화정 임포의 옛집이다. 원나라 세조 때 그 고을 사람 진자안(陳子安)이 임포가 일찍이 이곳에서 학을 놓아주었다는 이야기를 듣고 이 정자를 지었다. 세월이 오래되어 무너졌는데, 명나라 가정 때 현령이었던 왕과(王銙)가 다시 지어 방학(放鶴)이라고 이름 붙였다. 청나라 강희제가 남쪽으로 순행할 때 편액을 써서 걸었다.

시를 한 수 지었다.

처음 묘를 어루만질 때 생각은 더욱 깊어지고	拊墓初回想像深
사는 곳은 편안하고 옛 매화나무는 무성하구나	巢居無恙舊梅陰
그때 궁궐에서 교서를 내려 총애했지만	當年九闕丹綸寵
서호에서 학 놓아주던 마음은 빼앗지 못했네	未奪湖山放鶴心

해가 저물 무렵 짙은 안개가 끼고 취기가 올라와서 귀가 달아오르고 뺨이 붉어졌다. 몽롱한 가운데 사방이 캄캄했다. 부두에 도착하니 야간이라 통행하는 배가 없어서 성당갑(聖堂閘)을 따라 걸었다. 호수에 뜬 밝은 달이 몸을 따라 움직였다. 흥이 더욱 높아지는데, 함께 이야기할 사람이 없어 안타까웠다.

13일. 비가 내리다 개었다. 서호를 보기 위해 용금문(勇金門) 안으로 들어가서 금화장군묘(金華將軍廟)를 관람했다. 돌아서 문을 나와 부두에 이르러 배를 띄우고 곧바로 호수로 들어갔다. 이날은 날씨가 좋았다. 푸른 산봉우리와 색칠한 누각이 물빛에 은은하게 비추어 나타났다 사라지다 해서 말로 표현할 수 없을 만큼 아름다웠다.

백사제(白沙堤)로 와서 소경사(昭慶寺)를 보고 매려공원(梅麗公園)으로 들어갔다. 이 공원은 근대에 매(梅) 여사가 진심으로 공원을 세우고 싶어서 죽을 때까지 경영해서 만든 것이었다. 한 여자로서 일찍부터 공익을 위하는 마음을 품고 있어서 그 목적을 이룰 수 있었으니 어찌 존경하지 않을 수 있겠는가.

미륵원(彌勒院)과 숭복사(崇福寺)를 지나 보숙탑(保叔塔)에 이르렀다. 그 곁에서 손으로 만지면서 바라보니, 10여 층으로 높이는 뇌봉탑보다 높았지만 둘레는 거기에 미치지 못했다. 발길 닿는 대로 가다가 서상정(西爽亭)에 이르렀다. 이 정자는 곧 송나라 서태을궁(西太乙宮)의 옛터로서 그 뒤에 여러 차례 일으키고 무너지기를 거듭했는데, 지금은 영국 의사인 매군(梅君)이 여러 칸 집을 지었다. 그 기둥은 모두 돌로 만들었다. 가지와 잎이 무성하고 크고 단단해서 마치 나무에 껍질이 붙은 것 같았는데, 그것을 만져본 뒤에야 돌로 된 것임을 알았다.

남쪽으로 가니 위에 만세석(萬歲石)이 있었는데, 높아서 오를 수 없었다. 정자 아래에는 또 의원 한 곳이 있었다. 의원의 좌우에는 기이한 풀과 꽃들이 줄지어 심어져 있어서 관람객에게 볼거리를 제공했다.

그 서쪽은 곧 갈령(葛嶺)인데, 진나라 선인 갈홍(葛洪)이 연단(煉丹)[99]하던 곳이다. 지금은 오직 선옹묘(仙翁廟)만 남아있지만, 그 신선계의 운치를 그려볼 수 있다. 갑자기 중국 사람 부군(傅君)과 마군(馬君) 두 사람을 만났다. 그들은 악비의 무덤으로 함께 가자고 요청해서 선옹묘를 찾아볼 수 없었다. 오늘의 여행은 신선과 만날 인연이 없는 모양이다. 산에서 내

◇◇◇◇◇◇◇◇◇◇◇◇◇◇◇◇

99 불로장생의 단약(丹藥)을 만드는 기술의 하나를 가리키는 도교 용어.

려와 견포별서(堅匏別墅)를 빙 둘러서 북리호(北裏湖)를 따라 배를 타고 노를 저어 지났다. 부군과 마군이 호수 위의 명승을 자세히 가리켜 주었는데, 동냉사(東冷寺)와 소망천(小輞川)을 직접 보고 둘러보지 못한 것이 한스러웠다.

또 고개 아래에 집 한 채가 붉은 노을과 푸른 나무 사이에 어렴풋이 보였다. 그 이름을 물으니 홍방(汞房)이라고 하는데, 곧 선옹(仙翁) 갈홍이 단약을 수련하던 곳이다. 비록 눈으로 사당을 볼 수는 없었지만, 그 모습은 눈앞에 생생하게 떠오를 듯하다. 선옹의 호는 치천(稚川)이고 포박자(抱朴子)라고도 하는데, 원래는 경릉(京陵) 구용(句容) 사람이다. 그 조상인 갈현(葛玄)은 삼국시대에 좌자(左慈)를 따라 도술을 배워 구단(九丹)과 금액(金液), 선경(仙經) 등을 얻어서 대낮에 날아올라서 신선이 되었다고 한다. 갈홍은 일찍이 아버지를 여의고 가난해서 책을 빌려서 읽었다. 어른이 되어서는 문무의 재주를 다 갖추었다.

진나라 성제(成帝) 함화(咸和) 연간(326~334) 초에 사도(司徒)인 왕도(王導)가 갈홍을 불러서 산기상시(散騎常侍)로 삼으려 했지만, 갈홍은 굳이 사양하고 벼슬에 나아가지 않았다. 그 뒤에 독수(督帥)인 고비(顧秘)를 따라 적을 토벌하는 데 공을 세워서 조정에서 크게 쓰려고 했다. 갈홍은 구루령(句漏令)으로 보임받기를 요청했는데, 구루 지방이 교지(交趾)에 가깝고, 교지의 단사(丹砂)가 천하에서 가장 뛰어났기 때문이었다. 부임한 지 3년 만에 광동에 있는 나부산(羅浮山)의 경치가 빼어나게 아름답다는 소문을 듣고 자주 유람하고 성명학(性命學, 도가의 학문)을 배웠다. 어느 날 벼슬을 그만두고 돌아와 바람에 나부끼듯 길을 나서서 곧바로 임안(臨安)에 이르렀다. 그곳에서 두 산봉우리와 서호의 빼어난 아름다움이 천하에 으뜸임을 보고서 초가집을 짓고 숨어 살았다. 또 갈현의 제자인 정사원(鄭思遠)이 전해준 그 선조 갈현의 단경을 얻어서 마침내 도를 터득하고 신선술에 능통했다. 84세에 이르러서 똑바로 앉은 채 혼백이 빠져나가 신선이 되어 사라졌다. 이것이 그의 인생 이력의 대략이다.

앙산루(仰山樓) 앞에 이르러 배에서 내려 곧바로 악왕(岳王)의 무덤으로 갔다. 바로 묘문으로 들어가니 석인(石人)과 석마(石馬)의 위의가 성대했는데, 모두 군대의 위용이었다. 엄숙하게 무덤을 바라보니 돌을 쌓고 회를 덮었다. 무덤의 봉분은 둥글고 높았는데, 세월이 오래되어 거무스레했고 벗겨져 떨어진 곳도 있었다. 돌아보니 조자앙(趙子昂, 조맹부)의 시 가운데 "악왕 무덤에 풀이 무성하다"는 구절이 있었다. 당시는 흙을 덮어 쌓았는데, 지금은 돌과 회를 사용한 것이 그리 오래되지는 않았다. 비석 위에 '송무목왕충효악공지묘(宋武穆王忠孝岳公之墓)'라고 크게 쓰여 있었고, 그 옆에는 공의 아들인 운(雲)의 묘가 있었다. 아, 공은 천고에 충성스럽고 용맹한 장수로서 큰 공을 이루었으나 간악한 역적인 진회(秦檜)에게 모함을 받아서 풍파정(風波亭) 아래에서 해를 입었다. 옥졸인 외순(隗順)은 공의 유해를 짊어지고 그를 묻어서 옥가락지와 귤나무 두 그루로 표식을 남겼다. 효종 대에 이르러 누명을 벗은 뒤에 마침내 서하령(棲霞嶺) 아래에 장사지냈으니 곧 이 무덤이다. 바람을 맞으며 추모하면서 느낀 바 있어 시 한수를 지었다.

대장의 깃발은 바람에 차고 해는 기울어지는데	大纛風寒落日斜
장군의 목숨이 송나라 산하에 지고 말았구나	將軍生惜宋山河
아, 굳센 혼백이 천고의 세월을 지키고 있어	嗚呼毅魄鎭千古

묘문 밖에는 계충사(啓忠祠)가 있는데, 곧 공의 돌아가신 부모를 제사 지내는 곳이다. 그 동쪽은 공의 사당이다. 문 바깥에 '송악악왕묘(宋岳鄂王廟)'라고 크게 쓰여 있었다. 문으로 들어가니 뜰 아래 양쪽에 돌을 깔아 단을 만들었다. 단 위에는 각각 하늘 높이 솟은 나무가 있었다. 그것이 무엇인지 물으니 향장목(香樟, 녹나무)이라고 했다. 향장목 두 그루의 네 모퉁이에 각각 고목 뿌리 한 덩이가 있는데, 높이는 각 한 자쯤이었다. 마군은 이것이 바로 정충백(精忠柏)으로 악공이 늘 만지던 것인데, 공이 죽던 날에 측백나무 여덟 그루가 그를 따라서 죽었다고 말했다. 세월이 오래 흘러도 썩지 않았고 지금은 돌이 되었다. 나는 놀랍기도 하고 의아하기도 해서 지팡이로 두드려 보니 쟁쟁 하면서 금속성이 났다. 문을 지키는 병사가 깜짝 놀라 쫓아와서 나의 소매를 붙잡았다. 주의 깊게 바라보니 양쪽 목패 위에 '이 정충백은 볼 수는 있지만 만져서는 안 된다'고 쓰여 있었다. 나는 두렵고 경건한 마음이 들었고, 공의 혼령이 지하세계에서 여전히 한을 품고서 그것을 씻어내지 못한 듯했다.

사당 안으로 들어가 초상화를 보니 장엄하고 운치가 있어서 경건한 마음을 일으켰다. 지금 공의 문장과 글씨를 살펴보니 또한 한 시대의 으뜸이었다. 만약 태평한 시대를 만났더라면 마땅히 관복을 입고 홀을 바로잡고 조정에 있었을 것이다. 사당 좌우에는 창을 메고 극(戟)을 잡은 군사들이 줄지어 있고, 위쪽에는 황금으로 '위열순충(偉烈純忠, 위대한 공적과 변함없는 충성)'이란 네 글자를 새겨 넣었으니, 곧 청나라 건륭제의 친필이었다. 양쪽 주련에는 다음과 같은 글귀가 쓰여 있었다.

"역사가 단서(丹書)[100]를 빛나게 했으니 참인가 거짓인가? 저 열두 개의 금패에게 묻지 마라. 7백년의 지사와 인자한 사람이 어찌 다시 슬피 노래하며 피를 흘렸는지. 무덤의 문은 쓸쓸히 풀만 푸르니 옳은가, 그른가? 무릎 꿇고 보니 이 한 쌍의 완악한 철상(鐵像)은 억만년 세상의 간사한 신하와 사악한 부인이 그렇게나 많은 악의 보답과 은밀한 벌을 받는 것이구나."

사당 바깥의 무덤 입구에는 무릎을 꿇고 묶인 두 남녀의 철 주조상이 있는데, 진회와 그의 아내 왕씨의 모습이었다. 사당의 앞뒤와 동서 두 회랑에는 악비와 함께 금나라에 항거한 장헌(張憲)과 우고(牛皐), 그리고 악비의 아들 운(雲)과 다섯 부인의 소상이 있었으며, 신위도 가지런히 배치되어 있었다.

다만 당시의 여자들은 머리카락을 말아서 상투를 올렸고 두 빰은 모두 붉은 칠을 했으니, 중국에서 이런 제도가 또한 오래되었다. 사당 오른쪽에는 복마전(伏魔殿)이 있는데, 명나라 때 공을 복마대제(伏魔大帝)로 봉했기 때문이었다.

무덤과 사당을 나와서 남쪽으로 오니 석방(石坊)이 세워져 있었다. 호수로 돌아가 배를 타고 전왕묘(錢王廟) 밖에 이르러 배에서 내렸다. 길을 따라서 곧바로 사당 안으로 들어갔다. 사당은 엄숙하고 소상이 빽빽이 줄지어 있었다. 남쪽을 향해 가운데 있는 소상은 무숙왕(武肅王) 전류(錢鏐)라는 것을 묻지 않아도 알 수 있었다.

살펴보니 옛 비는 곧 장공(長公) 소식(蘇軾)이 몸소 짓고 쓴 것을 네개

◇◇◇◇◇◇◇◇◇◇◇◇◇◇◇

100 丹書鐵券. 옛날 황제가 공신에게 하사한 문건으로 그것을 받은 사람은 대대로 특권을 누릴 수 있었다. 붉은 글씨로 특수 제조한 철판에 새겼으므로 생긴 말이다.

의 비면에 새긴 것이고, 돌을 줄지어 세워 마치 석벽과 같았다. 글자의 모습이 무척 크고 붓의 형세가 힘차고 굳셌다. 그 밖으로 목책을 세워서 그것을 보호했다. 참으로 천년을 이어온 보배로운 자취였다. 섬돌 아래로 발걸음을 옮기니 해그림자는 서쪽에 있고, 나무 그늘이 땅에 가득했다. 나뭇가지 위에는 박꽃이 피어난 것처럼 하얀 것이 있었으니 목향(木香)이라고 했다. 오동나무 열매만한 크기의 크고 푸른 것이 있었으니 곧 비파(枇杷)라고 했다. 또 나무 한 그루가 있는데, 무척 예쁘게 우거져 있어서 사랑하고 감상할 만했다. 그 이름을 물으니 계수나무라고 했다.

15일. 다시 배를 타고 서호를 향해 갔다. 날씨가 갠 뒤에 풍경이 더욱 새롭고 고와졌다. 잠깐 사이에 삼충사(三忠祠) 밖에 이르러 유루(兪樓)로 갔다. 고경정사(詁經精舍)에 들어가니 나열된 서화가 매우 많았다. 중문(重門)을 지나 당(堂)에 이르니 당의 가운데 곡원(曲園) 유월(兪樾)[101]의 진영(眞影)이 안치되어 있었고, 오른쪽 벽 위에 글씨가 한 폭 걸려 있었다. 이것은 공이 86세에 쓴 것이었는데, 서법이 매우 예스럽고 고상했다. 공이 청나라 8대 문장가 가운데 한 명임을 알 수 있었다. 발념(髮捻)의 난[102] 때에 의리를 좇아 군대를 일으켜 세상에 중용되었는데, 늙어서는 서호로 은퇴하여 살았다.

당의 후원이 곡원이다. 곡원의 돌에는 소동파의 서화묵적(書畫墨蹟)이 새겨져 있었다. 원을 따라 올라가 칠곡(七曲)을 지나가니 영송각(櫺松閣)이 나왔다. 영송각은 산 아래에 있는데, 절벽을 따라 바위를 깎아 계단을

◇◇◇◇◇◇◇◇◇◇◇◇◇◇

101 유월(1821~1907)은 청나라 말기 경학과 유학의 대가로 자는 음보(蔭甫), 호는 곡원이다.

102 청나라 말기 태평천국 운동과 북방 농민 항쟁을 가리키는 명칭이다.

만들었고, 굽은 길을 따라 정원을 조성했다. 산 정상에 이르기까지 모두 12곡이었는데, 바라보니 하나의 곡각(曲閣)이었다. 종횡으로 들쭉날쭉해 아래에서 위로 올라갔다. 제일 높은 각에 이르니 각의 편액에 '만봉청취누대(萬峰晴翠樓臺, 맑고 푸른 만 개의 산봉우리를 바라보는 누대)'라 쓰여 있고, 그 밖에는 '좌운우학지헌(左雲右鶴之軒, 좌우에 구름과 학을 거느린 집)'이라고 쓰여 있었다. 이곳에서 호수를 굽어보니 마치 신령한 바람을 몰고 선경에 오르는 것 같았다.

조금 쉬었다가 추사(秋社)[103]로 내려가니 문 위에 "감호여협(鑑湖女俠, 서호의 여걸 추근을 비추다)" 네 글자의 편액이 걸려 있었다. 지난번에 추근의 무덤을 지나면서 사당에는 들어가지 못했는데, 이번에 발길 따라 곧장 걸어 들어갔다. 곡각과 돌로 쌓은 산[假山], 대나무 숲과 연못이 무척 깨끗했고, 옥란(玉蘭)과 계수나무, 벽도나무, 녹나무가 무척 푸르고 울창했다. 바삐 사당에 이르니 정중앙에 신위가 안치되어 있었다. 동쪽에는 초상이 있었는데, 일본 의복을 입고 찍은 것이었다. 아마도 추근이 일본에서 유람할 때 찍은 사진인 듯하다. 전후좌우에 제사지낼 때 쓰는 제문과 추도사가 많이 진열되어 있었다. 사당의 뜰 밖에는 누각이 있었다. 사다리를 타고 올라가니 벽에 또 초상이 걸려 있는데, 이번엔 중국의 전통복장을 입고 있었다.

추씨는 일찍이 광복에 뜻을 품었다가 열사 서석린(徐錫麟)[104]의 거사에 연루되어 죽었는데, 나이는 겨우 32세였고 1남 1녀를 두었다. 남쪽에 추

◇◇◇◇◇◇◇◇◇◇◇◇◇◇◇

103 청나라 말의 혁명열사 추근(秋瑾, 1875~1907)의 사당.

104 청나라 말의 혁명가. 1873~1907. 같은 저장성 출신의 추근과 무장봉기해 청조 고관을 암살시킬 계획을 세웠다. 1907년 7월에 안휘성의 순무(巡撫) 은명(恩銘)을 암살한 데 이어 무장봉기했으나 실패해 처형당했다. 추근도 이 사건에 연루되어 처형되었다.

근의 자필시 몇 편을 유리로 덮어 두었는데, 글자가 매우 가늘었고 모두 몸소 쓰고 지은 것이었다. 채색화도 아름다웠는데, 그 가운데 최고의 시는 다음과 같다.

머나먼 곳을 바람 따라 갔다가 돌아왔도다	萬里乘風去復來
나 홀로 세찬 봄 우레를 따라 동해를 넘었노라	隻身東海挾春雷
조국이 다른 나라로 바뀌는 것을 차마 볼 수 없어	忍看圖畫移顏色
이 금수강산을 잿더미로 사라지게 할 수 있으랴	肯使江山付劫灰
술을 마셔도 우국의 한을 막을 길이 없구나	得酒難消憂國恨
시대와 나라를 지킨 그대 뛰어난 인재들이도다	救時應仗出羣才
십만 장사 목숨을 버리고 피를 흘린다 해도	拚將百萬頭臚血
무너진 하늘과 땅을 바른 길로 되돌려야 하리라	須把乾坤力挽回

이 시에서 여걸 추근의 기개를 엿볼 수 있다. 그녀의 추풍곡(秋風曲)은 더욱 뛰어나지만, 시가 길어서 기록할 수가 없었다. 시 한편을 지었다.

국화 심기를 좋아하니 그 마음 사랑스러워	愛種黃花愛有心
추풍곡 한 곡조를 아직 읊조리네	秋風一曲尚沉吟
누대 중앙의 비석 글씨는	樓中墨蹟墳頭碣
글자마다 슬픈 눈물이 배어나네	一字悽然一淚淫

다 감상하고 난 뒤 누대를 내려와서 남쪽으로 돌아 봉림사(鳳林寺)로 들어갔다. 절은 칠일 밤낮으로 수륙대도량을 열고 있었다. 등불을 켜 놓고

종을 울리니 승려들이 운집했다. 일찍이 남병선원(南屏禪院)에서 서로 알게 된 한 승려가 있었는데, 한차례 눈빛만 보고도 기뻐하는 뜻을 알 수 있었다.

봉림사의 법당은 굉장히 웅장하고 회랑은 무척 깊었다. 문에서 샘물 흐르는 소리가 들리는데, 옥이 부딪히는 것 같았다. 뜰은 나무 그늘로 은은히 가려져 있었다. 참으로 보기 힘든 경치라 할만 했다. 또 열사 서석린(徐錫麟)의 사당에 이르니 구조가 크고 아름다웠다. 뒤에는 양창준(楊昌濬)[105]의 사당이 있었다.

서쪽의 좁은 문을 따라서 나가니 안쪽에 돌을 쌓아 가산(假山)을 만들었는데, 앞에는 연못이 있고, 뒤에는 대나무 숲, 회랑, 작은 정자 등이 좌우로 배치되어 있어 모두가 매우 아름다웠다. 동쪽으로 곡원(曲院)에 이르니 연못 가운데 연꽃이 바람에 흔들리는 소리를 냈는데, 마치 동전이 부딪치는 소리 같았다. 그 비정(碑亭)을 보고서야 서호십경의 하나임을 알 수가 있었다. 비정 안에 차밭을 만들어 이름난 꽃과 기이한 화초를 심었는데, 그윽한 향이 무척 짙어 사람의 옷자락에 스며들었다. 그 곁에는 호산춘사(湖山春社)[106]가 있었는데, 남녀의 왕래가 끊이질 않았다. 달빛을 타고 호수를 둘러서 돌아왔다.

◇◇◇◇◇◇◇◇◇◇◇◇◇◇◇

105 양창준(1825~1897)은 청나라 말기의 장군으로, 태평천국의 난 때 좌종당, 증국번 등이 세운 상군(湘軍)에서 훈련받았다. 나중에 병부상서, 태자태보(太子太保) 등의 관직을 역임했다.

106 건륭제는 강희제의 '서호십경(西湖十景)'을 본떠 '전당십팔경(錢塘十八景)'이라는 어제시(御制詩)를 남겼는데 십팔경은 다음과 같다.
1. 오산대관(吳山大觀) 2. 호심평조(湖心平眺) 3. 호산춘사(湖山春社)
4. 절강추도(浙江秋濤) 5. 매림귀학(梅林歸鶴) 6. 옥천관어(玉泉觀魚)
7. 옥대청홍(玉帶晴虹) 8. 보석풍정(寶石風亭) 9. 천축향시(天竺香市)
10. 운서범경(雲栖梵徑) 11. 초석명금(蕉石鳴琴) 12. 냉천원소(冷泉猿嘯)
13. 봉령송도(鳳嶺松濤) 14. 영석초가(靈石樵歌) 15. 갈령조돈(葛嶺朝暾)
16. 구리운송(九里雲松) 17. 도광관해(韜光觀海) 18. 서계탐매(西溪探梅)

16일. 오산(吳山)으로 가서 진해루(鎭海樓)와 흥복묘(興福廟)를 지나서 해회사(海會寺)에 들어가 잠깐 쉬었다. 경지정(敬止亭)을 지나서 태세묘(太歲廟)에 이르렀다. 머리를 깎지 않고 괴이한 두건을 쓰고 구멍 난 도포를 입은 자가 보였는데, 대개 도사의 무리였다. 사람들의 관상을 봐주고 재물을 요구하는 사람도 있었다.

창성묘(倉聖廟)에 들어가서 알현했다. 옛날에 문자를 창조한 창힐(倉頡)이 가운데 있고 동쪽에는 주나라 태사(太史)였던 사주(史籀)와 진나라 이사(李斯), 한나라 채옹(蔡邕)이 있었다. 서쪽에는 진나라 태사령이던 호무경(胡毋敬)과 한나라 허신(許愼), 위나라 종요(鍾繇) 등이 배향되어 있었다. 또 성황묘(城隍廟)와 문창묘(文昌廟)를 들러보니 전당이 웅장하고 건물이 깊어서 속세를 초월하고 귀신들이 좋아할 것 같았다.

오산의 한쪽 방면만 해도 사당이 너무 많아 다 적지 못할 정도였다. 동악묘(東岳廟), 화덕묘(火德廟), 용신묘(龍神廟), 풍신전(風神殿), 재신전(財神廟), 약왕묘(藥王廟)와 같은 것은 그 규모가 큰 것이었다. 오산의 정상에 올라서 바위에 걸터앉아 쉬었다. 오산의 옛 이름은 서산(胥山)이라고 한다.

동쪽으로 바라보니 삼강(三江)의 물이 황해로 통했다. 바닷물이 밀려들어 오면 성난 파도와 거센 물결이 부딪쳐서 마치 설산(雪山)처럼 무너지고 천둥소리처럼 울부짖었다. 사방으로 전당호(錢塘湖)를 바라보니 물이 수문을 따라 강으로 들어가고 있었다.

성의 안팎에는 흰 벽에 채색한 담장과 화려한 용마루가 늘어서 있는데, 십만 호에 이를 정도로 많았다. 앞에는 포대(砲臺)가 있었는데, 옛날 전왕(錢王)이 설치한 것이다. 옛날의 사적을 어루만지며 석굴을 바라보고 바위를 어루만지며 '군사를 서호 가로 이끌고 가서 오산에 말을 세워 둔다'는 구절[107]이 생각났다. 송나라의 재앙이 여기에서 비롯되지 않았던가.

지금 중국은 몹시 커서 오대주 가운데 제일 넓고 오래된 나라인데, 서호의 아름다운 경치는 중국에서 마땅히 첫손가락으로 꼽을 수 있다. 이것으로 서호를 더욱더 잘 관리하고, 서호의 경영을 국력에 따라 아울러 발전시켜 나간다면 서호는 앞으로 지구상에서 최고의 공원이 될 것이다. 이것은 내가 서호에서 중국이 앞으로 성대해질지 쇠퇴해질지 그 앞날을 점쳐본 것이다.

중국 문사인 두 명의 진군(陳君)과 함께 충청묘(忠清廟, 오자서묘)를 찾았는데, 문이 이미 닫혀 있었다. 곁에 딸린 작은 문을 따라 들어가서 소상을 올려다보았다. 그 곁에 나무로 만든 패(牌)가 있었는데, 그 위에 "칙봉영위공충효오공지위(勅封英衛公忠孝伍公之神位, 영위공과 충효공으로 봉해진 오자서의 신위)"라고 쓰여 있었고, 황금으로 "영의소간(靈依素練, 신령은 흰 비단에 깃들다)" 네 글자를 수놓아 휘장으로 드리웠으니, 곧 건륭제의 친필이었다.

좌우에는 칼과 창을 잡고 있는 병사들이 줄지어 있었고, 사당 밖의 양복도에는 어장인(漁丈人)과 사부인(史夫人)의 초상화가 걸려 있었다. 섬돌에는 푸른 풀이 가득하고, 오래된 단풍나무가 하늘을 찌를 듯해서 이 세상에서 이것에 비할 만한 것은 없으리라 생각했다.

나는 어릴 때부터 증씨(曾氏)의 십구사(十九史)[108]를 읽었다. 그 책에서 오자서의 충효와 무용이 세상에서 가장 훌륭했지만, 억울하게 촉루검(屬

◇◇◇◇◇◇◇◇◇◇◇◇◇◇◇

107 원래는 '提兵百萬西湖上, 立馬吳山第一峰'이다. 금나라 황제인 완안량(完顔亮)이 항주를 점령하기 위해 지은 시 「제련병(題軟屏)」에 나온다.

108 원나라의 증선지가 지은 『십팔사략』을 가리킨다.

鏤劍)[109]으로 자결했다고 들었다. 매번 바람이 불어올 때마다 옛날 오자서의 일을 생각하며 슬픈 마음을 없애버릴 수 없었다. 오늘 서산(胥山)을 걸으며 오자서의 초상을 우러러보니 그 감개무량한 생각을 어찌할 것인가. 시 한 수를 읊었다.

오자서의 수염은 가시 같고 눈은 사나우니	黃髯如刺眼如回
충효를 온전히 이루기는 예부터 드문 일이라	忠孝成全古亦稀
신령이 따라주지 못해 나라는 망했지만	靈爽不隨吳沼滅
오자서는 바람 타고 파도와 함께 돌아오리라	乘風應與海潮來

다시 거리의 화원으로 가서 한참 동안 관람했다.

17일. 용금문(湧金門) 나루터로 가서 노닐 즈음에 선악다원(仙樂茶園)에 있던 두 진군(陳君)이 나를 보고 찾아왔다. 다원으로 들어가 차를 마시고, 두 진군과 함께 배에 올랐다. 왕응걸(汪應傑) 군도 배에 타서 서로 명함을 주고받았다. 왕군은 두 진군과 같은 고을의 친구이다. 배가 고산(孤山)에 와서 남쪽으로 홍교(虹橋)와 옥대교(玉帶橋)를 지나 서리호(西裏湖)에 이르렀다. 호수 빛이 맑고 푸르렀다. 날씨도 맑고 따뜻해서 즐기고 볼만했다. 왕군은 호숫가의 경치가 무척 아름답다고 말했는데, 내 마음만 어지럽게 할 뿐이었다. 나는 "당신은 나를 접대하느라 한가할 틈이 없는 것이 괴롭겠군요"라고 말하며 웃었다. 잠시 후 와룡교(臥龍橋)를 지나 모가항(茅家

◇◇◇◇◇◇◇◇◇◇◇◇◇◇

109 오왕 부차는 월나라의 명장 구야자(歐冶子)가 만든 촉루검(屬鏤劍)을 내려 오자서에게 자결하라고 명했다.

港)에 이르러 배에서 내려 길에 올랐다.

영은사(靈隱寺)를 향해 몇 리쯤 가자 비래봉(飛來峰) 아래에 이르렀다. 비래봉은 옛날에는 영취(靈鷲)라고 불렀는데, 청나라 건륭제가 지금의 이름으로 고쳤다. 기암괴석이 '솨솨' 하며 날아갈 듯했다. 일선천(一線天)에 이르니 석굴 안에 두 갈래 마을 길이 있고, 옆에는 불상이 줄지어 있었다. 머리를 돌려 위를 바라보니 하늘빛이 굴 안에서 비쳤다. 샘물이 천장에서 방울져 떨어져서 조금 젖었다. 돌로 대를 만들었는데, 위에는 마치 사발과 같아서 물방울을 받았다. 떠서 마시니 맑아서 가슴을 시원하게 했다. 모자를 벗어서 머리를 씻었다. 굴 가운데에서 나오니 벼랑을 따라서 불상을 두루 새겨놓았고, 아울러 돌탑을 쪼아놓았다. 그 옆에는 아주 높은 곳에서 나는 듯이 세차게 떨어지는 폭포가 하나 있었는데, 층층의 바위와 푸른 나무 사이에서 물이 힘차게 쏟아지고 있었다. 그 위에는 몇 개의 편액을 만들었는데, '학뢰정(壑雷亭)'이라고 쓰여 있었다.

몇 걸음을 가니 냉천정(冷泉亭)에 이르렀다. 냉천정은 비래봉과 서로 마주하고 세웠다. 그 아래에는 산골짜기에서 내려온 물이 고여 있었는데, 맑고 푸르렀다. 옆에는 비석 하나를 세웠는데, '냉천원소(冷泉猿嘯, 차가운 샘물과 원숭이의 울음소리)' 네 글자를 새겨놓았다. 이것도 서호십경 가운데 하나다.

냉천정의 오른쪽으로 1리도 채 가지 않아서 한 봉우리 고석(孤石)이 있었다. 몇십 아름을 헤아릴 만했다. 산의 형세는 마치 파가 높이 솟은 것 같고, 바위 모서리는 들쑥날쑥했다. 멀리 바라보니, 마치 연꽃 한 줄기가 구름 사이로 드러난 것 같았다. 산봉우리 허리에는 작은 동굴이 하나 있었다. 그 입구는 두 자를 지나지 않았다. 그것을 바라보니 깊고 어두웠다. 무척 가팔라서 잡고 오를 수가 없었다. 이 안에 흰색 원숭이 굴이 있고, 그 안에는 영은사(靈隱寺)가 있다. 세상에 전해오는 말에 따르면, 서역승려인 혜리(慧理) 법사가 동진 함화(咸和) 원년에 창건했다고 한다. 또 굴 안에서 원숭이를 길렀기 때문에 사람들은 그 동굴을 '호원동(呼猿洞)'이라고 이름 붙였다.

냉천정 뒤에서 몇 보를 가자 무림선원(武林禪院)에 이르니 바로 영은사이다. 전당성(錢塘城)에서 12리 떨어진 거리다. 서산(西山)의 주위도 12리이다. 높이는 90여 장이다. 한나라 때에는 호림(虎林)이라고 불렀는데, 아마가 흰 호랑이가 일찍이 계단 아래에 엎드려서 경 읽는 소리를 들었기 때문이라고 한다. 선원의 정전(正殿)은 옛날에 불타버렸고, 청나라 광서 연간에 다시 고쳐지었다. 난간 밖의 양측에 각각 돌탑 하나를 세웠는데, 어느 시대에 세웠는지는 알지 못한다. 뜰 가운데 철로 만든 큰 화로 하나가 있는데, 석대 위에 세워놓았다. 명나라 만력 때에 세운 것이다.

아, 이곳이 바로 당나라 낙빈왕(駱賓王)[110]이 측천무후를 정벌하려다 실패하고 선원으로 도망친 곳으로, "계수나무꽃 향기롭구나(桂子天香)"라는 시가 지금까지 전해져서 사람들 입에 오르내린다. 그런데 역사가들은 왜

◇◇◇◇◇◇◇◇◇◇◇◇◇◇◇

110 낙빈왕(駱賓王, 640? ~ 684?)은 당나라 초기의 시인으로 '초당사걸(初唐四傑)'의 한 사람으로 꼽힌다. 고종(高宗) 말년에 장안주부(長安主簿)가 되었는데, 당시 고종의 황후로 실권을 휘두르던 측천무후를 공격하는 상소를 여러 차례 올렸다가 절강의 임해승(臨海丞)으로 좌천되자 출세에 뜻을 잃고 관직을 떠나버렸다. 684년 이경업(李敬業)이 측천무후 타도를 외치며 거병하자 측천무후의 죄를 천하에 전하여 알린다는 취지의 격문(檄文)을 기초했는데, 측천무후는 이 격문을 읽던 중 "(무덤을 덮은) 한 줌 흙도 마르지 않았는데 여섯 자밖에 안 되는 고아는 어디에 의지할 것이냐"(一抔土未乾, 六尺孤安在)라는 구절에서 자신도 모르게 흠칫하면서 격문을 지은 자의 이름을 물었고, 낙빈왕의 이름을 듣자 "이런 인재를 불우하게 내버려두었으니 이는 재상의 잘못이다"라고 말했다고 한다. 이경업의 거병은 실패로 끝났고, 이후 낙빈왕은 도망쳐 행방을 알 수 없게 되었다(잡혀 죽었다는 설도 있다). 전당(錢塘)의 영은사(靈隱寺)에 숨어 살았다는 전설도 있는데, 절을 소재로 한 시도 전해지고 있다.

그가 경박한 성품이 드러나고 모반하다 벌을 받아 죽었다고 말하는가. 그는 필부로서 측천무후가 왕위를 찬탈한 것을 분하게 여겨서 천하의 대의를 부르짖었는데, 비록 성공하지는 못했지만 왕발(王子安)[111]과 노조린(盧照隣)[112]이 미칠 수는 없다. 그가 망명할 때 사람들과 사절하고 명산에 발자취를 맡기고 천수를 마쳤으니, 이미 사리에 밝고 슬기롭다고 말할 만하니 어찌 장하지 않은가.

산문을 따라서 서쪽으로 가니 백운, 월계, 연화, 쌍회 등 여러 산봉우리가 보였는데, 두 손을 마주잡고 절하는 듯했다. 이 산은 바로 신안(新安)에서 나와 부춘(富春)을 지나서 여항(餘杭)에 이르러 구불구불 5백여 리를 가서 마침내 삼축(三竺)과 북고봉(北高峰)의 두 봉우리 위에서 혈을 맺었다. 그 위에는 부도 7개가 있다. 산문 위에 옛날에는 "절승각장(絶勝覺場, 경치가 빼어난 사찰)" 네 글자의 편액이 있었는데, 진나라의 치천 갈홍이 쓴 것이다. 경덕(景德) 4년에 향월림(香月林)이라고 고쳤고, 이것이 지금의 무림선원이 되었다.

주위를 둘러서 송수산장(松秀山莊)에 들어가니 졸졸 흐르는 샘물이 대나무 통에서 나와 나무통으로 떨어졌다. 내가 떠서 마셔보았다. 압록강을 건넌 뒤로 마실 것이 없어서 괴로웠는데, 오늘에야 비로소 중국의 물맛을 알았다.

누각을 따라서 산꼭대기의 당(堂)에 이르니, 집의 만듦새는 유루(兪樓)

◇◇◇◇◇◇◇◇◇◇◇◇◇◇◇

111 왕발(王勃, 647 ~ 674)은 당나라의 시인으로, 자는 자안(字安)이다. 수나라의 왕통(王通)의 후손이다. 고종 때 궁정에 들어가 조산랑(朝散郎)이 되었다. 검남(劍南)으로 가서 도독(都督) 염백서(閻伯嶼)를 위해 쓴 「등왕각서(滕王閣序)」와 시는 특히 유명하다. 노조린(盧照隣) · 낙빈왕(駱賓王) · 양형(陽炯)과 함께 초당사걸이라고 일컫는다.

112 노조린(盧照隣, 637~689)은 초당 사걸의 한 사람으로 저서에 『오비문(五悲文)』, 『노승지집(盧昇之集)』 20권이 있다.

보다 훌륭했다. 해가 저물 무렵에 돌아가 호수에 이르러 배를 타고 고산에 이르렀다. 공원에 들어가 술을 시켜서 세 명과 함께 마셨다. 어느새 크게 취해서 긴 노래를 부르기도 하고 시를 읊기도 하면서 노를 저어 건넜는데, 나도 큰 목소리로 시를 읊으면서 지팡이로 물을 쳤다. 갑자기 우리나라 일이 생각나 목 놓아 울부짖어 소매가 다 젖었다. 왕 군이 곁에 있다가 손수건을 꺼내주어서 눈물을 닦고 그쳤다. 성안에 이르러 손을 흔들어 헤어졌다. 아, 서호를 구경하는 일도 마침내 끝났구나.

항주는 당나라 이전에는 절강의 바닷물이 자주 이곳까지 와서 땅에는 소금기가 많아서 번영의 기틀을 마련하지 못했다. 그 뒤 업후(鄴侯) 이필(李泌)이 항주 자사가 되었을 때, 비로소 육정(六井)을 파서 담수를 제공했다. 그 뒤 향산 백거이가 제방을 쌓고 도랑을 파서 호수가 성 안으로 통하게 된 뒤에 사람들이 그 좋은 물과 적당한 땅에 힘입어서 점차 날이 갈수록 번창하게 되었다. 또 들으니 송나라 현응후(顯應侯) 호공(胡公)은 무덤이 용정(龍井)에 있는데, 바닷물을 막아 군에 조수의 근심이 없게 했다고 한다. 범문정공은 일찍이 그 일을 알고 묘비명을 지었다. 송나라가 남쪽으로 쫓겨나기에 이르러 마침내 이곳에 도읍을 정했는데, 종묘와 궁전의 옛터가 지금도 여전히 남아있다.

이곳에 풍부하게 남아있는 옛 유적은 다음과 같았다. 허유(許由)는 계류봉(稽留峯)에 은거했는데, 그 사당이 보안방(保安坊)에 있다. 하나라 우임금은 회계를 순수했는데, 그 자취가 북산에 남아있다. 초나라 사람 순경(荀卿)은 양저(良渚) 순산(荀山)에 살았다. 오나라의 공자 경기(慶忌)의 옛집이 오산에 있다. 진나라 시황이 회계에 순수할 때 배를 매단 돌이 대불산(大佛山)에 있다.

한나라 승상 소하(蕭何)의 사당이 필교방(弼教坊)에 있고, 곽광(霍光)의 사당이 장생교(長生橋)에 있고, 진나라 등하(鄧遐)의 사당이 충청리(忠淸里)에 있다. 양나라 태중대부 범술증(范述曾)의 집이 매동고교(梅洞高橋)에 있고, 뒤에 문정공(文正公) 중엄(仲淹)의 사당이 되었다. 당나라 저수량(褚遂良)의 집이 충청리 저가당(褚家塘)에 있고, 북해태수 이옹(李邕)이 오산(吳山)에 살 때 쓴 탁역비(柝易碑) 열한 글자가 초지(蕉池) 동쪽 바위 아래에 있다. 송나라 백석도인(白石道人) 강요장(姜堯章)은 갈령(葛嶺)에서 살았고, 한세충(韓世忠)의 집은 청호교(淸浩橋)에 있고, 장준(張浚)의 집은 청화방(淸和坊)에 있다. 사고(謝翶)는 기왕원(沂王園)에서 살았고, 명나라 정학 방효유(方孝孺)는 남병석실(南屛石室)에 살았다. 이주(梨州) 황종희(黃宗羲)는 무림산(武林山)에서 살았고, 청나라 태학사 양시정(梁詩正)의 집은 죽간항(竹竿港)에 있다.

그 나머지 유명한 사람의 유적도 이루 다 손꼽을 수 없어서 세월이 한가하지 않으면 두루 구경할 수 없다. 그러나 오직 신건백(新建伯)에 봉해졌던 명나라 문성공 왕양명(王陽明)의 사당이 무림방에 있는데, 아직 그곳을 찾아서 뵙지 못하고, 충숙공(忠肅公) 우겸(于謙)의 무덤이 삼태산(三台山) 아래에 있는데 찾아보지 못했으니, 그 아쉬움이 어찌 가슴에서 떠날 수 있겠는가. 봄날의 꽃과 가을날의 낙엽 같은 사계절의 경치가 변화무쌍해서 또한 한때의 여행자가 모두 볼 수 있는 것은 아니니 슬프도다.

22일. 아침 일찍 배가 출발해 해안을 따라 동쪽으로 향해 갔다. 해안에 있는 높고 큰 건물들은 점점 멀어져 가는데, 풀과 버드나무는 한창 푸르렀다. 30리를 지나 오송(吳淞)에 도착했다. 오송은 호강(滬江)이 바다로 들어가는 입구에 있는데, 청나라 도광(道光) 연간에 영국에 함락되면서 상해와 동시에 항구를 개방해 선박들이 왕래하는 큰 해로가 되었다.

배는 오송을 지나 영파를 거쳐 동남쪽으로 향했다. 바다가 옅은 푸른빛을 띠는 것을 보니 황해만을 통과한 것 같았다. 망망한 수만 리 바다에 파도가 요동치는 것이 언덕에 들어선 묘지의 봉분 같았다. 이윽고 멀리 바라보니 바다는 넘실대고 석양은 서쪽에서 비치고 있었다. 둥근 수레바퀴 모양의 황금빛 태양이 바다 밑으로 떨어지면서 절반은 잠기고 절반은 드러났다. 애초에 두어 개 홀(笏) 모양의 산언덕들이 바다에 비추지도 않았고, 태양을 가리는 구름 한 점도 없었다. 넘실대는 바다의 파도는 가까이는 높고 멀리는 낮게 보일 뿐이었는데, 마침내 태양은 시야에서 사라졌다. 나는 평소에 '지구가 둥글다는 학설(地圓說)'이 확실히 이치가 있다고 알고 있었는데, 지금 이 광경을 목격하고는 그것을 더욱 신뢰하게 되었다.

23일. 새벽에 갑판에 오르니 일그러진 달은 서쪽 하늘에 걸렸고, 빛나는 태양이 동쪽에서 솟고 있었다. 사방은 아득하고, 하늘은 높고, 바다는 광활했다. 다만 무수히 많은 붉은 광선이 파도 사이에서 부서지고 있었으니, 대략 시간은 7시 전이었다. 어제 일몰을 보고, 오늘 다시 일출을 감상하니, 우리 조선 사람들이 산으로 둘러싸여 시야가 막힌 깊은 곳에 살다가 어쩌다 높은 산의 정상에 올라 일출을 보기라도 하면, 소리치며 평생의 보기 드문 경험을 했다고 하니, 어찌 우습지 않은가.

25일. 비가 조금 내린 뒤, 바람이 점점 거세게 일어나 배가 십여 차례나 잇따라 흔들렸다. 그때 선실에 누워 있었는데, 배 사면의 바다는 찌는 듯했다. 날씨는 매우 더운 데다 몸이 위아래로 요동치니, 가슴이 꽉 막힌 듯 매우 답답했다. 돌아보건대, 평생을 편안히 보내며 따뜻하고 서늘한

데만 적응해온 사람은 마땅히 이러한 상황을 모를 것이다. 저녁이 되어 배는 운항을 멈췄다.

26일. 아침 일찍 배가 운항을 재개해 얼마 뒤 홍콩 부두에 도착했다. 배에서 내려 중환가(中環街)의 태안(泰安) 여관으로 갔다. 도시의 거리는 질서정연했고 건물들은 웅장했는데, 해안에서부터 산 정상까지 죽 이어져 있었다. 항만은 구불구불하고 산세가 계속 이어져 풍경이 상해보다 더 아름다웠다.

여관에 들어가니, 마침 우리나라 사람인 홍군, 윤군 등이 같은 여관에 투숙하고 있었다. 그들은 내가 왔다는 소식은 듣고 인사를 나눈 뒤 술잔을 기울이며 회포를 풀었다. 또 백암 박은식이 인근 여관에 계신다는 소식을 듣고 찾아뵙고 오랫동안 만나지 못한 인사를 드렸다. 이어서 백암과 함께 화원으로 가서 기이한 꽃과 나무, 정원석과 분수 등을 관람했다. 산과 호수, 풍물이 어우러진 아름다움은 서호공원에 뒤지지 않았으며, 인공미는 서호공원을 능가했다. 다만 장소가 열대지방인 데다 때마침 초여름으로 완연히 삼복더위여서 두루 돌아보지 못하고 나무그늘 밑으로 가 의자에 기대어 더위를 식혔다.

이 항구는 청나라 중엽까지는 평범한 해적의 소굴에 지나지 않았다. 그러다가 도광 19년 기해년(1839)에 아편을 피우는 일로 영국과 분쟁이 일어나 마침내 영국인에게 점령되었다. 이로부터 영국 조정은 거액을 쏟아부으며 항만을 수리하고 산과 계곡에 집을 지었다. 또 있는 힘을 다해 호랑이, 표범, 독사, 전갈 등 맹수와 해충을 몰아내고 죽이기 위해 해마다 수백만 달러를 사용했다.

그 뒤 프랑스가 광주의 항구를 조계지로 삼고 더 나아가 구룡반도를 요구한 것을 계기로, 부근 40여 개의 크고 작은 섬들을 영국 관할로 귀속시키면서 사방 바다의 범위가 크게 넓어졌다. 그래서 정부도 두고, 대학교도 설치하고, 육군도 두고, 함대도 두어 명실공히 동방의 작은 영국이 되었다. 인구는 70만~80만이고 재정수입은 8백만 원(元)에 이르며, 법과 제도가 다 갖춰져 있고 온갖 재화가 모여든다. 동서양의 무역선이 끊임없이 드나들지만, 전혀 세금이 없어서 이곳에 정박하려고 한다. 물가는 비싸지만 도시 거리가 깨끗하기로는 동아시아에서 첫 손에 꼽힌다. 저녁이 되어 백암과 함께 여관으로 갔다. 술 몇 병을 사서 회포를 풀었다. 풍토병이 있는 지역이라 열기가 치솟아 땀이 비 오듯 했다. 건물 아래의 돛단배에는 불을 밝힌 전등이 별처럼 벌여 있어 잠을 이루지 못했다.

27일. 아빈율도(亞賓律道)로 남해 강유위 선생을 방문했다. 도착하니 시중드는 이가 차를 내오면서 방명록에 방문자의 주소와 이름을 쓰라고 했다. 조금 있다 선생의 종조카인 강복동(康復同) 군이 부지런히 와서 내가 온 뜻을 듣고서 다시 선생에게 갔다. 그런 뒤 다락 위로 안내했는데, 그곳의 사면에는 고관, 신사, 친왕, 패륵 등의 추도문 수십 폭이 걸려 있었다. 선생은 지난해 어머니인 노태부인(勞太夫人)의 상을 치렀다.

이윽고 선생이 흰 신에 하얀 비단옷 차림으로 나왔다. 선생의 동작은 진중했고 시선은 부드러우면서도 강직했다. 나더러 손님 자리에 앉기를 청했다. 나는 감히 사양할 수 없어 두 번 절한 뒤에 그 자리에 앉았다. 차 마시기를 끝내자, 선생과 대화가 이어졌다.

“먼 데서 오신 손님을 맞이하니 기쁘기 그지없습니다.”

"평생의 소원을 이루었으니 참으로 위로가 되고 다행입니다."

"그대의 학문이 대단합니다. 과거에 나아가 벼슬을 하셨습니까?"

"관직에는 들어가지 않았습니다."

이어서 청심환 열 개를 꺼내 올리며 "물건이 하찮지만, 옛사람이 폐백을 갖고 찾아뵙는 뜻으로 드립니다"라고 하자, "감히 받을 수 없습니다"라며 끝내 뿌리쳤다. 반나절을 즐겁게 이야기를 나눈 뒤 선생은 일이 있다며 안으로 들어갔다. 나도 물러나 여관으로 돌아왔다.

28일. 백암과 함께 화원으로 가서 나무 그늘 아래 의자에 앉아 더위를 식혔다. 꽃과 나무의 이름은 거의 식별하기가 어려웠다. 종려나무는 수십 종이나 되었는데, 아름드리나 되는 것도 많았다. 형체가 기이하고 품종도 특이했다. 나무 모양도 제각각이었는데, 옆에 팻말을 세워 원산지를 표시했다. 영국인이 이 항구를 경영한 지 수십 년도 되지 않아 어엿한 하나의 국가를 이루었으니, 이른바 앵글로색슨민족은 어느 곳에 가든 열 사람이 하나의 나라를 만든다는 말이 어찌 허풍떠는 말이겠는가.

29일. 백암과 함께 인근의 여러 명승지를 차례로 방문하려고 항구를 따라 동쪽으로 갔다. 도로가 깨끗하고 석조건물들이 상해 중심가보다 더 웅장했다. 시내 중심에 영국 여왕 빅토리아의 동상이 있었다. 생각해 보니, 그녀는 재위 기간 60년 동안에 전 세계를 흔들었고 여전히 명성과 위엄이 사그라지지 않고 있다. 동양에서 여왕으로서 성공한 자는 여태 들어보지 못한 것 같다. 세상 사람들은 여태후와 측천무후를 반면교사로 이야기하고 있지만, 서양에서는 뛰어난 왕으로 빅토리아여왕을 맨 앞에 꼽으니 이처럼 동양과 서양은 완전히 반대이다. 그 원인을 따져보면 왕의 전제와 입헌군주제의 차이에서 벗어나지 않는다. 이 문제를 통달하면 세상의 이치를 말할 수 있을 것이다.

유원(愉園)에 도착해 조용히 거닐며 두루 관람했다. 정원은 중국인이 경영하고 있었다. 정자와 연못, 누대가 길게 이어졌는데, 모두 정교하고 깨끗했다. 기이한 꽃과 나무가 화려하게 정원을 채우고 있었다. 황국(黃菊)이 가장 많았는데, 가지를 늘어뜨린 채 꽃봉오리에서는 황금 동전을 토해내는 듯했다. 가을 서리는 물론 여름의 무더위를 견뎌낸 국화의 자질이 더욱 반가웠다. 다시 굽이굽이 발걸음을 옮겨 취원(翠園)으로 들어갔다. 정원에 가득한 식물들에는 모두 교묘한 인공을 가해 구부리고 비틀어 난쟁이 모습을 하거나 땅을 뚫고 나온 뿌리를 억지로 굽히고 펴서 동물 모양을 만들었다. 꽃은 형형색색 특별한 자태와 볼거리를 드러냈는데, 어떤 것은 그다지 아름답지 못한 것도 있었다. 녹나무정원에 들어가니 나무 열매가 껍질을 뚫고 나온 것이 마치 버섯이 나무 몸체에 붙어 있는 것 같았다. 세상에는 식물이 많고 그중에는 불가사의한 것도 있었다.

의자에 앉아 잠시 쉬었다. 해는 비스듬히 기울어 서쪽을 향해 들어가고 있었다. 공원묘지의 돌무덤과 옥관(玉棺)은 양식이 통일되어 있지 않았지만, 모두 단정하고 깨끗했다. 높고 낮은 비석은 모양이 각기 달랐지만, 비석의 규격은 통일되었고 반질반질 윤이 났다. 둥글고 네모난 무덤의 봉분은 정리가 잘 되어 있었고 무덤 사이에 기화요초를 심어놓았다. 또 연못에 분수를 설치하고 계단을 쌓았으며 좌우에 의자를 마련해서 경치가 빼어난 공원에 들어온 것처럼 사람들이 오랫동안 머물며 감상하게 했다. 중국인들이 들판이나 산골짜기에 어지럽게 무덤을 만드는 것에 비하면 하늘과 땅 만큼이나 차이가 났다. 백암이 말했다.

"세상 사람들은 서양인의 생활수준이 동양보다 훨씬 뛰어나다는 것을 알지만, 장례의 예절은 알지 못할 뿐 아니라 예를 극진히 하지 않는다고 말한다. 그러나 나는 알겠다. 서양이 동양에서 본받은 것은 참으로 부족한 게 없지만, 동양이 서양에서 본받은 것은 어찌 그렇게도 많은 제한을 두고 있는가."

30일. 화원에 가서 잠시 쉬었다가 남산 꼭대기로 걸어서 올라갔다. 꼭대기에는 전차를 끄는 기기창이 있었다. 전차가 위아래로 질주했는데, 수풀 사이로 놓인 통로가 직선으로 경사져 있어서 천천히 올라왔다가 빠르게 내려갔다. 녹음이 드리운 나무 사이로 때때로 굉음이 들렸다.

산은 동서로 길게 늘어서 있고 남북 양면에는 항만이 둘러 있었다. 높은 곳에 올라가 내려다보니 북쪽으로 이어진 일대가 바로 홍콩의 부두 전체였다. 산 전체에는 고층의 큰 건물들이 빽빽하게 바둑판 모양으로 펼쳐 있었다. 바라보니 경치가 매우 뛰어났다. 길을 찾아 돌아오는데, 땀이 비 오듯 해서 흐르는 샘물에 발을 씻었다.

5월 1일. 누워서 생각했다. 우리나라 사람으로 인삼 장사를 생업으로 삼아 홍콩에 와서 사는 사람이 현재 수십 명이었다. 그런데 혹은 인삼이 좋지 않아서 혹은 신용에 부침이 있어서 상황이 점차 예전만 못해지고 있다니 참으로 안타까웠다.

우리나라의 인삼은 본디 천하의 영약(靈藥)이라고 불렸다. 그러나 근래에 와서 전해오던 옛 뿌리가 해마다 썩어버려서 거의 없어질 지경이 되었고, 겨우 외래종이 있을 뿐이었는데, 그것이 차츰 크게 자라기에 이르렀다. 토종 인삼은 우리나라에서 이미 그 가치가 올라서 파는 것이 많지 않았다. 그래서 상인들은 처음에는 해외로 가져가는 것 가운데 토종에 외래종을 섞어서 이익을 남겼는데, 나중에는 토종을 버리고 외래종을 거래해 이익을 남겼다. 이익이 있는데 누가 이를 포기하겠는가? 가격이 비싼데 꼭 우리나라에서 구하기 어려운 종자를 구해서 팔겠는가?

그러나 인삼거래의 상황은 무척 심각하다. 소탐대실이 이보다 더 심한 적은 없었다. 어떻게 말하든 인삼은 우리나라의 특산품이고 세상을 구제하는 특효약이다. 농민이 정성을 다해 재배하면 상인은 모든 힘을 다해 팔아야 할 것이다. 우리나라 인삼 농사가 최근에 실패했는데, 역시 운수라는 게 있게 마련이다. 하지만 언제나 하늘에 맡겨둘 수는 없다. 다만 우리나라 사람이 자신감이 없는 것이 걱정스러울 따름이다. 상인 가운데 진짜와 가짜를 뒤섞어 작은 이익을 탐하는 사람은 안으로는 동포들이 특효약을 재배하려는 마음을 저버리게 하는 것이고, 밖으로는 외부인들이 우리들에 대한 신용을 끊어버리게 하는 것이다. 나도 그런 사정 때문에 하던 일에 실패하고 말았다.

오늘날의 위기 대책으로 삼아야 할 것은 다음과 같다. 본국에 있는 우리나라 사람은 천재지변이 잦더라도 그 마음을 나약하게 먹지 말아야 하고, 외래종이 수입되더라도 생업을 게을리해서는 안 된다. 한결같은 마음으로 오랜 세월 동안 쌓아온 공력을 더해 인삼밭을 넓히고 품질 좋은 인삼을 가꾼다면, 우리나라의 신성한 종자는 천하에 독보적인 것이 되어 수출할 길이 없을까 걱정하는 일은 없게 될 것이다.

외국에 나가는 상인은 당장의 이익을 노려서 거짓 종자를 거두지 말아야 하고, 작은 이익 때문에 큰 신뢰를 잃게 하지 말아야 한다. 많은 금액으로 재래의 종자를 사다가 착실하게 가져다 심어 효과를 거둔 뒤에 제값을 받게 된다면, 본국에 있는 우리나라 사람은 수출의 이익을 누릴 것이고, 우리나라 제품을 찾는 외국 사람은 가장 우수한 제품을 얻게 될 것이다. 나도 그 가운데서 이익을 얻고 그 때문에 생업이 번창하게 될 것이다. 이것이 나처럼 보잘것없는 사람이 번거롭고 자질구레함을 무릅쓰고 우리 동포들에게 알리고 싶은 것이다.

황혼 무렵 아빈율도의 하인이 와서 강 선생이 광동성의 도시에서 돌아왔다고 전해서 내일 만나 뵙기로 약속했다.

2일. 늦은 점심 무렵 아율빈도(阿律賓道)에 갔다. 문지기를 따라 집으로 올라가니 선생이 나와서 공손히 인사하고 자리에 앉았다. 가만히 생각해보니, 만 리나 떨어진 먼 곳에서 찾아와 가르침을 요청하는 것도 쉽지 않았다. 그래서 종교문제에 관해서는 내 견해를 대략 글로 적었고 앞으로 해야 할 대책을 물었다.

선생은 "내가 이스라엘에 있을 때, 한낮에 다윗왕과 솔로몬왕의 사원에 와서 참배하는 사람을 보았는데, 곡소리가 구슬프고 눈물이 샘처럼 솟았습니다."라면서 예루살렘을 여행할 때 찍은 사진 한 장을 보여주었다.

선생은 "천 마디 만 마디 말일지라도 모두 유교를 으뜸으로 삼아야 합니다."고 말씀하셨다. 그리고 물 흐르듯 휘갈겨 쓴 글이 눈 깜짝할 사이에 수백 마디에 달했고 그 뜻은 더욱더 기묘했다. 겨우 한번 훑어보았을 뿐인데, 시중드는 사람이 그것을 말아서 가져가 버렸다.

내가 놀라서 "선생님의 글을 받들어 두고서 완미하고 싶습니다. 그러나

만약 가볍게 내놓는 것을 허락하지 않으신다면, 저번에 가져간 글도 완전히 돌려드려야 할까요?" 하고 묻자, 선생은 "심하십니다. 올바른 사귐은 진실한 마음에 있지 헛된 문장에 있지 않습니다."라고 말씀하셨다.

그리고는 따뜻한 차를 잔에 따르고 그릇에 여지(荔枝)를 담아서 내왔다. 나는 여지를 처음 보았는데, 껍질은 붉고 모양이 동그랬다. 무엇인지 몰라 손으로 쪼개려니까 즙의 향기가 흘러나왔다. 선생은 빙그레 웃으며 일어나 내 손에 있는 과일을 가져가 친히 껍질을 까서 보여주었다.

내가 물었다. "오늘날 유교의 핵심은 주자학과 양명학 두 파에 있는데, 결국 어느 쪽을 따라야 합니까?"

선생은 말씀하셨다. "오늘날 과학이 번창하고 있으므로 마땅히 둘 다 아울러서 공부해야 합니다. 너무 많아 읽을 수 없다면, 어쩔 수 없이 지름길을 따라야 하는데, 오늘날 시대에 맞는 올바른 견해를 찾는다면 마땅히 양명학을 따라야 할 것입니다." 또 말씀하셨다. "저는 양명학의 치양지(致良知, 마음의 본체에 이르는 것)를 제 마음으로 증명하고, 그 위에 서양의 과학 법칙인 인과율(因果律)을 더하고 싶습니다."

또 책 한 권을 내어서 보여주면서 말했다. "그대는 이 책의 저자를 아십니까?" 잘 살펴보니 조선의 사연(士淵) 윤종의(尹宗儀)가 지은 『벽위신편(闢衛新編)』[113]이었고, 책의 앞에 강 선생이 쓴 서문이 있었다. 비애에 잠기면서도 찬탄하는 마음이 들어서 말했다. "조선은 이미 망했으니, 이 책은 무용지물이 되었습니다. 설거주(薛居州)[114] 한 사람으로 무엇을 어찌하

◇◇◇◇◇◇◇◇◇◇◇◇◇◇

113 벽위신편(闢衛新編) : 조선 후기의 문신 윤종의(尹宗儀:1805~1886)가 천주교 배척을 주장한 책.

114 설거주(薛居州) : 전국 시대 송(宋)나라의 어진 선비로, 『맹자』 '등문공 하'에 나온다. 설거주는 항상 왕의 곁에 있으면서 정치를 도왔는데, 이에 대해 맹자는 "설거주 한 사람으로 송 왕

겠습니까?" 그러나 나는 그 책의 지은이에 대해 들어본 적이 없기 때문에 모른다고 대답했다.

선생은 나를 서가로 데려가서 하나씩 가리키며 말했다. "이것은 모두 당 · 송 · 원 · 명 사이의 간행본과 필사본입니다. 내 집의 장서는 10만여 권인데, 이런 고서적들이 무척 많습니다. 저는 일천수백 년 이전에 나온 조선의 고서나 중국의 송나라와 원나라에서 만든 서적으로 조선에 존재하는 간행본과 필사본을 얻고 싶은데, 모두 어디서 구할 수 있는지요? 장서가를 만나 내 서적을 팔고 조선의 귀한 책들을 얻는다면 그보다 더 큰 행운은 없을 것입니다."

강 선생은 서가의 책들을 보여주면서 또 "이강재의 편지에 일일이 답할 수가 없습니다. 가시거든 안부 전해주시기 바랍니다."라고 말했다. 나는 "이공께서는 선생의 이야기를 몹시 듣고 싶어 합니다."라고 말하고 강재(剛齋) 이승희(李承熙) 어른에 대해 말해주었다. 또 백암 박은식의 서신을 함께 보았는데, 선생은 서신을 다 보고서 "박군은 충의를 깊이 간직한 분이군요. 뵐 수 있을까요? 그대와 함께 오시죠."라고 말씀하셨다.

내가 물었다. "이곳 홍콩은 열대 지역이어서 한낮이 되면 해 그림자가 점점 없어집니다. 이곳을 지나면 그림자가 곧 남쪽에 있어 북쪽에 있는 여러 별은 모두 볼 수 없게 되지 않을까요?" 강 선생이 대답했다. "오문(澳門, 마카오)을 지나 오주(澳洲, 호주)에 이르면 바로 그렇게 됩니다."

나는 마침내 물러나 여관으로 돌아왔다. 10년 전 나는 「천지방원동정설(天地方圓動靜說)」을 쓰면서 하늘은 형체가 없고 땅은 둥글다는 뜻에 대

◇◇◇◇◇◇◇◇◇◇◇◇◇◇◇

을 어찌하겠느냐.〔一薛居州 獨如宋王何〕"고 하면서 설거주의 힘만 가지고는 임금을 선한 쪽으로 인도할 수 없다고 하였다. 여기에서는 『벽위신편』 한 권으로는 어떻게 할 수 없다는 뜻으로 쓰였다.

해 참으로 자세히 논했다. 지구의 공전설과 자전설만은 유독 신뢰할 수 없었다. 그러나 세상 사람들이 다만 습관처럼 익숙한 논리라 해서 정론으로 삼지는 않으니, 천하의 이치를 논하고자 하는 사람은 이것을 가장 중요하고 큰 문제로 생각하지 않을 수 없을 것이다.

예로부터 지구가 정지해 있다고 생각한 성현들은 어찌 한정이 있었겠는가. 『주역』 건괘의 풀이[象]에서 "하늘의 운행은 강건하다."라고 하고, 공자가 "북극성은 본디 제자리에 있다."라거나 "해가 지면 달이 뜬다."라고 말한 것 등은 지구가 운동하지 않는다는 것을 증명하는 사례들이다. 만약 지구가 회전한다면 동양 성현들이 쓴 책은 모두 사라져서 믿고 따를 만한 게 없을 것이다. 하늘은 형체가 없고 별들은 형체를 이룬다. 그러니 별들이 지구를 따라 돌지 않는다고 해야만 지구 회전설은 깨뜨릴 수 없는 확고부동한 학설이 될 것이다.

이처럼 마음속에 생각이 정리되지 못한 채로 지나온 지 무려 20년이나 되었는데도 여태 풀지 못하고 있다. 그래서 동양의 옛 문헌을 탐구하고 서양의 새로운 학설을 대략 훑어보았지만, 이 또한 장단점이 있어서 성인의 정론으로 삼을 수는 없었다. 실제로 두루 살피고 실험을 해서 진리를 파악한 뒤에야 이 논의에 참여하는 게 마땅하다.

관측기기의 쓰임새가 어찌 중요하지 않겠는가. 그러나 나는 지구가 정지해 있다는 학설을 고수하는데, 그 가운데 오직 북극성만이 움직이지 않는다는 가설은 동서양의 확정된 이론이다. 지구에서 북극성에 이르는 거리는 예로부터 차이가 없다. 그러므로 지구가 제자리에 있고 떠나지 않는다는 것은 참으로 믿을 만하다. 서양인의 논리에 따르면, 지구에서 북극성까지의 거리는 20광년이나 될 정도로 멀지만, 지구 (공전)궤도인 19억

리를 이 거리에 비긴다면 그것은 작은 한 점도 못 되기 때문에 이는 차이가 없는 것이 아니라 있는 차이를 보지 못하는 것이라고 한다. 이 말을 옳다고 여겨서 그냥 믿을 수도 없을뿐더러 그렇다고 감히 단번에 잘못되었다고 할 수도 없다. 과연 그렇다면 아득히 멀고 넓은 하늘은 참으로 말하기 어렵고 원근에서 빛나는 별들은 마땅히 유추해야만 한다. 만약 별들의 크기나 거리, 그리고 운행 궤도의 크기를 따지지 않고서 모두 똑같은 각도로 지구를 따라 도는 것은 이치에 맞지 않는다고 말하는 것은 허튼소리가 아니다. 지난 수십 년 동안 지식과 생각이 변한 게 한두 번이 아닐 것이다. 그러나 지구가 생성된 이래로 이 문제는 가장 중요하기 때문에 천문대에 올라 망원경으로 천체를 관찰하는 등 필생의 에너지를 다 쏟아낸 뒤에 이야기하는 것이 옳다.

지난 봄 북경에 있을 때 강재 이승희 선생과 이 이야기를 나눈 적이 있었다. 강재 선생 역시 지구가 정지해 있다는 학설을 고수하면서 미국인이 말한 대족저행설(對足抵行說)[115]은 여전히 믿지 못하겠다면서 나에게 말했다.

"그대가 남해 강유위 선생을 만나거든, '배를 몰고 남극으로 가는 사람이 운행 중에 방향을 바꾸지 않는 것은 하늘의 태양이 등 뒤에 있기 때문이 아닙니까?'라고 물어서 대답을 들어보게나."

이 때문에 방금 남해 선생과 대화하던 차에 마침 얘기를 꺼낸 것이다. 그러나 남쪽으로 만 리나 내려왔는데 낮 햇빛에 그림자가 없는 것은 희망봉에 갈 필요도 없이 이미 분명했다.

◇◇◇◇◇◇◇◇◇◇◇◇◇◇◇

115 '발을 마주하고 거스르며 걷는다'는 뜻이지만 어떤 학설을 가리키는지 확실하지 않다.

3일. 백암 박은식을 불러 강유위 선생을 함께 찾아뵈었다. 선생이 백암과 나눈 이야기는 어제 나한테 한 것과 대체로 같았다. 그러나 오늘은 붓을 들어 문장을 지었는데, 종횡으로 써 내려간 긴 글은 주로 공자교 복원에 관한 내용이었고, 정치사상에 대한 언급은 한 마디도 없었다. 이처럼 매사를 삼가는 성숙한 도는 우리들이 우러러 떠받들어야 할 일이다.

조금 있다 차와 먹을거리가 나왔다. 선생은 음식을 가리키며 물었다. "조선에도 이 음식이 있습니까?" 나는 말했다. "없을 뿐만 아니라 이름조차 모르는 음식입니다." 선생은 말했다. "중국 남쪽에서는 굴원이 물에 빠져 죽은 날에 이 음식을 마련해 제사지내며 그가 다시 살아나기를 기원합니다. 바로 오월의 제철 음식이지요. 기장과 사탕수수를 섞어 만드는데, 종자(糉子)라고 부릅니다. 오늘 찾아오신 두 분은 충의의 선비여서 특별이 이 음식을 내놓았습니다. 다행히 때를 맞춰 오셨으니 많이 드시고, 뒷날 돌아가신 뒤 사람들이 이 음식으로 제사지내지 않도록 하시기 바랍니다."

우리들은 서로 쳐다보며 웃었다. 빌린 『벽위신편』 5책을 돌려드렸다. 백암이 나에게 말했다. "우리가 조선에 있을 때는 한 번도 뵐 수 없던 분이었는데, 오늘에야 뵙게 되었습니다. 강공은 참된 스승의 표상이십니다."

5일. 지역민들이 긴 나무로 배를 만들어 중간에 붉은 기를 내걸고 수십 명이 줄을 지어 배에 올라 징과 꽹과리를 울리며 노를 저어 가고 있었다. '용선(龍船)'이라 불리는 것으로 남방의 단옷날 풍속이다.

6일. 백암(白岩)과 함께 강 선생을 찾아 『춘추』의 학설을 토론했다. 선생은 『춘추』 전체 요지를 말하면서 평소에 손수 지은 「춘추필삭미언대의고(春秋筆削微言大義考)」 원본을 내보이며 "이것은 『노사(魯史)』와 공자가 필삭한 구본(舊本)을 종합하고 핵심을 간추린 것이다."라고 말씀하셨다. 또 책 가운데 흑권(黑圈, 검은색 권점)과 홍권(紅圈)을 가리키며 다음과 같이 말씀하셨다.

"검은 것은 『노사』의 본문이고 붉은 것은 공자의 필삭을 거친 것입니다. 성인이 필삭한 깊은 뜻은 전신부호가 흐르는 것과 같아 맥락이 서로 관통하고 포폄(褒貶)이 아주 엄격합니다. 『춘추』를 공부하는 사람은 마땅히 공자가 필삭한 의미를 찾아야지 『노사』의 문장에 특별히 깊은 뜻이 있다고 해서 이것을 구해서는 안 됩니다."

마침 손님이 와서 『벽위신편』을 돌려드리고 절하고 물러나왔다. 중국의 외국 문명 수입은 광동에서 시작되었다. 최근에 와서 손문(孫文)이 광동사람으로서 혁명의 깃발을 치켜들어 마침내 공화의 새로운 정치국면을 일구고 황제(黃帝)의 옛 제도를 회복시켰다. 이 때문에 신중국의 일을 이야기하는 사람들은 모두 광동을 주목한다. 그러나 개혁 논의의 단초를 열고 종국에 공자교를 받들어 오천 년 역사의 정수를 지키며 4억 인민의 마음을 안정시킨 일로 말한다면 남해 선생의 힘이 더욱 크다고 말할 수 있다.

9일. 서북쪽으로 항구를 바라보니 봉우리와 산기슭이 은은히 가리고 항만이 빙 둘러 있었다. 물어보았더니 하문(廈門)이라고 했다. 저편 언덕에 팽호도(彭湖島)라는 섬이 있었는데, 경치가 무척 아름다워 본래 강남의 명승지로 손꼽혔다. 그러나 내가 바다에 있었기 때문에 수소문할 길이 없어 섭섭함을 금할 수 없었다.

12일. 늦게 상해에 도착했다.

14일. 지난번 강남지역 여행이 만족스럽지 못했기 때문에 금릉(남경)은 마치 꿈속의 일만 같았고, 고소(姑蘇)[116]는 가본 적이 없어 며칠간의 휴가를 틈타 한번 여행해 보기로 결심했다. 이른 아침에 호녕철도(滬寧鐵道)를 타고 청양만(青陽灣)을 건너가니 남쪽으로 야트막한 언덕에 탑이 있었는데, 우뚝 솟은 모양이 아주 기이했다. 물어보았더니 곤산(崑山)이라고 했다.

이곳은 바로 귀진천(歸震川)[117]과 고정림(顧亭林)[118]이 태어난 고향이기도 하다. 곧바로 소주(蘇州)에 도착해 기차에서 내려 숙소를 정했다. 밖으로 나와 고소성(姑蘇城)을 둘러보면서 걸었는데, 성 안팎으로 태호(太湖)의 물줄기가 빙 둘러 흘렀는데, 여항(餘杭)과 거의 비슷했다. 또 창문(閶門)을 지나 성으로 들어가니 거리는 아름답고 고운 물건들이 넘쳐났다. 그러나 거리가 너무 좁고 벽으로 가려 그늘이 져서 마치 방안을 걷는 것 같았다. 느지막이 숙소로 돌아왔다.

15일. 돌아갈 날짜가 가까워 바쁘게 출발하게 되어 이를테면 호구산(虎邱山), 영암산(靈岩山), 궁륭산(穹窿山), 범중엄(范仲淹)의 묘소, 월왕대(越

◇◇◇◇◇◇◇◇◇◇◇◇◇◇◇

116 춘추시대 때 오왕 부차가 금릉 서남쪽에 있는 고소산에 지은 궁궐로, 월왕 구천에게 항복을 받은 것을 기념해서 지은 것이었다.

117 명나라의 문학가 귀유광(歸有光, 1507~1571)을 가리킨다.

118 명말청초의 사상가이자 저명한 고증학자인 고염무(顧炎武, 1613~1682)를 가리킨다.

王臺), 한산사(寒山寺) 등 명승지를 모두 볼 수는 없었다.

무석(無錫)을 지나 상주(常州)에 도착했다. 이곳에 연릉계자(延陵季子)[119]의 묘소와 소동파의 고택이 있다고 들었지만 찾아가서 보지는 못했다. 또 단양(丹陽)을 지나 진강(鎭江)에 도착하니 참으로 경치가 빼어났다.

예전에 금산(金山)과 초산(焦山)은 모두 큰 강의 가운데에 있었는데, 근세에 와서는 강의 물줄기가 북쪽으로 기울어져 금산이 육지의 산으로 변했다. 그래서 초산만 명승을 그대로 간직하고 있었으니 매우 안타까운 일이다.

늦게 금릉에 이르러 성 밖에 숙소를 정했다. 서문을 따라 산책하다가 들어가서 그대로 성을 돌아 북쪽으로 올라가 사방으로 산천의 형세를 둘러보고 돌아왔다.

16일. 다시 서문에서 대성(臺城)으로 들어갔다. 10리나 되는 긴 언덕을 뚫고 지나 남쪽으로 갔고, 다시 동쪽으로 돌아 태평문으로 들어갔다. 몇 년 동안의 전란으로 유린된 뒤라 도시가 참혹해서 차마 눈으로 볼 수 없었다.

도독부에서 남문에 이르니 제법 큰 도시의 면모가 갖추어져 있었다. 진회(秦淮)의 물줄기는 두 갈래로 나뉘었는데, 한 줄기는 성안으로 흘러 들어가고, 한 줄기는 성 밖으로 흘러나왔다. 운행하는 배에선 음악과 노랫소리로 시끌벅적했다.

성을 따라 남쪽은 천보산이 가장 높았고, 그밖에 막부산(幕府山), 부귀산(富貴山), 사자산(獅子山)이 가는 곳마다 감싸고 호위하고 있어 마치 용이

◇◇◇◇◇◇◇◇◇◇◇◇◇◇◇

119 오나라의 공자 계찰(季札)을 말한다.

서린 듯하고 범이 웅크린 듯했다.

이백이 말한 백로주(白鷺洲)와 봉황대(鳳凰臺)를 물어보니 지금은 그곳이 어딘지 알 수 없다고 했다. 늦어서야 여관으로 돌아왔다. 아! 남경의 명승과 고적을 모두 구경하려면 열흘이나 한 달 정도는 머물러야 할 것이다. 그러나 이제 가야 할 길이 너무 바쁘고 길을 안내할 사람도 없기 때문에 마음껏 탐방할 수 없어 안타까운 마음을 가눌 길이 없었다.

17일. 상해로 돌아왔다.

19일. 저녁에 김충현군과 같이 서안직선(西安直船)을 타고 본국으로 돌아갈 계획이었다. 그러나 그 노정으로는 연태(烟台)로 가는 뱃길의 반도 갈 수가 없었다.

22일. 이른 아침에 인천항에 배를 정박했다. 김군이 짐을 가지고 먼저 배에서 내렸고, 나는 안동현에 일이 있었기 때문에 내리지 않았다.

23일. 정오 전에 배가 출발해 다음 날 만주 안동현에 이르러 머물러 쉬었다.

28일. 압록강을 건너 저녁에 한양에 도착했다. 나의 중국 유람은 겨우 100여 일 남짓이었다. 그러나 보고 들은 것으로 말하자면, 중국과 우리나라의 풍속이 다른 것과 옛날과 지금의 차이는 거의 이루 다 헤아리기 어려울 정도로 많았다.

옛날에도 숟가락과 젓가락이 있어서 밥을 먹을 때는 반드시 숟가락을 사용했는데, 지금은 대개 젓가락을 사용한다. 옛사람들이 거친 밥을 먹고 물을 마신다고 말했는데, 지금은 반드시 차를 마신다.

옛사람들은 무릎을 꿇고 앉는 것을 예로 여겼고, 또 정좌하고 모여앉아서 "다리를 뻗고 앉고서 마음이 태만하지 않은 자는 없었다."라고 말했는데, 지금은 모두가 의자에 걸터앉고 바닥에 자리를 깔고 앉는 사람은 없다.

『장자』에서는 "말머리를 동여매고 소코를 꿰였다."라고 말했는데, 이제 이곳에서 코를 꿴 소는 볼 수 없다. 이것에서 중국의 진보한 것을 알 수 있는데, 이것이 반드시 서구의 풍속에 영향을 받아 그런 것은 아니다. 우리나라는 매사에 중국의 구습을 따르는 것을 힘쓰고 있으니 참으로 개탄스러운 일이다.

중국을 다시 여행하다 中華再遊記

공자 2467년[1916] 병진 6월 초 7일 갑진에 나는 다시 중국으로 여행하기 위해 여정에 올랐다. 경성에 들어가서 며칠 머문 뒤 안동에 이르러 배편을 기다렸다. 22일 오후 4시 무렵에 비로소 중경선(重慶船)을 타고 바다로 나아갔다.

6월 26일. 상해에 도착했다. 그때 남해 강유위 선생은 상해에 와서 산 지 몇 년 되었는데, 더위를 피하고자 서호의 양씨 별장에 가서 살고 있었다.

29일. 나는 마침내 가서 강유위 선생을 뵈었다. 호수 가운데 희고 붉은 연꽃이 성대하게 피어 있었는데, 지난번 여행 때 본 것보다 더욱 고왔다.

7월 2일. 호심정(湖心亭)으로 숙소를 옮겼다. 이때 백암 박은식은 나보다 먼저 와서 강유위 선생을 만났다. 내가 호심정에서 함께 지내자고 청하자 박은식은 흔쾌하게 따랐다.

9일. 우리나라 사람 한환(韓瑍) 군이 호심정으로 왔다. 한군, 백암과 함께 술을 들고 호수 서쪽 산 아래에 있는 법운강사(法雲講寺)를 찾았다. 이 절은 곧 고려의 사찰이다. 전각 안에 불상을 안치하고, 오른쪽에는 감실이 하나 있어서 소상(塑像)을 봉안했다. 목패 위에는 작은 글씨로 '고려국왕지성휘(高麗國王之聖諱)' 일곱 글자가 쓰여 있어서 두 번 절했다.

생각건대 송나라 원풍(元豐) 8년(1085) 고려의 왕자 승통(僧統) 의천이 중국에 조공을 바칠 때 정원법사(淨源法師)[120]에게 현수교(賢首教)[121]를 배울 것을 요청했다. 원우(元祐) 2년(1087) 한역화엄경 3백부를 금글자로 써서 절에 시주했고, 아울러 금탑 두 개도 바쳤다. 그래서 화엄대각을 짓고 그 안에 탑을 만들어서 그것을 받들었다. 송나라 영종(寧宗)은 '화엄경각'이라고 그 자신이 직접 썼다. 원나라 연우(延祐) 연간에는 이곳에서 고려왕이 향을 바치고 경을 읽었다. 지정(至正) 말년에는 불타버렸다. 명나라 초에 다시 수리해서 세속에서는 고려사라고 불렀다. 초석은 정밀하게 만들어졌고 경문을 넣은 책궤는 크고 아름다웠다. 청나라 건륭황제 때 황제가 '법운강사(法雲講寺)'라는 편액을 내려주었다.

이 사찰은 8백 년 동안 여러 차례 변해오는 과정에서 고국의 유민에게 진상(眞像)을 보게 했으니 어찌 슬픈 생각을 금하겠는가.

거리 밖에는 계수나무 두 그루가 있었는데, 사람들이 가끔 껍질을 벗겨

◇◇◇◇◇◇◇◇◇◇◇◇◇◇◇

120 정원법사(1011~1088)는 화엄종 학자로, 송나라 때 화엄종을 중흥시킨 인물로 알려져 있다.

121 화엄종의 다른 이름이다.

갔다. 나는 차마 그 줄기를 해칠 수가 없어서 다만 작은 가지 하나를 꺾어서 기념물로 삼았다.

몸을 돌려서 삼태산(三台山) 아래를 향해서 내려와 우충숙공[122]의 사당과 초상을 보았다. 다시 나와서 또 공의 무덤을 살핀 뒤 호수의 배를 타고 돌아왔다.

19일. 상해로 돌아왔다. 전날에 나는 공태사(孔太史)에게 편지를 보냈는데, 이때 태사의 답신이 왔다. 오효정 군이 세상을 떠났다고 적혀 있기에 나는 몹시 원통해서 서럽게 울었다.

28일. 곡부에 가려고 기차를 탔다. 내가 지난해에 곡부를 여행할 때 너무 급하고 바빠서 항상 아쉬웠는데, 마침 석전제의 기일이 가까워서 제례에 참여할 수 있었다. 그것과 아울러 강유위 선생에게 갔는데, 공교회의 일로 부탁할 일이 있었기 때문이다. 해 질 무렵에 남경 숙소에 이르렀다.

29일. 비를 무릅쓰고 진포철도(津浦鐵路) 역으로 갔다. 차표를 사서 증기선에 올라 장강을 건넜다. 포구에 이르러 기차를 타고 북쪽을 향해 갔다. 밤중에 곡부 정거장에 이르렀다.

30일. 이른 아침에 성에 들어가 공소점 선생을 방문했다. 선생은 마침 병이 있어서 그 아들인 계민(啓民, 令佑)과 자영(子英, 令侃)이 나와서 손님

◇◇◇◇◇◇◇◇◇◇◇◇◇◇◇◇

122 명나라 초기의 문신이자 문인인 우겸(于謙, 1398~1457)으로 충숙은 그의 시호이고 자는 정익(廷益), 호는 절암(節庵)이다. 일생을 청렴하고 강직하게 살았으나 영종(英宗)이 다시 복위한 천순(天順) 원년에 역모를 도모했다는 모함을 받고 참살되었다.

을 대접했고, 짐을 사씨학(四氏學) 명륜당 안으로 옮길 것을 요청했다. 명륜당은 곧 공교총회소이고 접대원 공좌신(孔佐臣, 憲勳)이 손님을 맞았다.

명문당은 공자묘의 관덕문(關德門) 밖에 있었다. 위나라 황초(黃初) 2년(238) 사당 밖의 넓은 곳에 주택 구역을 만들어 공씨학자들을 살게 하라고 황제가 조칙을 내렸다. 송나라 대중상부(大中祥符) 연간에는 사당 옆을 넉넉하게 건축하게 해서 안자와 맹자의 자손을 살게 하라고 조칙을 내렸다. 명나라 홍무 초기에 이르러 삼씨학(三氏學)이라고 이름 짓고, 그 뒤에 증자의 후예를 더해서 비로소 '사씨(四氏)'로 이름 붙이기 시작했다. 아울러 교수학록관사(教授學錄官舍)도 세웠다. 청나라에서는 그 때문에 보박사(補博士) 제자원(弟子員) 20인과 과거 효렴(孝廉) 3인을 해마다 충원했는데, 그 제도는 국학과 같았다. 광서 23년(1897) 정유에 지금의 연성공이 또 수리했고, 민국 2년(1913)에 하늘에 올리는 제사와 공자에게 바치는 제사의 전례를 거행했다. 공교회에서 본학(本學, 사씨학)을 총회로 삼았고, 당 안에는 호천상제(昊天上帝)와 선성(先聖), 선사(先師)의 신위를 안치하고 매월 1일과 15일에 회원들이 삼궤구고두의 예를 올린다.

8월 1일 . 회원들이 비 때문에 오지 않았고, 오직 공계민(孔啓民)만이 비가 내리는 가운데 와서 나와 함께 절하고 꿇어앉는 예를 치렀다.

3일 . 안한박부(顏翰博府)를 방문하고, 누항문에 이르니 문의 머리에 '한림원'(翰林院)이라고 쓰여 있었다. 문지기는 모두들 이미 외출했다고 말했다. 돌아서 연성공부의 문 바깥에 이르러 차에서 내리니, 문지기가 명함을 들고 갔다. 조금 뒤에 안내자가 이끌고 들어갔다. 집의 제도가 장엄했는데, 이곳은 상공(上公)이 사는 곳이다. 동쪽 객실로 들어가서 조금 뒤에 상공이 나와서 바로 몸을 굽혀 인사하고 말을 나누었다. 상공은 선성(先聖)의 76대손으로 나이는 46세였다. 예를 마치고 물러나 무우(舞雩)에서 놀다가 기수(沂水)를 따라 올라갔다가 돌아왔다.

5일 . 연성공이 초대한 연회에 갔다. 공서년(孔瑞年, 慶僊)과 도형초(陶衡初, 式銓), 공노지(孔魯池, 昭埩) 등이 모두 나란히 앉아서 탁자를 둘러싸고 정성스럽게 손님을 접대하고 있었다. 채소와 과일의 품목과 생선과 고기의 종류는 무척 깨끗하고 넉넉하게 갖추어 있어 우리나라 사대부집과 비교될 바가 아니었다. 술에 취해 명륜당으로 돌아오니 사당지기가 갑자기 한림원 오경박사 안경육(顏景堉)이 찾아왔다고 알렸다. 그는 내가 지난 날 방문했을 때 만나지 못해서 인사하기 위해 찾아온 것이었다. 반나절 정도 이야기하다 갔다. 안 군은 곧 복성공 안회의 76대 주손(胄孫)으로 나이는 52세였다.

7일 . 밤에 기도문(禱告文) 한 편을 짓고 공자님의 신위 앞에서 읽었다.

"아아, 저는 천명을 받고 부모의 형체를 전해 받아 이 세상에 태어난 지 57년이 되었습니다. 이미 명색이 사람이 되었으니, 천지를 본받고 부모를 생각하는 것을 잠깐이라도 버려둘 수 없습니다. 참으로 천지와 부모의 정을 따르고 사람의 분수를 다하려 한다면, 우리 공자님의 도를 버릴 수 없습니다. 그러므로 스스로 점차 사람의 일을 알아온 이래로 공자님의 도를 배우려 했지만, 그 문과 담 밖을 엿볼 수 없었습니다. 그래서 천지지간에 하루라도 없어서는 안 되는 것은 공자님의 도임을 압니다.

마음속으로 생각하기를, 이천수 백 년간 [공자님의 도가] 동아시아의 여러 나라에 보급되어서 다스려지는 때도 있고 어지러운 때도 있고, 가르침도 융성할 때도 있고 침체할 때도 있었지만, 우리 공자님의 지극히 선한 핵심에 모이기를 힘썼습니다.

아아, 슬픕니다. 동과 서가 서로 통하고 유럽과 아시아가 서로 따르면서, 예의로 사양하는 것이 변해서 경쟁이 되고, 제사 도구가 변해서 전쟁 무기가 되었습니다. 전 세계의 인류는 날마다 진화의 사례를 따르고, 어리석고 약한 자는 점차 도태의 대열로 나아갑니다.

불행하게도 우리 조선은 유교의 나라로 일컬으나 이미 다른 종족에게 먹혔고, 중국은 유교의 나라로써 드러났지만, 또 강한 이웃 나라에 잠식당하는 길이 열려서, 세상의 논자들은 마침내 유교는 나라를 다스릴 수 없다고 말하기에 이르렀습니다.

아아, 안타깝습니다. 조선이 망하고 중국이 약해진 것은 유교 때문이 아니고, 시대의 변화에 유연하게 대처하지 못했기 때문입니다. [유교의] 가르침이 나라를 구할 수 있음을 생각하지 않고, 가르침으로 말미암아 망했다고 말하니 대체 무슨 마음으로 그러는지 모르겠습니다. 저 병헌은 넓고 큰 바닷가의 변변치 못한 사람으로서 속으로 스스로 슬퍼하면서 생각했습니다. 나라가 망한 것은 가르침에 밝지 못한 데서 말미암은 것이고, 나라는 곧 나 자신의 천지이고 부모이다, 그러므로 천지가 비록 넓으나, 나라를 버리고서는 갈 곳이 없으며, 부모가 비록 세상을 떠나셨지만, 부모님을 생각하는 마음을 차마 없앨 수 없다고 말입니다. 날마다 돌아보건대, 문자와 가르침을 함께 하는 중화대국이 힘차게 떨치고 일어난다면, 지리적 관계와 민족의 역사에서 서로 맺어진 것이 있으니, 거의 마비된 것을 흔들어 잠에서 깨워 죽은 혼을 다시 부를 희망이 있을 것입니다.

어떻게 해야 합니까. 위로는 지사의 당파적 견해가 더욱 깊어지고, 아래로는 국민의 공중도덕이 조국에서 떨쳐 일어나지 못하고 있습니다. [중국이] 2천 4백 년 전 공자님의 가르침을 신중하게 보존하지 못한다면, 우리 조선이 이미 겪어온 재앙의 원인과 더불어 거의 같은 증세로 빨리 나아갈까 두렵습니다.

그러나 공자님의 도로 천지를 바로 세우고, 귀신을 꾸짖어서, [하늘의 이치에] 어긋나거나 의심하게 하지 않는다면, 마땅히 4억 중국의 인심은 유지하게 될 것이고, 중국은 결코 석가모니가 열반한 스리랑카나 예수가 태어난 유대가 되지 않을 것입니다.

비록 어리석고 못났지만, 저 병헌 같은 사람은 공자님의 도를 배우고, 그것으로 동방으로 돌아가서 유학을 구하고 옛것을 굳게 지키고, 다시 천지의 완전한 사람과 부모에게 순종하는 자식이 되기를 구해서 조국의 혼을 부르기를 바랍니다. 엎드려 바라건대 성령께서 말없이 도와주시옵소서."

8일 . 동례문에서 나오니, 길 좌측에 선원성모전(仙源聖母殿)이 있었다. 건물은 크고 웅장했으나 잡초가 계단을 덮고 신상에는 먼지가 수북했다. 청나라 때 어제비를 세워 사적을 기록했는데, 노나라의 오래된 신사(神祠)였다.

북쪽으로 향하다 동쪽 10리에 이르기 전에 구현(舊縣)의 마을과 성문이 남아있었다. 위에는 층루가 있고, 성문에는 "망역(望繹, 멀리 바라보며 다스리다)" 두 글자가 새겨 있었다. 이곳이 바로 고관대(高觀臺)이니 공자가 대동(大同)의 뜻을 설명한 곳이다. 명나라 정덕(正德) 연간에 도적떼가 산동에서 분탕질을 하자 성을 옮겨 궐리(闕里)의 궁궐 벽을 보호했고 이때 고학(古學) 구상포(瞿相圃) 역시 따라서 이사했다. 지금 성묘 서쪽 앙고문(仰高門) 밖에 있는 구상포비에 사적이 기록되어 있다. 마을을 지나 동쪽으로 수십 보를 걸으니 돌로 만든 패방이 높이 있었다. 팻말에는 '소호릉(少昊陵)'이라고 쓰여 있었다. 패방을 지나니 좌우에 건물이 있고 북쪽에 정전이 있었는데, 위쪽에는 '금덕이상(金德貽祥, 쇠의 덕으로 상서로운 정치를 펼치다)' 네 글자를 새겼고, 한 가운데에는 '소호금천씨지신위(少昊金天氏之神位)'라고 쓴 위패를 두었다.

정전 북쪽으로 가니 양옆으로 오래된 측백나무가 삼엄했다. 가운데에 황제의 능이 있어 돌로 계단을 쌓았다. 사방이 각 100척 남짓인데, 아래는 넓고 위로 갈수록 줄어들어 꼭대기에 건물을 세워 유리 기와로 덮었다. 멀리서 볼 때는 산 위에 있는 것 같았다. 뒤로는 언덕 하나가 있었는데, 커다랗고 무덤 모양을 하고 있었다. 이 나라에 들어온 이래 처음 보는 가장 오래된 사적이다. 주위를 둘러보고 돌아 나왔는데, 지나는 길에 가장 많이 본 것은 안씨의 천림(阡林)이었다.

9일. 초대장을 받고서 규문각(奎文閣)으로 가 서쪽 계단에서 의례 연습 절차를 참관했다. 당중(堂中)에 자리를 마련한 뒤 문 바깥 정남쪽에 곡병황개(曲柄黃蓋)를 세우고 양옆으로 준(罇, 항아리 모양의 큰 그릇)과 멱(冪, 덮개)을 설치했다. 상공(上公)이 관부에서 나오자 집사관과 병정 8~9명이 뒤따랐고, 분헌관도 일제히 도착했다.

분헌관의 예복은 온전히 검은 비단을 사용했다. 예복의 흉배와 양어깨

위에는 아(亞) 자를 수놓았고, 가장자리와 소매 끝은 수로 선을 둘러 장식했으며, 넓은 소매는 트이지 않았다. 겨드랑이는 내복보다 훨씬 짧았는데, 생각건대 내복에는 항상 두루마기를 걸치는 것 같았다. 또 옆이 트인 반소매와 같았다. 띠는 조각 비단으로 만들었고, 또한 자수 깃 문양을 넣었다. 예관(禮冠)의 바탕은 오모(烏帽, 평민이 쓰는 허름한 모자)와 흡사했지만 챙이 있었다. 예관의 너비는 길이에 미치지 못했고 앞쪽은 둥근 홀 모양이고 뒤는 평평하면서 곧았다.

오직 상공만이 예복을 두 벌 입었는데, 위에 걸친 게 더욱 짧았다. 수놓은 금빛 깃이 휘황찬란했고 모자 역시 금색이었다. 상공은 한번 당중에 들어온 뒤 자리를 뜨지 않았다. 나머지 제관들은 문으로 나가 계단으로 내려가 차례로 동문문(同文門)을 드나들었고, 어떤 사람은 양옆의 건물로 왔다 갔다 했다. 집사를 맡은 사람은 잔을 받들거나 등을 들고 상공의 뒤를 따랐다. 찬창(贊唱)[123]은 동서의 계단과 당내에 자리했다. 병사 한 명은 섬돌 위에 있었고 시위(侍衛) 8명은 섬돌 아래에 양쪽으로 나뉘어 있었는데 모두 무기를 들고 있었다.

그 남쪽 양옆에는 한 사람씩 기를 들었는데, 앞에는 악기(예를 들면 축이나 어, 퉁소, 피리 같은 것들)를 진열했다. 다시 남쪽에는 16명이 우간(羽干, 춤출 때 쓰는 깃과 방패)을 잡고 나누어 섰다. 춤을 출 때는 십(十)자형을 이루었는데, 바로 팔일무(八佾舞)였다. 다시 그 남쪽에 양쪽으로 각각 한 사람씩 서서 도고(鼗鼓, 큰 북과 작은 북)를 들고 있었다. 동서에는 양쪽에 거치대를 두었는데, 동쪽에는 항아리 모양의 쇠종 16개를 2층으로 매달았고, 서쪽

◇◇◇◇◇◇◇◇◇◇◇◇◇◇◇

123 의식(儀式)을 거행할 때, 홀기(笏記)를 맡아 읽는 사람이 순서에 따라 큰소리로 외쳐 부르는 말을 그대로 받아서 큰소리로 다시 외쳐 부르는 사람.

에는 쇠그릇 8개를 걸었다. 동쪽의 것이 '동금령(動金鈴)'이고 서쪽 것이 '동옥경(動玉磬)'이다. 그 아래에 거문고와 비파를 각각 2개씩 설치했다. 무릎 꿇어 절할 때에 음악이 울려 퍼졌다. 소리는 은은하면서도 우아했고 조화로우면서도 막힘이 없어 요순우 삼대의 위의(威儀)를 보는 것 같았다. 얼마 있다 깃대를 잡은 자가 기를 휘두르니 모두 물러가 의식이 끝났다.

10일. 자시(밤 12시 전후)에 관덕문(觀德門) 내 초대실에 들어가 도형초(陶衡初) 군을 따라 계성문을 지나 대성전에 이르렀다. 대성전 양쪽에는 촉롱(燭籠)이 설치되어 있어 대낮처럼 환했다. 계단을 따라 올라가 대성전에 들어가니 이미 진설되어 있어 차례로 살폈다. 지성패(至聖牌) 아래에는 작(爵, 술잔) 하나를 놓았다. 그 앞에는 탁자 2개가 있었는데, 양옆으로 나란히 제기를 진열했다. 동쪽에는 12개 접시를 네 줄로 진열했는데, 과일이 대부분이었다. 서쪽에 역시 12개 접시를 네 줄로 놓았는데, 밀가루 음식이 대부분이었다. 그 가운데에 그릇 4개를 놓았는데, 만두 등이 담겨 있었다.

그 아래에 나무 상자를 설치했다. 3개의 횃대 가운데에 올려놓은 제사용 소, 좌우에 놓인 양과 돼지는 털과 내장을 제거한 상태였다. 그 남쪽에 두 개의 탁자를 두었다. 앞쪽(북쪽) 탁자에는 기와(받침대)를 늘어놓았다. 태준(太尊), 희준(犧尊), 상준(象尊), 산준(山尊), 뇌준(雷尊) 등 5개 기물을 한 줄로 진열했는데, 모두 한 나라 기물이었다. 뒤쪽(남쪽) 탁자에는 나무(받침대)를 늘어놓았다. 정아(鼎亞), 준희(尊犧), 준백(尊伯, 이반(彝蟠), 기돈(夔敦), 보개(寶簋), 기봉(夔鳳), 두찬(豆餐), 도언(饕甗), 사족격(四足鬲) 등 10개 기물을 두 줄로 진열했는데, 모두 주나라 기물이었다. 제기의 조각은 정밀하고 상태가 좋았으며 고색창연했다. 기물은 모두 상자에 담겨 있었는데, 네 귀퉁이를 채워 흔들리지 않게 한 뒤 하나하나 성공부(聖公府)에서 들고 왔다.

탁자 위의 자리를 살펴 안배했으니, 정제(丁祭, 석전제) 때가 아니라면 감상할 수 없었다. 그 남쪽에 있는 탁자에는 법랑(琺瑯), 동기(銅器) 5개를 진열하고 가운데에 동정(銅鼎) 두었으며 아래에 향로를 설치했다. 사배(四配, 문묘에 함께 안자, 자사, 증자, 맹자 등 네 현인)의 자리와 철인 12명의 탁자 물품 진열은 모두 순서에 맞게 조금씩 줄여서 했다. 한참을 살펴본 뒤 다시 도군을 따라 대성전 문 쪽으로 나왔다.

섬돌 아래 돌난간 옆에 기둥을 세웠는데, 손바닥으로 두드려 보니 뎅뎅 금속성 소리가 났다. 왜 그런 소리가 나는지는 모르겠다. 대성전 섬돌 위 아래에 진열한 것은 낮에 본 것과 같았으나 눈으로 보고 손으로 만져보니 아득한 옛날이 생각났다.

이윽고 북소리가 울려 행단을 나왔다. 상공 이하 여러 제관이 차례로 이르러 의식에 맞춰 분향, 헌작, 궤배를 했다. 당 아래에서 울리는 북소리는 사람의 음성처럼 시원하면서도 아름다워 도무지 시끌벅적한 잡스러움을 찾아볼 수 없었다. 제관 참여자는 3품에서 9품까지 40여 명에 달했는데, 『예악지』에 실린 것에 비춰볼 때 수가 크게 줄었다.

인시(새벽 4시)가 되자 제관들은 흩어졌고 구경하는 사람들도 모두 돌아갔다. 나도 문을 따라 나왔다. 양 옆 건물로 촛불이 휘황하고 회화나무와 잣나무가 빽빽한 사이로 등불이 밝혀져 있었다. 사씨학당에 돌아오니 낮 12시였다. 공태사 어른이 공교회 전체 인원을 인솔하고 대성전에서 예를 행하고 규문각(奎文閣)에서 회의를 연다기에 참배하고 돌아왔다.

14일. 이른 아침에 고향을 그리워하는 마음이 일어나 슬프고 침울해 견디기 어려웠다. 마침 본학의 강사인 원이삼(袁彝三, 書鼎)이 와서 예를 차리고 자리에 앉아 서로 이야기를 주고받았다.

"내일은 중추절인데, 조선에도 이 같은 명절이 있습니까?"

"우리나라는 1월 1일과 8월 15일을 1년 가운데 큰 명절로 삼아 집집마다 술과 음식을 마련해 조상께 제사를 지내고 성묘를 합니다. 중국에서도 이처럼 하는지 모르겠습니다."

"우리나라는 중추 날 풍속으로 늦도록 술을 마시고 달을 감상하지만, 조상께 제사를 지내거나 성묘를 하지는 않습니다."

"송나라 유학자들이 논의한 사중월(四仲月, 2, 5, 8, 11월)에 지내는 시제(時祭)는 중국의 사대부 집안에서 모두 제사를 지내지 않았는지요."

"사전(祀典)의 기록에는 봄과 가을 두 중월에 모두 제사를 지냈다고 했지만, 공자묘만 여름과 겨울 두 중월에도 제사를 지냈고 민가에서는 1월 1일(하늘에 지내는 제사도 겸함), 청명일, 7월 15일, 10월 1일에 지내는 제사는 없애고 선조께만 제사지내고 성묘를 합니다. 그러나 사중월이 정해졌다는 것에 대해서는 살펴보지 못했습니다."

"조부의 기일에도 제사를 지냅니까?"

"기일은 명기(明忌, 출생일)와 졸기(卒忌, 사망일)로 나누어 모두 제사를 지냅니다."

"우리나라는 밤나무로 신주를 만들어 사당에 보관하다가 제사 때에 사당에 들어가서 신주를 꺼내오면 두 번 절하고 신주를 받들고 정침(正寢)에 안치한 뒤에 참신(參神)·강신(降神)·삼헌(三獻)·사신(辭神) 등의 절차를 행하는데, 중국은 어떻게 하는지 모르겠습니다."

"삼헌례(三獻禮)는 어버이께서 돌아가신 뒤에 빈소를 나아갈 때 사용하고, 그 나머지 제사는 혹 삼고수례(三叩首禮)를 행하거나 앞뒤로 두 번 절하고 중간에 사고수례를 행합니다. 그리고 신주를 보관하고 있는 집안은 혹 밤나무를 사용하거나 단향목(檀香木)을 사용하는데, 부유한 집안은 모두 어버이가 사망한 뒤에 신주를 보관합니다. 가난한 집안은 신주를 보관하지는 않지만, 제사 때에 붉은 봉투의 종이에 신주를 적는데, 말하자면 나무로 만든 신주와 같은 모양입니다. 그런데 1월 1일만큼은 나무 신주나 종이 신주를 가릴 것 없이 정당(正堂)에서 제사를 지내며, 청명 등의 명절에는 성묘하는 사람들도 많습니다. 우리 고을은 성묘하는 것을 상분(上墳)이라고 하며 또 제소(祭掃)라고도 합니다."

"중국은 성묘할 때 반드시 제사를 지냅니까?"

"성묘할 때 제수(祭需)를 준비해 예를 행하는 사람도 많지만, 제수를 준비하지 못하는 경우는 지전(紙錢)과 금은과(金銀錁)를 불태우는 사람도 있습니다."

"중국은 어버이께서 사망한 뒤에 지내는 삼년상을 지금도 행합니까?"

"보통 27개월을 행합니다."

15일. 정오에 공교회원이 모여들어 궤배례(跪拜禮)를 행하고 교무에 대해 상의했다. 벽에는 남해선생의 사진이 걸려 있었다. 대총통과 총리, 국무부장, 국회의원에게 각각 전보를 보냈다. 중화민국을 재건하겠다고 선언한 이후로 소학교에서 경서(經書) 읽히는 수업을 폐지하겠다는 논의가 있었고, 의원들은 조상과 하늘에 지내는 제사를 폐지하기를 요청하면서 공 유사에게도 공자에게 절하는 것을 금지시켰다. 그래서 선생이 항의

하는 뜻을 제출했는데 끝내는 어떻게 되었는지 알 수 없다. 이천몇백 년 이래로 이때보다 더 위태로운 적은 없었을 것이다.

그래서 나는 다음과 같이 생각했다. 세상의 모든 나라를 공식적인 사례로 살펴보면, 어느 나라를 막론하고 나라마다 고유한 종교가 있는데, 그것을 국교로 삼지 못한다면 그 나라는 보존될 수 없을 것이다. 불교가 인도에서 축출당하자 인도는 폐허가 되었고, 예수교가 유대국에서 축출을 당하자 유대국은 사라졌다. 나는 중국 사람들이 부디 인도가 불교를 대한 것과 유대국이 기독교를 대한 것처럼 공자를 대하지 말기를 바란다.

16일 . 요촌(姚村)에 이르러 열차를 타고 태산으로 갔다. 북쪽으로 문양(汶陽) 일대의 지역을 지나가니 감나무가 숲을 이루었는데, 붉은 열매가 마치 별처럼 주렁주렁 매달려있었다. 곧이어 문수(汶水)를 건넜는데, 물이 무척 맑았다. 기수(沂水)와 사수(泗水)의 두 물줄기에 비하면 참으로 큰 시내를 이루었다. 그러나 지난해엔 밤에 지나가서 이러한 사실을 전혀 알 수 없었다. 태안(泰安)역에 도착해 열차에서 내려 성 밖 여관에서 묵었는데, 여관 주인은 바로 회회교도였다. 벽에 걸린 족자에는 글씨도 그림도 아닌 것이 있어서 회회교 문자라고 생각했다. 그리고 중국의 회회교도가 많게는 20만 명에 이른다고 하니 참으로 놀랄 만하다.

17일 . 성에 들어가 동악묘(東岳廟)로 갔다. 사당은 태안성(泰安城) 북문 안에 있었다. 그 정전(正殿)은 준극전(峻極殿)이라고 불렀다. 그 뒤에는 침전이 있어 동악을 제사지낸 뒤 동악부인을 제사지낸다. 동악부인은 송나라 진종 대중상부(大中祥符) 연간에 숙명후(淑明后)로 봉한 것이다. 정전은 굉장히 크고 화려해서 성묘와 같았다. 다만 기둥은 돌을 사용하지 않고, 정전의 계단 양측의 돌난간과 돌계단은 순전히 황궁의 제도를 따른 것이다. 뜰에는 보정(寶鼎)과 보로(寶爐)를 설치했는데, 아주 사치스럽고 거대했다. 옛 기운이 흘러넘쳐 인상 깊었다.

계단 아래 복도에는 노대(露臺)가 설치되어 있었는데, 그 위로 우뚝 서 있는 것을 부상석(扶桑石)이라 불렀고, 의연하게 정전을 향해 서 있는 나무는 고충백(孤忠柏)이라 했다. 현재 도사가 그 안에 있으면서 관상을 보는데, 그 밖이 인안문(仁安門)이다. 집이 비록 크고 화려하다고 말하지만, 안타깝게도 풀과 나무가 침입해 자라고 있었다.

문을 나가 계단 아래 이르니 동쪽에 도서관이 있는데, 옛 삼령후전(三靈侯殿)이다. 서쪽에는 광무조사국이 있는데, 그 남쪽이 배천문(配天門)이다. 전후 사방을 둘러보니 오래된 측백나무가 무성해 그늘을 드리우고, 큰 비석이 우뚝 서 있었다. 한나라 이래 중국 사당이 이처럼 성대한 적이 없었으니 사당의 극치다.

계단을 따라 내려가 동쪽으로 병령문(炳靈門)을 들어가니 안에는 병령전(炳靈殿)이 있다. 세칭 '동악의 아들 병령공의 묘'이다. 뜰 가운데에는 한나라의 측백나무 여섯 그루가 있는데, 반쯤 말라 있고 반쯤 살아 있다. 현재는 석판본이 남아있어 옛날 경치를 실감 나게 한다.

서쪽은 연희전(延禧殿) 옛터로 오래된 회나무 두 그루가 있는데, 돌로 기둥을 만들어 지탱했다. 그 양쪽 앞으로 돌비석이 세워지고 거기에 당괴(唐槐) 두 자가 새겨져 있었다. 명나라의 감일기(甘一驥)[124]가 쓴 것이다. 그

◇◇◇◇◇◇◇◇◇◇◇◇◇◇◇

124 생몰년 미상. 명나라 때의 관리로 산동염운사(山東鹽運使)로 활동하면서 선정을 베풀었다고 한다.

앞 정문에는 대묘(岱廟) 두 자가 쓰여 있었다. 그 밖으로 양옆에는 각각 문이 있는데, 문은 모두 누각으로 되어 있었다. 여기서 나오면 묘성 밖이다.

성은 가로세로 3리(里)이고 높이가 3장(丈)이다. 성의 네 모서리에는 각각 누각이 있었다. 또 산 아래로부터 샘물을 끌어와 묘성의 사방을 둘러싸게 했는데, 혹은 숨기고 혹은 밑으로 흐르게 해서 그 물길이 통했다. 묘의 남쪽 요참정(遙參亭) 아래로 물이 흘러 쌍룡구(雙龍口)로 나와 모두 연못으로 들어갔다.

배천문을 따라 광무국에 들어갔다. 안에는 공수자(公輸子)[125] 사당이 있는데 문에 '만대공사(萬代工師)' 네 글자가 쓰여 있었다. 그 서북쪽 모퉁이가 광무국이다.

다시 사당 문으로 나와 서쪽으로 몇 걸음 가니 좌우 벽면에 비석들이 줄지어 서 있었다. 혹은 서 있고, 혹은 쓰러져 있었다. 글이 대부분이고, 그림은 적었는데. 모두 절묘한 옛 작품이었다.

길을 돌아 다시 북쪽으로 나아가니 한 도관(道觀)이 있는데, 문머리에 '대악종령(岱嶽鍾靈)'이라고 쓰여 있었다. 문을 두드리고 들어가니 두 젊고 아름다운 여자가 머리를 두 갈래로 묶었는데, 용모가 자못 속되지 않았다. 나와서 응접실로 안내해 정실로 들어갔다. 화분에서 나는 황계 냄새가 향기로웠다. 방 가운데 나무로 깎은 신상과 도자기로 빚은 부처상 모두 절묘하고 진귀한 기호품이었다. 또 청나라 건륭제가 바친 것으로 동악대제(東岳大帝, 태산의 신)의 손에 든 옥규는 길이가 거의 한 장이고 둘레가 10촌인데, 참으로 구하기 힘든 옥이다. 소개 받아 법사의 가르침을 얻었는데 말이 간절한 것이 많아 진짜 도인이라 이를 만했다.

◇◇◇◇◇◇◇◇◇◇◇◇◇◇◇

125 춘추전국시대 때 노나라의 목수이자 명장이다.

동쪽으로 도서관을 들어가 잠깐 열람한 뒤 관장 갈운암(葛雲菴, 延瑛)을 만나 잠시 대화를 나누었다. 그리고 북문으로 나가서 1리를 올라가니 석방(石坊)이 있었는데, 그것이 대종방(岱宗坊)이었다. 그 동쪽에는 풍도(酆都) 사당이 있어서, 풍도대제(酆都大帝, 동악이 변한 이름)에게 제사지내고 명부(冥府) 10왕을 배향했다. 그 아래에는 오래된 측백나무 한 그루가 회나무에 기대어 있었는데, 속칭 비래백(飛來柏)이다.

북쪽으로 올라가니 삼황의 사당이 있는데, 복희 · 신농 · 황제를 제사지내고, 구망(句芒) · 풍후(風后) · 축융(祝融) · 역목(力牧)을 배향했다. 양쪽 건물에는 옛 의사를 제사 지냈는데, 동쪽 14인은 추대계(僦貸季, 신농 때 사람, 기백 할아버지의 스승), 천사(天師) 기백(岐伯, 황제 때 사람, 이하 같음), 귀유구(鬼兪區), 백고(伯高), 유질(俞跌), 소유(少兪), 소사(少師), 동군(桐君), 태을(太乙), 뇌공(雷公), 마사황(馬師皇, (동군부터 이하 시대 미상), 이윤(伊尹, 은나라), 신응왕(神應王) 편작(扁鵲), 창공(倉公) 순우의(淳于意, 제나라 사람), 장기(張機, 후한 사람)이었고, 서쪽 14인은 화타(華佗), 왕숙화(王叔和, 晋人), 황보밀(皇甫謐), 갈홍(葛洪), 소원방(巢元方), 진인(眞人) 손사막(孫思邈, 唐人), 약왕(藥王) 위자장(韋慈藏), 계원자(啓元子), 왕빙(王氷), 전을(錢乙, 宋人), 주굉리고(朱肱李杲, 元人), 유완소(劉完素, 金人), 손원소(孫元素), 주열수(朱列修)였다.

지금은 사배(四配)를 바꾸어 팔사(八蜡)[126]를 만들었는데, 아마 신농의 가르침을 따랐나 보다. 『예기』에서는 "3대의 경험을 쌓은 의사의 약이 아니면 복용하지 않는다"라고 했다. 정현은 삼황으로 삼세를 해석했는데, 근거가 없지 않고 옛사람이 의사를 중요시한 것을 알 수 있다. 동쪽에는

◇◇◇◇◇◇◇◇◇◇◇◇◇◇◇

126 중국 고대에 추수를 하고 나서 일 년 농사에 도움을 준 선색(先嗇), 사색(司嗇), 농(農), 우표철(郵表畷), 묘호(貓虎), 방(坊), 수용(水庸), 곤충(昆蟲)의 여덟 신(神)에게 지내던 제사이다.

대악관(岱嶽觀)이 있는데, 당나라 때 여섯 황제와 한 왕후가 재계하고 제사 지내던 장소로 지금은 없어졌다.

길을 돌아서 서쪽으로 승원관(昇元觀)에 들어갔다. 이곳은 옛날에는 백학천(白鶴泉)이었는데, 지금은 도교사원이 되었다. 소나무 그림자가 드리우고 계수나무 향이 스며들었다. 그 위에는 옥황각(玉皇閣)이 있었는데, 누각의 오른쪽에는 칠성당(七星堂)이 있어서 아주 화려하면서도 정결했다. 누각을 따라 내려가 돌아가니 동편에 한 정실(靜室)에 도착했는데 문이 이미 잠겨 있었다. 한 소년이 있어서 들어가 보기를 청해서 문을 열고 들어갔다. 명나라 말엽에 도사 손진인이 살고 있었는데, 그가 가부좌한 채 신선이 되어 올라가고 육신을 그 가운데 남겨놓았다고 한다. 그 기골이 장대하고 눈은 살아있는 듯했다. 손톱 발톱의 길이와 머리카락을 묶은 모습이 오늘날의 도사와 거의 같았다.

20일. 새벽에 머리를 빗고 세수와 양치질을 마치고 태산을 바라보면서 출발했다. 먼저 청제관(青帝觀)으로 들어갔는데, 이것은 오제 중의 한 분으로서 동악에 속하기 때문에 여기에서 제사를 지낸다. 영선교(迎仙橋)를 지나 관제묘(關帝廟)에 이르렀는데, 바깥의 구불구불한 길 앞으로 한 계단씩 위로 올라가 북쪽으로 가니 앞에 석방(石坊)이 있는데 일천문(一天門)이라고 했다. 몇 계단 오르니 큰 석방이 있는데, 공자가 올라 왔던 곳이라고 한다. 곁에 두 개의 비석이 세워져 있는데, 동쪽에는 '등고필자(登高必自)'라고 쓰여 있고 서쪽에는 '천하제일산(天下第一山)'이라고 쓰여 있었다. 천계방(天階坊), 홍문방(紅門坊)을 지나 북쪽으로 가니 서쪽으로 천선성모묘(天仙聖母廟)가 있었고 동쪽에는 불교 사찰이 있었는데, 청천산방

(聽泉山房)의 경치가 가장 뛰어났다. 구불구불한 길을 따라 올라가니 좌우에 난간이 설치되어 행인을 보호하고 있었다. 오른쪽 난간 밖에는 시냇물이 졸졸 흘러갔는데, 마치 푸른 옥이 구르는 듯한 소리가 났다.

양쪽에 측백나무가 빽빽이 줄지어 있었고 들어갈수록 더욱더 보기 좋았다. 대장령(大藏嶺)을 지나서 이홍문(二紅門)에 이르니 문에 '만선루(萬仙樓)'라고 새겨져 있었다. 삼층 누각에 올라가니 나뭇조각에 선골풍류(仙骨風流)라고 쓰여 있었다. 명나라 만력 연간에 건립한 것이었다. 위로는 왕모(王母)를 제사지내고 가운데로는 원군(元君)을 받드는 곳이니 모두 여러 여자 신선을 배향했다. 북쪽으로 나아가서 두모궁(斗姥宮, 옛날의 용천관龍泉觀)을 지나 돌계단을 따라 올라갔다. 수류교(水流橋)를 지나가니 다리의 서북쪽에 천신암(天紳巖)이 있는데, 여름날에 아주 높은 곳에서 나는 듯이 세차게 떨어지는 폭포수 때문에 수렴동(水簾洞)이라고 한다. 망선교(望仙橋)를 지나 북쪽으로 가면 바위에 '헐마애(歇馬崖)' 세 글자가 새겨져 있다. 서북쪽에는 운두부(雲頭埠)가 있고 남쪽에는 백양동(白楊洞)이 있다. 조금 나아가니 북쪽 양 옆에 측백나무가 더욱 무성했다. 계단을 따라 통과하니 호천각(壺天閣)이 있고, 그 위에 회마령(迴馬嶺)이라는 석방이 있었다. 여기서부터는 길이 매우 험해서 말(馬)을 돌려야 한다는 뜻이다.

한 계단씩 위로 곧바로 올라가서 서쪽으로 돌아가니 보천교(步天橋)가 있었다. 열두 개의 산굽이를 잇달아 지나서 이천문(二天門)을 올라 찻집에 들어가 국수를 먹고 차를 마시니 곧 사방에서 안개와 구름이 모여들어 가까운 곳을 구별할 수가 없다. 곧바로 나아가서 산굽이 길을 찾아 작천정(酌泉亭)에 이르렀는데, 이 정자는 돌로 만들어졌다. 앞쪽에 호가천(護駕泉)이 있고 서쪽에는 '어장암(御帳岩)'이라고 새겨져 있는데, 송나라 진종이 행차를 멈추고 머물렀던 곳이다. 오대부방(五大夫坊)에 이르러 진송(秦松)을 어루만지고 지나가니 안개가 자욱하게 일어났다. 홀연히 정자 하나가 나타났는데, 바로 대송정(對松亭)이었다.

십팔반(十八盤)을 향해 올라가니 어두침침한 가운데 때마침 바람이 불어와 짙게 쌓인 안개를 들어올렸다. 비룡암(飛龍岩)과 상봉령(翔鳳岭) 두 봉우리가 좌우로 우뚝 솟아 있는데, 마치 처음 나온 부용(芙蓉)처럼 보였다. 또 부처와 같이 생긴 암석과 덮개처럼 생긴 소나무가 잠깐 숨었다가 나타났다 하고 혹 멀리 있는 것 같고 혹 가까이 있는 것 같았다. 승선방(昇仙坊)에 이르니 길이 구멍에서 솟아나오고, 양쪽에 바위가 층층이 쌓인 언덕이 천 길이나 되는 벽처럼 우뚝 서 있다. 그 밖의 명승은 모두가 깊은 구름에 가려지고, 짙은 안개에 싸여 있어서 볼 수가 없었다.

내가 곡부에서 온 뒤에 마음을 깨끗하게 하고 삼가 절제해 이 세상 모든 사람의 운명과 유교를 위해 마음속으로 이 태악(泰岳)의 신령에게 기도하고 싶었다. 이러한 어둡고 암울한 때를 만나서 스스로 돌아보건대 정성이 부족해 신령이 감응하지 않아서 마음이 초조하고 우울했다. 홀연히 또 정신을 차려 다음과 같이 기도했다.

"바라고 또 바랍니다. 동양의 정세가 위태로운데 다시 안정될 수 있게 해주시기 바랍니다. 유교의 도가 숨어 있지만 다시 밝아질 수 있기를 바랍니다. 삼가 바라건대 산악의 신령님께서는 미천한 저의 정성스러운 마음을 살피시고 밝게 감응하시어 하늘과 해를 열어 주시기 바랍니다."

험준한 십팔반로(十八盤路)를 지나 남천문(南天門)에 이르렀다. 길을 찾아 동쪽으로 나아갔다가 다시 길을 꺾어 북쪽으로 올라가 문묘를 알현했다. 앞에는 오문성적방(吳門聖蹟坊)이 있었고, 뒤에는 오봉(吳峯)을 바라볼 수 있었는데, 다만 대략 구별만 할 수 있을 정도였다.

벽하사(碧霞祠)와 동악묘(東嶽廟)를 알현하고 대관봉(大觀峰) 아래에 이르니 당현종의 마애비(摩崖碑) 천여 글자가 새겨져 있었는데, 이것은 연허(燕許)[127]가 쓴 것으로 한나라 예서체에 가까웠다. 왼쪽에는 '미고암(彌高巖)' 세 글자가 새겨져 있었다. 청제관(青帝觀)을 지나 산정에 이르니 양쪽에 큰 바위가 은은하게 안개가 자욱한 가운데 나타났다. 따라가 보니 곧 높다란 비석에 큰 글씨가 특별히 새겨져 있는데, 한쪽에는 '공자소천하처(孔子小天下處, 공자가 태산에 올라와 천하를 작게 여겼다는 곳)'라고 썼고, 다른 한쪽에는 '웅치천남(雄峙天南, 하늘 남쪽에 웅장하게 우뚝 서다)'이라고 썼는데, 붓의 기세가 강건했다. 그 아래에는 건곤정(乾坤亭)의 터가 남아있었다. 나는 노란 도자기조각 하나를 주워서 품에 넣었다. 여기저기를 돌아다닐 무렵 홀연히 구름이 걷히고 안개가 흩어지며 하늘에 해가 밝았다. 내 마음이 매우 기뻐서 '나의 기도가 과연 응답 받았구나' 하고 생각했다.

일관봉(日觀峯)에 올라가 동쪽으로 발해를 바라보니 하늘과 더불어 아득했다. 남쪽으로 옛날의 오나라와 초나라 지역을 바라보니 눈이 어질하고 정신이 혼미해졌다. 공자와 안연이 오나라를 바라보던 눈썰미는 실로 평범한 사람은 따라갈 수 없다는 것을 비로소 알았다. 문광(汶洸)의 여러 물줄기를 굽어보니 지렁이가 얽힌 것 같고 둥글게 고리모양을 이룬 것 같았다. 제나라와 노나라 지방의 여러 산이 마치 자손들이 뻗어나가려고 하는 것과 같았다. 오직 72봉우리가 좌우로 껴안듯 험준하게 모여 있을 뿐이었다. 봉우리에는 옛날에 일관봉이 있었지만 정자는 없어지고 건륭제

◇◇◇◇◇◇◇◇◇◇◇◇◇◇◇

127 연허는 당나라의 문장가인 장설(張說)과 소정(蘇頲)을 가리킨다. 장설은 연국공(燕國公)에, 소정은 허국공(許國公)에 봉해져서 연허라고 불린다.

기적비(乾隆帝紀蹟碑)가 있었다. 내가 우연히 옛날 동전 두 개를 주워서 기념물로 삼았다. 다시 서쪽으로 가서 태평정(太平頂)에 올랐다. 일명 옥황정이라고도 하는데, 곧 태산에서 가장 높은 봉우리다. 동남쪽으로 보이는 경치는 일관봉에서 보는 것보다 못했다. 정상에는 옥황궁(玉皇宮)이 있는데, 옛날의 태청궁(太淸宮)이다. 계단 아래에 수많은 돌들이 높고 험하게 사방을 둘러싸고 있었는데, 이것이 등봉대(登封臺)다. 전설에 따르면, 이것이 옛날 72군자[128]가 되었다고 한다. 진한시대 이래로 이곳에 올라와서 봉선(封禪, 황제가 하늘에 제사지냄)했다. 담장 밖에 비가 있는데 사방이 넓었지만 글자는 쓰여 있지 않았다. 어떤 사람은 진시황제의 비라고 하고 또 석표(石表)라고도 하고 또 신주라고도 하며 그 아래에 금서옥간(金書玉簡)이 있었다고도 하는데, 이것은 석함(石函)일 것이다. 조심스럽게 물러서서 내려왔다. 들으니 산 뒤의 황화동(黃花洞)에 요관대(堯觀臺)와 여선사(呂仙祠, 즉 여동빈呂洞賓[129]이 득도한 곳)의 유적이 있다고 한다. 한번 보고 싶은 생각이 들었지만, 이틀 밤을 머무르지 않으면 안 되기 때문에 포기했다. 남천문(南天門) 안에서 차를 마시고 국수를 먹었다.

늦게 숙소로 돌아왔다. 지금 곽박의 『산해경』을 보니 그 주석에 태산이 아래에서 꼭대기까지 58리이지만, 막대기를 세우고 해그림자를 측정해보면 실제 거리는 14리, 높이는 2,520장(丈)이며 구불구불한 산길은 6,700여 계단이라고 했다.

◇◇◇◇◇◇◇◇◇◇◇◇◇◇◇

128 중국의 전설에 나오는 72명의 옛날 황제.

129 도교의 팔대 신선 가운데 한 명으로 당나라 때 사람이다. 중국역사에서 가장 유명한 신선으로 알려져 있고 기이한 행적으로 오늘날까지 인기가 높다. 팔선 중 한 명인 종리권을 만나 득도했고 50세에 신선이 되었다고 한다.

23일. 이른 아침에 기차를 타고 추현(鄒縣)에 이르러 성의 서쪽에 숙소를 정했다. 금제문(衿濟門)을 지나 성으로 들어갔다. 삼교문(三教門, 남문)을 따라 나가니 동쪽으로 목방(木坊)이 있는데 '삼천고지(三遷故址)'라고 쓰여 있었고, 남쪽에는 시내가 하나 있었다. 방을 지나 동쪽으로 가니 길의 오른쪽에 비 하나가 세워져 있었는데, '아성맹자세연지(亞聖孟子洗硯池, 아성맹자가 벼루를 씻던 연못)'라고 쓰여 있었다. 그 앞에 돌을 깎아 줄지어 팔각으로 둘렀는데, 안쪽의 섬돌은 기와였다. 그 남쪽으로는 시내가 흘렀다. 북쪽은 맹모삼천사(孟母三遷祠)가 있었다. 문의 동쪽에는 맹모단기처(孟母斷機處, 맹자 어머니가 베를 끊은 곳)라는 비석이 세워져 있다. 이곳이 곧 맹자의 옛 집이다. 조금 동쪽으로 수십 걸음을 가니 술성사(述聖祠)가 있었다. 문의 동쪽에는 '자사자작중용처(子思子作中庸處, 자사가 『중용』을 지은 곳)'라고 쓰인 비석이 있으니, 곧 술성(述聖)이 옛날 살던 곳이다. 자사는 궐리(闕里)의 성묘(聖廟, 공자 사당)에 배향되었고 여기에 비로소 단독 사당이 있었다. 그리고 『중용』을 지은 곳도 반드시 이곳일 것이니 자사를 우러러 사모하는 마음을 감당할 수 없었다.

삼천방(三遷坊)으로 향해 가다 길을 돌아 인리교(因利橋)를 따라 시내를 건넜다. 계속 남쪽으로 가니 오른쪽에 전손자(顓孫子, 공자 제자 자장子張)의 사당이 있었다. 사당 동남쪽은 아성묘(亞聖廟, 맹자 사당)이다. 그곳에서 꺾어 동쪽으로 돌아 지언문(知言門)으로 들어갔다. 안내자를 따라서 중문을 지나 아성전(亞聖殿)에 도착해 맹자의 유상(遺像)을 알현했다. 위쪽에 황금색으로 "수선대후(守先待後, 공자의 뜻을 이어 받들고 후학을 깨우치다)"라는 네 글자를 새겼고, 좌우 기둥에 금색으로 주련을 써넣었다. 맹자 유상 동쪽에서 악정자(岳正子)의 소조상을 배향했다. 서북쪽 벽 아래에 또 돌에 새긴 맹자의 상이 있다. 아성전 계단 아래에는 오래된 측백나무(안내자는 '한나라 때 심은 측백나무'라고 말했다)가 있는데, 이미 고목이었다. 나무 사방으로 돌을 쌓아 보호하고 있었다. 정 중앙에는 천진정(天震井)이라는 우물이 있었다. 청나라 강희 11년(1672) 봄 아성전에 요란한 벼락과 천둥이 울리더니, 한 줄기 샘물이 흘러나왔다. 물은 매우 달고 차가웠다. 사람들은 돌을 쌓아 우물을 만들었는데, 그 모양은 공자, 안자 옛집의 우물과 거의 같았다.

아성전의 동쪽에 계성사(啟聖祠)가 있고 서쪽에는 맹씨 대종조의 사당이 있다. 동쪽 행랑에는 맹자의 문인과 선유들이 늘어서 있는데, 공손자(公孫子)와 공도자(公都子)만이 선현으로 불린다. 서쪽 행랑에도 역시 여러 문인들이 있는데, 만자(만자(萬子, 맹자 제자인 만장萬章)만 선현으로 일컬어진다. 치경문(致敬門)을 나와 치엄당(致嚴堂)으로 가니, 안에 한나라 비석이 있었다. 아성전의 남문은 승성문(承聖門)이고 동쪽의 성생소(省牲所)는 지언문(知言門) 안에 있고, 서쪽 제기고(祭器庫)는 양기문(養氣門) 밖에 있다. 남쪽으로 더 내려가면 태산기상문(泰山氣像門), 아성묘(亞聖廟), 영성문(欞星門)이다. 아성부는 양기문 밖에 있는데, 부에 가서 맹한박 군을 방문했지만 맹군이 마침 외출해 만나지 못했다.

25일. 추현을 출발해 서주(徐州)에 도착했다. 동쪽으로 가 한나라 유후(留侯) 장량(張良)의 사당에 들어가 유상(遺像)을 알현했다. 자방산(子房山)에 올라 서주의 풍경을 내려다봤다.

26일. 새벽에 기차를 타고 하관(下關)에 이르렀다. 다음날 남경성(南京城) 안으로 들어가 중정가(中正街)에서 남문으로 걸어 나왔다. 장간교(長

干橋)를 거쳐 우화대(雨花臺)에서 놀다가 돌아왔다. 채석(采石) 두 개를 얻었다.

29일. 상해로 돌아왔다.

9월 10일. 강화선(江華船)을 타고 회남(淮南)의 남통현(南通縣)에 이르렀다. 대한제국의 유민 창강(滄江) 김택영(金澤榮) 선생을 찾아가 경학, 문장과 시사를 논하며 한 달을 지냈다. 선생의 말은 두루 통하면서도 이해하기 쉬웠는데, 때로 심오하고 흥미진진한 이야기가 있어 듣는 사람을 즐겁게 했다. 남통에서 돌아오는 날, 선생은 우리를 현의 남쪽 십리에 있는 낭산(狼山)으로 안내했다. 산은 앞뒤로 줄기가 끊어지는 듯 다시 솟아난 게 네 곳이나 되었다. 그래서 어떤 사람은 오산(五山)이라 부른다. 산은 회남(淮南)의 천리 들판 사이에서 갑자기 튀어나왔고 장강이 바다로 들어가는 관문 가까운 곳에 있다. 산 정상에 있는 사찰은 매우 웅장했다. 가장 높은 곳에는 지운탑(支雲塔)이 있는데, 높이 솟아 하늘가에 닿는 듯했다. 탑 가운데에 오층루가 있어 올라가 내려다보았다. 앞에 있는 장강의 왼쪽은 바다인데, 눈앞이 광활하게 죽 펼쳐 보였다. 산 남쪽 발목 지점에는 낙빈왕(駱賓王)과 문산(文山) 문천상(文天祥), 문천상의 부장 김응(金應)의 묘가 있어 사람들에게 발걸음을 멈추고 옛날의 사적을 돌아보게 했다. 선생과 함께 산 아래에서 투숙했다. 다음날 인사를 하고 상해로 돌아왔으니, 10월 5일이었다.

원문

中華遊記

중화유기 제1권

序

故韓遺民, 咸陽李君炳憲, 自號真菴子者. 訪余于淮南寓所, 示中華遊記. 蓋君少讀經, 中歲留心世務. 而無其位, 不能施救國之術. 迨夫社圮歎曰 吾何歸, 歸吾夫子乎. 北走中國, 謁孔林, 放于南服, 見孔教會主人康南海氏而歸. 然其志也, 不止此, 而又有所待矣. 既而所待者, 多不如意. 乃大慟哭, 復道江南, 至闕里, 觀釋奠. 遂登泰山, 至日觀峰, 以俯渤海. 嗟乎, 若君者, 非所謂磊磊志士哉. 惜余老無力, 不能執鞭, 以從之遊也. 雖然, 孔子之歌不云乎. 蓋優哉柔哉, 聊以卒歲, 方其歌此也. 孔子見逐於魯, 而優柔之云, 反若有樂存焉, 何哉. 蓋樂夫道也. 天下國家之亡, 已非一世, 而道未嘗或亡. 孔子未嘗沒, 君既樂歸夫子矣. 其亦姑引袂, 拭其涕, 而毋氷炭我也哉.

故韓隆熙 紀元後十年 丙辰 淮南 新民 花開 金澤榮序.

中華遊記 卷一

陜州李炳憲子明述

嗚呼 僕風波之民也. 居家端憂, 何以爲心. 一朝起身, 遊觀中國. 往返之程, 殆數萬里. 詩云, 駕言出遊, 以寫我憂. 夫爲是詩者, 其所遊, 蓋不過乎離家, 而至於郊, 則其所蓄之憂, 可以至郊而寫矣. 若僕之所欲寫憂者, 不僅離家而已. 乃離國而至於他國, 則視彼詩人, 不亦苦哉. 爰述往來見聞, 名曰中華遊記.

啓軔錄

孔子二千四百六十五年 甲寅 正月 十三日 甲子. 余以北遊中國之行, 起身發程. 十七日. 抵裏里驛, 上火車, 夜抵京城. 五日所經, 凡七百里.

二十六日. 訪柳石儂瑾于光文會. 聞名已久, 而實初晤也. 見方努力於文字校讐之役. 吾邦古書之發刊, 此君之力爲多焉. 向晚, 柳君踵至余館, 叙話而去.

二十九日. 與李敬菴瓘.卞彛庭鼎, 訪吳遜菴赫. 于其第, 居然乘醉, 開襟暢談. 蓋吳是大宗教人, 李是天道教人, 相與對峙門戶.

二月六日. 往塔洞公園, 遊賞散步. 是時天氣尙寒, 都人士女, 罕有至者. 獨自徘徊, 攝龜趺而拊穹碑. 字已剝落, 不可讀矣. 園即王氏朝圓覺寺舊址. 而李朝則於都城之內, 不許建寺刹養僧徒, 故遂爲民戶所佔矣. 粤在光武之初, 農商工部大臣李采淵等, 建白于上, 詢其地而開公園. 園雖不廣, 而地面甚淸楚. 中有一古塔, 乃王氏朝恭愍王時所建, 世傳爲元公主願塔, 純用白玉石. 四圍周遭, 有簷有楹有甍有桷, 端雅潔淨. 若陶鑄一石而成者, 四面鐫着佛像, 無算洵一鉅寶也.

八日. 天氣甚暖. 往昌德宮, 遍觀動物. 象之大而奇者, 看看可訝. 河馬之張口欠身, 洵是初觀. 而又見孔雀開羽, 向人負尾而倒立, 似有愉快之意, 光彩奪目, 金錢遍翅, 燦爛陸離, 可愛可賞. 其餘飛者走者之不可得以名者, 有難以筆舌旣也. 上有新建之樓, 丹甍兩角, 各竪一雙鐵鑄大鳳凰, 乃俗所稱鳳閣者也. 循梯而上, 至于樓頭, 東城風物, 一覽可掬. 而其所陳列者, 如羅麗之磁器, 古代鐘鼎書畫之屬, 而中安佛像者數十.

又有力士椎 · 將軍劍 · 雞林玉笛, 混在於古物堆中. 因咏力士椎曰 夫子索居滄海深, 韓人何苦遠來尋. 誰知當日沙中鐵, 倡起群雄未死心.

(按秦時, 濊有滄海君, 韓人. 張良父祖, 相韓五王. 韓亡, 良欲報仇, 聞滄海多力士, 東見滄海君求之. 有黎道令者, 能用一百二十斤鐵椎. 良與俱歸, 擊秦皇帝於博浪沙中, 即此椎也.)

將軍劍曰 將軍身死劍猶寒, 化作雙虹射斗間. 東瀛劫火迷如夢, 記否鋒頭血色斑.

(按李忠武公舜臣, 當韓宣祖時, 創作龜船, 破日本兵. 故英國海軍記, 屢稱高麗鐵甲船不已, 又按日本海軍雜誌云 以豊公之智, 加藤之勇, 進取中原, 謂唾手可得, 不幸而遇李舜臣, 中途挫折. 邦人但知朱明救我之恩, 而不知將軍之力, 能存明, 則豈不惑哉.)

玉笛曰 節如竹削孔如球, 操弄無人響久休. 問爾何時魂更返, 鷄林黃葉已千秋.

(按鷄林舊有白玉笛.碧玉笛一雙, 而白玉笛, 則碎於火, 碧玉笛, 則距今二百二十三年前, 李承鶴掘地而得, 私藏而中折. 李府尹麟徵, 粘以蠟粧以銀, 三節而九孔)

十二日. 夜自南大門驛, 上火車.

十三日. 曉抵平壤, 則天色微明. 望箕子陵, 蒼松深鬱, 淡靄帲幪. 黯然有百世之思, 而先年瞻矚之餘, 尤不勝愴感. 因賦一絶曰 麥穗歌終白馬東,空留衣舃碧山中. 昔時瞻拜今晨望, 益仰明夷百世風. 是日抵龍灣良策館宿. 所經凡千里.

十四日. 往東山里, 訪李司判魯洙. 李嫺漢語, 往在甲午以前, 袁項城.唐少川駐東之時, 辦十數年通譯之任者也. 說中國事甚熟, 而顧今奄奄暮景, 宛轉床席. 膝下又無一介應門之童, 爲之惻然.

十五日. 早朝, 見案上一册, 有題康有爲傳者. 取而視之, 其一篇文字, 專以醜詆康.梁爲宗旨. 而首章叙說天上二十八宿中, 心虛兩星, 逃降人間, 指康虛日鼠, 梁爲心月狐, 造臆誣枉, 蔑有其極.

至戊戌贊政, 而光緖皇帝, 銳意維新, 則謂康暗進丸藥, 售其邪術, 以蠱惑光緖之心志. 及夫袁项城, 機事不密, 致使皇帝幽囚, 六烈士逮捕, 則乃中國興亡之機, 而乃反以項城之事, 爲名臣卓識, 拔其奸狀. 是非顚倒, 好惡易置, 可歎著者之都喪天良也.

因還良策, 擬將即日渡江, 却又低徊瞻顧, 不能前, 乃緩步. 街上飮燒露數盃, 而酒力比南土之釀甚强. 已勃勃有豪興, 漸將渡江之事, 置諸腦後而不理矣.

遼塞見聞錄

二月十六日 丁酉. 自良策驛乘火車, 過鴨綠江鐵橋, 賦一絕曰 天塹東西限此江, 千尋架鐵勝輪艭. 特地繁華三萬戶, 行人初躡滿南邦. 抵安東驛, 是日行六十里.

十九日. 在旅館, 與北京人杜君芳域筆話. 因問中國現象, 杜言, 中國今日, 君綱不立, 政紀紊亂. 貨幣不能統一, 而商民之受損, 行者之貽累, 殆更僕難數. 惟日本及西洋之錢幣, 能通行於各省, 而本國貨幣, 則此省之錢, 不得通行於彼省, 可恥孰甚焉. 當國方針, 當以整理財政, 爲先務, 廣鑄紙幣, 以收統一之效, 而不必借款於列强. 余曰 國帑已空, 元位金, 不得確立, 則安得徒鑄紙幣, 以救之乎. 杜亦相視憮然.

二十日. 聞安校理孝濟丈, 寓本縣接梨樹里, 往訪之次. 其路中所經, 大抵此近山野之開拓, 埠港之排置. 在五十年以後, 鐵道附近之地, 盡歸日本管理, 而其餘山野民戶, 爲中國道台及知縣之鈐轄而已. 地曠稅輕, 窮民多歸. 而朝鮮人, 亦有往往入居者焉.

其塚墓, 纍纍乎田野, 皆下圓上尖, 狀如雨笠, 亦多露棺不掩者. 家屋之制, 築甎蓋瓦, 前樹門屛者, 甚多. 而草屋, 以蘆葦覆之, 堅緻異常, 能支三四十年. 其田皆治, 苗界甚闊, 而無荒穢者. 其山, 皆土質無巉岩. 及森林而惟盛茂柞樹, 以供養蠶.

農人賽神. 或竪石築甎, 繞以三面, 前通中空, 以安神座. 而兩傍石面, 鐫刻時和年豐 雨順風調等字. 穀則各種俱宜, 而玉蜀黍最多. 非徒資以爲粮, 秋冬刈其莖, 採其根, 用爲燃料. 畜多驢騾, 或聯六七頭, 以運農車. 鷄鴨狗豚, 與我國種甚同, 而惟牛最貴. 木則楡柳橡柞最多, 而惟松爲貴也. 地距皇京阻遠, 且係新闢荒陋. 文學不興, 未有顯達者. 竊發之徒, 在在爲患, 而警察甚疎, 莫之戢焉.

既至見安丈, 則生理蕭條, 寄寓於本邦人林姓家. 蓋其里本邦人居者, 爲三四十戶. 而田土甚曠, 稅率甚輕, 農戶之初到也, 借田而畊. 卒歲所納, 約吾邦一斗落地, 只收租二斗. 此乃警吏之出張民間, 防禦剽竊之費也. 然此猶爲土人所瞞而然者, 若土人, 則一斗落地, 只納一斗而已. 吾人將準此而納稅, 則其餘, 無一可納之稅. 貧戶四集, 居處之荒陋, 物情之頑錮, 比內地僻峽, 尤甚. 是日行, 三十里.

二十一日. 偕安丈, 回縣. 遙望鴨綠江上, 火車已過橋畔, 而其間鐵虹霓二架, 當中轉旋, 開如扇面, 汽船之柁, 無碍通過. 蓋鐵橋之大, 中通火車, 兩傍之線, 又能容多數行客, 而兩架之距離, 不止一武, 則其壯大堅重何如. 而其操縱靈捷, 如揮手扇. 二十世紀物質之發達, 於此亦可見其一斑矣. 安丈於途中, 歷說滿土响匪之險狀曰 吾之離北滿, 而南歸者, 以此也. 回至旅舍, 與安丈別.

二十二日. 早朝乘火車, 歷蛤蟆塘.五龍背.湯山城, 有高麗門, 乃前日使行往來之孔道也. 由此北進, 經數十里而停車, 則鳳凰城也. 溪山周匝, 城市整齊, 爲一都會. 或曰 此即安市城, 又曰 王儉城, 又曰 平壤也. 轉向雞冠, 歷劉家河.連山關.南坟等驛. 踰陳相屯, 則茫茫原野, 與天無際. 歷撫安抵奉天, 夜已分矣. 因下車, 出場驛, 外站雄侈. 棧樓對起, 萬燈星列, 百車電馳, 頗足醒眼. 寄宿我人金姓店, 金云 一入山海關, 則無我人旅店也. 是日所行, 約七百餘里.

二十三日. 聞先外戚兄金寢郎昌鉉氏, 寄在本地西塔, 往拜之. 因與其子士彥, 往觀護國寺, 則正殿已鎖, 制與我國寺刹畧同, 而庭植兩株古松, 陰寒襲人. 庭之南, 有塔屹聳, 築以瓦甎, 高大而不甚精雅. 其旁有兩碑, 各爲閣以覆之. 前鐫蒙古字, 後刻漢字, 無暇細讀, 逡巡而出. 迤北而望, 則松林鬱密 ,巒麓掩映. 此乃開運山, 即清朝太宗永陵之地也.

因賒飲數巡酒, 以防寒. 向城之路, 歷入公園. 園內, 鑿池架橋, 中築露臺,有亭翼然. 于其上, 縱步臨視, 則潭腹氷堅. 間有溶解處, 而大小魚族, 凍死無算. 或有盈尺之魚, 沉于氷底, 蓋緣北土寒劇. 恨不得設良法, 而遂其生也. 回至攬轡亭, 則軒楹之間, 列置椅子. 而天氣寒甚, 遊人士女, 一無至者. 扁額及兩旁對聯, 皆徐東海世昌之書. 其筆勢遒勁, 詞氣悠揚, 不負爲名人墨蹟也.

自小西門入, 暫登城樓, 騁眸四望. 城周數十里, 皆甎築. 而有八門樓, 樓皆三簷, 護以甕城. 左右亦有對門, 路通四方. 轂擊肩磨, 市廛夾道, 雕欄彩閣, 羅列爾傍, 金寶貨貝, 充牣其中. 惟鐵軌之小線, 則自驛站, 至城門而止. 以通馬車, 非爲有電車而設也.

電桿之線, 則密如蛛網. 城外城內, 售電日衆, 屋宇櫛比, 街道喧塡. 而朔風甚勁, 塵沙蔽日. 循城而下, 入武功坊. 迤北, 乃清太祖舊時宮殿也. 殿之正門, 曰大淸門, 門已封鎖. 而其內有崇政殿, 左右有飛龍.翔鳳等閣殿. 後有三簷高樓, 曰鳳凰樓. 而又有金鑾殿之稱, 未知的指何殿也. 望之, 皆以黃色琉璃瓦, 覆之. 士彦, 以爲乘機購票而入, 則隨意遍覽. 余曰 遠看亦足, 何必近觀耶. 因摩挲石獅子而出.

繞盛京都督府, 而抵于圖書館. 購票直入, 攀梯上樓. 樓屋之壯麗雄侈, 亦屬創見. 架上貯書, 不知幾十萬卷. 桌上所列新聞雜誌, 無慮數十種焉. 心忙眼眩, 畧畧繙列. 天色向暮, 還外兄寓所.

蓋瀋陽, 乃清朝發祥之地, 而宮闕城市, 宜乎其壯且繁也. 現今鐵路, 三面圍匝, 京奉線, 則中國之通北京者也. 安奉.吉長線, 則乃日本軌道, 經甲午.甲辰兩大戰役, 而獲得者也. 回顧, 此二十年間, 雲翻雨覆, 龍跳虎躍. 此城, 爲南滿惟一之燒點, 而茫茫遼野, 槍炮之聲, 想殷殷不絕矣. 緬懷二百六十年之間, 愛新覺羅氏, 版圖之廣, 人民之衆, 爲地球上, 空前絕後之君主, 而由此發迹, 則而今果安在哉.

又念洪翼漢.吳達濟.尹集三學士之孤魂, 當沉鬱於泉下, 而無地可酹. 徒使故國遺民, 益添曠世之感而已. 因賦四韻一首, 曰瀋陽正在大遼原, 傑榭層樓盛且繁, 北麓餘寒含凍雪, 西郊斜照入黃昏, 塵中已鎖金鑾殿, 泉下難招學士魂, 寄語滿城諸父老, 大東民族摠同源.

抑進乎此, 而有一說焉. 昔在朱明萬曆年間, 神宗皇帝, 發天下兵, 以援吾東. 其後, 滿清崛起瀋陽, 率師以東致, 有南漢下城之恥, 而和議遂定. 然當時士大夫, 排清扶明, 斥和愈峻. 清廷索斥和之人, 甚急. 故洪吳尹三學士, 慨然自就于瀋陽之庭, 仗義而立慬. 自此以後, 東人之謳吟皇明, 爾來爲二百六十餘年矣.

然乃世有所因革義, 自有經權. 朱明東援之義, 雖不可忘, 清之所以優我待我者, 果不逮於朱氏乎. 况向之所以崇明黜清者, 肆然以尊華攘夷, 爲口實, 詡詡然, 拂闊袖之袍, 戴椎髻之髮, 曰天下之人, 莫我若, 而盡禽獸也. 假使闊袖椎髻, 爲民生第一義, 存吾袖而保吾髻者, 由清之優容, 而成之也, 非吾之所以自存自保也.

當下城之日, 清之行開剃易服, 猶反手耳. 顧能於華夏, 而乃不能於吾東哉. 或者, 疑如是, 則吾人之謳吟清室, 當如前日之不忘朱明乎. 曰 聖人, 因時制宜中而已. 明清, 於我邦, 有不可背之恩義, 而今大局已變矣. 宗社之責, 我雖無與, 種族之義, 不可不講所貴乎. 國是者, 以其通邦域畦畛而立一定, 不易之正鵠耳. 當是時也, 勿論明清之遺裔, 皆吾之同族也. 一切提携之可也. 何以明其然也.

遼瀋者, 乃檀君之舊疆, 而朝鮮者, 亦箕子之遺域也. 以吾東氏族, 論之, 扶餘氏, 興于帝嚳.陶唐之時, 而爲四千年神聖之族. 殷周之際, 箕氏, 以五千人, 歸之, 伯夷之賢焉, 而居之, 仲尼之聖焉, 而欲居. 則東方, 以君子之國, 見稱於天下者, 久矣. 是以, 歷代中州士大夫之流寓東土者, 史不絕書.

自新羅以降, 迄于王李之朝, 流涎乎中州之文化, 耽嗜乎尊攘之虛習者. 不惟專出乎事大依賴之心, 而實由種族同化之機, 有以致焉.

挽近以來, 吾東之地日以狹, 而民日以衆, 生事益聊落. 無告之民, 日就滿洲之野, 而棲屑焉. 顚沛困難之狀, 縱不可掩, 吾人之欲出門戶者, 舍此而外, 更無可往之地, 或者天意有所屬歟.

然流寓之中, 稍有見識者, 自分新舊兩派. 泥舊者, 昧於大勢, 而騖尊攘之虛習. 談新者, 能知自立, 而守畦畛之局見.

所望乎吾族者, 去虛習而破局見耳. 爲今之計, 莫若祖檀箕而聯漢滿, 述仁賢之化, 講孔氏之教. 北風雨雪, 携手同歸而已. 吾族之流寓東省者, 盍亦自反, 而知所省乎哉.

或者, 謂如是, 則子乃祖檀宗箕, 提漢挈滿, 務爲周全合同之計, 其意可謂勤矣. 無乃病於兩祖, 莫衷一是, 容薰蕕氷炭於一器, 而强責其有并美匹休之效果乎. 與其依違彌縫, 淆亂種系, 寧若赤骨挺立, 平平白白, 以專奉我檀祖血統之爲愈也.

余曰 唯唯否否. 天下之理, 當求實是, 適於中而已. 然民之鮮能者, 久矣. 子莫執之, 則偏於固滯, 胡廣用之, 則陷於苟容. 余於此所願, 則求合乎中也. 中之道, 舍事之實, 是亦末由也.

請以吾族之統系, 歷史之源委, 論之. 族之興, 實自檀君始, 而箕子之來也, 實受同化焉. 自玆以降, 扶餘之種, 漢土之族, 形氣相嬗, 水乳相入, 文用同文, 教用同教. 羅麗之際, 漢腦已盛, 而駸駸乎, 逮李朝之隆, 尊華(漢)攘夷(滿)之結習, 比漢土有甚焉. 心嘗不韙, 而爲時論所迫, 竟無容喙之地矣.

物極必返. 有志之士, 稍稍乎悟, 詬罵同族, 爲非義, 依賴上國, 爲劣性. 溯流及源, 欲專奉檀君天祖, 發揮四千年國性, 其志可謂苦矣, 其慮可謂遠矣.

然內檀而外箕, 聯滿而阻漢, 則殆亦前日尊攘者, 爲之祟, 矯枉過直. 病雖不同, 而其所以失其中, 則一也.

今據吾東各姓氏譜, 則土族居什之六七, 漢族居什之三四. 而土族之中, 千百年以前, 系統不明者, 又太半焉. 則安知其中漢族, 亦不占多大數也耶. 且教化文字·倫常習慣, 亦自漢土而來, 流傳百世, 已成國性. 今也, 欲自割半體, 而望其爲完人, 則殆未之思也.

竊悲夫. 前日之尊華攘夷者, 太半檀祖之遺族. 則今日之聯滿阻漢者, 必箕子之裔, 爲之倆矣. 此雖區區過計之憂, 而甚望吾東之族, 不至於此也. 吾同胞之處薄海內外者, 尚有以諒之乎否.

又按瀋陽, 本朝鮮地, 漢置四郡, 爲樂浪治所. 元魏隋唐時, 屬高句麗, 今爲盛京奉天府. 而在開運山南, 渾河之北. 渾河, 一名阿利江, 源出長白山, 卽朝鮮白頭山. 合沙河, 繞出府城東南, 與太子河會. 世傳, 燕太子丹出亡, 至此見捕, 故曰太子河.

二十四日. 早朝辭外兄, 向奉天驛站而來. 此站, 有中國人, 亦與日人合同管理, 發售車票者焉. 因乘京奉火車, 望山海關而發. 經南滿路, 渡饒陽河. 河不甚巨, 而黃流污濁. 經大虎山.溝帮子而西, 則遼野, 益平曠無垠. 沿路墾起阡陌, 并無一片空地.

但於天低野曠之際, 憑眸遠望, 則千里茫茫, 樹梢濃影, 渾如布練橫空, 堆銀成海. 喩之以江光湖色, 而其空洞透澈, 不足以形似也. 擬之以玉沫瓊霏, 而其玲瓏周匝, 又難以彷彿也. 愈往愈眞, 令人叫奇. 不覺神爲之曠然, 而意爲之灑然. 此所謂‘薊門煙樹也. 嘗聞, 遼野千里, 有此光氣, 每於冬天淨朗之際, 日常見之, 而若春夏陰霾之時, 則雖抵薊門而無有也. 現今春色尚早, 凜若冬天, 千里阿睹, 不亦異哉.

車快不停, 抵石山站. 見東邊有石崔嵬, 恰成小山坡. 卽所謂十三山, 亦一奇景也. 越大陵河.雙羊店, 而至錦州. 站內雲梯聳屹, 驛外城郭参差. 有塔屹立於空際, 可堪寓目. 越運山而至寗遠州. 城郭人民, 足稱巨鎭. 而城外路傍, 有十數丈高峯, 名嘔血臺. 世傳, 淸太宗, 登此臺, 俯瞰寗遠城中, 爲明巡撫袁崇煥所敗, 嘔血而殂, 故稱之云.
抵山海關. 噫, 此身, 已入萬里長城矣. 方在汽車中, 驟過重關. 但記第三關門扁, 曰天下第一關五字而己. 然此乃泰東最古之蹟, 最巨之役也. 耳飽史傳, 而今日目擊, 能無感舊之念乎. 下車, 從雲梯而出場外. 驛站之排置, 棧樓之雄麗, 幾與奉天相埒. 投天泰棧. 所行, 約七八百里.

駐燕錄

甲寅二月 二十五日 丙午. 早朝, 余在山海關天泰棧中, 憑檻視之, 天陰雨滴. 許多行客, 無數車輛, 絡繹赴車站. 棧東, 執照車票而來, 事甚便宜. 房飯索價太高, 所帶日貨, 與大洋兌換, 則又無加. 計一夜間所費, 過三四元矣.
因乘火車, 望北京而發. 過關而北, 大野益平曠. 經北戴河, 至昌黎縣, 山勢平遠而秀麗. 驛站與城郭, 亦甚偉. 縣乃巨鎭也. 城中有韓文公廟, 又有韓湘廟. 宋元豐間, 封公爲昌黎伯. 及元至正, 開始廟於此, 而有公塑像. 犂然有趨拜之想, 而乃身在車中, 莫可躬晋, 不禁神往.
經安山石門, 至灤州. 則有城有梯, 而亦一巨鎭也. 嘗聞, 塞外塞內, 水皆黃濁, 而維灤州之河, 獨淸耳. 蓋灤河, 出長城北, 自開平東南流, 至永平府南, 十餘里.
河之上, 有小阜, 曰首塲山. 山之北, 有小郭, 曰孤竹城. 而有孤竹祠, 以祀夷齊焉. 朱明憲宗純皇帝, 贈伯夷, 曰昭義淸惠公, 叔齊曰崇讓仁惠公.
朴燕巖趾源云. 中國之稱首陽山者有五. 或云在河東蒲坂河曲之中, 或云在隴西, 或云在洛陽東北, 或云在遼陽. 今雜出於傳記者如此, 而孟子, 曰伯夷避紂, 居北海之濱. 我國海州, 有首陽山, 以祀夷齊, 而天下所不識也. 或, 曰箕子, 東出朝鮮, 不欲居周五服之內, 則夷齊亦隨而來歟.
星湖李氏, 以爲伯夷, 避紂居北海之濱, 非受封, 不過檀氏之世, 一時寓居. 其始聞, 檀君開國海上, 有仁賢之風, 傳世不替, 故身歸焉. 而史氏所遺今攷, 檀君之立國, 在北海上, 則理誠然矣. 或, 曰少連.大連, 亦係海州人. 海州吳氏, 祖少連. 而以夫子, 先稱少連, 故有以少連爲兄者. 近日, 論議紛紜未定. 此雖非一時旅行者, 所可覼縷, 而姑附于此. 庶幾蒙中東好古之士, 有以參考, 則幸幸.
至開平, 則驛站布置, 備盡精麗. 塘沽.新河, 則居人用土蓋屋. 而沿路田野, 塚墓纍纍, 觀甚不雅. 過軍粮城, 而至天津, 則誠天都會, 而渡江以後, 所創見也. 至豊台, 則車站雖宏麗, 而日已昏黑, 無得以詳其制也. 遂入北京永定門, 而至正陽門外, 下車. 出場外, 車馬絡繹, 燈燭煒煌, 風馳電掣, 肩磨額擦, 不知所以抖擻精神也. 爲執旗者所導, 至余家胡同, 金華旅館寄宿. 房牀甚冷, 節已春分, 而北方天氣, 宛如深冬大雪之候也. 所行, 約八百里.

二十六日. 聞李剛齋承熙丈, 現方以孔敎支會請認事, 留在城內, 往訪之. 向宣武門而來, 路當京漢鐵道往來之衝. 方火車將發, 鐵柵未開, 行路阻絕, 車馬停滯, 雲屯蟻簇, 傍無針孔之餘地. 已而車過而柵開, 人如波奔, 馬似潮進. 從門而入, 則甕城左右, 圍如鐵桶. 往來阻擋, 迴旋規避, 如少放心, 則車當穿脇, 而馬當擦鼻矣.
辛勤透過, 至太僕寺街, 衍聖公府孔敎會內, 拜謁先聖遺像. 探問李丈消息, 則現在順治門外大悲禪院, 故逡巡而回. 路上旋風遮日, 塵土捲起, 令人不可恣意正視. 而左右朱欄畫閣金碧參差, 眩耀心目. 及抵禪院, 則惟我人崔君榮玖在此, 說剛丈, 於數日前, 向山東曲阜去矣.
歸至永定門內, 迤東而行, 則無數塚墓, 許多碑碣, 與街市相雜錯. 或有封破而陵夷者, 或有石移而易處者, 有覆如甕者, 有圓如笠者, 見甚纍纍. 想都市之間, 人喧鬼哭之聲, 與之相逼. 以吾人思之, 萬不得其故也.
更從正陽門, 而入歷中華門, 至天安門前. 此門有五扉, 而中門已鎖, 派兵守閽, 禁人出入. 門外砌石通五路. 而兩傍鐫石爲欄, 欄頭皆列蚣蝮, 莊嚴整楚. 左右各竪一石柱, 雕刻螭龍之狀. 周可三四圍, 高可四五丈. 上安一石獅子, 其傍又各設一大石獅子耳.

二十七日. 聞吾人之散在燕都者, 當不下數三百人. 而無室無家朝來暮往, 永無一定生聚之望, 資財俱乏, 棲屑可哀. 一間房一斗屋, 有難租居, 至於如此, 且吾人之所着, 非洋裝, 則必漢服, 雖日相撞見, 而不能相知也.
晚至西河沿三源樓棧, 定哺啜之所. 樓上棧房, 雖占爽塏, 床笫甚踈冷. 買褥買氈, 設于板上, 而依然呵凍.

二十八日. 天氣甚冷, 雨雪霏微. 透牕遠望, 光景甚鮮, 而阿手蟄伏, 意象孤苦. 天涯未見鄕國之人, 棧內難通佶倔之音, 只自黯然消魂而已.
向晩步出街上. 春雪着地便消, 黑塵不動. 陰寒未弛, 踽踽隻影, 自顧自笑, 人簇如海, 而可與晤語者, 誰也. 生當此境, 以物觀吾, 以吾觀物, 窅然有濠濮間想也. 因遍覽揭板上新聞而還.

三十日. 更往城中. 自金鰲門, 而行過幾步, 則跨湖架橋. 橋東西二百餘步, 以白玉石爲欄, 欄頭安狻猊數百座. 大小雖同形態各異. 橋之東西樹兩坊, 而各有門樓. 西卽金鰲, 東乃玉蝀也. 湖是太液池, 發源于王泉山渟滀(氵蓄)爲湖, 舊稱西海子, 今號爲瀛臺.
三海內有前淸光緖皇帝幽廢之宮, 而現爲大總統府耳. 橋上複欄, 坦道粼粼楚楚. 橋下湖光雲影盈盈淡淡, 況又仲春天氣, 時有無數鳧鴨, 隨波蘸泳, 令人不覺駘蕩而流蓮也.
環湖層樓複殿, 黃瓦丹甍, 掩映林際. 北望五龍亭, 西指紫禁城. 宮墻重疊, 池榭周匝. 而湖中有島, 曰瓊華, 世傳爲遼太后粧梳臺云. 跨島架起白石爲橋. 望若偃虹, 制如金鰲, 或曰此金海橋也. 南北兩坊, 亦有牌樓, 曰積翠, 曰堆雲耳.
循湖而上, 有紫光閣. 其下有馳射之場, 舊號平臺. 朱明崇禎庚辰, 薊撫袁崇煥入援帝, 臨平臺磔崇煥, 噫, 此其地歟.
余嘗恨毅宗自壞長城, 導寇入室, 而明社遂屋, 煤山自經, 不過溝瀆之諒耳.
然我國之人, 感神宗皇帝東援之義, 嘔吟明室, 至今不替. 據金石文字, 則年月日上, 尙以崇禎紀元等字塡, 過. 又感於當時劣史氏之言, 以爲袁崇煥主和誤國, 而毅宗不害爲萬世令主, 吁此何說也.
以今觀之, 南漢攘淸, 苟全平素之恩義, 而歷世尊明, 未免虛僞之流毒. 袁督帥之死天也, 不然明何以亡, 而淸何以興乎.

三月一日. 時往街上, 覽揭板新聞, 如北京日報·大自由報·黃鍾報·國權報·日知新聞·順天時報(係日人主管)等. 揭在傍近巷路, 故隨往寓目, 可以遍覽也. 蓋中國新聞, 不過幾十種, 而自辛亥革命以後, 增至數百餘種之多. 然比諸文明列强, 則耗矣微哉.

凡事草創, 當以漸而進, 徒說破壞, 不事建設者, 盍亦至此而反省. 徐補元氣, 以養甘白之質, 凝聚國性, 以收統一之功, 使無病者, 不至自灸, 諱疾者, 不至忌醫, 則中國庶乎其可救也. 近聞徐東海世昌, 承命將至. 而各報界一切歡迎, 從此以往, 中國可成立得一鞏固不拔之內閣歟.

二日. 早朝聞剛齋李丈, 自曲阜還, 寓東河沿德華旅館, 往候之. 叙十七年闊別之意, 但見此老衣冠, 比舊愈偉, 髭髮比舊加白, 身氣清旺老而益壯. 見余之至寒暄叙闊之餘, 因出示所告大總統文一篇. 綜其大旨, 一則述其理財之方針, 一則勸其即眞之大計也. 顧於中國情形.今日事勢, 甚不嫺悉, 而方諸拘儒俗見, 則已相萬萬.
回路循女墻而西, 忽遇一樹寒梅倚墻而立. 高幾數丈, 千葩萬蘂, 爭妍競麗. 渾如雪堆玉碎, 悠然嗟賞. 翻感歲月如流. 未知我九思齋中之梅, 能不負春情否耶.

四日. 遊翫街市, 入第一勸業場. 場之爲屋, 橫跨兩巷, 樓凡五層, 方列千間, 由北而入迤南, 而出自室中而行, 如過大場市. 金銀貨貝, 象犀珠玉, 充牣其中, 羅列四圍. 帷幔床桌, 潔潔淨淨, 路條階巷, 秩秩井井. 憑眸而望, 則其上層欄曲房, 星羅霧列.
有開鋪而居貨者, 有倚椅而啜茶者. 有艶粧鮮服, 往來而不絶者, 有長鞭寶劍, 徊徨而不去者. 樓之上, 覆以大琉璃, 以蔽風雨, 中高傍殺, 以通空明. 場內路線, 不迷可辨方向. 而樓中樓下, 重棧疊室, 槪難通照. 故電燈千盞, 架設上下, 屋中常作不夜城. 苟非然者, 四時長晦, 無以執業耳.

七日. 往孔道會館, 蓋與孔教會同一性質, 而組織不同. 薛君正清發起, 而馮國璋.湯化龍諸公, 相與贊成焉. 因遇顧君(瀋)謝君(育仁), 抽筆批談. 余曰 自漢以後, 中國學派, 以誰爲宗. 顧曰 孔子以後, 董仲舒.司馬遷.韓愈, 最有力於斯道, 而近日如有王姚江. 其人則中國其庶幾乎. 又曰 現今中國無可爲之勢. 謝亦言, 中國必將步貴國之後塵. 所遇儒紳, 每多如此漫無意想, 殊不可曉.

八日. 往琉璃廠. 廠在南城正陽門外, 西南數武之外, 即延壽寺舊址. 宋徽宗之北狩也, 與鄭后同駐此寺. 今爲廠, 造諸色琉璃瓦甎耳. 廠外巷路兩傍, 皆廛鋪, 貨寶充溢, 而前代古書名人墨蹟爲尤多. 流連鑑賞, 買得雜誌數種.

九日. 爾來瀏覽各報, 則中國財政, 萬無維持之方, 而殆將有汲汲, 不終日之勢. 說弊雖詳, 而未聞救瘼之論, 誇病雖殷, 而未見對症之劑矣. 忽於順天時報上, 見大總統會各部總長, 兌籌善後之策, 出示英人赫德. 所嘗調査者, 曰此桉必實施而後, 中國之財政可理也. 蓋中國地廣人衆, 正稅之供, 爲萬國最歇然, 姑依此桉而徵收, 可增至四億萬元也.

十日. 想在吾邦時, 據報紙上, 得聞金某在北京日報社內. 意欲一遭訪問, 向東城鎭江胡同, 而來至社內, 適金君不在. 聞其家在東單牌樓近地. 迤北而行路, 遇石坊一座, 連棟構造, 屹立雲霄, 乃故德公使克林德碑也. 粤在前淸光緖庚子, 有團匪之變, 而克君遭難. 事定後罰淸廷, 以巨款使之立此而謝罪. 其制純用白石, 下列三門, 有柱無扉. 其上屋甍列爲七層, 而中高傍殺. 藻棁璃栱, 皆具極美之石材, 中楣之上, 安一碑, 乃光緖皇帝親勅也. 其兩傍, 皆用西文鐫石, 誠曠世之宏構也. 天色已暮, 未晤金君而廻.

十一日. 剛丈爲李議員文治雲南省人, 所要轉移于其方, 蓋其教內之友也. 獨居無聊, 節又寒食, 因往東城, 或登高憑眺, 問柳尋花. 賦一絶, 曰杖策西來歲月深, 徊徨燕市少知音. 東城梅杏春如錦, 趁着佳辰盡意尋.
循城而回, 崇文門左右, 則中國兵巡依舊守派. 而正陽門兩側守派者, 皆德國兵也. 外勢之鴟張, 謂何如哉. 歸臥棧內, 繙覽孔教會雜誌. 現今中國一流人, 有孔教非宗教, 孔子非宗教家等議論, 而雜誌中逐號辨, 駁己不勝其紛紜矣. 然終恐隔靴爬癢, 似未中款.

故因構草宗教哲學合一論, 曰
西歐之言宗教者, 與哲學而爲二, 東方之言宗教者, 與哲學而合一. 究其所以分, 則以其有眞知.迷信之別耳. 故設方便, 而立天堂.地獄底名詞, 則迷信之所自來也. 據帝衷而循民彛.物則之定理, 則眞知之所從出也. 然天下之人, 知者常少, 不知者常多, 所以立一時趨向之鵠, 爲凡夫勸懲之地者, 率多用迷信之途轍, 專以神道設教. 此前日西歐宗教之所由興也. 是以西歐宗教家, 勿論有何種勢力, 其所以立教之範圍, 則特於政治法律工藝科學之外, 僅得立向善懲惡之一法, 一聽於神權, 而發其單純欽聳之念而已. 此今日泰西宗教家之真面目也.
自西勢東漸以來, 泰東之士, 習聞其說, 而眩其俗, 駸駸然以爲宗教之本來情形, 不過如此. 而至若孔子之道, 則莊嚴燦爛, 無所不備, 故或有疑以爲哲學家者, 或有疑以爲政治家者. 所以孔教非宗教之說, 往往騰乎通人之口吻, 而以至異教之類.媚外之倀, 眞以爲孔教不足以爲宗教. 於是乎, 宗教遂爲天下裂矣. 彼耶佛之偏於出世, 迷於神權者, 方可以享宗教之名, 而我孔之誠無內外, 道合天人者, 反不能爲宗教家. 試問教之一字, 專爲泰西人所獨有, 而國於東方者, 芸芸數千年永爲無教之國也耶.
吾知爲此者之必有說矣. 一則見泰西宗教家之徒, 倡神權, 全不整理人間世, 以爲孔教之明物察倫, 寧可以政治及哲學名之, 不當以出世間之宗教尸之也. 一則見泰西政法之流通, 科學之修明, 駭惶恍迫, 以爲出於救主之神力, 而於東方腐敗國之古道, 不當以宗教奉之也. 由前之說, 則限宗教於偏枯迷信之域, 而非儒家之所當講也. 由後之說, 則奉基督爲萬有萬能之主, 而非儒家之所可及也. 其所以爲說者, 雖不同, 而或貶宗教之名詞, 或小孔子之範圍, 其所以不可訓於天下後世, 則均矣.
夫教之一字, 始於虞舜命契之典. 而吾夫子, 既集羣聖之大成, 爲億代教化之主, 則可以參天地贊化育, 而爲地球上獨一無二之教也. 其與各國所宗之教, 不害同爲宗教. 而但不似各教之偏而不全, 迷而不真耳. 若以此而疑孔子之不可爲宗教家, 則是何以異於達項(巷)黨人之見其大, 而惜其無所成名也哉. 且西歐理勝之論, 無出乎哲學家, 而以哲理之妙, 勘正諸家學說, 無不究其情狀, 而審其得失. 是以基督教之行, 普及於全球, 而馬丁路得出, 則已改頭換面矣. 康德達爾文出, 則又生一敵國矣. 故曰二十世紀以後, 則哲理日明, 而迷信日薄. 各國宗教家, 漸失中堅之壁壘, 而宗教哲學, 必合了一矣. 夫然後孔子方爲地球上獨一無二之宗教家, 而孔教方爲全世界大同教矣. 何以故. 孔子者, 哲學合一之宗教家也.

十二日. 又往東城, 游玩街市. 因出朝陽門, 循濠而南, 行百餘步, 則有數丈頹阜, 曰此古之黃金臺也. 我聞燕昭王築宮于此, 置千金于臺上, 以延天下之士, 而報强齊弔古之士. 至此而無不悲歌感慨, 徊徨不能去. 眇予海外羈人, 目其書而耳其事者, 久矣. 今日忽置身于臺上, 緬懷二千數百年舊蹟, 安得不曠然而興嗟乎. 回至崇文門內, 觀獨逸兵組練之狀, 隊伍井井, 身材赳赳, 有勇敢之概, 真強國之旅也.

十三日. 金蘭亭(子順)來訪. 蓋君幼離東土, 寓日本廣島等地, 經十数年, 入燕者, 亦十有三年, 與東人無關係, 故不通韓語. 其所習者日語漢文, 而乃抽筆批談, 語頗煩寃. 家無切近族戚, 膝下又無一點血肉. 身係漢籍, 占一小星, 而近有身恙, 乍免北京日報主筆之任, 寓京西王太監廟內云.

十七日. 趙君鏞薰來, 傳孔道會請帖, 以今日開會講道. 行將往赴, 而適有碍未果, 日已晩矣. 乃躬自往謝, 則蓋會已盛, 而影已撮, 現方罷座. 來賓中, 衛西琴(米人)已去. 惟我人剛丈及趙君猶在座, 講餘義. 因與趙君回棧, 則金君(翼煥)聞棧內有我人適來, 相晤叙闊, 良久而去. 君已入籍于中國者, 十餘年, 現在通信院主事耳.

十八日. 曩遊金鰲玉蝀之間, 而心醉神怡 不能去懷. 因入城中, 再過金鰲橋, 忽一人, 從西洋大官之後, 騎馬而來. 初以面黑故, 訝以爲買炭之人矣. 細視之, 袖有金套, 亦一官人也. 面貌渾如塗墨, 縱以印人爲黑, 然較諸此人, 則猶粉鬼, 且不似印人之長而偉耳. 問諸巡哨之兵, 則渠亦不知爲何國人, 而相顧驚怪而已.
繞墻而北, 狹路楊柳依依, 陡覺春光之遲暮. 入集賢樓乍徜徉, 樓屋之宏侈, 物品之陳列, 畧與第一勸業場同耳. 以紀念的, 買一手帖. 迤北而行, 有鍾鼓二樓, 聳出空際. 叫閽者開門, 攀梯而上. 鼓樓梯過百尺, 凜凜若臨懸崖之上. 至于中層, 黝黑無睹矣. 梯盡而至于樓上, 則天地開朗. 乃憑高四望, 層棟傑閣, 稠戶人烟, 永無際涯. 而但西山一抹, 掩映於雲表. 嘗聞, 山有白塔, 矗立雲霄, 有泉噴于石竇, 是爲玉泉, 味乃天下第一云.
覽既下樓, 更向德勝門而來. 門樓雖壯, 瓦甍頹落, 看甚嗟惜. 此乃元之建德門. 朱明洪武元年, 大將軍徐達, 改今名. 正統十四年, 乜先上門外土城, 直窺京師. 兵部尙書于謙與石亨等, 用計設伏, 礮殺孛羅. 相持五日, 乜先遂擁上皇而去云. 天色已晩, 乘車而還.

余之駐燕, 凡二十有四日. 其間目擊於全城者, 未及爲一鼎之臠, 然畧述其概. 宮闕之制, 則皆用土木, 略與我國同. 而重城疊墻, 間與民居雜錯, 透了一重, 又有一重. 正陽宣武及各門之制, 則皆砌瓦甎, 而成虹楣, 刻蒙古字. 聳出空際, 過漢陽東南門遠甚. 然不若純用石材之爲愈也. 且中國巡警哨兵, 一向溫順. 對人民保護之地, 雖偶爾犯禁, 從容指導, 此則可敬而於遵守規則之地, 或欠謹嚴, 其長短不可相掩.

家屋之制, 則務施金碧, 頗事丹青. 房與庭, 皆鋪瓦甎. 設寢臺于房中, 而無烟炕之制, 其絕無而僅有者, 乃滿洲遺俗也. 甚至於樓上板廳, 亦鋪瓦甎. 室內粧飾之品, 皆以書畫成簇帖以垂之. 神祠, 則處處皆設. 如道觀禪院聖祠之類, 累見, 不一而入. 居人之室, 則往往, 以紙簇上所畫神像, 揭于壁, 而兩傍, 供香燭 以奠之. 若士大夫家, 則無此習歟.

女俗, 則服樣或有與男子同. 而若裳則摺積爲幅, 然前後兩幅, 則大而且闊. 滿女之髻, 則摺髮上竪, 而以笄接束, 恰如烏帽之雙角. 漢女, 則斂髮作髻, 置諸腦後, 略與吾東婦女之髻同. 或有細編而斂之者, 或有醉歐風而作洋髻者, 或有以網掩之者, 形形色色, 頗有不同. 又有兩臉塗紅者, 及纏兩足者, 而爾來稍自悔改.

行喪之制, 則鳴鑼擊鉦, 以樂前導. 而豪富之家, 雲亞之翣, 雖煒煌燦爛, 未見其有銘旌者, 亦未見有魂箱者. 或以盈尺之紙, 寫着某姓某名之位, 舁而行之而己. 或露棺而舁行, 棺乃附板而成, 甚厚甚大. 或有雕飾而緣采者. 喪人則以綿布爲周衣, 着于黑服之上, 又用緜布爲巾, 紐以骨角(俗名單硝), 其後至親, 則各乘馬車及洋車, 而白衣從之. 埋瘞, 則多於其田中窆焉. 想無風水之說矣.

俗尙, 則至今重視科擧, 而尙貪馬頭三日之榮. 見一少年乘着四人轎, 轎以結綵垂之, 皷樂導行. 視之則前面寫着壯元及第四字. 抑卒業生之及第者歟, 新知事之入格者歟. 近日各省學生, 以知事試驗方行, 故多數上來. 嫁娶之時, 亦乘綵轎, 鼓樂導之.

市場之制, 則爲屋百餘間, 魚鮮.獸畜.肉類.菜屬, 陳列其中, 隨求輒應. 其餘, 菽粟.布帛.器用.玩品之類, 各有商店, 而如第一勸業場及集賢樓之類爲最. 全城, 皆用石炭, 未見其有柴扒梢束之買賣者.

飯米, 則質細而形粗, 如我邦之蒸糇. 調味則多須油品, 淡而不淸. 茶湯, 則無時不吸, 徒未有飮水之時, 蓋因水土之不佳而致然耳. 菜品則白菜最盛, 經春屆夏常時需用, 莖葉新鮮, 不沉以爲菜, 切而和肉, 有若吾東圍爐之用者, 果品則惟蹲柹爲盛, 魚類則無所不有, 惟吾東之北魚八梢魚, 未之見焉.

出門, 則洋車馬車, 密如鐵桶, 其多如鯽. 在在要乘, 一次徒步, 隨請隨拒, 應答甚煩. 丐乞者流, 則不請飯於門, 而必要錢於路, 一見前者之得, 後者乘時要求, 不勝其煩. 嘗在集賢樓中, 見一女年頗少, 貌甚不醜, 見余之至, 再拜要一錢. 意甚哀之無耐, 丐者簇立其後, 拂之而回.

人民則遭邇年破壞之後, 漫無秩序, 而經信自由, 雖總統之尊, 元老之重,指斥姓名, 信口無疑. 如西洋之不諱名者, 則欲紀念其名, 而尊畏之義, 自在言外, 若東亞之夙習, 則一斥呼之際, 并與其尊畏之實而亡之也. 交際則與士君子居, 情殷禮摯, 最感其有同族之誼.

火車則晝宵來往于漢口奉天. 禽類則黑烏最多. 植物則楊柳最繁. 橐駝之大, 而不堪負重者. 則成群作列. 或至十數. 白羊之馴, 而不煩鞭策者, 則隨人芻牧 每至百餘. 牛犢之矯而小者, 驢騾之驤而趨者, 日常生食, 無資於釜鼎之調草.

至於土質 黏黑無砂. 需煤日廣, 又與炭屑吹噓和糅, 一出街頭, 黑塵蔽天, 污衣垢面, 不堪觸目. 如經雨濕, 則泥滓膩滑渾如潑墨.

公園則未及遍設. 而雖有萬姓公園, 衢外之民, 無得而日往, 却少游散之趣耳. 余所可恨者, 太學戟門內, 有周宣王石鼓, 而未之見焉. 萬壽山一未登覽, 又不得一知己友, 滿引大白, 泥醉於黃金臺下也.

十九日. 早朝, 以曲阜之行出. 至正陽門站, 上火車望南而行. 日暖風和, 春光遲暮, 花明如錦, 柳綠如烟. 千里平沙, 因東風吹動, 黃塵蔽日. 過豐台而南, 則漠漠野田, 麥氣連青, 宛如天海相涵矣.

因間服饅頭數顆. 午牌時分至, 天津總站下車, 徑投連陞棧. 數杯後乃散步, 街上迤東而行. 登涵碧軒, 踞檻而坐, 適有數少年, 垂竿于橋畔, 或臨浪而濯足. 歎其境清辰良, 閒適自在.

又轉而西徑入公園. 其門內築石作假山, 鑿池引噴水. 阜上有翼然者, 曰翠微亭, 可控四圍勝槩. 而東有直隸行政署, 南有法政學校, 西北則有商務賽會所, 及圖書館焉.

園在中央, 樹卉陰翳, 石砌清楚. 旋路迂而周折, 層楹隨而對起, 井然有序, 超然遺塵. 適有園丁數十, 引噴水機, 灌于花畦. 因寄傲于椅上, 或嘯咏於樓頭, 以紓幽鬱之想, 而倚着微醺賦一絕, 曰全埠繁華萃此亭, 幾多豪客已過停, 四面樓甍環拱揖, 流霞凝翠眼初醒.

全埠繁華萃此亭, 幾多豪客已過停. 四面樓甍環拱揖, 流霞凝翠眼初醒.

更至白河上. 河有架橋, 而河中萬舶雲集, 貨物堆積. 岸上火筒林立, 工廠繁興. 原來天津, 乃近畿之地, 而中國保障之港也. 自西舶東湊以來, 尤爲要害. 中國之經理, 竟未充分, 外人之租界業, 已遍占久矣哉. 中國威信之不行也. 向晚回棧.

聖地追感錄

甲寅 三月二十日 辛未. 早朝將往曲阜, 自天津連陞棧, 向總站而來. 登火車過西站, 望天津全埠, 盛況. 越楊柳青, 至良王莊, 則有一軌線, 自南而來, 與之相合. 過獨流鎮, 至靜海縣, 則西南有一道空光, 蕩漾於雲際, 不知是天是海也.

所見畊田之具, 則或有駕兩輪而破土者, 或有如梯子樣者. 勿論牛馬, 多用兩隻而駕之. 家屋則用土製造, 遠望之, 櫛比之村落, 宛若邱壟成行. 草不甚蕪, 而野無青色 益平曠無涯. 蓋屋之瓦, 皆黃色, 而純用夫瓦. 到處車站皆然耳. 車內則西人往往檢票.

至德州, 則雖排置得整齊, 城是土城, 屋是土屋. 惟四邊門樓之瓦甍巋然. 有兵數百方行組練. 或有往來車輛, 多載軍人, 牢閉牕戶而行. 蓋以匪類四起, 軍務紛紛, 恐人驚動, 潛相派兵也.

至于平原, 則花柳紛繁. 即趙公子勝之采邑也. 過晏城桑梓店, 則西邊有嚴嚴之石山, 不甚高大, 而千里南行, 却是初見. 問名於土人, 則曰月山也.

有頃渡黃河水. 水不甚巨, 如在我邦, 不可比擬於鴨綠漢江, 安在其爲天下鉅流也. 然是河也, 流於數千里原隰之地, 歷代爲患最甚, 史不絕書.

今回架橋之時, 水底皆是沙土, 隨築隨壞. 故鑿之至深, 要達于地質堅剛之處. 往往及于數十丈而後, 始安橋脚. 故黃河鐵橋, 用力最多. 而水流處, 則不及十分間之二.

至濟南府, 府即戰國時齊地, 而乃臨淄也. 人口三十萬, 產絹布寶石等物. 自南方 至北京之孔道, 若山東鐵道, 則以靑道起點, 經膠州濰縣.青州淄川, 至此府, 分爲二線, 一至德州, 一至濟寧州. 皆與津浦鐵道合, 延長二千七百五十里, 其大部已爲開通, 專屬德人管理. 此府爲要衝之地, 而內外物貨幅湊. 附近各縣多產蠶繭綿絲云.

時已昏黑, 燈光照耀. 車站之壯麗, 雲梯之宏侈, 排置皆井然有序. 而西人多般干涉, 漸非復中國物色矣. 拊念東西, 愴懷今古, 又未知漢儒伏生之舊居在何處, 而前明李于鱗白雪樓, 尚今無恙乎否耳.

停良久行, 至泰安府. 汽笛旋又報停, 推牕東望泰山, 當前其高亦不甚截. 然爲歷代帝王檢玉之所, 而風景絕佳, 古蹟甚多. 夜深驟過, 恨未遂一遭登覽之願也. 賦一絕, 曰魯叟何時陟彼山, 巖巖千世更誰攀, 當年天下猶全省, 一望還如指掌間.

魯叟何時陟彼山, 巖巖千世更誰攀. 當年天下猶全省, 一望還如指掌間.

至姚村車站, 則夜已深矣. 乃下車欲入城, 而城在十八里之外. 故遂就傍近一車丁室, 乍合眼, 天色已曙. 所行約千有餘里.

二十一日. 早朝乘小車, 望曲阜城中而發, 旭日初上. 瑞靄通紅, 麥氣縈青, 多少村落, 緣路櫛比. 而鷄鳴狗吠之聲, 恰如在吾東時. 但四山迷茫, 益見平曠耳.
行抵顔家河, 河即泗水也. 沙甚細而流甚清, 雖非大川, 而聞名於天下者久矣. 以余所見言, 則渡遼以來, 清盈而漣漪者, 惟此水耳. 感賦一絶, 曰 魯城西北有溪橫, 問路方知泗水名. 北來正苦黃流濁, 却喜眞源一泒清.
由曲阜城北門而入, 定館于陋巷順興店. 東與顔夫子復聖廟相對耳. 往東城, 請見于孔太史少霑(祥霖)先生, 并致謁廟拜林之意, 孔丈即命招待員李君靖臣, 及侍者曲姓, 使之引進, 一邊知會于其從姪衍聖公令貽. 余曰 鄙生小子平生願, 拜聖廟聖林, 而渡江以後, 身穿漢服, 頭戴洋帽, 以此瞻拜, 惶恐死罪. 孔丈, 曰本可隨便.
因隨李君, 至毓粹門外. 門楣上書, 聖廟重地, 非經由衍聖公知會, 則不可擅入之意. 俟少頃, 李君自聖公府出, 導余入門, 碑亭立立, 門榭重重. 從大成門而入, 則砌石築甬道, 迤北而進, 大成殿當中矣. 因歷階而上殿陛, 殿之柱, 純用白玉石, 前列十柱, 高皆四五丈, 周可三四圍. 其中八柱, 鐫刻螭龍之狀, 蜿蜒流動, 颯颯有生意. 傍後十八柱, 則細雕微畫, 隱映有清逸之態.
殿門甚高大. 正門則開闔之際, 宛然有鼓樂之聲矣. 由東而入殿內, 因再拜于先聖及先賢之位, 次第奉審, 則正中安先聖塑像, 冕冠袞服, 儼臨于龍桌之上. 面貌頎而赤, 前兩齒微露, 神彩異表, 果未如其彷彿乎否, 而益仰萬世素王之七分, 實有生後初紀念也. 前面木牌上書, 至聖先師孔子神位八字, 下設香爐香桌及禮器若干, 而秦漢前古器, 則特藏于聖公府, 以待四仲月丁祭時陳設, 而桌面仍模刻其形狀耳. 東南安復聖公顔子·述聖公子思子塑像與神位, 而設香爐香桌. 西南安宗聖公曾子·亞聖公孟子塑像與神位, 而設香爐香卓.
再其東, 有閔子.冉子.端木子.仲子.卜子.有子塑像與神位, 再其西, 有冉子.宰子.冉子.言子.顓孫子.朱子塑像與神位 而各有香爐香桌. 惟孟子子路 則面貌帶赤. 朱子之塑像, 則前清康熙年中躋享於殿內. 此清朝二百年所以獨尊朱子, 而爲今日學界影響者, 甚鉅.
殿之上方, 以黃金鐫刻萬世師表四字, 乃前清乾隆宸筆也. 兩旁楹聯, 亦鐫以金字, 東曰 氣備四時, 與天地鬼神日月, 合其德, 西曰 教垂萬世, 繼堯舜禹湯文武, 作之師. 因再拜而出, 諦視構造, 則層棟黄屋, 可合爲萬世王者之殿也. 感賦一絕, 曰殿宇崇嚴衮黻新, 太和元氣萬年春, 摳衣再拜瞻遺像, 何似從前景慕辰. 殿陛之下有亭, 巋然樹黨懷英篆書巨碑, 曰杏壇. 乃夫子杖屨徜徉之所, 而七十子難疑答問之地也.

殿宇崇嚴衮黻新, 太和元氣萬年春. 摳衣再拜瞻遺像, 何似從前景慕辰.

摳衣上壇, 猗蘭之琴, 曾氏之瑟, 若將鏗爾於耳朶. 瞻矚不能去, 肅然如奉辟咡之詔於百世之下也. 賦一絕, 曰杏樹壇邊柏樹陰, 巋然惟有一堂深. 躡足宛隨諸子後, 滿堂風韻有遺音.

大成門東隅有先聖手植之檜木. 蓋晉隋唐宋金元明清之際, 既繁而且枯, 既枯而且茁者, 已經幾度矣.

今日枝幹亭亭, 聳出雲表者, 則自前清康熙以後而已然矣. 其間榮枯之數, 一任時運之隆替, 而先聖下種之根, 則至今無恙, 如一線陽脉, 尚存於嚴霜大冬之中. 至誠所感, 以一木之微, 而當天地剝復之候, 摩挲二千四百年手澤, 其爲感愴之情, 當如何哉. 因賦一絕, 曰聖師當日手培根, 幹聳亭亭葉鬱蟠. 榮枯付與升沉運, 正氣乾坤一樹存.

其四圍繞以石築, 可望而不可近, 則保護之道, 亦云至矣. 傍有檜樹贊碑一座, 乃宋米南宮芾所書, 而石已剝落, 字樣之完存者, 幾希. 其一波一畫, 飄逸遒勁, 凛凛有生意焉. 今考檜樹之歷史則自先聖手植之後, 至晉懷帝永嘉三年而枯, 枯三百有九年, 至隋恭帝義寧元年復生, 生五十一年至唐高宗乾封二年再枯, 枯三百七十有四年, 至宋仁宗康定元年再榮, 至金宣宗貞祐二年, 罹于兵燹無遺.

或曰 聖人手植檜, 其數有三, 其大蔽牛. 女真南侵, 厄及三檜樹, 不復生. 於是取以爲材, 命工刻先聖容諸賢像惟肖. 其後八十一歲乃元世祖三十一年, 故根重生. 至朱明洪武二十二年己巳凡九十六年, 其高三丈有奇, 圍僅四尺. 至弘治十二年, 大成門殿被火災. 此樹在門殿之間, 枝葉踈脫, 孤幹獨存. 至前清康熙間已二百餘年, 不枯不榮, 其堅如鐵, 俗呼爲鐵樹. 康熙皇帝, 以手撫摩, 稱爲神異, 爲作古檜賦云.

而聞諸靖臣, 則此樹自洪武後而繁鬱, 抑元明重發之幹, 罹鬱攸之厄, 自康熙以後, 乃得遂其天而再榮歟. 吁, 豈不神且異哉. 因入東西廡, 奉審七十子及歷代先賢一百三十餘位. 由殿而後, 則乃寢殿, 而鐫石列柱, 略與聖廟同. 但太殺耳. 內安先聖夫人亓官氏神位, 又其後, 則乃聖蹟殿也, 砌石爲壁, 石上鐫刻, 乃列先聖平生之蹟, 萃盡各國名畫, 而近已模刊梨棗, 現有成本, 乃吾東聖蹟圖之所自出也. 前有先聖石像五位, 皆吳道子手本也. 兩傍各有乾隆御製碑一座, 其東西數十步外有神庖及埋帛所. 殿(大成殿)之西, 啓聖廟, 廟亦用石柱, 內安叔梁大夫塑像及神位, 面貌帶赤, 甚有英氣.

其後亦有寢殿, 安叔梁公夫人顏氏神位. 殿之東有宗聖祠, 安啓聖王 詒聖王 肇聖王 裕聖王 昌聖王神位. 傍有孔氏孟皮孟孫氏曾氏顏氏及宋程朱氏神位. 廟前有秦漢間舊碑, 乃刻孔氏世系圖者也. 南有則古稱先詩禮堂, 乃伯魚趨庭過學之所也, 見有立碑紀念者. 堂北, 乃先聖燕居室也. 徊徨瞻慕, 感賦一絕, 曰詩能言志禮持身, 教子元非有異人, 試從今日堂前過, 三百遺篇便是眞.

詩能言志禮持身, 教子元非有異人. 試從今日堂前過, 三百遺篇便是眞.

轉而迤南, 有孔宅舊井, 甚深. 因靖臣呼從者, 請結綆及小碗, 酌而飮之, 味淸而帶鹹. 百世之下, 仰想曲肱飮水之意, 而跬步乾乾, 若將沐於時雨之化也. 感賦一絕, 曰古井猶存口澤傳, 淸鹹佳味異奔泉. 多君汲引來添酌, 記否莊壇飮水年.

傍有一片古石, 靖臣指余示之, 乃魯壁也. 抑春秋之時, 砌石成壁, 如今日瓦甎之制, 而此果藏詩書之遺壁也歟. 愴懷舊蹟, 能無興感乎, 賦一絕 曰秦爐火烈急遺經, 無賴詩書付汗靑. 摩挲片石眞堪語, 留得先王舊典型.

堂之南有槐杏, 兩樹甚古. 問請靖臣 曰槐是唐人所種, 杏是宋世所植. 思千年舊物, 豈可易得, 因折唐槐一枝, 爲日後紀念之資, 而并賦二絕, 曰槐在廟中不偶然, 千秋猶得保千年. 回笑隴頭仙李葉, 片時春色付何天. 杏在壇邊隔一墻, 倘緣衰宋未升堂. 當年幸賴河南燭, 尋得宣尼殿宇傍.

復向大成門而南出, 則歷代碑亭有難勝數, 而前淸御製碑爲多. 其鐫石雕木, 皆狀螭龍, 抑多淸朝所修建者歟. 迤南有奎文閣, 聳出空際. 循梯而上, 則誠宏構傑榭, 可合王者. 藏修之所, 而樓上一無存者, 未知爲何而然也. 後遻吳曉汀[愷元]於滬上, 語及此事, 以爲聖公府之古器古籍, 皆當出貯於此閣. 其他天下圖書之願藏於此者, 皆聽許施則此閣將爲亞洲獨一無二之最大古物院矣. 差人虔修, 以傳諸天下萬世, 豈不美哉. 吳亦言甚有此志, 而嘗勸於衍聖公耳. 東有禮器庫, 西有樂器庫, 門則西曰觀德, 東曰毓粹.

閣之南則有同文門. 門內有漢時禮樂碑, 及諸郡吏孔謙碑, 卒史碑, 史晨祀廟碑, 韓勑修墓碑, 及孔宙孔彪孔褒等碑. 而央然古趣, 最惹肅敬之意. 又有魏碑唐碑及宋金元明時碑焉. 再其南則有大中門, 弘道門, 及太和元氣 及 玉振金聲等門, 而又其南則櫺星門也. 不得常時出入.

廟殿之樹滿庭, 皆柏而如吾東之老香木. 然蓋中國之所謂柏者, 乃側柏, 而不而吾東之海松爲柏也, 明矣. 皆竦直蒼蔚, 有參天蔽日之勢. 回至毓粹門則門者, 已進聖廟聖林圖各一本, 孔太史已遞靖臣, 而命曲姓使之直, 謁聖林, 故呼車命駕, 從魯城北門而出, 過平橋而望孔氏忠孝之閭, 由文津橋而北 則石坊當前, 下車諦視, 爲門三架, 有柱無扉, 虹楣上刻萬古長春四字, 乃知爲神道碑也. 略余在北京時 所見克林德碑同, 而皆純用石材, 高大則差不及, 而鐫刻之工, 構造之巧則過之. 蓋德人充拓山東, 往來觀看, 模倣於此, 罰淸庭而竪克碑者也. 以一公使之微, 而妄擬於億代敎祖之儀衛, 抑天必厭之矣. 其兩傍各竪閣一座, 而安神道碑, 乃朱明萬曆年間所建也.

因從大路而上 則兩邊柏樹參天, 自有肅然起敬之念. 過至聖林坊, 入頭門則兩傍繚以周垣, 垣內柏樹亦森列. 中通一路, 行若干步則兩側石砌上, 各安一石獅子. 前有門榜 曰至聖林. 由此而入 則東乃前代帝王輦路. 迤西而至洙水之坊, 乃下車. 過洙水橋, 橋下無一勺之水, 而洙水之名, 馳於天下, 令人不禁目想神往 則以託於夫子之盛德, 流芳於千世也.

因縱步過墓門, 至于墓殿, 則兩側各竪石翁仲一座, 中設一香卓矣. 由殿而入則謂之內林, 乃三世同林之地也. 趨而直前再拜, 于先聖之墓, 碑上鐫着至聖先師文宣王墓, 墓上有古木扶踈, 或老倒任其自朽. 墓前有床石, 其下設石卓, 而有一爐二盒, 兩傍各竪翁仲焉.

眇余小子, 生晩百世之後, 居在絶域之外, 一生知讀夫子之書, 而慕仰之不已. 今日得拜林內, 何感如之. 且吾儒學說, 俱祖夫子, 而尙未免有入主出奴之見, 未知先聖一點滴骨之血統, 將從何可證乎. 賦一絶, 曰拜廟歸來謁聖林, 千秋誰證九原心. 滔滔口耳終無賴, 那望神州救陸沉.

次謁泗水侯墓, 復謁沂水侯墓. 其儀衛陳列, 略與上同. 而惟一部中庸, 乃千世相傳之心法, 仰想靈爽之炯然而長存矣.

迤西而有四世墓, 封築甚古, 不可識別. 聖墓之右側, 有端木子居廬之處, 置屋數間, 以標識. 其裔孫世以博士奉祠, 前淸康熙皇帝, 謁聖林時, 從端木謙議也. 泗水侯墓以東, 則有宋眞宗淸聖祖駐輦處, 皆有碑有亭矣.

墓殿之東隅, 有木赤骨禿立, 更無枝榦, 而高可數丈, 乃端木子手植之楷木也. 其木之瘦可以爲瓢, 其葉亦可爲蔬, 其子榨油可爲膏燭, 而今枯死久矣. 傍竪一閣更立碑, 以識其蹟, 木之四圍, 以石環築保護, 雖謹恨不得立屋于其上, 以庇風雨也. 先聖之幽宮賢人之手澤, 可不敬歟. 賦一絶, 曰骨磨皮剝數尋强, 猶帶先賢手澤長. 欲知此樹栽培蹟, 淚盡居廬六載霜.

墻外外林, 則有孔氏之虛墓·漢墓. 及亘古迄今, 名人之墓與宗子之墓, 重重疊疊, 墳瑩相望, 實家族世葬之地也. 林凡十八頃, 其外皆民由也. 二千餘載, 族衆日繁, 附葬日多, 未免積墓疊葬. 康熙皇帝, 從孔尙任奏請, 特命開擴, 而至今猶累累依舊矣.

余於此竊有感焉. 吾東堪輿之說, 雖自中國而來, 然一經燕趙齊魯之地, 而廣漠無山, 累累田中之塚, 無待於龍穴向背之說明矣. 惟孔氏世葬之地, 則潔潔淨淨, 萃在一林, 不似田野之累累者, 則生當易省死可知歸, 而亦不惑於陰陽風水之說審矣. 吾東之爲亡者也, 擇地之苛, 佔地之廣, 無所不用, 其極以之負骸載路, 破家相訟. 將謂生人禍福, 專由亡者墓地而判焉, 則妄求非分, 希利取寵, 種種結習, 爲寰宇上, 無雙鉅瘼, 盍亦觀此而知所反省乎哉. 物極必反, 共同墓制, 行將實施矣. 如以孔氏家族世葬之制, 頒諸天下, 則豈不美哉.

由墓門而出, 登思堂. 堂即聖裔, 春秋祭掃, 族姓燕會之所也. 西壁有宋元人題名碑刻, 而中有明臣畢懋康謁林詩. 喝茶罷, 守者進蓍草五十本, 蓋此草生於聖墓, 爲一種靈異之物. 而聞諸孔太史之言, 則此雖非眞者, 亦異常草云耳.

二十二日. 謁顔子廟. 廟所在卽陋巷也. 曲姓來, 又請謁廟, 自西門而入. 是日適爲魯都市, 男男女女, 往來不絶, 充拓門內. 左右碑亭列立, 殆與聖廟同, 規模則遠不逮耳. 門內有陋巷井 砌石虔護, 爲屋以覆之, 若孔宅舊井, 而井深味冽, 不覺一瓢淸風, 流動於古松老柏之間也. 因賦一絶, 曰井兮環逼巷民居, 伊昔顔淵舊飮餘. 遺風不絶堂前樹, 想像簞瓢一味噓.

井下有石楠, 傳爲復聖手植. 從克己門而入, 乃退省堂也. 內有退省圖石刻, 唐人古蹟, 至爲名貴. 庭有一古樹柏, 身而針葉, 詢諸曲則, 曰松乃五百年舊植也. 由東而入, 復聖殿前, 列八石柱, 鐫刻蟠龍, 上以靑琉璃瓦覆之, 構造之宏壯, 亞於大成殿, 而無媿矣.

入殿內謁塑像. 冕袞黼黻, 可想爲草刱之君. 而韶顔綠髮, 應在三十. 左右木牌, 上書復聖公顔子神位, 現已開盒焚香, 香乃蘇檀香也. 吾東之專用紫檀, 未知肇自何時耳. 上方以黃金, 鐫刻粹然體聖四字, 兩傍之楹聯, 則東曰一陽復始, 天下春, 周冕虞韶, 五百帝王, 分譜牒. 西曰三月仁通, 古今運, 文經禮緯, 萬千俎豆, 應簞瓢. 摳衣瞻拜, 愓然興感, 賦一絶, 曰草創山河王佐才, 三千門下最優裁. 成功卓爾天年早, 廟貌惟供百世哀.

殿之東廡, 又有顔子塑像及神位. 而其下有顔子僕之神位及隋黃門侍郎,北齊御史中丞, 唐常山太守兄弟神位. 西廡有先賢及何及辛, 唐崇文學士, 明河間太守神位. 而塵垢堆滿不掃, 庭中柏樹森列, 有龍木, 幡鬱偃仰耳. 西有杞國公祠, 而安塑像與神位. 金冠朝服, 紅顔皤髮, 翛翛然有出塵之概. 後有顔子夫人祠, 而安神位, 牌上不記姓氏耳. 因周遭觀瞻, 復自挾門而出.

東有家廟, 以安神位乃程叔子. 栗主之制, 而粉面寫先祖復聖公顔子神位, 而不龕不櫝, 安于桌上. 有村女數名, 現方捐數顆銅於桌, 似有祈福之意, 誠可駭而可歎也. 復自克己門而出. 蓋殿之正南, 則乃復聖門, 而又其南, 則門楣上, 題曰復聖廟, 其外兩傍, 又有石坊, 東曰卓冠賢科, 西曰優入聖域. 又其外, 則乃巷, 而南有陋巷門. 其祀孫, 世襲五經博士, 而宅於廟東耳.

復自東城東禮門而出, 向周公廟. 而來入櫺星門, 其兩傍, 亦有石坊, 而東曰經天緯地, 西曰制禮作樂. 迤北而至達孝門, 則兩邊栢樹成列, 肅然興感. 由門而入, 至廟殿內, 再拜瞻謁. 正中安元聖塑像, 而木牌上書元聖文憲王神位. 朱顔白髮, 眼傍通而臉稍露, 冕冠袞服, 黃鉞赤舃, 千世之下, 可想當日威儀. 而自元聖以下, 中國未有行道之聖賢, 則此乃天地大化之關鍵也. 眇余小子, 仰乾俯惕, 未知何以爲喻也.

賦一絕, 曰道在空間孰不尊, 自公行後盡空言. 空留廟貌傳千世, 治亂關頭溯厥源.

正東有魯公塑像, 西有一人撮髻立于凳上. 疑其無冠, 諦視之, 乃上古制如是耳. 背上繡着金人銘, 乃成周太廟內所藏, 而抑周禮既東之後, 移於魯歟. 銘則渝敗不可讀矣. 殿之上方, 以黃金鐫刻明德勤施四字. 兩楹之聯則, 東曰官禮功戎宗國馨香傳永世, 西曰圖書象演尼山統緒本先型. 其殿宇規模, 則遠遜於顔廟.

蓋魯太廟之制, 當日時君之所創, 則諸侯之國君, 自當如是. 孔顔之廟, 乃後世尊奉之地, 而歷代帝王所增修者, 則宜乎其壯且宏也. 由殿而下, 東世室, 則安孝公以下, 至悼公十七世神位, 西世室, 則安景公以下, 至魏公十七世神位. 又有齋戒牌, 然塵垢滿桌, 掃除亦不時.

廟殿之西隅, 有鳳棲之蘇樹青葱. 土人稱其地爲黃帝降生處. 又有樹如槐, 葉小而長, 呼爲牡楷樹(有子者爲楷). 舊傳, 孔林有楷, 魯廟有模, 模牡聲同小轉耳. 其祀孫東野氏, 世襲五經博士. 蓋魯公之季子名魚者, 食采東野, 因以爲氏, 則東野氏, 非周公之冑裔. 而未知緣何爲世襲祀孫之封也.

回自制禮作樂門而出, 上東禮門. 倚城而望, 天晴日暖, 晚春花柳, 足令惱人, 而有浴沂之想. 往舞雩, 則野光山色, 平曠而幽雅. 壇之兩旁, 各有碑, 北曰舞雩壇, 南曰鳳翔千仞. 左側, 又竪一碑, 曰聖賢樂趣, 皆前明時刻也. 老栢四五株, 蔭于壇上, 悠然起百世之想也.

沂水則在迤南數十步之外, 清漣可鑒. 而與泗水合, 入于運河. 尼邱東山, 則在三十里外, 而曲姓指示甚悉, 一寓目而可瞭然也. 蓋曲阜, 在「禹貢」兗州之域. 而城不過七里,民戶人口, 僅可比吾東之一營府. 然風氣之開通, 人民之發展, 遠在書契之初. 舊縣治東, 有大庭氏庫, 一名朱顔氏庫, 一名舘. 禪通記所謂黃帝, 蹐於大庭之舘, 是也.

春秋左氏傳, 梓愼登大庭氏之庫以望火, 即此也. 以史攷之, 則炎帝神農氏, 自陳而徙都曲阜, 縣之東北有壽邱, 高三丈. 山海經曰 空桑之北有軒轅山, 即壽邱也. 帝王世紀, 黃帝生於壽邱. 宋大中祥符間, 建景靈宮太極觀, 金避孔子諱, 改曰壽陵. 史稱舜作什器於壽邱, 此即其地也. 縣北有窮桑城, 一作空桑路.

路史曰 空桑氏, 以地紀空桑者, 兗鹵也. 其地曠絕. 高陽氏之所常居也. 又曰少昊之墟, 少昊陵在舊縣東. 蓋自炎黃以來, 建國都於此, 如彼甚多, 而周公之舊封, 孔子之古宅, 又於是焉, 則抑曲阜一區, 膺天地中正之運, 萃河山清淑之氣, 使二皇(神農.黃帝)·三帝(高陽.少昊.虞舜)·五聖(周.孔.顔.曾.子思)之蹟, 放異彩, 於上蟠下薄之寰宇, 往古來今之世宙, 於乎其至矣, 蕩蕩乎無能名矣.

天色已暮, 縱步還舘. 孔太史現已駕到店中, 只留名片而歸. 因追往其廬, 則孔丈言南海康先生, 今日有信, 而似有赴魯之意. 又請供晚餐以伸東道之誼. 因問, 南海先生, 有由上海曲阜, 而赴北京之信, 則甚慰. 平日所望, 維持宗教之道, 不外乎整理國政, 國若不國, 則更有何人, 扶持得宗教乎. (孔丈)曰 天地閉, 賢人隱, 建設無聞, 且多持破壞之意, 未卜何時方有轉機也. 惜袁康意見仍未浹洽.

至于晡時, 則孔門諸族, 濟濟來會. 說教中事堂中, 濟濟來會說教中, 事堂中, 已設一桌, 四圍遍設椅子. 太史老爺, 與余請分賓主而坐. 噫, 余以先生年邵望重之人, 牢辭之竟, 不得乃汗顔就座. 桌上現有八九小碗, 果有南瓜仁落花生之類, 腥有鰕米豚炙之屬. 侍者先置小鍾于列位之下, 因逐位注熱茶.

點茶訖, 更列小盃于前, 注以佛手露. 桌面中央, 更置兩大碗, 一則盛蒸魚而用全體, 一則盛蒸肉而具厚味. 酒行一巡, 兩碗俱易, 魚之登碗者, 或有如錦鱗魚者, 或有如道味魚(吾東俗名)者, 而名難盡識. 肉之登碗者, 或羊或豚或鷄或鴨, 而品各不同矣. 或停盃而屬談, 或半飮而旋止. 蓋中俗不喜泥醉, 而飮戶比吾東人有遜. 如是者十餘巡而後, 進一碗飯一碗粥, 遂罷歸, 夜將爛矣. 執燭者, 導余回店.

二十三日. 春天漸暖. 出城而北, 則見街童現方採桑, 農人在野灌田. 因周行郊外, 則間有立碑, 鐫看'后土之神'四字者, 例若東省之爲賽農神, 而非別設位也. 又見許多亂塚, 沿道纍纍. 而有題龍門派某法師之墓者, 蓋羽人者流也. 可知中州道家, 自有相傳之統緖耳.
仍逶迤上望父臺. 臺本魯公伯禽所築, 因周公朝周未歸, 瞻望王京者也. 回館, 念孔丈厚意, 無以爲報, 繕寫所著宗教哲學合一論一篇, 以褁呈, 則孔丈許爲不刊之定論, 而又以歐亞學者, 皆當五體投地等語, 奬之, 并以其自刊書五册報之.

二十四日. 更往東城, 謁孔太史問. 曰周公廟及顔子廟, 看守不謹, 往往塵垢滿桉, 若自孔教會指揮守直人, 注意掃除似好, 未審以爲如何. 曰此將東野翰博知翰博管理.
問曾子墓在何處. 曰嘉祥. 問周公墓在何處. 曰陝西. 曰小子今日請告退, 向上海去. 曰南中偵察甚苛, 不堪其擾, 遠客單身, 能勿慮乎. 曰不識漢語, 到處困難, 不可形言. 然平生只要願拜聖廟 且欲見康南海先生. 願得先生一書, 一以爲護身之符, 一以爲引進之媒.
曰南海信昨日方發. 今可作書, 請携交上海孔教雜誌社, 必有人接待, 亦可探明南海消息.
曰謹聞命. 津浦火車必以夜間發, 則從此携行李以歸矣. 何時可作一書乎.
曰即時修候. 且擬以閣下作爲敝會交際員, 加給狀文, 委託代迎南海. 如或南海到滬無期, 言旋自便.
曰到滬後又爲思量. 乃拜辭而退.
太史出重門外, 餞之. 余之在魯不過數日, 曾宅顔林未及拜謁, 不能無遺憾. 然曾子之遺像, 亦於聖廟內瞻認, 則此志可少伸矣. 今考, 先聖之像, 本用木刻, 惟行教像, 則此最眞. 傳爲端木子子貢手寫, 而晉顧愷之重摹者. 惟七十二弟子像, 則李龍眠思訓所摹云. 東魏興和二年, 兗州刺史李珽, 始塑聖像, 而嗣後仍其制, 今遍天下. 廟貌皆用泥塑焉. 又孔顔之廟,皆在府宅之西, 蓋神道以西爲上, 而東又受生之方, 則子孫之宮室, 合在其東耳. 若吾東先正之廟.士大夫之祠堂, 皆在正寢之東, 則但因篤信朱文公家禮首章之意, 而非禮之正也.

附丁祭儀略

闕里釋奠, 用四仲月上丁日. 前二十日, 陰陽學訓術, 具呈衍聖公府, 報明初幾日丁某例, 應行釋尊禮. 衍聖公府, 即票行家庭, 四氏學典籍司樂管句百戶等官, 各令辦應行事宜.
前期十五日, 滌牲(每日刷拭一次)擇菜, 出示告喻. 前期十日, 修器, 在詩禮堂演禮, 在金絲堂演樂, 洒掃發票. 前期五日, 衍聖公挂牌于同文門, 告諭各官, 照依牌期入廟 辦事傳單. 造册府掌書, 裁黃紙如祝版式, 恭寫祝文. 凡三幅, 答壇頒定, 祝文膽寫, 帖于祝版.
祝文, 曰年月日, 七十幾代孫襲封衍聖公(某), 敢昭告于始祖至聖先師孔子, 曰維祖德配天地道貫古今, 删述六經 垂憲萬世. 茲値仲, 謹以香帛牲醴粢盛庶品, 祇奉舊章, 敬陳明薦. 以復聖宗聖述聖亞聖配尙享, 塡榜(三張)進香(蘇檀)進帛(二十九端).
前期三日, 寅時張榜, 辰時奉祝, 午時戒誓, 申時沐浴齋宿. 前期二日, 午前觀禮, 午後聽樂. 前期一日, 寅時迎犧牲, 辰時迎粢盛, 午時習儀, 申時省牲, 戌時視膳, 給燭陳設 驗祭點榜. 將祭之日, 杏壇樓皷工, 鳴鼉皷三, 通陰陽官報.
子時, 正獻官分獻官陪祭官供事官, 俱齋服, 出齋宿所, 依次前行, 入詩禮堂. 堂上鳴鼓 贊相唱更衣, 各官俱更祭服升堂, 序立序爵僉名, 序昭穆(族衆幷十代人照世代牌立)踐位(正獻以下俱立大成門內)行禮. 奏樂, 鳴贊唱瘞毛血, 贊相唱迎神, 麾生擧麾, 唱樂擊柷 無舞奏昭平之章.
曰大哉孔子, 先覺先知. 與天地參, 萬世之師. 祥徵麟紱, 韻答金絲. 日月既揭, 乾坤清夷. 太史太祝, 燔燎灌鬯. 求神于陽, 求神于陰.
執事生, 向神庫請神主, 登輿捧衣裳捧宗器. 禮樂生, 引導自奎文閣, 由大成門中階, 入廟. 正獻官以下, 皆跪迎于道. 左執事生, 奉神主, 入殿, 安于神位, 陳宗器于左, 設裳衣于右. 各執事生, 安奉各神主俱妥. 正獻官以下, 俱進拜位,三跪九叩頭, 起立奠帛, 行初獻禮. 麾生, 擧麾, 唱樂, 擊柷, 有舞, 奏宣平之章.
曰予懷明德, 玉振金聲. 生民未有, 展也大成. 俎豆千古, 春秋上丁. 清酒既載, 其香始升.

正獻官, 盥洗訖, 執爵者, 擧爵, 相禮生, 以疏杓勺金罍之水, 以次洗爵. 訖正獻官, 以次拭爵. 司帛者捧帛, 司香者捧香, 司爵者捧爵, 各詣神位前. 引正獻官, 詣酒罇所正位, 司罇生, 以龍杓勺著罇之酒, 齊于三勺四配位, 司罇生, 以蒲杓勺著罇之酒, 齊于四勺正位.

執爵生, 由殿正門, 入四配位. 執爵生, 由殿左門, 入引正獻官, 詣始祖至聖先師神位香几前, 上香. 不贊, 自跪一叩頭立各位. 司香生, 焚香于鼎. 正獻官, 取帛奠于香几. 不贊, 自跪一叩頭立. 執爵生三人, 俱面西跪進爵. 正獻官, 接爵奠于祭案正中坫上.

不贊, 又一叩頭立杏壇前. 分獻官.陪祭官, 俱跪一叩頭俱起立. 正獻官, 詣復聖公神位前, 跪一叩頭, 奠帛于香几上, 又一叩頭立. 執爵生, 面南跪進爵, 則接爵奠于祭案正中坫上.

不贊, 又一叩頭, 立次詣宗聖公神位前. 儀同上. 引贊引後寢殿東哲·西哲·宗聖·啓聖. 後寢東廡西廡. 各分獻官盥洗 獻帛獻爵如禮. 次詣述聖公亞聖公神位前. 儀同顔子. 正獻官跪于祝案前·杏壇前. 各官皆跪. 太祝生宣讀祝文. 訖叩頭立.

正獻官, 三叩頭. 衆官, 俱三叩頭. 訖正獻官, 出殿左門, 降陛由杏壇下復拜位. 其後分獻官, 俱復拜位, 行亞獻禮, 儀注如初獻. 擊柷有舞, 奏秩平之章, 曰式禮莫愆, 升堂再獻, 響協鼗鏞, 誠孚罍甗, 肅肅雍雍, 譽髦斯彥, 禮陶樂淑, 相觀而善.

行終獻禮, 如亞獻. 擊柷有舞, 奏叙平之章, 曰自古在昔, 先民有作, 皮弁祭菜, 於論思樂. 惟天牖民, 惟聖時若, 彛倫惟敍, 至今木鐸.

行徹饌禮, 擊柷無舞, 奏懿平之章. 曰先師有言, 祭則受福, 四海黌宮, 疇敢不肅. 禮成告徹, 毋疏毋瀆, 樂所自生, 中原有菽.

各壇陳設生, 將登鉶·簠簋·籩豆·房俎·罇彝, 俱加蓋幕稍移. 引贊, 唱升壇, 引正獻官, 由東階升殿內. 至香几左旁福胙案前, 跪杏壇前. 衆官皆跪. 太史生, 取神前獻爵之酒, 合于一爵, 付太祝生, 跪進正獻官飮.

訖宰人, 預割大牢之一體. 太史, 盛以大盤. 太祝, 跪進正獻官受. 訖衆官, 叩頭立. 正獻官, 由西階復拜位辭神. 正獻官以下, 俱一跪三叩頭立. 司饌官, 進殿內, 至案前, 一叩頭起, 取饌盤高捧出殿.

四配十二哲陳設. 生等, 皆跪叩頭, 取本壇饌盤, 依次隨出, 由中階而降. 各壇陳設生, 亦捧饌盤, 出後左門瘞饌, 復位辭神. 正獻官以下, 三跪九叩頭. 訖, 鳴贊, 唱送神, 擊柷無舞. 奏德平之章, 曰凫繹峩峩, 洙泗洋洋, 景行行止, 流澤無疆. 聿昭祀事, 祀事孔明, 化我蒸民, 育我膠庠.
執事生, 奉神主出殿門. 登輿掌輿, 執燈捧器捧衣. 禮樂生之引導, 史祝生之唱拜如禮. 而後正獻官以下, 依次復拜位, 樂止望燎(秋冬同曰瘞).
擧麾唱樂.(如送神) 焚祝帛畢. 正獻官以下各複位. 監察官閉殿正門. 執繖官收繖. 正獻官以下 俱退至席位. 樂舞生捲班. 皷工鳴鏞鍾 節其進止. 佾官照班列宮懸之內. 朝上三叩頭. 各執事生 會于杏壇前東西階. 朝上三叩頭而散布席, 而設賓主之座.
叙昭穆之位, 燕享而揖攘. 絃歌鹿鳴之章旅酬. 主人命子弟, 酌酒奉賓, 奏魚麗之章. 賓肅拱歌嘉魚之章, 酬唱揖攘. 工歌奏南山之章, 及周南之什. 堂內歌楚茨, 天保之什, 質明而散. 次日之星分胙.

祭品

太羹·和羹·黍飯·稷飯·稻飯·粱飯·黑餅·白餅·榛·菱·芡·棗·栗·槀魚·鹿哺·形鹽·芹菹·韭·菁菹·筍菹·醓醢·魚醢·豚胉·脾肝·酒·燭. 啓聖位祭品視先師位, 惟減太牢一太羹一, 四配位視十二哲惟添豕首一, 從祀位與四配同, 惟減豕肉一.

禮器名稱

雷雷尊·象尊·犧尊·太尊·壺尊·著尊·山尊·簠簋·籩豆·登·鉶·俎·篚·爵·坫·鼎·祝版·燭架·茅沙池·罍·洗盟盆·香盒·龍幕·籩巾·帨巾·燔爐·庭燎·牌·畢·鍬·旂·刀.
前清康熙三十三年, 皇帝幸魯都, 謁廟留曲柄黃蓋. 雍正七年欽頒鎮圭, 十年欽賜法琅銅器六種, 共十有三枚. 乾隆三十六年, 欽賜周器共十枚.

樂器名稱

大鐘皷.副鍾皷.鼉皷.麾旛.柷.敔.鼗皷.楹鼓.懸鼓.應田鼓.搏拊.鎛鍾.特磬.編鍾.編磬.琴.瑟.鳳簫.洞蕭.雙管.龍笛.笙.塤.篪.旌節.龠.翟.

建官

元至大元年, 禮部呈集賢院關. 文廟典籍, 比依國子監典籍. 文廟司樂, 比依國子監擧正, 出身領中書省劄理任, 此典籍.司樂官之所由始也.
明洪武元年, 各官奏襲封衍聖公, 府合設官屬. 奉欽准, 額設管句典籍·司樂二員, 宜從衍聖公, 保擧人員, 呈省, 以憑銓用. 清順治元年, 巡撫山東部院, 方題准, 聖廟, 額設禮生二百名, 樂舞生二百四十名. 蓋斟酌歷代, 有加無減. 各州縣民間俊秀者選補, 廩膳一體優免.

條規

一. 典籍以下, 立學長二人, 班長正副, 共八人. 學長有缺, 班長選補. 班長有缺, 禮生選補.
一. 學長, 總領本學, 一應公務, 收掌册籍, 査閣學勤惰.
一. 鳴贊班長, 教習大贊, 引贊班長, 教習引禮.
相禮班長, 教習贊勷.引導.盥洗.榜祝.宣讀等.
陳設班長, 教習陳設.收發.供案等.
一. 四班之外, 又立成禮正副二人, 教習送神.迎神.轉折.揖讓.進退.疾徐, 與樂相合.
一. 設工二人, 專一明微辨數及送神迎神.
一. 各生, 逢祭務備藍衫雀頂, 不許便服入廟.
一. 每月朔望, 日期早集本學, 點名率領入廟, 拜謁. 以次赴公府參見, 畢分班, 在詩禮堂演習, 申時, 散學.
一. 逢丁祭前, 三日供職者, 准給口撒每名, 米一斛麵一斤.
一. 禮生年老不能供事者, 准給衣頂歸農. 最後, 又有應革.應責.應罸, 底款例. 樂舞生之講究律呂教演聲容, 則另有司樂員掌之.

중화유기 제2권

湖山遊汎錄

甲寅 三月 二十五日 丙子. 子正, 自曲阜驛, 登火車. 過兗州, 纔合眼 而至臨城, 則東方已明矣. 西南有天水相涵之象, 未的是江是海也. 過韓莊, 則漠漠平原, 見一輪紅日從東霧中湧出, 恰如在我邦南海錦峰時光景, 不覺令人叫快也. 馳過利國驛, 則漸見有山縹渺, 歷柳泉而至徐州, 則城在西南隅, 望見人煙稠密耳. 過三舖至曹村, 則村落之間, 竹樹挺立. 自渡遼瀋以來, 行四千里而始見此君, 不覺眼開神怡, 依然有他鄉逢故人之思焉.
過固鎮而至新橋. 行幾里而渡淮水. 水勢深綠, 而非黃濁, 則亦初有之名川也. 思董生之處上流桐柏山下, 隱而行義, 則雖時殊世遷, 爲之曠然神往也. 過蚌埠門台子, 至臨淮, 憶唐時李臨淮舊蹟. 渡小溪河, 至明光, 野多青草, 無轡之牛, 放牧于原頭. 牛皆灰色, 角黑而長大屈曲, 中外商舖所需之黑角, 無乃此種之角耶.
至滁州, 則城郭參差于線路之右, 而其西南諸峰, 縹渺于雲烟之外. 此乃歐陽永叔所謂環滁之山歟. 緬懷醉翁之風流, 黯然有登山臨水之想焉. 抵烏衣, 而未知王謝之繁華富貴, 果安在哉. 過東葛, 則田畝準平, 想多有水種者, 而間或播秧踏坂耳.
過花旗營, 則車掌收票, 而給船券. 抵浦口而乘輪渡江, 江乃揚子江, 而亞洲最大之水也. 發源于西藏, 經一萬三千里, 而至吳淞入于黃海, 則其源流之長謂如何哉. 故稱長江. 滔滔黃浪涵泓天碧. 江之南則乃金陵也. 紫金山縹渺凝翠環繞, 前左即數千年帝王之宅也. 徊徨瞻眺, 賦一絕曰, 江南江北限長江, 跳下輪車着汽艭. 流巨方知源更遠, 滙爲千古帝王邦. 船到碼頭. 抵南京城外下關, 臨江旅館寄宿.

二十六日. 乘輪船吉和號, 向滬而發. 艙內妙年女娘三五作伴, 輕輕往來, 憨憨笑語. 船楣列寫真, 以要男子之選, 可知江南物色艷膩, 而好遊冶也. 駛行良久, 一埠當前, 江中帆檣林立, 江上樓屋櫛比. 峰巒廻繞, 樹陰掩映, 風景絕佳, 恨未得一到遊. 矚而詢其地名, 則曰申江. 申江乃滬江通稱, 而未知此何以獨占申江之名也.

臥在艙房, 默念, 中國下根之人, 貪而無義, 詐而無信, 雖火車汽船之內, 未有一定規則. 加之貨幣甚紊, 法律不明, 商界之受損, 行者之受累, 已極困難. 雖上等之人, 黨見已深, 以之立敵相攻, 幾不知國家爲何物. 此時之曰共和, 曰自由者, 非大聖人, 則誠下愚也.

二十七日. 早朝雨脚滴滴, 船方依埠而停, 則傍有無數小艇圍繞而至. 丐女乞客, 以布囊係于長竿之上, 苦呌請飯, 其菜色鵠形, 惨不忍見矣. 抵上海, 雨霏霏不止. 方下陸之際, 人多簇擁圍, 若鐵桶. 艱辛鞋步, 至于碼頭. 乘着洋車, 向三碼路仁和公而來. 六七層樓屋, 櫛比相望, 四十里港灣, 錦繡映帶, 四無山坡, 茫茫原隰, 不可窮際. 火車也, 電車也, 馬車也, 洋車也, 絡繹不絕, 一經通衢, 辛勤規避, 誠東亞大都會也. 抵于棧內, 則我人多在同棧, 萬里殊鄉, 甚豁如也.

二十八日. 往海甯路孔教雜誌社內, 遇本社主筆陳君(郁章), 傳孔丈書角. 問康先生消息, 則尚無到滬之期. 更向雲南路安康里, 訪吳曉汀(愷元), 則君適往無錫而未回. 其表甥吳君錫庚而欵接焉.

二十九日. 出外遊翫, 至黃浦灘公園, 則揭板之文字, 莫省其意, 滿場之卉木, 不知其名. 但見其清楚整齊之可尚耳. 間有印度巡兵, 以紅巾纏頭, 卷髮爲髻, 耳或有環. 而身材比白人尤偉大, 面貌獰黑. 在在出哨, 可知英界之占優勢. 而滬上繁昌, 實在開港後, 七十年左右. 粤在前清道光二十二年八月, 英人陷吳淞, 遣欽差大臣耆英等媾和, 遂開上海廈門甯波等諸港, 而上海因爲諸港之衝. 至今式繁日盛, 其前則不過一上海縣耳.

四月一日. 往孔教雜誌社而回. 曉汀吳君, 頃自無錫還, 訪余至棧內, 只留名片而去.

二日. 往訪吳君, 因回謝, 而實初晤也. 遂抽筆話, 君乃清朝世祿之臣, 年方四十七, 自少游宦於荊楚間, 以鄂縣知府, 往在辛亥之秋, 遭武昌事變, 休官棲滬, 與曲阜孔太史少霑先生, 爲表從兄弟, 而衍聖公則表侄也. 故早晚間欲定居于山東省曲阜近地.
孔丈之抵吳書也, 以爲南海康君如抵滬上, 則必當徑由謁聖廟, 君與李君出迎, 同赴曲阜云耳. 茶罷辭還, 則少頃君踵至我棧, 請供午餐, 同往北京酒館, 點茶行酒.
雨方滴滴, 擧盃屬筆, 且飮且談, 興闌話長. 天涯漂泊之餘, 穩接高人, 風韻藹然, 和氣溢於辭表, 而君雅不喜飮, 勸余以火紹, 自酌以黃酒, 每傾一巡盃, 必易一碗魚肉, 至醉而後, 各進一碗飯而罷歸, 情殷禮摯, 良感僕僕, 而顧無以爲謝也.
晩因金君(鐸), 訪申君(某)於寰球中國會館, 乍叙話而還. 崔君(榮玖)亦携行李, 而至同處棧內, 自北京相失之後, 今日撞遇喜可知也. 夜來雨漸, 如注琉璃天井, 時聞碎玉之聲矣.

四日. 天晴. 訪曉汀回. 至樓外樓請升, 因坐于鐵柵之內, 以電力卷之而上, 宛如浮身騰空, 須臾抵于樓上.
入其場, 場內密布沙石, 宛如平地. 四圍繞以鐵欄, 防護危險. 其中地面甚闊, 有池臺亭榭之勝, 花卉魚鳥之樂. 前後左右, 羅列椅桌, 有啜茶者, 有啖果者, 人衆如市. 有羅衫翠黛, 嫋嫋如鶯者, 有朱唇皓齒, 喃喃如燕者, 宛若一公園也.
憑眸視之, 則雄秀而盤據者, 無非碧戶丹甍也. 往來而馳驟者, 盡是輪舶火車也. 近滬之地, 若未有一座鎭山, 以遂登覽之願矣. 至此而俯臨全港, 怳然有擧一反三之勢矣. 因賦一絶, 曰滬上名高大地東, 五洲衿帶一區通. 風馳電掣船車路, 孤倚層樓耳目雄.
至于西側, 有哈哈亭. 四圍飭以鏡面, 因屈其光線, 人若對鏡照像, 則面或有斜而長者, 或有橫而廣者, 有細而如針者, 有矮而如柿者, 有口開則分而爲三者, 有身動, 則眩而不見者. 年少女娘, 紛紛來觀, 哈哈不止.
東側有太平樓, 其北設一冪以掩之. 穿冪而入, 則其中有噴水池. 池中有鮒魚數十尾, 全體染紅色肖臙脂, 而往來游泳. 又有兩大魚, 臥在水底, 四足如人, 手掌侵之稍動, 始知其非死物, 而異甚恠甚, 名曰四脚大魚, 覽畢又自電柵而迴, 如從高峰絶頂而下也.

五日. 出巷外路, 見浙江省寗波府. 張閨女名桂玉, 年方十九, 早失所怙, 只有母女三人, 零丁艱楚, 欲尋見其叔父, 探至上海, 則叔亦不逢, 兄弟相失, 又聞其母病大漸勢將歸鄕, 而棧方負債, 己至九元, 爲棧東所逐出之境, 又無船車之費, 欲歸無路, 棲屑道上. 雖賣身得錢, 以養病母, 則是所願也. 但不願爲小二, 亦不願爲娼爲小使, 則無辭矣. 平生只願, 以忠孝節義立身云, 而以白墨畫地書之覶縷如流.

以手巾蒙頭, 貌不可識, 有佻薄少年, 故意披巾, 俯而視之, 女發忸怩, 面有紅色, 秀雅而慘淡, 才貌可謂雙絕, 情境可謂俱惻矣.
況今日最有望於吾同胞者, 乃中國之兄弟姊妹也. 余雖萬里淪落, 能不戚然動于中乎. 急叩紙匣, 則只有大洋五塊, 捐而付之而去, 其後此巷未見張女擧止, 抑因之而歸鄕歟.
是夕曉汀吳君, 送人致書, 惠以曲阜陵廟漢碑墨蹋全部, 竝盛京紡綢一匹. 如此厚誼, 今世罕有, 令人蹴踖無已.

六日. 訪陳君明遠, 問南海先生消息. 則陳君以爲先寄一札于香港, 以探其動靜, 則二週日間 當有回信, 俟回信而涉重溟, 則萬里瘴海, 决不致虛往也. 故因製一封信, 託明遠付呈.
欲利用旬餘之暇, 而往游西湖之上. 訪曉汀辭謝高義, 因言遊杭之意而還, 雨脚霏微, 無聊度日, 偶得四韻一首, 以呈曉汀君, 曰使君儒雅且風流, 濩落江湖四十秋. 三徑未謀元亮宅, 輕裝無愧鬱林再. 他宵應對吳州月, 今日相逢滬上樓. 萬里雲泥終一判, 此心休付水同浮.

九日. 早朝, 由高昌廟至滬杭鐵道車站, 購票上火車, 望南而發. 宿雨初霽, 旭日正新. 江南風物一時領略, 心甚愉快. 城南, 則墓皆瓦甎, 而大小不齊, 累累如屋甍矣.
過梅家巷至明星橋, 則到處車站雲梯聳屹, 驛場整楚而物色之佳麗, 迥異於大江以北矣. 因賦四韻一首, 曰江南風物浩無邊, 況復晴和日暖天. 芳草嬋姸含宿雨, 遠林縹渺若浮烟. 名花滿載車中桌, 漁舫新來路口川. 且向孤山亭上去, 西湖夜月夢梅仙.
農人, 則或有刈草于野田者, 或有播秧于田坂者. 灌水之法, 則田頭皆設水輪, 而爲屋以覆之, 或駕牛環繞水, 自下湧以漑田. 過石湖蕩, 而行園多修竹, 田發秧苗, 一路桑林沃若, 高不過丈餘, 而在在相望, 可知蠶業之自早發達也. 至嘉興, 則有城有湖, 上有翼如之樓. 湖有南北二區, 望之知其爲名勝耳. 詢其地名, 則曰湖是南湖, 樓即, 烟雨樓也. 前清乾隆帝, 嘗御此云.
過王店, 則路邊樹林嫩綠, 芳陰如水. 至硤石, 則山上風景絕佳, 塔影聳雲. 過臨平, 則稍見有山, 掩映如列翠黛. 由清泰門而入, 至杭州城站. 下車, 因投金剛寺巷杭州旅館寄宿. 館內有梅及珠珠二樹, 丰蔚可愛.

十日. 將西湖圖一幅, 向湧金門. 而行路皆砌石而成, 不甚平坦. 市街逼仄, 人衆叢集, 不堪恣意走避. 至城西側, 引湖水通于城內. 往往架起石橋, 越高於平地.

逐級而上, 雖通行巷路, 或架巨石, 而水由石底行矣. 因出湧金門, 歷二我軒一寄樓, 而抵仙樂茶園, 則園外湖水盈盈, 淺淡而深綠. 平鋪如鏡面, 此即西湖也. 埠頭士女雲集, 畫舫森列.

太半望孤山而渡, 目顧徑行直涉, 亦甚無謂, 故循湖而南沿, 錢王廟西側而行, 則嫩楓綠柳芳陰如水, 而禽鳥和鳴. 石上現刻柳浪聞鶯四字, 乃前清康熙帝御題, 西湖十景之一也. 還入湧金門, 徑上敵樓, 則楹上有長堞接清波, 看水天一色, 高樓臨鬧市, 繞煙花萬家之扁聯, 已道着此中境界矣.

循雉堞而南, 時正午. 天日暖風和, 自清波門而出, 歷周元公祠, 門已牢鎖未得拜謁. 光風霽月, 徒增千載, 想像之感而已.

至于望湖亭, 買青餠, 以代午點. 狀如吾東之松餠, 搗艾和米以造焉. 而其中含糖質, 頗有佳味. 啖罷, 濯足于湖上, 回渡長橋. 上雷峰, 俯看白雲菴夕照寺. 在其北而傍湖掩映峰頂之塔, 則聳出雲表, 與保俶塔南北對峙, 爲湖上第一高塔. 乃吳越王所刱建, 而塔凡七級, 後以風水家言, 止存五塔高, 可數十丈. 每夕照在西塔, 影倒湖, 此時光景最佳. 故雷峰夕照, 爲西湖十景之一. 而舊有郡人雷龍居之, 故因名雷峰.

至若建塔, 以鎭白蛇青魚之妖, 則終涉誕妄世傳. 塔上有重檐飛棟, 牕戶玲瓏, 已經灰燼, 但見樹草橫生於塔頂. 其傍有趙宋南渡後, 臨安府社稷壇舊址, 而今焉鞠爲茂草矣.

迤南而迴, 至南屛山浄慈寺. 寺乃古名僧濟顚顯靈處, 而南屛醉蹟流傳, 爲一時佳話. 寺前有萬江池, 池邊有南屛晩鐘御製刻之碑亭, 亦西湖十景之一也. 更從馬家灣, 而西歷映波橋, 則迤南有亭翼然, 傍有御製碑一座, 榜曰花港觀魚, 可知爲西湖十景之一. 而水面荷葉如錢, 水中魚翅如扇, 觀玩不已. 若芙蕖盛開之際, 則當尤佳耳.

湖中之堤, 乃蘇文公軾所築, 以通南北者. 而堤上又架起六橋, 以通湖水之往來. 蓋蘇公三年在杭, 公則莅民, 私則遊湖, 築堤架橋之功, 久爲杭人所歌詠. 所謂蘇堤春曉者, 當六橋之衝(衢), 而在望山壓提(皆橋名)之間, 乃西湖十景之一也.

賦一絕, 曰湖畔長堤一道橫, 六橋烟柳弄風輕. 可是南來蘇玉局, 至今才蹟擅雄名. 渡跨虹橋, 而至兩宜樓, 吃茶少憩. 歷三烈士墓鄭女墳, 而至風雨亭, 感誦秋瑾女士秋風曲之詞. 而因想亭名取諸昨夜風風雨雨秋之語也. 其後有墳焉. 浙江都督朱瑞君, 竪其碑而紀其事, 則一道香魂烈魄, 當倘徉於胥山岳湖之間, 而不泯矣.
回至蘇小小坟, 因坟爲閣, 閣之四隅, 皆着楹聯. 噫, 他是南齊時, 錢塘妓女, 有才有容有情有義, 風流快樂, 獨步一世. 二十芳年, 花飛玉隕, 而初無怛化之意, 又如鮑刺史仁, 窮受百金之捐, 貴欲厚報, 聞其死而哭倒於地, 可想其爲人矣.
過西泠橋, 而至西泠印社. 曲沼層楹, 周遭迴繞, 五步異趣, 十步殊制, 令人嗟賞. 環柏堂而到數峯閣, 已在孤山頂上. 倚椅而坐, 小使已進香茶. 吃罷, 循徑而下, 堂後梅子方青. 無知兒童, 以杖亂打, 太不念孤山處士之風韻耳.
乃縱步至公園. 園乃民國光復後 重行經理. 而左有藏書樓文淵閣衆烈士祠 右有圖書館 而與西冷印社相隣 園在其中. 樓房曲閣 重重相望 橋塘石欄 折折相迴 幾占孤山東半部. 而山頂山腰山脊山麓 隨其凸而結構. 因其凹而濬鑿 風動則花香撲鼻 日暖則樹陰遍體.
又有如雲如荼之女, 襟青面白之士, 前遮後擁, 或憩或走. 余亦終日行走, 不覺疲甚, 因倚于椅上, 則小使已供沸茶, 馥馥可嘗矣. 乃舉碗憑眸, 則西日將頹, 眼前湖光, 演漾浮黃, 神怡心曠. 余歷公園多矣. 未見如此境之佳者也.
因寄傲良久, 口占五言一律, 曰孤山多絕勝, 爭道一園嘉. 湖按千秋鏡, 庭供四序花. 樓房隨地異, 篁桂挾途加. 晚引香茶罷, 林端日已斜. 乘暮叩舟子, 駕小艇而迴, 東月有光, 湖面忽生, 萬道金蛇, 流轉變幻, 不禁令人叫快.

十一日. 復自湧金門而出, 行三里而至錢塘門外. 蓋西湖本名錢塘湖, 今未知錢塘之稱, 緣何而專屬此處耳. 城蝶已拆去, 而現方運石築堰埋塹, 引湖準備水道, 而大加經理. 想西湖顏色, 從此而愈新矣.
至聖堂閘. 閘高數丈, 以渟滀湖中之水, 由閘口而洩其流, 自新河壩, 出左家橋, 會西溪諸水, 入下塘河. 迤西而另有二閘, 亦洩湖流入松木場下河. 蓋湖之爲用, 不但適於遊汎, 而居者以爲飲料, 農者資之灌漑, 使繞湖十萬餘家, 無不待是而生焉. 湖之受用於人者至矣.
然浙江之潮, 通黃海而逆上, 則一帶杭州, 未免爲沮洳斥鹵之地, 而尤以滀湖食淡爲急. 此白傅築堤立閘之功, 所以爲萬姓遺惠, 而錢王射潮竣城之役, 所以爲千古神武也. 今經錢塘而踏白堤, 能無悵望而流連者乎.

因濯足于湖邊, 依埠而行. 見湖舍, 山莊·茶園·旅館排置, 得標致整齊. 信步至白沙堤, 臨于橋上, 則前有碑亭, 現刻斷橋殘雪四字, 亦西湖十景之一也. 斷橋本名寶佑橋, 而自李唐以來, 呼爲斷橋. 張祐詩, 所謂斷橋荒蘚合者是也. 過錦帶橋, 此處當秋, 則間有蘋花, 菱芡花之勝, 而今無見焉. 至于埠上, 則有淸朝六臣祠, 而左·李·曾·胡·帥·駱諸公與焉.

前臨平湖, 築石以建屋, 額曰湖天一碧. 又其前一閣, 則浮在水面. 迴廊曲庭, 純用架石, 踏之則爲橋, 捫之則有欄. 湖在脚下, 如履鏡面. 傍有'平湖秋月'四字刻之碑亭, 可知爲西湖十景之一. 而獨占湖面之勝狀, 徘徊瞻眺, 流連不能去.

又歷三忠祠及左(宗棠)·蔣(益豐)二公祠, 而入晦菴朱文公祠, 再拜瞻謁, 有神位而無塑像. 上方, 特揭正學闡教四字, 乃前淸乾隆帝宸筆也. 兩楹之聯有, 曰德盛教尊, 廣千古聖賢傳心之要. 仁昭化溥, 重萬年子孫敬守之基. 按文公爲浙東提舉時, 寓靈芝寺, 愛孤山風韻, 時嘗踵至, 故杭人立祠, 以享之.

回至壺春樓, 倚椅小憩. 茶罷因進數盃燒露, 已酩酊矣. 徑入照膽臺, 謁漢壽亭侯關公遺像. 移向唐陸宣公祠, 有位無像. 上方特揭, 內相經綸四字. 益仰其立朝風節也. 迤北而進白文公祠.

噫, 踏公之堤, 而瞻公之位, 能無感想之翢中者乎. 濬湖築堰, 實自公始與. 夫風花雪月, 樓臺之粧點, 道學名節, 祠宇之建設. 道觀也, 禪院也, 不可謂公盡倡, 而自公嚆矢, 則非誣也.

下塘一帶, 千有餘頃之田, 盡爲沃土, 民到于今受其賜矣. 西距棲霞嶺不數里, 其下有香山紫雲之勝. 而今日寺楹之聯, 有經文貝葉喚回苦海夢中人等句, 可想當日風流文物, 照耀湖山, 而無媿矣.

歷蘇長公祠, 而過衆烈士墓. 蓋浙東諸將士, 於辛亥光復之初, 戰亡於金陵, 而或招魂, 或收尸埋葬, 於湖上者耳. 砌石塗灰, 排列整楚, 而位次, 則多不可識別, 故乃有合設者矣. 又 於文瀾閣之左, 立祠以享之, 竪碑以識之, 誠宏構傑制也.

日昨遊歷, 在孤山東麓, 而迤西, 則乃宋林和靖舊址也. 繞衆烈士墓垣, 而行直向孤山, 訪和靖處士之坟, 石古封完, 黯然有曠世之感. 而墓門兩傍, 各竪一石柱, 以鐫詩. 噫, 處士妻梅子鶴, 謝盡人世之緣, 酷有湖山之趣, 栽梅三百六十株, 以供周歲薪米之需, 享年八十有三, 而足不到城市泊如也. 觀其茂陵他日求遺稿, 猶喜曾無封禪書之句, 則有古人尸諫之風. 宋仁宗之賜諡稱賞, 不亦宜乎.
其下有錢塘典史林小岩坟, 而迤南, 則有馮小青坟. 馮之才貌雙絕, 紅顔薄命, 終遺梅嶼之恨蹟, 亦爲湖上佳話. 循徑而下, 至于梅亭. 亭下梅林, 丰蔚如舊世傳. 和靖手植之梅, 歲久不存, 而此乃後人補植之梅也. 然到孤山, 而造處士之廬, 見其梅而思其人, 則不惟今之梅卽古之梅, 庸詎知今之我亦非古之君復也耶.
由巢居閣, 而上放鶴亭. 此乃和靖故廬. 而元至元間, 郡人陳子安, 以和靖嘗放鶴于此, 故爲建此亭. 歲久而圯, 明嘉靖中, 縣令王釴重建, 題曰放鶴. 清康熙帝南巡時, 又題扁而提額焉.
賦一絕, 曰拊墓初回想像深, 巢居無恙舊梅陰. 當年九闕丹綸寵, 未奪湖山放鶴心.
時日正暮, 眼生黃霧, 醉興方闌, 耳熱紅潮. 懵騰之中, 四山昏黑, 尋路而回 抵于埠頭, 則夜間別無, 通行之船, 故透迤沿聖堂閘而行. 湖天明月, 影隨身轉, 興寄益悠揚, 恨無人可唔語也.

十三日. 天雨新晴, 將遊西湖, 入湧金門內, 觀金華將軍廟. 旋出門, 到埠, 泛舟直衝湖心. 是時日色正麗, 蒼峰畫閣與水光隱映, 開合不可名狀.
抵于白沙堤上, 歷訪昭慶寺, 而入梅麗公園. 園乃近代梅女士, 情願度施, 至沒世經理 而成者也. 以一女子, 而夙飽公益之心, 能達其目的, 可不敬哉.
經彌勒院崇福寺, 而至保叔塔傍, 摩挲瞻眺, 約有十數層階級, 高過雷峰之塔, 周圍則不及耳. 信步至西爽亭. 亭乃宋西太乙宮舊址, 而其後興廢累遷, 今則英國醫士梅君, 設數間之椽, 而柱皆以石爲之. 扶踈磅礴, 恰如樹木之着皮者. 捫之而後, 方知其爲石也.
迤南而上有萬歲石高, 不可攀. 亭之下, 又設一醫院. 院之左右, 列植奇花異卉, 以資遊人之賞玩.
其西卽葛嶺, 而晋葛仙人洪煉丹處也. 至今惟有仙翁廟, 想像其上界標致, 而忽遇中國人傅馬二君, 要往岳坟, 故未得躬探抑, 今行無緣於仙分耶. 因下山繞堅匏別墅, 而從北裏湖, 登舟盪槳而渡. 二君指示湖上名勝甚悉, 東冷寺小輞川則恨未一遭躬歷也.
又見嶺下一室, 掩映於丹霞碧樹之間, 叩其名則曰汞房, 乃葛仙翁修煉之所也. 雖未及目廟, 貌已躍如也. 仙翁號稚川, 又曰抱朴子, 原是京陵句容人. 其祖葛玄, 在三國時, 從左慈, 學道, 得九丹金液仙經, 白日冲擧. 洪則早孤零丁借書抄讀, 及長有文武全才.
晉成帝咸和初, 司徒王導, 欲召爲散騎常侍, 固辭不就. 後隨顧督帥秘, 討賊有功, 朝廷將大用, 而乞補句漏令, 因句漏近交趾, 而交趾之丹砂, 天下最良也. 在任三年, 聞羅浮山(在廣東)之勝, 遂常常遊覽, 因修性命之學, 一日解紱而歸, 飄然而行直至臨安. 見兩峯與西湖之秀美, 甲於天下, 因結茅潛居. 又得鄭思遠(玄弟子), 來傳其祖玄之丹經, 遂得道, 而通神術. 至年八十四, 兀然而坐尸解而去. 此其一生履歷之大概也.
至仰山樓前, 下船直向岳王坟. 而來徑入墓門, 則石人石馬儀衛甚盛, 皆軍容也. 肅瞻墳塋, 砌石蓋灰封圓, 而高年久黝黑, 或有剝落處. 回念趙子昂詩中, 岳王墳上, 草離離之句, 則當時蓋土築, 而用石用灰, 亦不甚古. 碑上大書, 宋武穆王忠孝岳公之墓. 其傍有公子雲之墓. 嗚呼. 公以千古忠勇之將, 大功垂成, 而爲奸賊秦檜所誣枉, 遇害於風波亭下. 獄卒隗顺, 負公遺骸, 瘞之以玉環雙橘識爲. 至孝宗, 昭雪後, 遂葬于棲霞嶺下, 即此坟也. 臨風憑吊, 爲之感慨, 賦一絕, 曰大纛風寒落日斜, 將軍生惜宋山河. 嗚呼毅魄鎭千古, 增得西湖顏色多.
墓門外, 有啓忠祠, 乃公考妣妥靈之所也. 其東乃公廟也. 門外, 大書宋岳鄂王廟. 由門而入則庭下兩旁, 砌石爲壇, 壇上各有叅天之木. 詢之, 則日香樟也. 兩樟之四隅, 各有古木, 根一塊, 高各尺餘. 馬君, 言此是精忠柏也. 乃岳公, 平昔所撫摩, 而公死之日, 八柏隨之而死. 歲久不朽, 今化爲石. 余乃且驚且訝, 以杖叩之, 錚錚有金石聲. 守閣之兵驚, 而趕來扯住余袍袖. 定睛視之, 兩旁牌木上, 書示此精忠柏, 可覽而不可捫, 惕然起敬, 乃知公英靈, 含冤於九地之下, 而猶不得泄也.
入廟, 內瞻遺像則莊嚴而儒雅, 令人起敬. 今考公之詞章筆畫, 亦冠絕一世. 如遭昇平, 當垂紳正笏, 處臺閣之上矣. 左右列荷戈執戟之士, 上方, 以黃金鐫刻偉烈純忠四字, 乃前清乾隆帝宸筆也. 兩旁楹聯, 則有史筆炳丹書, 眞耶僞耶, 莫問那十二金牌, 七百年志士仁人, 更何等悲歌泣血. 墓門凄碧草, 是也非也. 看跪此一雙頑鐵, 億萬世奸臣賊婦, 受幾多惡報陰誅等句.
蓋廟外墓門, 有兩個男女, 鐵鑄跪縛之形, 以狀秦檜及婦王氏耳. 廟之前後東西兩廡, 有張憲牛皐, 及其子雲, 與五夫人之塑像, 祠位排置, 得十分整齊.
但其時夫人, 則卷髮作髻, 置于頂上, 而兩臉皆塗紅. 中國此制, 亦古矣. 祠右有伏魔殿, 因朱明時, 封公爲伏魔大帝耳. 離墓廟而南則竪石坊矣.

因回湖乘舟, 抵于錢王廟外, 捨舟就路徑, 入廟內則祠宇崇嚴, 塑像森. 所向南居中者, 不問可知爲武肅王鏐也.
觀有舊碑, 乃蘇長公軾, 自撰自書, 而鐫刻於四座碑面, 連砌列植, 宛如石壁. 字樣甚大, 筆勢遒勁. 其外, 設朮棚, 以護之. 誠千寶實跡也. 乃縱步于庭除之間, 則日影在西, 樹陰滿地. 枝上有白, 如匏花之發者, 則曰木香也. 有青如梧子之大者, 則曰枇杷也. 又有一條樹, 甚丰茸, 而可愛可賞. 詢其名則, 曰桂也.

十五日. 復向西湖, 乘舟以渡, 霽後景色越覺新鮮. 須臾抵于三忠祠外, 因往俞樓, 入詁經精舍, 則羅列書畫甚富. 經重門而至堂, 堂中安俞曲園樾眞影, 右壁上有一書幅, 乃公八十六歲時書, 而法甚高古, 公乃清朝八文章之一也. 髮捻之亂, 仗義興師, 爲世重用, 既老退居西湖之上.
堂之後乃曲園也. 石上有蘇子瞻書畫墨蹟. 隨園而上, 透過七曲, 則有檑松閣. 蓋舍在山下, 而緣崖穿階隨曲開園, 至于山頂, 凡十有二曲, 望之乃一曲閣也. 縱橫参差, 由下達上, 至其最上之閣, 則榜曰 萬峰晴翠樓臺. 其外, 則曰左雲右鶴之軒. 臨軒俯湖, 宛若御璇風, 而登閬苑也.
小憩而下, 回至秋社, 則門楣揭鑑湖女俠四字. 前因過坟, 而未及於廟, 故信步徑入, 則曲閣假山竹園荷塘, 備極精灑, 玉蘭叢桂, 碧桃香樟, 異常蒼蔚. 趨至廟內, 則正中安神位, 東邊有遺像, 而着日裝, 疑秋氏遊東瀛時寫眞也. 前後左右, 多列吊祭誄章, 廟庭之外有樓, 循梯而上, 則壁上又揭眞像, 而着漢裝矣.
蓋秋氏早懷光復之志, 而坐徐烈士錫麟死, 年才三十有二, 只有一子一女焉. 其南揭秋詩手本數頁, 以玻璃掩之, 字甚細而皆自作自書, 藻畫幷佳, 其弟一, 則曰 萬里乘風去復來, 隻身東海挾春雷. 忍看圖畫移顔色, 肯使江山付劫灰. 得酒難消憂國恨, 救時應仗出羣才. 拚將百萬頭臚血, 須把乾坤力挽回.
可想其女俠氣槩, 而至於秋風曲, 則爲尤佳, 但篇長不得記耳. 爲賦一絕, 曰 愛種黄花愛有心, 秋風一曲尚沉吟. 樓中墨蹟墳頭碣, 一字悽然一淚淫.
覽既下樓, 迤南而入鳳林寺, 寺開七晝夜, 水陸大道場. 張燈鳴鍾, 僧侶雲集, 有一衲曾於南屏禪院相識, 故一見目語, 可知爲青眼也.
正殿宏雄, 迴廊深邃, 泉聲琮琤於堂戶, 樹陰掩映於庭除, 洵異境也. 又抵徐烈士錫麟廟堂, 構宏麗, 而後有楊公昌濬祠焉.

從西挾門而出, 則內築石假山, 前有蓮塘, 後有竹園, 回廊小亭, 左右排列, 皆標標致致, 東至曲院, 則沼裏風荷, 獵獵如錢, 而觀其碑亭, 可知爲西湖十景之一也. 亭內設茶園, 而雜栽名花異卉, 幽香馥馥, 襲人衣裾, 傍有湖山春社, 士女之往來者, 絡繹不絕矣. 乘月繞湖而回.

十六日. 往吳山, 歷鎭海樓.興福廟, 而入海會寺, 乍焉休憩. 過敬止亭, 縱步至太歲廟, 則有見頭髮全不披剃, 着怪巾而穿道袍者, 蓋羽人者流. 而又有以風鑑要財者.
入倉聖廟瞻謁, 則乃上古文字之祖倉頡氏居中, 而其東, 則有周太史史籀.秦李斯.漢蔡邕, 其西, 則有秦太史令胡毋敬.漢許愼.魏鍾繇, 以從享焉. 又過省城隍廟.文昌廟, 則殿宇雄偉, 廊廡深邃, 越俗好鬼.
吳山一面之祠廟, 多不可勝記. 如東岳廟.火德廟.龍神廟.風神殿.財神廟.藥王廟, 又其大者也. 因上吳山絕頂, 踞岩而休脚, 山舊稱胥山者也.
東望三江之水, 與黃海相通, 潮至, 則怒濤澎湃, 而崩若雪山, 吼如雷鼓. 四望錢塘湖 從閘口, 而入于江.
城外城內, 粉墻雕甍参差, 而至十萬家之多矣. 前有砲臺, 故錢王所築也. 摩挲舊蹟, 窺石窟而捫岩巒, 回念提兵湖上立馬吳山之句, 則趙宋之禍, 無亦基於此乎.
今中國厖然, 爲五洲之最大古國, 而西湖之都麗物色, 於中國當首屈一指. 將此西湖再加經理, 湖之經理, 隨國力而幷進, 則西湖將爲地球上第一大公園. 余將於西湖, 而卜中國盛衰之候也.
同中國文士陳君二人, 尋忠淸廟(伍子胥廟), 門已鎖矣. 從挾門而入, 瞻拜塑像, 旁有木牌上, 書勅封英衛公忠孝伍公之神位, 其上以黃金, 繡着靈依素練四字, 爲幔以垂之, 乃乾隆帝宸筆也.
左右列仗劍執戟之武士, 廟外兩廡, 有漁丈人及史夫人遺像, 而碧草滿砌, 老楓叅天, 不勝曠世之懷.
余自幼齡讀曾氏十九史, 得聞伍公之忠孝武勇, 冠絕百世, 而屈死屬鏤之下. 每臨風吊古, 不能去于懷矣. 今日踏胥山, 而瞻遺像, 則其爲感觸之想, 當如何哉.
賦一絕, 曰黃髯如刺眼如回, 忠孝成全古亦稀. 靈爽不隨吳沼滅, 乘風應與海潮來.
還至巷外花園, 移時觀覽.

十七日. 赴涌金門船埠, 方徊徨之際, 二陳君, 在仙藥茶園, 見余而來迎. 遂入園中啜茶, 訖與二君同時登舟, 卽汪君應傑, 亦踵至舟中, 交名片, 君卽二陣君之同縣久要也. 舟抵孤山, 迤而向南穿跨虹橋.玉帶橋而達西裏湖, 湖色演泓澄碧, 日又晴暖, 可愛可鑑, 汪君言傍湖景物甚多, 徒亂我心, 余, 曰君苦應接之無暇耶, 談笑. 移時穿臥龍橋, 至茅家港, 下船取路. 向靈隱寺行數里, 至飛來峰下, 峰舊以靈鷲稱, 而前淸乾隆帝, 改以今名, 奇岩怪石, 颯颯有飛動之狀. 抵一線天則石窟中, 有兩叉巷路, 傍列佛像, 回首上瞻, 則天色自穴中透明, 泉溜從天井而細滴, 以石爲臺, 上如碗子, 以承水滴, 掬而飮之, 則淸可爽心. 因脫帽洗頂, 從窟中而出, 則綠崖遍刻佛像, 兼鐫石刹. 而傍有一道飛瀑, 噴薄于層岩綠樹之間, 上構數椽扁, 曰壑雷亭.

行數武而臨冷泉亭, 亭與飛來峰相對而起. 其下渟溜磵泉, 演泓涵碧, 傍竪一碑, 現刻冷泉猿嘯四字, 亦西湖十景之一也.

亭之石未一里, 有一峰孤石, 可數十圍. 山勢葱秀, 石角槎枒, 遠觀宛似一朶芙蓉, 路出雲際. 峰腰有一小洞, 其口不過二尺, 望之窈窈黯黯, 峭峻不可攀躋, 此中有一白猿窟穴. 在內世傳西僧慧理法師, 於東晋咸和元年, 刱建靈隱寺. 又蓄此猿于窟中, 故人名其洞, 曰呼猿洞.

自亭後而行數步, 至武林禪院, 即靈隱寺也. 鉅錢塘城十二里, 西山周圍, 亦有十二里, 高九十餘丈, 漢時稱爲虎林, 因有白額虎, 嘗伏堦下, 聽經云. 院之正殿, 舊經燒燼, 前淸光緖年中, 重行修建, 欄外兩側, 各設有一石塔, 不知何代所建. 庭中有大鐵爐一座, 竪于石臺之上, 朱明萬歷時所設也.

噫, 此乃唐駱賓王, 討周逃禪之所, 而桂子天香之詠, 至今流傳膾炙人口矣. 乃史家以浮躁淺露, 謀反伏誅稱之何也. 夫以匹夫而憤武氏之僭竊, 倡天下之大義, 功雖未就, 而非王子安.盧照隣所及. 其亡命也, 謝絶人事, 托迹名山, 以終天年, 抑可謂旣明且哲矣. 豈不壯哉.

從寺門而西行, 見白雲.月桂.蓮花.雙檜[皆峰名]諸峰, 若拱若揖. 皆此山之發源, 直自新安, 過富春, 至餘杭, 蜿蜒五百餘里, 遂結穴于兩峰三竺北高峯. 上有浮屠七級矣. 山門上, 舊有絶勝覺場四字扁, 乃晉葛稚川洪所寫. 景德四年改名香月林, 今爲武林禪院耳.

乃周遭入松秀山莊, 則涓涓之泉, 自竹筧而落于槽上, 余乃掬而飮之. 蓋自渡鴨江以來, 苦無飮料, 今日始知中國之水味矣.

隨曲閣而抵上頂堂, 屋制勝於兪樓. 向晩歸至湖, 乘舟抵孤山, 入公園呼酒, 共三君飮. 居然大醉, 或長歌或朗吟, 盪槳而渡, 余亦高聲唱詩, 以杖叩水. 忽念東事, 不覺失聲慟哭, 袍袖盡濕. 汪君在傍, 爲之出巾, 拭淚而止之. 至于城內, 揮手而分. 嗚呼, 遊西湖畢矣.

蓋杭之爲州, 在李唐以前, 浙潮數至, 土多鹹質, 未有繁昌之槩. 而李鄴侯泌爲刺史時, 始鑿六井, 以供淡素. 其後白香山居易築堤穿溝, 而通湖水于城中而後, 人服其水土之宜, 漸至式繁日昌. 又聞宋顯應侯胡公, 則墓在龍井, 以鎭海潮, 而郡無潮患. 范文正公, 嘗識其事而撰銘. 爾逮夫宋之南渡, 遂都于此, 太廟宮殿之址, 至今猶在.

至於古蹟之富, 則許由隱于稽留峯, 而祠在保安坊. 夏禹巡于會稽, 而遺址在北山. 楚人荀卿寓良渚荀山, 吳公子慶忌舊宅在吳山, 秦始皇巡會稽而攬舟石在大佛山, 漢丞相蕭何祠在弼教坊, 而霍光廟在長生橋, 晋鄧遐廟在忠清里, 梁太中大夫范述曾宅在梅東高橋, 而後文正公仲淹祠, 唐褚遂良宅在忠清里褚家塘, 北海太守李邕寓吳山, 所寫析易碑十一字在蕉池東岩下, 宋白石道人姜堯章寓葛嶺, 韓世忠宅在淸湖橋, 張浚家在淸和坊, 謝翶寓沂王園, 明方正學孝孺寓南屛石室, 黃梨州宗羲寓武林山, 淸太學士梁詩正宅在竹竿港, 其餘名人遺蹟亦指不勝僂, 而非歲月之暇, 未及遍攬也.

然惟前明新建伯王文成公廟在武林坊, 而未之謁焉, 忠肅公于謙之墳在三台山下, 而未之省, 其何能去于懷也. 至若春花秋葉四時之境, 變遷而無窮者, 則又非一時旅行者之所可畢攬也, 噫.

二十二日. 早朝開船, 沿流而東. 岸上層樓傑樹, 逐漸遠移, 而芳草垂楊, 倍常生態. 經三十里而到于吳淞, 乃滬江入海之口, 在前清道光中, 爲英人所陷, 與上海同時開港, 爲海舶往來之一孔道.

由此而過寗波, 向東南, 則海色微青, 想已過黃海灣, 而茫茫萬里,波流之曲折凸凹, 有同岡陵, 已而遙望, 海色蕩漾, 夕照在西, 一道金輪, 垂垂欲墜, 漸至半隱而半現, 初無數笏山坡之橫掩, 又無一點雲翳之過遮, 但其盈盈海而近高遠低, 而日輪遂不可見. 余素知地圓之說, 確鑿有理, 今也親遭此境, 尤信之矣.

二十三日. 侵晨登板上, 則殘月西横, 旭日東昇. 四顧茫茫, 天空海闊, 而但見萬點紅光, 明滅於波間, 蓋七句鍾之內. 既見日落, 而又翫日出, 回念吾內地人士, 身居萬山, 深處, 眼界不通 或在高峰絕頂之上, 得見日出,則叫爲一生奇遇, 豈不可笑哉.

二十五日. 小雨之後, 風勢漸大起, 船益簸揚, 一連十數. 時臥在艙中, 正値四面炎海, 天氣極熱 身乃搖盪, 而或上或下, 胸苦煩鬱, 而如焦如鑠. 回念一生安衽席, 而適溫淸者, 則當不知此等境遇也. 夜間船乃停行.

二十六日. 早朝, 船復開行, 有頃抵香港碼頭. 下船向中環街泰安棧而來. 見市街整齊, 樓屋雄偉, 排置起自海岸達于峰頂. 港灣瀠洄, 山勢蜿蜒, 風景窈窈, 殆勝上海.
既入棧, 我人洪尹諸君, 適在同棧, 聞余之至, 互相過問, 須破涔盃之懷. 又聞朴白菴(巖)在隣棧, 往見叙闊別. 因共入花園, 見其奇花異樹, 砌石噴池, 表裏湖山風物之美, 比諸西湖公園, 不當遽讓. 而人工則過之, 但地處熱帶之下, 時丁初夏, 而宛如三伏火傘之下, 不堪行走. 遂就樹陰下, 倚椅納凉.
蓋此港, 在前淸中葉, 不過爲尋常海賊之藪. 而道光十九年已亥, 以鴉片烟事, 搆釁於英, 此港竟爲英人所占領. 自是以後, 英廷輸出巨欵, 修治港灣, 粧點溪山, 不遺餘力, 驅虎豹蛇蝎之屬, 而誅除之, 歲費英金數百萬弗.
其後, 因法國租借廣州灣, 更要求九龍半島, 於是, 附近大小四十餘島, 盡歸英轄, 四方海面範圍甚大. 乃至有政府焉, 有大學校焉, 有陸軍焉, 有艦隊焉, 宛成一小英國於東方. 人口七八十萬, 收入八百萬元, 百度畢擧, 衆貨雲集. 東西商船, 往來輻湊, 而又一切無稅, 故必於此焉碇泊. 物價之騰貴, 市街之淸楚, 當爲東亞第一也. 向晩, 同白菴回棧, 賖数壺酒以解悶. 瘴甚熱極, 流汗如雨, 又樓下帆檣, 雲集燈光, 星列擾擾, 不能寢焉.

二十七日. 訪康南海先生, 于亞賓律道. 既至, 門者進茶, 請錄住所氏名于接客簿. 已而先生從姪, 康君復同勤至, 聞余來意, 往復于先生, 然後導至樓上, 樓四面擺列名公紳士親王貝勒誄章數十幅, 蓋去年遭母勞太夫人喪矣. 已而先生白鞋素縞而出, 擧止凝重, 視瞻平直, 請余坐于賓位, 余辭謝不敢, 因再拜而就坐. 茶罷, 先生, 曰承遠訪至喜. 余, 曰獲遂平生之願, 且慰且幸. 曰足下文學甚優, 昔曾科第仕宦乎. 曰不入仕宦界. 因將淸心元十顆遞呈. 曰物雖至薄, 敢表古人贄見之意. 曰不敢當. 遂揮. 暢談半晌, 以事入內. 余遂退回棧.

二十八日. 與白岩同往花園, 坐樹陰下椅子上, 納凉解悶. 花樹之名, 槩難識別 而惟棕櫚數十種, 間多連抱者, 奇形異品, 狀各不同, 傍竪木牌, 以表產地耳. 噫, 英人之經營此港, 不過數十年, 宛成一國體, 所謂盎格魯撒遜民族, 勿論在何地, 十人成一國者, 豈虛語哉.

二十九日. 將與白岩, 歷訪近地諸名勝. 沿港而東, 見街路之潔淨, 石屋之宏傑, 比上海大碼路有加焉. 市中有故英女皇維多利亞銅像. 想其六十年聲威, 震寰球而猶不鑠也. 泰東則未聞有以女主興者, 而世以呂太后武則天爲戒, 然歐西之令主則首推維多利亞, 此正東西反比例 而究不外乎專制立憲之有異耳. 達乎此者, 可以語天下之故也.
至于愉園, 因逍遙周覽,園屬漢人所經理, 而亭榭池臺, 屈轉相對, 備極精洒. 又有異花異樹, 盈庭燦爛, 惟黃菊最多, 莖秀雲朶, 蕚吐金錢, 益歡其凌霜之質, 又能耐暑也. 復逶迤而入翠園, 滿庭植物, 皆巧施人工, 或逞矯揉而作矮人狀, 根從履穿, 或强屈曲而作動物樣, 芽從口出, 種種色色, 皆呈別態觀, 或有不雅者矣. 入樟園, 則有見樹之實, 穿生于其皮, 恰如化菌之着于樹身者. 天下之植物衆矣, 又見其不可思議者矣.
少憩于椅. 日斜方迴入于西. 人埋葬所石塚玉棺, 制雖不一, 而備嘗潔淨. 崇碑短碣, 樣或差殊, 而式各方正, 色澤瀅滑. 堂斧整楚, 間植名花異卉. 又設噴池築砌, 左右列置坐椅, 令人留連嗟賞, 如入絕勝之公園也. 比中國人之亂葬於原野溝瀆者, 何啻天壤.
白岩, 曰世知西人生活程度, 遠勝於東俗, 而不知送死之節, 又能自盡也. 噫, 吾知西之取東者, 固自不乏, 而東之取西者, 當何限也.

三十日. 往花園乍焉休憩, 縱步至南山之巓. 巓有引電機器廠, 電車上下馳驟, 林間甬道竦直而傾斜, 來遲而去急, 繁陰綠樹之中, 時聞轟轟之聲矣. 山之東西拖長, 而南北兩面, 繚以港灣. 乘高俯下, 迤北一帶, 乃香港全埠, 而山之全體, 層樓傑閣, 星羅棊布, 望之境甚佳絕. 尋路而回, 汗如潑水, 乃濯足于泉流焉.

五月一日. 臥念, 我內地人之, 以蔘商爲業, 來住本港者, 現方十數人. 而或因蔘種之不佳, 或引信用之寢襄, 狀況漸不如前, 是用慨惋耳.
夫吾邦蔘種, 素號爲天下靈藥. 然挽近以來, 逐年腐滅舊根之遺傳者, 行將絕無, 而僅有外種之冒入者, 漸至繼長而增高, 土種之在內地, 其值已昂, 所售幾希. 是以商民之帶往海外者, 始焉, 眩外種, 而混土種, 以博贏利, 繼又舍土種, 而貿外種, 以私壟斷. 利之所在, 孰肯抛擲. 多額之價金, 必求內地難求之種, 而以售之哉.
然事之關係甚重, 得小而失大者, 未有若此之極也. 何以言之, 人蔘者, 吾東之特產也, 濟世之能藥也. 居人之所當悉心培養, 而商民之所當竭力, 發售者也. 吾東蔘圃之邇年失敗, 抑亦有數存焉, 而不可一委之於天也. 但患吾人之無自信力爾. 商民之混眞假, 而貪小利者, 內有以墮同胞培養聖藥之心, 外有以絶遠人信用吾輩之望. 吾亦處其中, 而所操之業, 因以失敗矣.
爲今之計, 吾人之在內者, 勿以天災之洊至, 而怠其心, 勿以外種之輸入, 而慢其業, 以精一之心, 加歲年之功, 廣開蔘圃, 養成良好之果, 則吾邦神聖之種, 將獨步寰宇, 而不患輸出之無方也.
商民之出外者, 勿以近功, 而收假種, 勿以小利, 而忘大信. 以多額之金, 貿在來之種, 謹實携帶, 使服之者, 有效而後, 收其價, 則邦人之在內者, 可以沾輸出之益, 而外人之求我者, 可以獲全良之材. 吾亦從中取利, 而所操之業, 因以繁昌矣. 此鄙人之所以不憚煩瑣僕僕, 而告吾同胞者也.
向晩, 阿賓律道下隷來傳, 康先生自省城而回, 約以明日請見耳.

二日. 晩午, 往阿賓律道. 從門者至樓上, 先生出來, 肅揖而就坐. 竊自念, 萬里專來, 從容請益, 亦未易易. 故於宗教問題, 畧綴己見, 以求善後之策.
先生曰我在猶太時, 日午見士女來拜于大闢王所羅門廟, 哭之甚哀, 淚如泉湧. 因示遊耶路撒令時撮影一端. 曰千言萬語, 當以儒教爲宗. 遂揮翰如流, 須臾已達數十百言, 旨義愈出愈妙. 纔一屬眄, 從者卷而去之. 余愕然曰先生手蹟, 竊欲奉以留玩, 然若不許輕出, 則向日帶去之手本, 亦當還完否. 曰甚, 可交在實心, 不在虛文已.
而進煖茶于鍾, 盛荔枝于碗, 以饋之. 余初見荔枝, 皮紅而體團, 未知爲何物, 手欲剖之, 則香汁迸散. 先生莞爾而起, 奪余手中之果, 親自刮皮而示之.
余因問, 今日儒敎之大關鍵, 有朱紫陽.王姚江兩派, 終安所適從乎. 先生曰今科學式繁, 皆當兼治讀書, 恐不能多, 不得不從捷徑. 中求眞理, 以今日夏葛冬裘之義言, 則當從姚江. 又曰姚江致良知, 我欲證諸心, 加以因果律.

又出一部書, 以示之, 曰君知此著書之人乎. 諦視之, 乃朝鮮尹宗儀士淵所術闢衛新編, 編首有康先生所撰序文. 深寓傷感賛歎之意而至, 曰高麗已亡, 此書爲無用. 一薛居州, 其如何. 然余未嘗得聞其人, 故以不知對之.

先生引余至書架下, 歷歷指數, 曰此皆唐宋元明間刻本及鈔本也. 我家藏書至十萬餘卷, 而惟此古書籍富. 吾欲得朝鮮千數百年以前古書, 或中國宋元書, 存在朝鮮者刻本鈔本, 皆可何處可得. 抑遇藏書家, 一旦出售而全得之, 最佳幸.

見示又, 曰李剛齋書未能一一答, 去幸致意焉. 曰李公甚願得聞先生之論. 因言剛丈平生. 且擧白菴朴君書以供覽. 先生看畢, 曰朴君忠義感慨之流也. 可得見否. 君與俱來.

問此港在熱帶下, 至午天, 則日漸無影. 若過此, 則影便在南, 而北帶諸星, 皆不可見歟. 曰過澳門至澳洲, 便是如此.

余遂退而回棧. 鄙人於十年前, 著天地方圓動靜說, 於天之無形體及地圓之義, 固已論之審矣. 但地有公轉私轉之說, 則獨未之信焉. 然非若世人徒據慣習之論而爲定案也, 正以爲論天下之理者, 莫不以此爲最重最大之問題.

從古, 聖哲之以地爲靜者, 顧何限. 而乾象之曰天行健, 孔子之曰北辰居其所, 曰日往則月來者, 實地球不動之正比例也. 若以地爲旋轉, 則泰東群聖賢之書, 抑將盡廢, 而無從取信歟. 蓋天無體以星辰爲體, 不以星辰爲環地而周, 則地球旋轉之說, 將顛撲而不破矣. 如是憧憧往來于中者, 殆二十星霜, 而猶未解也. 於是乎益究亞東之往牒, 瀏覽泰西之新說, 是又未可以一聖之定論而有所軒輊也. 惟實歷實驗, 了解真境而後, 當與語於此矣.

器機之爲用, 豈不大哉. 然鄙人尙守地靜之說者, 惟北辰不動之說, 爲東西定案, 而地球之於北辰背面距離, 亘古不差, 故信夫地球之亦居其所而不離也. 及見西人之論, 地球於北極距二十光年之遠, 而地球之十九億里軌途, 較諸此距離, 未免於微做一點, 故實未嘗無差而未見其差也. 斯言也不敢遽信而亦不敢遽以爲非也. 果爾則天空之遼闊實難言, 而諸曜之遠近, 亦當以類而推矣. 如不論其大小遠近, 與夫所行圈之大小, 而謂皆以相等之角, 率繞地球而轉, 實與理不合云者, 非虛語也. 顧數十年來見識與感想, 變遷不一, 而自有地球以來, 此問題最爲重大, 則竊以爲躡天文臺而眼望遠鏡, 用畢生精力, 而後當下語也.

客春在北京時, 與李剛齋, 語及此事. 剛丈亦守地靜之論, 而於亞米人對足抵行之說尙不信, 謂余, 曰君如見康南海, 但問操舟之人望極南, 駛行不變方向, 而頂上之日輪, 返在背後乎否, 則見如何回答云. 故俄者話次偶及. 然南來萬里, 午晷無影, 不必到好望角而已躍如也.

三日. 招白岩, 同謁康先生. 先生之與白岩語者, 略與昨日告我者同, 而下筆成章, 縱横鋪叙, 千言萬語, 注重乎孔教復原, 而無一字道及於政治思想. 寔老成謹愼之道, 而抑亦吾輩之所可宗仰也. 已而進茶及食物. 先生指食物而問, 曰朝鮮有此物乎. 余, 曰非但無有并不知其名. 先生, 曰南方以屈原沈没之日, 設此物以祭之, 以冀原之復生. 乃五月時物也. 合黍與糖, 以製之. 其名曰糉. 今二君忠義之士也. 故特設此物, 幸及時多啖, 毋使後人徒祭於身後也. 因相視而笑. 遂借闢衛新編五册而還. 白岩謂余, 曰吾在東方, 一未見過目之人, 今見, 康公眞師表也.

五日. 見土人以長木爲舟, 間竪紅旗, 數十人列立其上, 鳴鑼擊鉦, 盪槳而渡. 呼之曰龍船, 蓋南方重午日習俗也.

六日. 又與白菴, 訪康先生, 論春秋學說. 先生, 因語春秋發凡之意, 而出示平日手定, 筆削大義微言考原本, 曰此乃就魯史與聖人所筆削之舊, 而綜核者也. 又指其中黑圈紅圈, 而謂之, 曰黑者乃魯史本文, 紅者乃孔子所經筆削也. 聖人筆削之至意, 如電碼之流通, 脉絡相貫, 褒貶極嚴. 治春秋之學者, 當求筆削之意, 不當求魯史文之別有深意也.
適有客至, 遂還呈闢衛新編, 拜辭而退. 蓋中國之輸入外國文明, 自廣東始, 而至於近日, 則孫文以廣東人, 首倡革命, 遂爲共和之新局, 而復黃帝之舊物. 故論新中國事者, 皆於廣東注目焉. 然若其始建改革之論, 而終扶孔教, 以維持五千年國粹, 收拾四億萬人心, 則南海先生之力, 爲尤大云.

七日. 同白菴乘鎭安船, 還向上海.

九日. 望見西北口岸, 巒麓掩映, 港灣瀠洄, 詢之則乃廈門也. 其對岸有嶼, 曰彭湖島, 風景絕佳素擅, 爲江南名勝. 而身在洋中, 無緣探到, 不禁悵然.

十二日. 晩抵上海.

十四日. 以前日江南之遊未洽, 金陵如過夢境, 姑蘇足未嘗及, 欲乘數日之暇, 以辦一遊. 早乘滬寗鐵道火車, 而發渡青陽灣而行, 則迤南有小山坡, 上有一塔斗起勢甚奇絕, 詢之則曰崑山也.
是爲歸震川·顧亭林所生之鄉, 須臾到蘇州, 下車定館. 訖出循姑蘇城而行, 城外城內, 太湖之水周遭流通, 宛與餘杭同一狀態. 又自閶門而入, 市街綺麗, 物產豐溢. 但巷路逼窄, 幛壁陰成, 如行室中, 趁晩而回.

十五日. 以歸期不遠, 忽忽發行, 如虎邱山·靈岩山·穹窿山·范文正公坟·越王臺·寒山寺之勝蹟, 皆未得見焉. 歷無錫至常州, 聞有延陵季子墓及蘇東坡古宅, 而未之訪焉. 又過丹陽至鎭江, 眞絕勝江山也. 舊時金山焦山, 皆在其前大江之中, 近世則江水北傾金山, 變爲陸地之山. 而獨焦山 擅勝, 亦一大可恨者也. 晩抵金陵, 城外定寄站. 因縱步由西門而入, 仍循城而北上, 四顧山川形勢而回.

十六日. 復自西門而入臺城, 穿十里長堤, 迤南而行, 轉東入太平門, 則市街狀況, 自數年兵火蹂躪之後, 慘不忍目. 惟自都督府, 迄于南門, 稍有大都會之氣象. 秦淮水分爲兩支, 一入城內, 一流城外. 船舫笙歌喧闐矣. 由城而南, 天保山爲最高, 其餘幕府山·富貴山·獅子山, 處處擁護, 有龍盤虎踞之勢.
問李白所云白鷺洲·鳳凰臺, 則今不知其處云. 向晩回棧. 嗟夫, 南京之名勝古蹟, 苟欲盡覽, 則可費旬月, 而緣今行太忙, 又無鄕導之人, 故未得恣意探訪, 不勝黯黯.

十七日. 還于上海.

十九日. 夜與金君忠鉉, 乘西安直船, 還向本國計, 其程路不能爲烟台船路之半矣.

二十二日. 早朝碇泊于仁川港外, 金君携行李徑先下去, 余以有事在安東, 故不得下船.

二十三日. 早午船始開行, 明日至安東縣留歇.

二十八日. 渡鴨江, 暮抵漢陽城. 余之遊中國, 纔過百日, 以耳目所經歷者而言, 則中東之殊俗, 古今之異宜, 殆難更僕數矣.
古者, 旣有匙有箸, 則飯必以匙, 而今也槩用雙箸, 古人云飯疏食飲水, 而今也必啜茶. 古人以跪坐爲禮, 又危坐團坐而曰未有箕踞而心不慢者, 今也皆踞椅子, 未有席地而坐者. 莊子, 曰絡馬首穿牛鼻, 而今也未見穿鼻之牛. 於此可以見中國之進步, 而未必資歐風而然也. 吾東, 則每事務循中國之舊習, 良用慨惋也.

中華再遊記

孔子二千四百六十七年丙辰, 六月初七日甲辰, 余欲復遊中國, 啓行, 入京城, 留數日, 至安東, 待船便, 至二十二日晡時, 始乘重慶船, 以泛海.

二十六日. 抵上海, 時康南海先生, 來居上海者有年, 而因避暑, 往寓於西湖之楊氏莊矣.

二十九日. 余遂往謁. 湖中紅白荷花之盛, 比舊遊尤佳矣.

七月二日. 移館于湖心亭. 是時朴白菴, 先余來訪康公, 余請同住是亭, 朴欣然應之.

九日. 我人韓君奐, 至湖心亭, 遂與韓及白菴, 携酒, 同尋法雲講寺于湖西山下, 寺卽高麗寺也. 殿中安佛像, 而右有一龕, 以奉塑像, 木牌上, 細寫高麗國王之聖諱七字, 因再拜祗謁.
竊念趙宋元豊八年, 高麗王子僧統義天入貢, 因請淨源法師, 學賢首教, 元祐二年, 以金書漢譯華嚴經三百部, 入寺度施, 兼進金塔二所, 因建華嚴大閣藏塔以崇之. 宋寧宗御書, 華嚴經閣, 元延祐間, 高麗王進香繙經于此, 至正末燬, 朱明初重葺, 俗稱高麗寺, 礎石精工, 藏輪宏偉, 前淸乾隆時, 賜額曰法雲講寺, 上下八百年屢經沿革, 而使故國遺民, 獲瞻眞像,寧禁愴懷哉. 巷外有肉桂兩株, 人或裂皮以去, 而余不忍傷其幹, 只一小枝, 以爲紀念之資. 轉向三台山下, 謁于忠肅公祠, 瞻遺像, 逦而出, 又省公之墳, 駕湖舟而回.

十九日. 回上海. 先是余寄書于孔太史, 至是太史答書, 道及曉汀吳君死狀, 余爲之慨然一慟.

二十八日. 欲往曲阜, 乘火車而行. 蓋余頃年曲阜之遊, 忽遽太甚, 悵常在心, 適玆釋奠期近, 可以往參盛禮, 而兼之康先生, 以孔教會之事, 有托故也. 晩抵南京宿.

二十九日. 冒雨, 向津浦鐵路支站, 買車標, 乘輪船, 渡長江. 至浦口, 上火車, 望北而行. 夜半抵曲阜車站.

三十日. 早朝入城, 訪孔少霑先生, 先生適有疾, 其子啓民(令佑).子英(令侃), 出而延接. 請搬行李于四氏學明倫堂內, 堂內孔教總會所, 而招待員孔佐臣(憲動), 應接來賓.
蓋此堂在聖廟觀德門外, 曹魏黃初二年, 詔於廟外廣, 爲室區, 居孔氏學者. 宋大中祥符間, 詔於廟側優加興建, 入顏孟子孫. 至明洪武初, 迺名三氏學, 其後益以曾子后裔, 始以四氏名, 幷教授學錄官舍. 前淸因之, 歲科額補博士弟子員二十人, 科舉孝廉三人, 制度與國學同. 光緖二十三年丁酉, 今衍聖公又爲修理. 至民國二年, 擧祭天祀孔之典禮, 而自孔教會中, 定本學爲總會, 堂內安昊天上帝及先聖先師神位, 而每月朔望, 會員行三跪九叩頭禮.

八月一日. 會員以雨未來 惟孔啓民冒雨至 與余行拜跪禮.

三日. 訪顏翰博, 至陋巷門, 首榜曰翰林院 而門者言已出外矣. 回至衍聖公府門外, 下車, 閽者持名刺而去. 少時導者引入, 屋制之壯儼然, 是王公居也. 入東客室, 已而上公出乍鞠躬叙話, 蓋上公於先聖爲七十六代孫, 而年方四十六歲. 禮畢辭退, 遊舞雩, 遡沂水而還.

五日. 赴衍聖公招待之宴, 孔瑞年(慶倡)及陶衡初(式銓)孔魯池(昭埩), 皆列坐, 圍卓款款應接. 蔬果之品, 魚肉之種, 備極腆潔, 非吾邦士大夫家所可擬到也. 乘醺還明倫堂, 齋役忽報, 翰林院五經博士顏君(景堉)來訪, 卽爲往日訪問失唔而爲報謝也. 話半晌而去, 君乃復聖公七十六代冑孫, 年方五十二.

七日. 夜, 操禱告文一篇, 讀于孔子神位前, 曰云云.
嗚呼. 小子受天地之中, 傳父母之形, 以生于世者爾來, 爲四十有七年矣. 旣名爲人, 則孝天地而體父母, 不可須臾廢者也. 苟順天地父母之情, 而盡人之分則舍吾夫子之道 末由也. 故自稍知人事以來, 欲學夫子之道, 而不得窺其門墻之外, 然知夫天地之間, 不可一日無者, 夫子之道也. 竊念二千數百年之間, 普及乎亞東諸國, 時或有治亂, 敎亦有隆替, 而務囿乎吾夫子至善之鵠則不可誣矣.
嗚呼痛哉, 東西開通, 歐亞接踵, 禮讓變作競爭, 俎豆化爲炮火. 宇內之圓顱方趾者, 日趨天演之例, 而昧弱者, 漸就淘汰之科. 不幸而吾朝鮮, 以儒敎國稱, 而已淪于他族, 中華以儒敎國著, 而又啓强隣之蠶食, 以致世之論者, 遂謂儒敎不可以爲國.
嗚呼惜哉, 朝鮮之亡, 中國之弱, 以不善儒敎之故, 而昧乎通變之權也. 不念敎之可救國, 而謂由敎而亡, 抑獨何心哉. 炳憲以滄海鯫生, 竊自悲國之亡, 由敎之未明, 而國者 乃自身之天地也, 父母也, 故天地雖廣, 舍國而無可往之處, 父母雖亡, 尤不忍有死其親之念, 日盼吾同文同敎之中華大國, 勃然振興, 則於地理之關係, 民族之歷史, 互有聯絡, 庶幾有摩擦痿痺, 醒呼皐復之望矣.
奈之何. 上焉而志士之黨見愈深, 下焉而國民之公德不振於祖國, 二千四百年聖訓, 猶不知愼重而保守之則駸駸然, 懼夫與朝鮮已經之祟, 殆同症也. 然夫子之道, 建天地, 質鬼神, 而不悖不疑則當維持四萬萬人心, 而中國決不爲釋迦牟尼之錫蘭, 耶蘇基督之猶太矣. 雖愚騃不肖, 如炳憲, 焉顧學夫子之道, 歸諸東方, 以求學儒而守株者, 更求爲天地之全人, 父母之順子, 以招祖國之魂. 伏惟聖靈之黙佑焉.

八日. 從東禮門而出, 路左有仙源聖母殿. 棟宇雖宏壯, 草沒荒階, 塵掩神像, 有前清御製碑 以紀事, 蓋魯之古神祠也.
迆北而東, 行不十里, 有舊縣庄, 城門尙存, 上有層樓, 城楣刻望繹二字, 是乃古觀臺 而夫子述大同之處耶. 至朱明正德年間, 有寇亂山東, 遂移城衛闕里宮牆. 古學瞿相圃, 亦隨之而移. 今聖廟西側, 仰高門外, 有瞿相圃碑, 以其蹟矣. 過庄而向東北數武, 則有石坊屹立, 榜曰少昊陵. 入其門, 則左右有廡, 而正殿在北, 上方鐫着金德貽祥四字, 正中有位牌, 題曰少昊金天氏之神位.

由殿而北, 則兩傍古柏森嚴, 中有帝陵, 以石築砌, 四方各百餘尺, 下廣而上殺, 其頂建屋, 以黃琉璃瓦覆之, 望之如在山上耳. 後有一土阜, 大而象墳形. 噫, 自入此邦以來, 初見最古之蹟也. 遂逡巡而回, 路上所經, 多顔氏阡林.

九日. 因招待狀, 入奎文閣, 在西階參觀習儀節次, 則堂中設位, 門外正南, 設曲柄黃蓋, 兩傍各設罇設冪. 上公自府而出, 執事官及兵丁八九人隨後, 分獻官亦齊至. 其禮服純用黑繒, 胸背, 及兩肩上皆繡亞字, 邊幅及袂口, 飭以繡緣, 闊袖而不破, 掖越短於內服, 內服想是常着周衣, 而如褡[衣+濩], 帶則裂幅帛爲之, 亦有刺繡緣文. 禮冠則恰如烏帽之質而有蓋, 廣不及長, 前圭圓而後平直. 惟上公則禮服有二層而, 上着者爲尤短, 繡用金緣, 輝煌陸離, 冠有金套, 一入堂中不離其位. 其餘祭官, 則出門降階, 輪次從同文門進退, 而來往於兩廡. 執事之人, 則或奉爵或提燈, 以隨之. 贊唱則在東西階及堂內, 有一兵在階上, 侍衛八人在階下, 分立兩傍, 各執武器.

又其南則兩傍各一人, 執旗而立, 前列樂器(如柷敔簫管之類). 又其南則十六人, 執羽干而分立. 舞時十字形, 卽八佾舞也. 又其南則兩傍各有人, 執鼗鼓而立. 東西各設兩架, 而東架爲兩層懸十六枚金鍾狀如壺子, 西架懸八枚金器, 左曰動金鈴, 右曰動玉磬. 其下各列二張琴二張瑟, 於拜跪之際, 樂聲俱發, 淡而雅, 和而理, 穆如覩三代之威儀也. 已而執旗者, 麾而退, 則禮畢矣.

十日. 子刻入觀德門內招待室, 隨陶君衡初, 由啟聖門, 而大成殿. 前兩傍列植燭籠, 晃晃如晝. 因歷階而上入殿內, 現方陳設, 乃次第奉審, 則至聖牌下, 下設一爵, 其前二桌, 分兩座各列籩俎. 東十二楪爲四行, 果品居多. 西十二楪爲四行, 麵品居多. 中列四件器, 盛饅頭等物.

其下設木函三架, 中盛特牲, 左羊右豚, 皆去毛去腸. 其南有二桌, 前(北)一桌列瓦, 太尊犧尊象尊山尊雷尊, 五器爲一行, 皆屬漢器, 後(南)一桌列木, 鼎亞尊犧尊伯彝蟠夔敦寶簠夔鳳豆餐饕甗四足鬲, 十器爲兩行, 皆屬周器. 雕刻精良, 古色璆然, 器各有函 四圍充補, 不令搖動, 一一自聖公府舁來.
考桌上模刻之次而安排, 如非丁祭時, 不得觀玩也. 其南一桌, 列珐瑯銅器五座, 而銅鼎居中, 其下設香爐. 四配之位, 十二哲之桌, 則陳設物品, 皆以次而殺. 觀瞻已久, 隨陶君, 從殿門而出.
阼階之下, 石欄之傍, 有竪以爲株頭者, 以掌叩之, 錚錚有金鐵聲, 未知爲何而然也. 殿陛上下所陳列者, 則與畫間所見同, 而目擊手摩, 黯然有曠古之想.
已而鼓聲, 自杏壇而出. 上公以下諸祭官, 鱗次而至, 焚香獻爵跪拜如儀. 堂下鼓樂之音, 宛如人聲, 淸揚微婉, 都無鬧熱複雜之態. 參祭官, 則自三品以下至九品, 約四十餘員, 據禮樂誌所載, 則太略太殺矣.
至寅刻, 祭官或散, 而觀光人員皆破歸. 余亦從門而出. 堂下兩廡, 燭影輝煌, 森槐古柏之間, 遍點燈光矣. 回至四氏學堂, 是日午正, 孔太史丈人, 率孔子教會全體, 行拜禮于大成殿, 開議于奎文閣內, 遂參而還.

十四日. 早朝興鄕愁, 黯然不堪排遣, 適本學講師袁彛三(書鼎)來, 敍禮就座, 曰明日是中秋節, 東方亦有此名目否. 余, 曰弊國以正月一日, 八月望日, 爲年中大名節, 家家備酒設饌, 以祀祖考省墳塋, 未知中國亦如是否. 曰弊國中秋日俗, 尙晩間飮酒賞月, 不祀先省墳. 曰宋儒所論四仲月時祭, 中國士大夫家, 皆不行歟. 曰凡載祀典者, 春秋二仲月, 皆致祭, 惟孔子廟, 於夏冬二仲月, 亦致祭, 俗家除正月一日(兼祭天), 淸明日·七月望日·十月一日, 祭先代省墳塋, 不按定四仲月. 曰祖考忌日, 皆祭歟. 曰忌日, 分明忌(祖考生日)卒忌(祖考卒日), 皆祭之. 曰弊國則用栗木爲主, 藏於廟中, 至祭時, 入廟出主, 則行再拜奉主, 就正寢後, 有參神·降神·三獻·辭神等節, 未知中國如何. 曰凡三獻禮, 親亡後, 出殯時用之, 其餘祭日, 或行三叩首禮, 或行前後二揖, 中四叩首禮. 留主之家, 亦用栗木或檀香木, 富者皆於親亡後留主, 貧者則不留主, 祭時用紅封套紙, 寫牌位, 稱謂與木主一樣. 惟正月一日, 無論木主牌位, 皆請於正堂致祭, 淸明等日, 省墳塋者多, 敝縣省墳塋, 謂之上墳, 又謂之祭掃. 曰中國則上墳之時, 必行祭歟. 曰上墳時行禮, 具祭品者多, 亦有不具, 僅燒紙錢及金銀錁者. 曰親亡後三年喪, 中國今日行之否. 曰通行二十七箇月.

十五日. 正午, 孔教會員來集, 行跪拜禮, 商議教務, 壁上揭南海先生, 致

大統領 · 總理, 及內務部長及國會議員各電文. 蓋民國再造以後, 有廢小學讀經之議, 而議員請廢祀天祭, 孔有司禁拜孔子. 故先生提出抗議, 未知究竟如何. 自二千數百年以來, 殆哉岌岌, 未有若此時之甚者也.
愚以爲擧天下萬國, 已演之公例而觀之, 勿論某國, 國有特産之宗教, 而不立以爲國敎,則未有能保其國者. 釋敎被逐於印度, 而印度邱墟, 耶敎見黜於猶太, 而猶太漸滅. 竊願中國之人, 幸勿以印度猶太之, 待釋迦基督者, 對孔子也.

十六日. 至姚村, 乘火車向泰山, 而北行汶陽一帶之地, 柿樹成林, 朱實如星, 已而渡汶水, 水甚淸漣, 而比沂 · 泗二水, 則誠大川也. 但頃年夜過, 莫之省焉. 抵泰安站下車, 寄宿于城外客店, 店主乃回回敎徒, 壁上揭一帖紙,非書非畫, 想是回敎之文, 聞中國回回敎徒, 多至二千萬云, 誠可駭也.

十七日. 入城, 遊東岳廟, 廟在泰安城北門內, 其正殿, 曰峻極殿. 其後有寢殿, 祀岳卒事後, 以祀東岳夫人, 宋大中祥符間, 封爲淑明后者也. 殿之宏侈壯麗, 與聖廟同. 但柱不用石, 殿陛兩傍石欄石級, 純用皇宮之制. 庭間, 設寶鼎寶爐, 極侈極大, 盎然古氣, 令人深思.
陛下甬道中, 設露臺, 其上屹然而特立者, 曰扶桑石. 挺然而北向者, 曰孤忠柏. 現有道士居中閱風鑒者, 其外乃仁安門, 堂廡雖云宏麗, 可惜, 草樹之侵, 生於瓦甍耳.
從門而出, 至于階下, 則東有圖書舘, 即古三靈侯殿也. 西有鑛務調査局, 其南則配天門也. 觀前後四圍, 古柏森陰, 穹碑矗立. 自漢以來, 中國典祠之盛, 未有如此, 廟之極者也.
從階而下, 東入炳靈門, 則內有炳靈殿, 世稱東嶽之子炳靈公廟也. 庭中有漢柏六株, 半枯半生, 現有石刻撮本, 古景逼人. 西乃延禧殿舊址, 有古槐二株, 以石爲柱撑, 其兩邊前, 竪石碑, 鐫唐槐二字 乃明甘一驥書也. 其前, 正門則署, 岱廟二字, 其外兩旁, 各有門, 門皆有樓, 由此而出, 則廟城外也. 城方三里高三丈, 城之四角各有樓. 又自山下, 引泉流, 繞廟城四圍, 或隱或伏, 通其水道. 至廟南遙參亭下, 自雙龍口出, 而幷入于池中矣.
嘗從配天門, 而入鑛務局, 內有公輸子祠, 門楣署萬代工師四字. 其西北隅, 則鑛務局也. 復由祠門而出, 迤西而行數步則, 左右壁面, 列着碑身或竪或臥, 書多畫少, 皆絕妙古品也.

折而復北進則, 有一道觀, 門首署岱嶽鍾靈, 叩門而入, 則有兩妙年, 頭結雙髻, 貌頗不俗, 出而延接, 導至靜室. 盆中黃桂, 馥馥可賞, 房中羅列木座神磁佛手, 皆絕妙珎玩. 而又有前淸乾隆帝進呈東岳大帝手指玉圭, 長幾一丈 圍可十寸, 誠希世難求之玉也. 因緣介紹繼而得其法師手諦, 則語多警切, 可謂眞羽人也.

從東而入圖書舘, 乍閱覽後, 晤舘長葛雲菴(延瑛), 話半晌, 因自北門而出, 上一里有石坊, 曰岱宗坊. 其東有酆都廟, 祀酆都大帝(卽東岳變稱), 配以冥府十王, 其下有古柏一株, 寄生於檜樹, 俗稱飛來柏.

迤北而上, 有三皇廟, 祀伏羲·神農·皇帝, 配以句芒·風后·祝融·力牧. 兩廡祀先醫, 東十四人, 僦貸季(神農時人, 岐伯祖之師), 天師岐伯(黃帝時, 下同) 鬼兪區, 伯高, 俞跌, 少兪, 少師, 桐君, 太乙, 雷公, 馬師皇(自楝君以下, 未詳時代), 伊尹(殷), 神應王 扁鵲, 倉公 淳于意(齊人), 張機(後漢人), 西十四人, 華佗, 王叔和(晋), 皇甫謐, 葛洪, 巢元方, 眞人 孫思邈(唐), 藥王 韋慈藏, 啓元子, 王氷, 錢乙(宋), 朱肱李杲(元), 劉完素(金), 孫元素, 朱列修.

今易四配爲八蜡, 殆遵神農之敎歟. 禮記云醫不三世, 不服其藥. 鄭康成註以三皇爲三世, 蓋不無所本, 而古人之重醫可見. 東有岱嶽觀, 乃唐時六帝一后修齋建醮之所, 而今廢矣.

折而西入昇元觀, 卽古白鶴泉, 今爲道觀, 松影掩暎, 桂香襲人. 上有玉皇閣, 閣右有七星堂, 極崇麗而潔淨. 從閣下而回, 至東偏一靜室, 則門已鎖矣. 有一少年, 指示請翫, 開門而入, 則朱明末葉, 有老道孫眞人, 加趺而化, 遺蛻于其中, 骨骼長大而目如生, 爪甲之長頭髮之束, 與今日道士殆一般也.

二十日. 曉梳頭盥漱訖, 望泰山而發. 先入靑帝觀, 蓋以五帝之一位, 屬東岳故祀於此. 歷迎仙橋, 至關帝廟, 外盤路當前, 因拾級而北, 上前有石坊曰一天門. 歷數級而有大石坊, 曰孔子登臨處. 傍竪兩碑, 東曰登高必自, 西曰天下第一山. 歷天階坊紅門坊而北, 則西有天仙聖母廟, 東有佛寺, 而聽泉山房爲最勝, 遂逐盤路而上, 左右設欄, 以護人行, 而右欄之外, 溪流盈盈如碧玉.

兩邊柏樹森列, 漸入漸佳. 經大藏嶺, 而至二紅門, 門楣刻萬仙樓. 而上起三層高樓榜, 曰仙骨風流, 乃明萬曆間所建. 上祀王母, 中奉元君, 而皆以衆女仙配之. 迤北而進, 歷斗姥宮(古龍泉觀), 循石級而上, 過住水流橋, 橋西北有天紳巖, 每於夏天飛瀑注下, 故曰水簾洞. 過望仙橋而北, 則有巖刻歇馬崖三字. 西北爲雲頭埠, 南爲白楊洞. 稍進而北兩邊, 柏樹尤盛. 循級而透過, 則有壺天閣, 上有石坊曰迴馬嶺. 言至此則路愈峻可廻馬也.
拾級直上, 折而西轉, 曰步天橋. 經十二連盤, 上二天門, 入茶店吃麪飮茶, 則四面雲霧飛集, 咫尺莫辨. 乃趕前而行尋盤路, 而至酌泉亭, 亭乃石制. 而前有護駕泉, 西刻御帳岩, 宋眞宗駐蹕處也. 至五大夫坊, 撫秦松而行, 則霧氣謏謏過耳. 而忽有一亭, 當前曰對松亭.
向十八層盤而上, 窈窈黯黯之中, 時有天風掀起霧層, 則飛龍翔鳳二峰矗立, 左右如初出芙蓉. 又有如佛之岩, 如蓋之松, 乍隱乍現, 或遠或近. 抵昇仙坊, 則路自穴中出. 兩邊層崖壁立千仞, 而其外名勝, 盡入于濃雲, 頑霧之中, 而不可見矣.
始余自曲阜來也, 齋心謹節, 以蒼生之祿命, 斯道之關係, 竊欲禱于泰岳之靈. 而遭此晦冥薄蝕之會, 自顧誠薄, 無以召感應, 故焦躁煩鬱, 忽又轉念而默禱, 曰祝祝祝東方之大局危而復安耶, 大道隱而復明耶. 伏願維嶽之靈, 鑒玆微衷, 錫以明應, 開示天日, 因念念呢呢.
行過緊十八盤路, 入至南天門. 尋路而東, 折而復北上, 謁文廟. 前有吳門聖蹟坊, 後對望吳峯, 只約畧可辨矣.
因歷謁碧霞祠東獄廟, 而至大觀峰下, 有唐玄宗摩崖碑千餘字, 謂出於燕許之手, 而直逼漢隸. 左刻彌高巖三字, 由青帝觀至山頂, 有兩巨石, 隱隱自霧中出現, 趨而視之, 乃穹然巨碑, 大書特刻, 一則曰孔子小天下處, 一則曰雄峙天南, 筆勢遒勁. 其下有乾坤亭遺址尚存. 余乃拾取黃磁瓦一片, 以藏于懷, 徊徨之際, 忽雲開而霧散, 天日晴朗. 於是心甚喜, 曰禱果應耶.
趨上日觀峯, 東望渤海, 與天微茫. 南望吳楚之域, 眼窮而神耗. 始念孔顔望吳之眼力, 實非凡人之所可擬議也. 俯瞰汶洸諸水, 蚓結環曲. 齊魯群山孫羅雌伏, 惟七十二峯, 左抱右擁, 巖巖若束筍耳. 峯舊有日觀亭, 亭廢而有乾隆帝紀蹟碑. 余偶拾古錢二片, 爲紀念之資. 迤而復西上太平頂, 一名玉皇頂, 即泰山之第一高峰. 而東南眼界, 則遜於日觀矣. 頂上有玉皇宮, 即古太淸宮. 墀下數石崚嶒, 四圍周匝, 是爲登封臺. 傳爲歷古七十二君, 及秦漢以來登封處. 墻外有碑, 四方平廣而無字, 或曰秦皇帝碑, 又曰石表, 又曰神主, 又言其下有金書玉簡, 當是石函. 因逡巡而下. 聞山後黃花洞, 有堯觀臺, 呂仙祠(即呂洞賓得道處)之古蹟, 有一覽之思, 而非信宿不可, 故止之. 至南天門內, 啜茶吃麪.

趁晚而回, 今據郭璞山海經, 注云泰山從下至頂, 四十八里, 然以竿測之, 實一十四里, 高二千五百二十丈, 盤路六千七百餘級.

二十三日. 早朝, 乘火車至鄒縣, 定館于城西. 由衿濟門而入城. 從三教門(南門)而出, 則迤東有木坊, 題曰三遷故址, 南有一溪, 由坊而東行, 路右竪一碑, 曰亞聖孟子洗硯池. 其前鐫石列八角以圍之, 內砌瓦甎, 其南即溪也. 北乃孟母三遷祠, 而門東首發一碑, 曰孟母斷機處, 此乃孟子舊宅也. 稍東而行十數步, 則有述聖祠, 門東首竪一碑, 曰子思子作中庸處, 乃述聖舊居之處也. 蓋子思子於闕里, 則躋享於聖廟, 而至此始有專廟, 且繼述中庸, 必於此焉, 則景慕之情, 謂當如何哉.
向三遷坊而回, 由因利橋而渡溪. 迤南而行, 右有顯孫子祠, 祠之東南, 卽亞聖廟也. 因折而轉東, 從知言門入, 隨導者, 歷重門, 至亞聖殿, 謁孟夫子遺像. 上方以黃金鐫刻守先待後四字, 左右有金刻楹聯, 而東安岳正子塑像, 以配之. 西北壁下, 又有鐫石亞聖像, 殿阼階下有古柏(導者云漢柏)已枯, 四圍築砌以護之. 正中有天震井, 乃前淸康熙十一年春, 忽殿庭有大雷轟震之聲, 而蕩開一道醴泉, 甘洌異常, 因砌石爲井, 與孔顔舊宅之井略同.
殿之東有啟聖祠, 而西有孟氏大宗祧祠. 東廡列門人先儒諸氏, 而惟公孫子公都子, 則稱先賢, 西廡亦列諸氏, 而有萬子稱先賢. 由致敬門而出, 至致嚴堂, 堂有漢碑. 蓋殿之南門曰承聖門, 東省牲所在知言門內, 西祭器庫在養氣門內. 迤而又南, 則曰泰山氣像, 曰亞聖廟, 曰檽星門也. 亞聖府在養氣門外, 就府訪孟翰博君, 君適出外, 未之遇也.

二十五日. 自鄒縣至徐州. 迤東而行, 入漢留侯廟, 謁遺像. 上子房山, 望徐州風景.

二十六日. 曉上火車, 抵下關, 至明日入南京城中, 自中正街, 向南門而出. 歷長干橋, 遊雨花臺而回, 得采石二枚.

二十九日. 回上海.

九月十日. 乘江華船, 到淮南南通縣, 訪故韓金滄江先生(澤榮), 陪論經術文章及時事者, 踰月. 其所論, 皆通而平, 時復要眇眞, 令人耳酣也. 歸日先生導遊縣南十里之狼山. 山之前後又有斷而復起者四, 故或曰五山. 蓋淮南千里平野之間, 無脈突起, 逼近長江入海之關者也. 山之上佛刹甚壯, 而最高處, 有支雲塔, 亭亭摩空外像, 塔中爲五層樓, 登而望之, 前江左海, 眼界爽闊. 其南趾有駱賓王及文文山部將金應之墓, 令人撫古彷徨. 同先生宿於山下. 明日別歸上海. 卽十月五日也.

번역을 마치며

역자들이 한문 읽기를 위해 만난 것은 10년 전이었다. 공부방을 예약하면서 우리를 지칭한 이름이 '사야'였다. 추사 김정희의 글씨 가운데 '史野'(사야)라는 게 있다. '본바탕이 겉에 드러난 것보다 강하면 촌스럽고(質勝文則野), 겉의 꾸밈이 바탕을 능가하면 허울만 번지르르하다(文勝質則史)'는 『논어』의 구절에서 유래한 말로 안과 밖, 내용과 형식이 조화를 이루어야 한다는 뜻이다. '문질빈빈'(文質彬彬) 또는 '빈빈'(彬彬)과 같은 의미로 사용된다. '야'하거나 '사'한 사람들이 만나면 조화를 이룰 것이라는 기대에 우리는 모임 이름을 '사야'라고 붙였다.

우리는 가급적 번역되지 않은 글을 읽어보자는 욕심에 공부 초기에는 『덕촌집』(양득중), 『완구유고』(신대유) 등 문집 읽기에 도전했다. 그러나 다 읽지 못하고 중간에 그만뒀다. 조선시대 개인 문집으로 내용이 어렵기도 하거니와 윤독 과정에서 이들 문집의 번역본 출간 준비 소식이 들려왔기 때문이다. 너무 성급하게 번역본 출간을 염두에 두었던 것은 아닌가 반성하기도 했다. 좀 더 일반적인 책을 읽어보자며 『맹자』, 『고문진보』, 『열하일기』를 차례로 읽었다. 그 후에 만난 책이 『중화유기』였다. 이 책을 읽으면서 출간하면 어떨까 하는 생각이 들었다. 중화유기는 지금껏 번역되지 않은 데다 분량도 단행본으로 내기에 적절했기 때문이었다. 근대 들어 처음 쓰인 본격적인 중국여행기라는 점도 커다란 매력이었다.

한문본 『중화유기』는 한말 3대 시인의 한 사람인 창강 김택영이 이병헌의 친필 초본을 바탕으로 편집, 출간한 활자 인쇄본이다. 이병헌의 다른 글에 비해 매우 정선되고 다듬어졌다고는 하지만, 한시와 고사가 많아 번역이 까다로웠다. 우리는 일기 속의 지명, 고사를 알기 위해 개인 여행 블로그와 중국 검색포털 '바이두'(百度)를 뒤지기도 했지만, 다양한 층위의 문제를 해결하는 게 만만치 않았다. 우리의 한문 읽기는 매주 한 사람씩 일정한 분량을 담당하고 이를 함께 검토하는 방식으로 진행되었다. 『중화유기』도 마찬가지였는데, 출간을 염두에 두고 이를 하나로 꿰는 작업이 수월하지는 않았다. 한시에 관해서는 의미 전달에 충실하려는 직역식 번역과 시적 느낌을 살리려는 의역이 충돌하기도 했다. 시어의 의미를 간과한 부분도 있을 수 있다. 부실과 오류가 없지 않겠지만, 아무쪼록 이 번역본이 좀 더 나은 번역을 위한 디딤돌이 되고, 그 시기의 한 지식인의 생각을 살펴보는 데 도움이 되길 기대한다.

돌아보면, 『중화유기』를 읽는 도중에 우여곡절도 있었다. 『중화유기』를 읽기 시작해 약 10개월이 지났을 때 터진 코로나 역병으로 1년 가까이 모임을 중단하기도 하고 줌(ZOOM) 스터디 등으로 헤쳐 나가기도 했다. 그래도 이렇게 결과물을 내게 된 것은 역자들의 끈끈한 우정 덕분이 아닌가 한다. 역자들의 윤독 시간이 '술시'(저녁 8시 전후)였고, 끝나면 반드시 술자리 뒤풀이를 했다. 술과 담소로써 희로애락을 나누는 뒤풀이 모임이 스터디보다 더 기다려지고 시간이 더 초과하기도 하였다. 급기야 우리 모임이 '스터디인가 술터디인가'하는 말이 나올 정도였다.

출간을 맞아 한승훈 선생님께 특별히 감사의 말씀을 드린다. 같은 또래의 역자들에 비해 10여 년 연장인 선생님은 역자들과 윤독은 물론 뒤풀이를 함께 하며 오랫동안 '망년지교'를 나누었다. 특히 역자들에게 공부할 수 있는 공간을 내어주어 모임이 지속될 수 있는데 큰 힘이 되었다. 그리고 '사야'가 그렇듯이, 겉과 내면의 아름다운 조화를 출판 신조로 내건 빈빈책방에서 책을 낼 수 있어 더욱 기쁘고 고맙다.

김태희 박천홍 조운찬 최병규 한재기